蘭陵春色

4 完

目次

壹之章 蘭陵無雙震天下

元正了。

望著外面開始紛紛揚揚落下的雪花，鄭瑜一直一動也不動的。

看到她這個樣子，王府中來來往往的婢僕都小心翼翼的，儘量不弄出什麼響動來。

終於，外面漸轉熱鬧喧譁，當日上中天時，一陣馬車聲響起，然後眾婢僕歡喜地聽到秋公主幾人的笑聲：「阿瑜呢？告訴她我們來了！嘻嘻，高長恭這次可大大威風了一把哦，聽說現在突厥對他是聞風喪膽！哦，不對，是與他有著血海深仇呢！」

「是啊，現在滿大街小巷都在說著高長恭的名字，阿瑜這次一定很高興！」

「不止如此，妳們聽過沒？如今到處都在流傳著一句話，『天下三國，蘭陵無雙』，高長恭那小子啊，現在是舉世無雙的絕代人物呢！」

「嘻嘻，是啊，阿瑜做為這樣一個絕代人物的妻子，定然是心中歡喜的！快，我們走快些！」

這句話，是一個還不太熟悉蘭陵王和鄭瑜的關係惡劣到什麼程度的貴女說的。因此，當她這句話落下後，眾女的笑聲一止，一個個妳看著我，我看著妳時，竟慢慢地閉了嘴。

在婢女的帶領下，秋公主和李映還有幾個貴女，搖曳生姿地朝鄭瑜所在的院落走去。她們現在年紀也不小了，一過完年，便要開始張羅著嫁妝，因此這陣子玩耍起來特別積極。

望著前方鄭瑜的院落，看著偶爾出現的婢僕，李映蹙了蹙眉，低聲說道：「這蘭陵王府越發蕭條了，阿瑜也不整頓一下。」府中的人手本來不多，又透著一種壓抑和陰沉，與這新年的氣氛格格不入。

「可不是。」秋公主並未壓低聲音說話，她不高興地說道：「看著這些人便覺得晦氣！」

說話之際，一行人來到了鄭瑜的院落。苑門沒關，她們說說笑笑地走了進去，一抬眼，便看到枯坐在正堂上，整個人如根木雕一樣的鄭瑜。

她一動不動地跪坐在榻上，秀美的臉上一片冰冷、木然。垂在一側的手上，還抓著張紙帛。見她這樣，饒是大大咧咧慣了的秋公主也是一怔，她聲音放低，試探著喚道：「阿瑜？」連叫了兩聲，鄭瑜還是這樣坐著，紋絲不動，秋公主不由有點害怕。她急急上前，正要搖晃她，一眼看到她手心抓著的小片紙帛，便蹲跪在几旁另一側，伸手把那紙帛拿了過來。

紙帛上只有兩行字，字體剛勁強硬中，透著一種俊秀挺拔：「字告方老，我已尋到了阿綺，她故土難離，不願來齊，我負她良多，唯願守她終老。若得子嗣，願接爾等抵陳，頤養天年。」說是大白話，字是端雅挺拔的楷書。

在秋公主坐下的時候，眾貴女也圍著几坐下來了。看到秋公主拿著一張紙在看，她們齊刷刷地把頭湊了過來。看到這兩行字，秋公主呆了呆，眾貴女也是一呆，然後相互使了一個眼色。

咳嗽一聲後，秋公主小心地問道：「阿瑜，這、這是高長恭寫的？」

聽到秋公主提到「高長恭」三個字，鄭瑜像活了過來一樣，慢慢抬起頭來，雙眼空洞地看了秋公主一會兒，突然的，鄭瑜撲到她的懷裡放聲痛哭起來。

鄭瑜雖然看起來溫婉，性子其實倔強，她這一哭，秋公主一陣手忙腳亂，眾貴女也圍上來不停地勸撫著。

鄭瑜顯然心中有著太多委屈，她越哭越難以自抑，越哭越苦，淚水滾滾而下，泣不成聲。

秋公主連忙摟緊她，一邊拍著她的背一邊說道：「阿瑜，別傷心了，別傷心了！」她本來是個衝動的性子，現在看到鄭瑜哭得這麼傷心，不由把高長恭恨得牙癢癢。可嘴一張，看到那紙帛上的字，又啞了嗓。

她能說什麼？自太后死後，她的日子也不好過，何況，蘭陵王現在遠在陳地，她能說什麼？

在眾女亂七八糟的安撫中，鄭瑜顯然心情好轉了些。她轉而伏到几上，輕輕地啜泣著。

見她心情好些了，李映第一個開了口：「阿瑜，這紙條是從哪裡來的？會不會是唬妳的？」

李映這話一出，眾女都轉頭向她看來，便是鄭瑜也停止了啜泣。

李映拿過那紙條，嘟囔道：「他高長恭剛剛打了一個大勝仗，令得天下人都對他刮目相看。現在，便是段韶將軍和斛將軍，那名聲風頭也遜他半籌。有人更是說，天下三國，蘭陵無雙。在這種情況下，他會為了一個婦人放馬南山，再不說兵卒事？不可能！」

李映這話說得十分有理，眾貴女紛紛附和起來。倒是秋公主向來心直，在一側說道：「這也說不定呢。前陣子那個賤婦走了後，他不是尋死覓活，了無生意嗎？」

這話一出，李映瞪了她一眼。

而一側，本來豎起耳朵傾聽，漸漸恢復了一些的鄭瑜，又哽咽起來。

秋公主自知犯錯，她吐了吐舌頭，連忙補救道：「是我說錯了，還是阿映說的對，男子漢大丈夫，自然功名要緊，那個賤婦哪有這麼重要？」

「是啊是啊，哪有這麼重要？」

「依我看這消息肯定是什麼人編出來騙妳的！」

「這種人就該直接打殺了！」

「怕什麼？妳還是她的正妃呢！有本事，他就在外面待個十年八年，不要回來了！」

……

此起彼伏的勸慰中，鄭瑜慢慢振作了些。她直起身低頭，啞聲命令道：「打熱水來。」

「是。」

不一會兒，一盆熱水端了過來，在兩個婢子幫她淨臉、梳洗、妝容後，鄭瑜又小小喝了一盅酒，整個人終於恢復了過來。

她抬起頭正要說話，外面鼓聲陣陣，笑聲喧天，卻是人們開始鬧起新年來。

這一日，普天下的人都在歡呼熱鬧吧？哪怕是一無所有的賤民，也會咬牙給孩子置一身新裳的，而那對處於陳國的賤人，定然是手牽著手，歡天喜地地相依而行……

這事想不得，一想，鄭瑜便覺得整個人都透不過氣來。

不過，她也知道，自己現在不能再哭了。一個不得丈夫喜歡的妻子，一個丈夫時刻想要和離的妻子，她便是有著王妃之名，其影響力也已日漸消退。以往那些看到她便笑著圍著的貴女們，現在還是笑著，可那笑容是嘲諷還是應付，她就分不清了。

她現在，已沒有任性的權利了。還這麼哭下去，只怕這最後幾個朋友也不願意上門，也會日漸把她疏遠了。想到這裡，胸口痛得慌。鄭瑜又從一側接過熱毛巾，放在眼睛上墊了墊。

終於舒服些後，她抬起頭，朝著眾人綻放一朵比哭還要難看的笑容後，儘量清明地說道：「謝謝妳們。」她站起來，給每個人斟一盅燙熱的水酒後，低聲說道：「節慶之日，難得妳們前來，我、我謝謝妳們！」

這哪裡還是以前意氣風發的鄭氏阿瑜？眾貴女聽到她這麼一會兒就說了兩聲謝，不由大為感慨，一個個又安慰起她來。

這時，李映朝秋公主使了一個眼色。

得到她這個眼色，秋公主說道：「對了，阿瑜，明日初一，所有命婦貴女都得入宮進見。現在的鄴城中可熱鬧著呢，大夥兒都從封地趕了過來。要麼，我們也出去走走？」她總這樣悶著也不是一個辦法，出去走走也許就想開了。

「好。」鄭瑜一應，眾貴女也開心起來。在嘰嘰喳喳聲中，不一會兒鄭瑜便重新打扮了一番，穿著華服，跟著眾女上了馬車。

難得聚在一起，她們自不會一人一輛馬車，而是共坐在秋公主的大馬車中，一邊吃著糕點，一邊說著趣事兒。

出了街道，這般說著趣事，歡歡喜喜的可不止她們。漫天揮揮灑灑的白雪中，無數輛馬車行走在街道上，擠擠擁擁中笑聲一片。而鼓聲、鞭炮聲更是充斥了整個街道。於這種種充滿喜慶的聲音中，還能聽到不少人在叫道：「周人這下可服氣了吧？」、「五十萬周人，抵不過我五萬軍卒！蘭陵之威，一至於斯！」、「沒聽過嗎？天下三國，蘭陵無雙！蘭陵王那是什麼人？那是孫吳再世的絕世悍將！」、「聽說過沒？他其實啊，是為了那個張姬才出的兵。」、「是啊是啊，張姬在周國都成了皇妃了，可我們的郡王一出馬，她便連皇妃也不做了。聽說那周主知道她奔走郡王，連句話也不敢說。」、「英雄配美人，自古皆然。」

見鄭瑜好不容易緩和的臉色又變難看了，秋公主連忙「呸呸」兩聲，嗤笑道：「胡說八道！高長恭那小子肯定是私帶人家逃走的，哪有什麼周主知道連話也不敢說？」

剛說到這裡，見鄭瑜不但沒有臉色好轉，反而更難看了，秋公主馬上知道自己說錯了話。她說高長恭私帶張綺遁逃，那豈不是證明了那紙條上所說的。他寧願權力不要，偌大的名聲不要，也要與那個賤婦廝守？

秋公主又悔又急，想說什麼彌補，卻一時找不到話來。無可奈何，只得頻向李映使著眼色。

李映終於抬起頭來，看向鄭瑜，說道：「阿瑜，和離吧。」

我不是要妳說這個！秋公主瞪了李映一眼。

可李映沒有看她，而是認真地看著鄭瑜，一字一句地說道：「阿瑜，再這樣拖下去也沒有意思，和離吧！」

她很清楚，蘭陵王出征時便放出風聲，說是他的王妃鄭氏至今還是清白身子。

這對一個嫁作人婦的貴女來說，其實是奇恥大辱。就在貴女們私會，就此事議論紛紛嘲笑不斷時，也有一些對鄭瑜有著好感的貴族，如以前老丞相的次子楊靜等，他們紛紛上門，或藉治遊的機會與鄭瑜攀談，不就是想捕獲她的芳心？

可是，鄭瑜因心中有事，一直對他們都不怎麼理會，只知道一個人關在宅子裡生悶氣。便是治遊時，也因為心情鬱鬱而總是黑著一張臉，偶有笑意也是勉強。

鄭瑜本來也只是勉強稱作美人，這樣一來，那姿色何止降了五成？何況，是人都有火性，她心不在焉地敷衍了事，又不是什麼真正的大權勢之女，更不是什麼大美人，漸漸的，願意與她打交道的俊傑越來越少。

而隨著蘭陵王在邊境一戰成名，隨著她鄭氏一族在蘭陵王的強勢崛起中光輝越來越淡，隨著蘭陵王毫不掩飾地與鄭氏決裂的態度，不知怎的，那些俊傑一個一個的竟是漸漸沒了消息。

李映望著鄭瑜那張越發憔悴黯淡，越發陰戾的面容，清楚地知道，好友再這樣下去，只怕真的毀了。因此，她已準備好，這一次便是拚著與鄭瑜絕了交情，也要點醒她。當然，她這麼勇敢的原因還因為，如今她李氏一族漸漸勢大，鄭氏一族漸顯沒落之象，她鄭瑜又成了全城人暗地裡恥笑的對象，她用不著太在乎與鄭瑜的交情了。

李映看著鄭瑜，語重心長地說道：「阿瑜，妳這樣拖下去得不償失，和離吧。和離後，楊靜也罷，李遠也罷，都是良偶，不輸他高長恭多少。」當然，最後一句是安撫她的。以前那些人是比蘭陵王只略遜半籌，現在嘛，那是拍馬也趕不上了。

鄭瑜的臉色很難看，她不喜歡別人提起這些，她總覺得每個說這話的人都是不存好意，都是表面上寬慰她，實際上在嘲諷。

她們哪裡知道她付出了多少？她們的話是說得輕鬆，可事情轉到她們頭上，看看她們還能這麼若無其事嗎？

見鄭瑜黑著臉不說話，另一個貴女捅了捅李映，示意她閉嘴。

李映沒有閉嘴，她認真地看著鄭瑜，慢慢地說道：「阿瑜，妳也說過，他高長恭就是一個一根筋的人。以前信妳，便一心一意信妳，後來愛那張氏，便一直一直愛她。既然妳這麼了解他，那麼妳說，他有可能回心轉意嗎？」

不等鄭瑜說話，李映已斬釘截鐵地說道：「妳其實很清楚的，自那個賤婦執意在你們新婚之夜假死開始，便在妳和高長恭的中間生生插了一把刀！不止是妳，便是妳現在居住的這個鄴城蘭陵王府，他高長恭是看一次便傷心一次吧？」

這話說得太直接了，連秋公主也受不了，她朝李映使眼色，示意她閉嘴。

李映沒有動搖，她想，不管她鄭瑜記恨也好，不記恨也好，她們相交多年，總得有個人把她清清楚楚地點醒。如今蘭陵王的名聲越來越響，鄭氏一族好不容易攀上高枝，已是越發捨不得放手了。自然，也不會勸說鄭瑜放手。

秋公主雖然知道這些，可她那人說話是個沒條理的，這勸說一事，只能由自己來，哪怕從此後鄭瑜與自己翻了臉。

一瞬不瞬地盯著鄭瑜，不顧她發黑發青的臉色，李映又說道：「阿瑜，妳守著那宅子，守著一個名分，便這麼有意思？秋公主也在這裡，只要妳想和離，我們大夥兒都去陛下那裡求，陛下定然會允的。和離過後，妳又是大好一個女郎，縱馬冶遊，哪處不自在？更何況，直到今時，那楊靜也還沒有娶妻。」雖然妾室納了兩個，婢伎養了一群，雖然也在追逐著別的貴女，不過鄭瑜想要回頭，他必定是欣喜的。

……也不能挑了，滿城俊彥中，楊靜算是頂頂潔身自好，頂頂優秀的了。當然，高長恭除外。

鄭瑜一直黑著臉，見自己這麼把表情擺在臉上，李映卻還在說著，她有點惱了，當下重重說道：「我不和離！」她冷笑一聲，道：「和離做甚？成全那個賤人嗎？讓天下的人都恥笑我，指著那個賤人說，那便是蘭陵王無論如何也要再娶的王妃嗎？」

她抬起下巴，驕傲地說道：「現在這樣很好。她以前還當上周主的皇妃呢，現在呢？不過是一個沒名沒分的姬侍！呸！下賤的玩意兒，好好的皇妃不當，偏要自甘墮落！我恨她入骨，為什麼要成全她？要讓她從此後有名有分，有地位有富貴，與妳我一樣，過得光光彩彩，體體面面，走到哪裡也有人逢迎著說一聲『貴人』？」

她還有一句話沒有說出，楊靜那些人，哪一個能與高長恭相比？她與高長恭和離後，嫁給楊靜這等沒有王爵、沒有軍權，沒有沖天的威望在身的人，難不成以後見到張氏這個賤人，自己還得向她行禮？不管是在宮中還是在路上遇到，自己還得退讓一旁，讓她先行？當世人指著高長恭，說他又立下多少軍功又得了多少榮耀時，卻讓那個低賤之人享受那種風光？

如是給別人，和離也就和離了，可和離之後，這王妃之位要給那個低賤之人，她是死也不願！

鄭瑜這話一出，眾貴女倒真是愣住了。聽起來，她說得很有理呢。

便是秋公主也在想，如果有一天，那個私生女出身的下賤人當了蘭陵王妃，豈不是從此與自己同起同坐，豈不是出入婢僕成群，豈不是明日元正的命婦入宮，也有她的一份？

這簡直是一種難以想像的羞辱。假如是別的婢妾有了這等榮光，她們也就當看戲一樣看著。可一想到那個人是自己厭惡的、不屑的，一直踩在腳底下的張氏，秋公主等人便像吃了蒼蠅一樣難受。

李映張了張嘴，她來時準備的滔滔言辭，這下子全給堵回去了。一時之間，她也覺得鄭瑜此言聽起來似乎有理，也似乎沒理。那沒理的地方，她一時半刻，怎麼也找不出來。

馬車中安靜了一會兒後，一個嬌小的貴女嘻嘻笑道：「啊，天香樓到了，我們去吃點東西填填肚子吧！」

「那下去吧。」

當下，一行人朝著天香樓走去。

天香樓是鄴城出了名的大酒樓之一，這裡最拿手的是糕點和各式飲料，再加上有專門為貴女們設計的雅間，所以很受這些貴女歡迎。

如今新年，天香樓人滿為患，秋公主威脅利誘才換來一個雅間。只是這雅間位置不好，前後左右都另有雅間，而且正熱鬧喧譁著。可沒辦法，這是唯一一個雅間了，眾貴女便是不喜，也坐了進去。

隨著她們入內，酒樓專設的俊俏小二流水般的湧來，他們為雅房中焚上香、煮上酒，掛上珠簾紗幔，然後低頭站在那裡侍候。

齊女多貴，有著與丈夫一樣的權利。她們甚至可以在你知我知，男人們不知的情況下，與看中的俊俏小二，來個一夕之歡。

酒一上來，鄭瑜便盈盈站起，她舉起酒樽給李映倒了一盅酒，溫雅地低聲說道：「阿映，我知道妳是為我好，我就是面子抹不開，妳別怪我。來，我們喝了這酒。」這便是鄭瑜，便是再不高興，也會主動示弱，雖然心裡不太容易原諒別人。

知道這一點，李映也感動了，她連忙拿起那酒盅，陪著笑道：「別這樣說，阿瑜，是我說話太衝了，妳不怪我，我真高興。」說罷，她把那酒一飲而盡。

這時，鄭瑜又給秋公主倒了一盅酒，道：「阿秋，妳一直照顧我，我都知道的。」與歡喜的秋公主飲完酒後，她又轉向其他的貴女。

不過一炷香時間，眾貴女又與鄭瑜嘻嘻哈哈，這一路來，對她隱隱泛起的不喜，也消了個一乾二淨。連續飲了這麼多盅，鄭瑜也有點酒意上頭，她連忙坐下，一邊吃著糕點，一邊勉強自己陪著笑，聽她們說著趣事。

就在這麼熱鬧的當口，突然的，旁邊一個廂房傳來一個大嗓門：「現在那周人啊，對咱們的蘭陵王那可是敬畏有加呢！」

又在議論那一仗了，也不嫌過時！秋公主心中嘀咕了一句，沒有理會。

轉眼，又有一個人朗聲接道：「敬畏？敬還是其次，主要還是畏吧！有一事各位可知道？」那人頓了頓，聲音略略一低，頗帶得意地說道：「話說他高長恭以五萬人大破突厥，大掃周國那一通飯桶的顏面後，便帶著那周主的愛妃，大搖大擺地在周國內逛蕩。」

這人看到四周投來的眼神，興致大起，一通話說得如說書一樣，竟是個抑揚頓挫。

見四下安靜了不少，大夥兒都在聽自己說話，那人的聲音又是一提，接著說道：「他來到荊州地帶時，你們說發生了什麼事？哈哈，那個荊州刺史和一個周國的王公在知道高長恭到了後，馬上起了心思。」

四周越發安靜下來，便是鄭瑜她們這一邊，聽到這新鮮傳來的消息，也在那裡側耳凝聽。

在四下仰望的目光中，那人的聲音越發抑揚起伏，「各位猜，他們起了什麼心思？」在一連串的「不知」、「快說」中，那人嘖嘖幾聲，道：「其實接下來的事，各位細想也能想到。你們想想，那張氏何等美貌？那是天下一等一的絕色，若不是那等絕色，又豈能逼得那鄭氏王妃至今還守著活寡？」

聽這話竟然攀扯到自己身上，鄭瑜臉色一青，反射性的，她朝秋公主看去，卻見秋公主還在凝神聽著，竟是沒有注意到自己受了羞辱，她不由咬了咬唇，心中暗惱。

在此起彼伏的議論聲中，外面那人的聲音越發洋洋得意，「這下你們知道了吧？那荊州刺史和那周國的王公，是看中了那張氏，又想到我們這蘭陵王勇敢善戰，令得周國幾無對手，便想把他給弄死……」

說到這裡，四下議論聲嗡嗡而起，如煮開的水，一下子沸騰起來。沸騰中、議論中，眾人紛紛催著那漢子說下去。那漢子剛才還炫耀著，這下卻有點吭吭哧哧了。好一會兒，他才說道：「然後，我們這蘭陵王也不知使了什麼妙法，不但逼得兩個周國重臣把他當爺爺供，現在啊，說是整個周國的官員一聽到高長恭三個字，便退避三舍。那個張氏便是美貌通了天，他們也不敢看一眼了。」

嘖嘖兩聲，那漢子忍不住說道：「咱們這位蘭陵王還真是多情種子，為了一個婦人，那是煞費苦心啊！聽說那些周地的人，對那張氏是執禮甚恭，最大的官兒在她面前，也低著頭不敢直視，就是怕一不小心失了態，被咱們的蘭陵王報復上頭！」

說到這時，那人顯然是說完了。這下眾人很是不依，好幾個聲音同時催道：「說仔細些，高長恭這是使了什麼妙法？」、「快說快說？」

那漢子苦笑道：「具體的，我也不知啊！」

這話一出，眾人哄然，「是假的吧？」、「此是流言吧？」、「真的假的？」

聽到這裡，秋公主哼了一聲，昂頭道：「肯定是假的，高長恭他哪有這麼厲害？」幾乎是與她的聲音同時傳來，另一個貴女則在羨慕地嘆道：「那個張氏，是個有福的。」

與秋公主、鄭瑜她們心思不同，大多數貴女此刻，說的都是這句話，「那個張氏，還真是個有福的。」、「天下美貌的女子多了去，一個姬妾而已，她憑什麼這麼風光？」、「早就知道那高長恭是個癡情的，偏生這麼好的丈夫，給一個姬妾得了去。」、「那鄭氏也真是無能，連一個小小的姬妾也對付不了，要是我啊，早就把高長恭的心勾住了。」、「如此英雄，應該喜歡的是我們這等貴女才對。」、「就是，憑什麼便宜了張氏一個賤妾？」、「鄭氏也真是可笑。」、「她挺可憐的，他的丈夫為了另一個女人，不惜冒天下之大不韙，不惜與周國的皇帝搶她，不惜拿周國的大官立威。」

紛至沓來，亂七八糟的議論聲中，鄭瑜的臉色越來越難看，越來越難看。

她的難看，李映等貴女都看在眼裡，不過此時沒有人安慰她。

現在的蘭陵王，威名和風光一日勝過一日，她們有點不敢隨意指責他了。再說，他為了那個張氏，可以什麼也不要，可以一怒殺人，可以做出令得周國官吏聞風喪膽的事。她們也不知道要說什麼，才能讓鄭瑜的心情好些。

鄭瑜低著頭，很久都沒有動一下。

也不知過了多久，秋公主率先提到了離開酒樓。婉拒了她們的邀約後，鄭瑜回到王府中。

一進房，她便把自己鎖在房中，幾次婢女們來喚，都看到她全神貫注地思考著什麼。

轉眼，三天過去了，新年的氣氛，也漸漸消退了。

大年初四那日，鄭瑜來到宮中，求見齊帝高湛。

這日高湛心情不錯，便在花園中接待了她。

聽著前方傳來的嘻笑聲，鄭瑜腳步放慢了一些。這時，走在前方的太監不耐煩地說道：「蘭陵王妃，可別讓陛下候得太久了。」聲音陰陽怪氣，分明是在怪她走路太慢。

鄭瑜連忙賠罪，加快了腳步。

看到她到來，高湛動作沒停，他摟著一個妃子，用嘴與她哺著酒，至於另一隻手，已摸到了另一個妃子的雙乳上。那妃子的衣襟已被他加大的動作扯弄，露出了那雪白的豐隆，還有那一點在男人手中揉來搓去的乳櫻。

鄭瑜剛一抬頭，便看到這景象。她臉孔一紅，迅速低下頭來。

看到她朝自己福了福，便坐立不安地站在那裡，高湛得意地咧嘴一笑，突然問道：「鄭氏嫁人已有一載，卻從沒有與丈夫歡愛過，心中可有遺憾？」

鄭瑜臉色一陣青白交加：這是皇帝應該說的話嗎？何況，排起輩分來，她是他的侄媳！

見鄭瑜嚇得雙腿發軟，高湛更是興致勃勃，滋的一聲，把那妃子的前襟扯破，讓她的上半身完全裸裎在鄭瑜和眾人面前後，身子向前一傾，緊盯著鄭瑜，笑嘻嘻地說道：「男女之事，實有大樂趣，阿瑜妳不嘗試一下，實是太可惜了！」他把鄭瑜從上到下打量一番後，淫笑道：「如今阿瑜願意的話，朕很願意代替長恭教妳這夫婦敦倫之事。」

這話說得如此露骨，鄭瑜白著臉，急急向後退出兩步，只想拔腿就跑。

可她一對上高湛淫猥中夾著冷意的笑容，卻又不敢了。

撲通一聲，鄭瑜跪在地上。高湛的話，她不敢答，也不知道答，一邊在心中暗恨，責怪著自己非要過來，一邊五體投地伏在地上。

看到她瑟瑟縮縮地伏在地上，高湛興致大減。他揮了揮手，示意兩妃退下後，自己給自己倒了一盅酒，問道：「說吧，妳來見朕，想說什麼？」

「妾……」鄭瑜哪裡還有興致？甚至她琢磨了幾天才想好的說詞，這時都忘得一乾二淨了。咬著唇，好一會兒，她才哆哆嗦嗦地說道：「妾、妾想夫君了，想請陛下把他叫回來。」

高湛聞言，嘲弄地說道：「便是這些？」

「是、是……不是，妾還想陛下把那張氏一併叫回來。」

這下，高湛有了點興趣，他傾身向前，笑嘻嘻地問道：「哦，那朕要找什麼藉口，他高長恭才願意攜美人而歸呢？」他調侃道：「鄭妃又說不出話來了？妳可別忘了，妳那丈夫一直在等著妳答應和離呢。若非妳同意此事，依朕看來，他是不會回來了。」

屁話，他是堂堂皇帝，他願意的話，隨便找個什麼藉口，他高長恭都不得不回！

鄭瑜在心裡暗暗咒罵一陣後，咬了咬唇，小聲說道：「請陛下便說，他如果回來了，或許會允許高長恭與我和離。」她加重了「或許」兩字。

「這樣啊？」高湛似笑非笑地看著鄭瑜，慢慢說道：「這樣做，朕有什麼好處？」

鄭瑜咬著牙，她盤算過很久，要怎麼才能把下面的話說得讓人心動，要怎麼才能打動這個荒淫的皇帝，可到了如今這個地步，那些說辭已面目全非。

遲疑一會兒，鄭瑜低著頭，輕聲說道：「張氏她，十分擅長於床笫之道，妾聽下人說過，高長恭自得到她後，常與她日夜宣淫，有一次更是情不自禁地讚她『冬如暖被，夏如冷玉，身若無骨，內媚消魂，實無上之珍品也』。」說到這裡，她抬起頭來，目光熠熠地看著高湛，「妾以為，如此難得一見的極品珍玩，豈能由高長恭一人獨享。陛下身為齊國之主，自當品嘗一二。」

說到這裡，鄭瑜對上高湛的眼神，不知怎麼的，有點說不下去了。

在鄭瑜聲音越來越低，頭也越來越垂中，高湛慢慢向後一靠。

他閉上雙眼，聲音已由嘻笑變成了冷漠，「鄭妃是想由朕出面，來收拾妳的老對手張氏？」

高湛打斷她語無倫次的辯解，冷冰冰地說道：「鄭妃覺得，朕是那等任人愚弄的愚蠢之人？」

「不，不是，妾只是……」

「不，不是，不是……」

高湛繼續打斷她的話，冷冷說道：「那麼，鄭妃是覺得，朕很好色？」

「不，不是，陛下，不是……」

高湛手一揮。

隨著他這個手勢一做，鄭瑜什麼話也不敢說了，她只是不停地磕著頭，不停地磕著頭。

在她砰砰砰的磕頭聲中，高湛慢慢站起，他緩步走到鄭瑜身前。

隨著他走近，鄭瑜無法控制地向後挪去。她一步一步地向後挪，整個人怕得渾身發抖。眼前這個皇帝，前幾天便因為一個妃子笑得太醜，出手扼死了她。大前天又因為一個大臣的妻子，在大臣死後哭得不傷心，順手一劍給殺了……

她不想死，她還不想死！

就在鄭瑜白著臉，無比絕望時，走到她身前的高湛慢慢低下頭來，他伸手抬起鄭瑜的下巴，細細端詳著顫抖得不能自抑的鄭瑜一陣後，搖頭道：「妳真是無能！」他連聲嘖嘖，慢條斯理地說道：「天下間的男人，沒有哪個不喜歡睡女人的。妳嫁給長恭這麼久，當著他的面，衣服總是脫光過幾次吧？嘖嘖嘖，脫光了衣服那男人也不碰妳，鄭氏，妳還真是無能！」

他鬆開手，慢慢站起，掏出一塊手帕擦了擦手，然後把那手帕嫌棄地扔掉後，慢悠悠地說道：「高長恭嫌棄的婦人，朕看了也有點倒胃口，滾吧滾吧。」他朝鄭瑜的胸口踢了一腳，大笑著揚長而去，「長恭那小子替朕打壓住了周人，朕看在他的面子上，便不取妳這個醜婦的腦袋了！」

高湛的笑聲越去越遠，而艱難地站起來的鄭瑜，卻一點也沒有逃過劫難的欣喜若狂。這個時候，無邊的氣苦和羞辱，令得她直想大喊大叫，直想做出些什麼事來。

❖　❖　❖

元正過去了。

西元五六三年來臨了。在滴滴答答下了兩個月的雨後，陽春三月到了。

而這時，蘭陵王把荊州的府第交給一個管事處理後，繼續帶著五百騎向陳國走去。他看著張綺，心想，回去陳國成了她化不開的心結，這一次，他無論如何也要讓她了了這個心結。

這一日，一行人終於進入陳國境內。望著前方，蘭陵王說道：「再過五日，便可抵達南昌了。」看著官道兩側的楊枝桃花，蘭陵王道：「阿綺，妳就要滿十七歲了。」

十七歲的張綺，長得越發嬌豔動人，已完全是一個傾國妖姬。

蘭陵王盯了她一陣，伸出手，把她的小手緊緊包在掌心：以後要護著她，得更用心了！

是啊，她就要滿十七歲了。

只是張綺沒想到他還記得，怔怔地抬頭看了他一眼，張綺低聲道：「今我來兮，楊柳依依。」

她回到陳國了。

離開陳國還沒有三年吧？她卻從生到死經歷了好幾回。

望著那新發的枝條，她都不敢相信，自己真的回到陳國了。

下午時，隊伍駛入了南昌城。一路奔波，看到張綺一臉憔悴，蘭陵王準備在這裡多休息幾日，等她身體恢復了，再決定下一步的行程。

到了南昌，離建康真不遠了。走在南昌街頭，看到街頭處處可見的梧桐樹和桃樹，望著那滿枝滿枝的嫣紅粉白，張綺直是看癡了去。

第二天，日上中天了，張綺還窩在房間裡睡懶覺。這陣子，她一直與蘭陵王同睡一房，雖然每次一覺醒來，兩人總是睡到同一張榻上去了，不過他沒有動她。有點不好適從的張綺，便也閉著眼睛裝傻，只想過得一日是一日。

現在，他早就起榻了，張綺卻覺得這長途勞頓，自己的骨頭是一截一截的，好似要這樣休息個十天半月才能養回來。

就在她窩在榻上一動也不想動時，一陣腳步聲傳來，緊接著，一個護衛的聲音從外面傳來：

「夫人，陳皇派使者來了，郎君正在接見他們。」

張綺一怔，好一會兒才反應過來，當下她急急說道：「稍候。」

洗漱過後，張綺走了出來。

「你說陛下派人來了？」

「是。」

「可我們進入陳地不過數日，他們怎麼知道的？」

「這個小人也不知。」

「他們說什麼了沒有？」

「陳使盛邀郎君與夫人一道前赴建康。」說到這裡，那護衛抬起頭來，他年輕的臉上笑盈盈的，「夫人，小的明白郎君的意思。他是說夫人這次回去，怎麼也算是榮歸故里，可能會見到昔日的姊妹，如果要置什麼，不妨置一點。」

榮歸故里？她這算榮歸故里嗎？一時張綺有點發怔。

好一會兒，她才回道：「也罷，你去叫輛馬車，我們到外面置些禮物吧。」

「是。」護衛朝她咧開八顆牙齒的雪白笑容，樂滋滋地去了。

南昌這等大城，置辦禮物倒也簡單。說起來，張綺與建康張府本沒有幾個交好的，她送出的禮物，也不知那些人要不要。因此，她也只是把一些看起來新奇有趣的釵子脂粉收羅一些後，便罷了手。

回到酒樓後，她從蘭陵王的戰利品中各拿出兩樣東西，一個是象牙雕的摺扇，這是用來送給九兄的。另取了幾樣簡單的，沒那麼珍貴的玉雕，準備送給她的父親張十二郎等人。

把這些禮品把玩了一會兒，張綺突然傻傻地笑了起來：也不知九兄看到現在的自己，會不會嚇一跳？

想當初她離開時，還只是一個粉粉嫩嫩、秀致靈透的小美人，一晃三年，如今的面目已是大變，也不知他能不能適應？

在齊國走投無路時，張綺一遍一遍地念著故國，在這樣的思念中，連那並不美好的張府，也變得美好起來。特別是張軒這個唯一給了她溫暖的兄長，幾乎被她完美化，幾乎成了她夢想了兩世的理想中的兄長，既寬厚又溫柔，可以為她遮風擋雨。

在陳使的催促下，蘭陵王一行人第三天便出發了。

接下來的行程十分順利，第十天，他們出現在建康城外。

真的回到建康了！她回到建康了！

望著遠遠的，出現在視野中的城牆，一種難以形容的複雜情緒湧上心頭。不知不覺中，張綺淚流滿面。

她回來了，這個並不美好，並不曾帶給她溫暖和幸福，卻在她離開的歲月，無時無刻不在惦記著的家國，她終於又看到了。

用袖子捂著臉，深深呼吸了幾下後，張綺終於恢復了平靜。恢復平靜後，她連忙把眼淚拭乾，拿著銅鏡照了照，又拿起脂粉青黛，小心地在臉上描畫起來。

張綺的美，並不需要脂粉，她現在描畫，只是想擋住那道傷疤。

好不容易回到家國，她想精神煥發地與故人相見。

半個時辰後，眾人來到了城牆下。看著出現在前方的護城河，還有城門內外來來去去的人流，眾人歡呼起來。歡呼聲中，張綺掀開了車簾。

就在這時，一個陳使歡叫道：「蘭陵郡王，我國的子民自發出來迎接郡王了！」

果然，城中的人顯然發現了這一隊浩浩蕩蕩的人馬，幾乎是突然的，一陣暴發的，令得天地都回音陣陣的歡呼聲從城中捲來。轉眼間，數百個人混著同樣數輛的馬車衝出了城門，朝著他們的方向駛來。

伴隨著這些人流的，還有亂七八糟，卻異常響亮的吶喊聲：「蘭陵王！」、「蘭陵王！」

「天下三國，蘭陵無雙！」

「天下三國，蘭陵無雙！」

「天下三國，蘭陵無雙！」

到了最後，數百上千人，只有這一句話傳來，這吼聲是如此響亮，直引得回音轟鳴。吼聲中，還伴和著少女們的歡呼聲和嘻笑聲，又使得這震天價響的巨響中，添了濃濃的春味兒。

望著擠滿了官道，還越來越多的美麗少女，望著那些粉嫩粉嫩的身影，眾護衛直是看呆了去。突然的，姓成的護衛轉過頭來朝著蘭陵王叫道：「郡王，我們別回去了，就在建康城住下吧！俺大了，俺要討媳婦！」

這話一出，眾護衛同時轟笑起來。

這些笑聲，令得有點近鄉情怯的張綺也笑了起來。

雙方越來越近，越來越近了。

就在張綺抬著頭，情不自禁地看向那密密麻麻的人群，想從其中尋到一個熟悉的身影時，突然間，數十輛馬車中，一輛馬車率先衝出。不等眾護衛攔阻，那馬車車簾一晃，一個熟悉的清朗的男子聲音傳來：「阿綺可在？我是她九兄！」

那聲音生怕眾人聽不見，提著嗓子又叫道：「蘭陵郡王，敢問張氏阿綺可在？我是她九兄！」

這一次，不但是蘭陵王聽到了他的聲音，便是張綺也聽到了。

當下，張綺把車簾大大掀開，激動地顫聲喚道：「九兄！九兄——」叫到這裡，見馬車中的青年轉頭看來，張綺陡然記起自己還戴著紗帽。當下，她把紗帽一摘，伸出頭，歡喜地喚道：「九兄，阿綺在這裡啦！」

嬌軟的吳儂軟語，靡脆的聲音，一下子衝入了眾人的耳膜。絕美華盛的容顏，更是一下又一下地撞擊著眾人的視線。

張綺沒有閒暇注意四下陡然安靜下來，她揮著手帕，眼中含著淚，朝著那馬車喚道：「九兄，九兄，我是阿綺啦！」叫過後，她轉過頭朝馭夫喚道：「停車——」

「是。」

馬車一停，張綺便掀開車簾跳了下去。就在她跳下時，人群同時發出一聲「啊」的輕響，似乎是所有人都在擔心，她這個動作會扭了足。

張軒還在發呆，他的身邊，一個王氏的嫡子急急的聲音從一側傳來：「阿軒，你還呆什麼？快下去，快下去！」因為激動，他聲音都有點發顫了。

「哦。」張軒應了一聲，慌忙爬下馬車。他剛爬下馬車，張綺便縱身撲入了他的懷中。

在一陣整齊的「噓——」聲中，張軒愣愣地，愣愣地伸出手，摟住了懷中的少女。

不等他開口，噠噠噠的馬蹄聲中，一人沉沉地說道：「可以了！」聲音含威不露，高高在上。

張軒被震得連忙抬起頭來。他對上的，是一個頎長俊挺的身影，一襲玄衣穿在他的身上，黑中泛金的色彩，把那一張如雕塑般完美無缺的臉，襯得高貴優美而又充滿著高高在上的統御感。這樣的人，怕是世間任何丈夫見了，都會自慚形穢吧？此刻，這人正陰沉地盯著他。被他這麼一盯，張軒下意識地伸手把張綺一推，可張綺正抱著他的腰，他哪裡推得動？

見張軒一推而沒有推開，他後面的人群，再次發出「嘩」的一聲。

聽到身後傳來的嘩啦聲，張軒突然清醒過來，他得意地看著懷中的張綺，咧著雪白的牙齒一笑，朝著馬背上居高臨下的美男子，也就是蘭陵王拱手道：「妹夫休要著惱，為兄與妹妹多年沒見，一時情難自禁也是常理。」說話之際，他搖頭晃腦，得意洋洋。

聽到這話，蘭陵王一聲冷哼，而緊抱著張軒，激動得淚水又要滾滾而流的張綺，也感覺到了不對。她抬起頭來，這一抬頭，便是張軒也忍不住心跳漏了一拍。

對上張軒看呆了的雙眼，張綺臉紅了紅，她退後一步，低頭向他福了福，小聲道：「九兄，你不識得我了？」

「識得！識得！」張軒連忙應道，他發現對上張綺這雙眸子，自己的臉越來越燙，心跳也越來越快，便又苦笑道：「只是為兄沒有想到，一過三年，阿綺已華美至斯。」

阿綺已華美至斯。

這句話一出，給張綺提了一個醒，她對上一眾看著自己呆呆傻傻的人，又看到顯然還沒有把她與昔日的孤寒阿綺聯想到一塊去的張軒，不由臉紅了紅。低下頭，她朝著張軒一福，低聲道：「九兄，是阿綺唐突了，我……」

還沒有說完，她的身子突然一輕，卻是不耐煩的蘭陵王伸出手來，一把把她提到馬背上了。

蘭陵王把張綺提到馬背上摟好，再示意護衛把她的紗帽拿來。紗帽一戴，遮住了張綺的面容後，在一眾長吁短嘆中，蘭陵王皮笑肉不笑地說道：「阿綺，陳人與齊周兩地的人不同，他們最是喜好美色，妳怎能忘了？」

比起齊周兩地，愛好享樂，沉醉於瑣細繁華中的南陳貴族，確實是最重美色，也最會欣賞美色，並且頗能陶醉其中並樂此不疲。

感到蘭陵王的不愉，張綺低聲辯道：「那是我兄長，我在家時，他對我甚好。」

回答她的，只有蘭陵王的冷哼聲。

把她的臉朝自己懷中按好後，蘭陵王轉向兀自呆呆傻傻的張軒，慢條斯理地說道：「九兄，上車一道同行吧。」

「啊，好好，好！」張軒走到自己的馬車處。幾乎是他一上馬車，好幾個貴族子弟便同時跳下自己的馬車，嗖嗖嗖地爬上了他的車。

一個少年朝外面看了一眼，轉向張軒，雙眼放光地說道：「小子，快說說，摟著那等絕色美人，滋味如何？」

張軒倒真尋思了一會兒，道：「心跳如鼓，呆若木雞，渾渾噩噩，神魂已是不守。」

搞半天他給驚得呆住了，什麼感覺也沒有嘗到。

眾少年同時翻了一個白眼。

隊伍又開始動了。

走不了一會兒，在同伴的鼓動下，張軒的馬車與蘭陵王來了個並行。掀開車簾，張軒看著被蘭陵王摟在懷中的張綺，溫柔喚道：「阿綺，這些年妳可好？」

張綺在蘭陵王的懷裡扭了幾下，從他手臂上伸出頭來。紗帽下，她的聲音靡軟如天地間最好聽的樂音：「好著呢！九兄，你呢，你好嗎？」

「我也好，阿綺，我娶妻了，改天帶嫂嫂與妳見見面。」

「好啊好啊！」

「……阿莫他，在齊國可好？」

一提到蕭莫，周圍的陳人都安靜下來。

張綺也怔了怔。回到故國，她也會情不自禁地想到那個總是一襲白裳，風流閒逸的身影。想著想著，張綺感覺到胸口一悶，卻是蘭陵王收緊了手臂。她回過神來，笑道：「好著呢，他一到齊國便官居三品，聽說現在都是二品大員了，他好著呢。」頓了頓，張綺看了一眼張軒等南陳貴族弱不禁風的身子，又說道：「而且，他還長壯了一點點，看起來可精神著呢。」

與張軒他們相比，蕭莫真似一汪潭水，看不透、看不清。

張軒呆了一會兒，抬頭說道：「阿綺，阿莫他，也是妳親兄長，說起來，妳應該叫他十兄呢，妳知道這事嗎？」

張綺點頭，「長恭跟我說了。」

張軒長嘆一聲，道：「你們走後不久，五兄也逝去了，母親憂思成疾，身子大不如前，父親他也老了些。」張軒迎上張綺那晃動的面紗，望著她那饒是坐著依著，也如嬌楊軟玉般誘人心動的身姿，他喃喃道：「轉瞬時，滄海成桑田啊！」

見自己的感嘆令得氣氛沉悶起來，張軒咳嗽一聲，笑道：「幸好阿綺過得好。阿綺，妳不知道，自從前陣子，妳身後的那個小子為了妳逼得周地荊州刺史和宇文連俯首貼耳後，妳張氏阿綺便成了天下貴婦最羨慕的婦人呢。」

什麼？

那件事才發生多久，怎麼傳到建康來了？不會是有人故意散播的吧？

不知怎麼的，張綺朝蘭陵王看了一眼，見他毫無表情，她收回目光，朝張軒說道：「九兄，你們都知道了啊？」

「早就傳遍了。」

說著說著，隊伍開始進城。

隊伍一進城，又是一陣驚天動地的尖叫聲。

上一次，蘭陵王前來陳地時，一直以帷帽遮面，世人雖然好奇這個天下第一美男的長相，卻很少有人能夠一睹。可此次，他大大方方地露出自己的面容，瞬間，那種高貴威嚴，宛如雕塑般的完美，令得最好美色的南陳人沸騰起來。

這一次沸騰，無關男女，僅僅因為，這是一個世間罕見的美男子，更因為，這個美男子身上，有著比南陳人提倡的風度，更為罕見的統御和華貴。那一襲玄裳穿在他的身上，把他整個人映襯得那般高高在上，那般可望而不可及，那般華貴威嚴得讓世人不敢褻瀆。

果然是：天下三國，蘭陵無雙！

因陳帝早就安排了住處，也做了行程安排，當下眾陳使便簇擁著蘭陵王等人朝皇宮方向行去。

目送著張綺遠去的身影，張軒還在怔怔發呆。他的心情很複雜，一時之間，他把張綺如今的影像與三年前那個楚楚可憐，老是抱著他的胳膊討他歡心的妹妹合在一起，可絕大多數，他一想到張綺，便想到如今華美的，有著傾城姿色的她，還有，身為悍勇天下傳的蘭陵王最心愛的婦人的她，甚至有消息說，她曾經給周主宇文邕當過皇妃。

明明應該是熟悉的人，卻一下子變得陌生，變得遙遠，這種感覺很複雜。幸好，阿綺對他還是很親近，不然，他真有點反應不過來。

與眾損友道別後，張軒的馬車駛向張府中。

剛走了一陣，一個中氣十足的聲音喚道：「阿軒！」

張軒示意馬車停下，回頭笑道：「是陳岜八啊，咦，怎麼回事？」陳岜的臉上有兩道爪印。

見他詢問，陳岜苦笑起來，「家中幾個娘兒們打起來了，一個個抱著我又哭又叫又鬧的，一不小心還挨了幾下，我剛才發了一通大火才出門。」說到這裡，他問道：「見到阿綺了？」提起張綺，陳岜的表情有點複雜，聲音也有點澀，「她現在怎麼樣？」

其實這句話純是廢話，舉天之下，誰不知道蘭陵王有寵姬叫張氏阿綺？為了這個寵姬，那個最近聲名赫赫的年輕郡王可沒少做荒唐事。有了這麼疼她的丈夫，張氏阿綺的日子能壞到哪裡去？

說出這句話後，陳岜發現張軒的表情變得很複雜。他呆了呆，不由問道：「怎麼，她不好？」

「不是，」張軒搖頭道：「她好得很。那個姓高的把她視作珍寶，我與她親近了些，他看我的眼神都寒若冰雪。」頓了頓，張軒喃喃說道：「就是，就是長變了。」

「長變了？」陳岜大奇。

「是。」張軒道：「反正到時你看到她就知道了。那個，可真是長變了。」

張軒看著陳岜，突然想道：幸好阿綺當時沒有嫁他，先不說他宅子裡的那一團亂，便以阿綺那驚人的美貌，只怕落在阿邑手裡不多時，便會被別人搶去。真過個三年，都不知轉手幾人了。

與周齊兩地不同，陳國的貴族畢生精力都用在享樂，而享樂二字，無非就是色、酒、五石散，還有賭。以張綺的絕色，如在陳地的話，只怕因她而家破人亡的都有好幾府了。

想到這裡，張軒又突然覺得，眼前這陳岜實是運氣不錯。

見張軒表情古怪，陳岜連連詢問，可張軒只是搖頭。他驅著馬車正要跟著張軒進入張府，一人急急跑來，見到他便喘著氣說道：「郎君，不好了，秀娘子動了胎氣，大夫說要是早產了！」

「什麼？」陳岜臉一沉，怒道：「怎地這麼不小心？是不是打架打的？走，我們回去！」

遠遠聽到陳岜的咆哮聲，張軒搖了搖頭，暗暗忖道：陳岜這人還真是不行，家底不厚，妾室納了一個又一個，一屋子的女人為了一點小事便打成一團，還沒有個鎮得住場子的長輩看著。再說他本人也不行，容易聽人一面之詞，行事魯莽衝動。這成婚也兩三年了，孩子是生了不少，可都被他家那些女人妳害我我害妳給折騰完了，只有兩個病弱的女兒還在。

張軒回到府中，跟妻子說了幾句話後，便去見過父親。聽到父親去鑒賞一幅畫作了，便轉到了母親的房間。

張蕭氏自從大兒子死了，蕭莫的身世也被揭穿後，便一病不起，直到現在還沒有大好。望著遮著厚厚幃幔，顯得陰寒的房間，看著被婢女子扶著坐在榻上的頭髮花白的張蕭氏，張軒恭敬地喚道：「母親，孩兒來看你了。」

「是軒兒啊。」她抬起頭看向張軒，問道：「聽說阿綺那個小蹄子回來了，可真？」

「是，她回來了。」

「她那夫君，當真是一個會打仗的郡王，還把她看得很重？」

「是。」

一個「是」字一出，張蕭氏怔住了。她呆呆地看著前方，突然說道：「阿錦都過得不好，她怎能過得甚好？」聲音中，有著一種尖刻的冷。

張軒蹙著眉，低聲勸道：「母親，阿錦之事，怪不得阿綺。是她自己想不開，放不下阿莫，才導致夫家嫌棄。」

自從蕭莫護送張綺出使後，張錦便一病不起，後來嫁了個丈夫，也過得極不如意。現在雖沒有被休棄，那也是對方顧忌張氏的門第，基本上，張錦那個夫婿，成婚不過兩年三個月，卻有兩年沒有踏足過她的房門。

大兒子被皇帝殺了，最小的一個兒子，卻原來是被人偷龍轉鳳給調包了，還遠走北方，女兒又是這樣。張蕭氏自生病起，便在榻上整日尋思。她尋思來尋思去，弄明白了一件事。當初蕭莫之所以接近張錦，全是為了得到張綺那賤蹄子。

如此一說，如果沒有張綺，蕭莫這個骨血便不會接近自己的女兒，弄得女兒一直念著他，導致婚姻不幸。如果沒有張綺，蕭莫也不會頻頻求娶而不得，那些人也不會從此事上起了疑心，進而發現蕭莫是她張蕭氏的骨血，導致那個原本應該意氣風發的小兒子遠走他鄉，有家歸不得。

這個時候的張蕭氏，已渾然忘了，當時陳帝殺世家子時，專門挑世家子中的俊彥下手，蕭莫如果還在陳地，便是身分不曾暴露，也早被陳帝給想方設法地殺了。

「閉嘴！」聽到張軒的辯解，張蕭氏怒極，她朝几上重重放了一掌，可這個動作太劇烈，她的身體受不了。因此，一掌之後，她又佝著身不停咳嗽起來。

幾婢上前，連忙給她餵水、捶背。好一會兒，張蕭氏才緩過氣來。

一緩過氣，她便瞪著一雙無神的眼，指著張軒道：「說，繼續說！」

張軒小聲地問道：「母親，說什麼？」

「說那小蹄子的事，我不相信她過得好！」張蕭氏顫巍巍地站了起來，尖聲說道：「一個下賤的私生女兒，憑什麼過得比我張氏嫡出的女兒還好？你說，把你知道的事都說出來！」

張軒知道自己的母親，她是真想不通張綺為什麼會過得好，因此想從他這裡得到一些佐證，一些證明那些流言都是錯誤的佐證。

尋思了一會兒，張軒說道：「孩兒聽人說過，阿綺在齊地時，與那蘭陵王妃合不來……」

剛說到這裡，張蕭氏便冷笑一聲，道：「正應如此。」

張軒看了一眼母親，小小聲說道：「可他們又說，蘭陵王一直沒有碰他的妻子，他為了阿綺，連命也可以不要。」

「鬼話！」張蕭氏冷笑道：「哪有娶回家的女人不動的？這個不可信！」轉眼她又說道：「男子漢大丈夫，從來都是女人如衣裳，哪有為了女人連命也不要的？除非她是妖物。鬼話！通通都是鬼話！」

「是，母親說的是。」

「繼續說。」

「還有人說，阿綺做過周國皇帝的皇妃。」

「這不可能！」張蕭氏無比果斷，「如果做了國主皇妃，怎麼會跟著別的男人跑來跑去？還有，都是做妾，當皇帝的妾遠比當郡王的妾要好，張綺那小蹄子又不是個蠢的，這事純屬謠言！」

張軒一聽也有理，當下點頭道：「還是母親高明。」

「還有嗎？」

「建康城中的人都在傳，說年前阿綺他們落宿荊州，那荊州刺史看上了阿綺。蘭陵王勃然大怒，不知用了什麼手段，整得周地的君臣一談到高長恭和張氏兩字，便避讓三分。」

張蕭氏尋思了一會兒，搖頭道：「自己的女人都護不住的丈夫，是會被人恥笑的。可他高長恭不過齊地一郡王，哪有這麼大的能耐？純是胡吹大氣。」

連續點評這麼久，張蕭氏顯然也累了，她跌坐回榻上，神色怏怏。

張軒見狀，連忙請退。張蕭氏揮了揮手，示意他退下。

張軒剛退到門口，張蕭氏突然喊住他，「對了，你去見阿綺，讓她回來一趟。雖是嫁出去的女兒，回到故國，怎能不拜見嫡母和父親？去，讓她馬上過來。對了，也叫阿錦回來一趟。這麼多年，她一直念著這個小蹄子，也是時候讓她消消火了。」

聽到母親這話，張軒一陣目瞪口呆，不由想道：母親真的老了，糊塗了。我說了那麼多，她都還把阿綺當成當年召之即來，揮之即去，想打就打，想殺就殺的小孤女了。

張軒還在目瞪口呆，還沒有想好怎麼跟張蕭氏說清這事兒，那邊張蕭氏已經雙眼迷迷，又昏昏欲睡了。當下他拱了拱手，告辭離去。張軒前腳剛退，後面，本已迷糊的張蕭氏又睜開眼來，她命令道：「去，叫管事把張氏阿綺喚回來讓我看看。」說罷，她又閉上雙眼。

「是。」

◆　◆　◆

高長恭一入建康，便被陳帝慎而重之地安置在使館中，同時，陳帝將於當晚在皇宮設宴，屆時蘭陵王是為上賓。

蘭陵王這是第二次出現在建康，和第一次相比，陳帝對他的待遇是天差地遠。第一次時，一個普通的陳國貴族都敢打他的主意，這一次，便是陳帝也對他畢恭畢敬。

當今天下，不說陳國，便是齊周兩國，都是武將建立的。一個擁有傑出才能的武將，完全可以憑藉手中的兵力和多年樹下的威望改朝換代。因此，蘭陵王如今表現出的潛力，使得陳帝這種一國之君，也不敢不重視。

回到故國，一直到入了使館，張綺還處於恍惚歡喜當中。

剛才在路中相遇，她精選出來的給張軒的禮物沒有送出去，現在張綺蹲在蘭陵王的那一堆戰利品中，歪著頭尋思，似乎這一件合適，似乎那一件也不錯。

蘭陵王一入房間，便看到尋思中的張綺，他緩步走到她身後。

張綺挑了一會兒，卻又捨不得了，直覺得除張軒之外，無人再值得她拿出這些價值連城的寶物……要知道，那個突厥首領所選的每一件物品，都是武威城各大富戶收藏的精品。要不是時逢亂世，這些珍玩寶物並不是那麼值錢，不然的話，任哪一樣東西，都是價值連城。

咬唇琢磨了一會兒，她把其餘的東西一樣一樣小心收回去。只把那象牙製的扇骨，名家題的字畫的那把扇子，放到一側的一個精美玉盒當中。

看到她把那些戰利品又收好，張綺的身後，蘭陵王低沉的聲音傳來：「怎地不多挑幾件？」他靠近她，低頭凝視著她如畫的眉眼，感覺著縈繞在鼻端的幽香。

聽到他的聲音，心情大好的張綺回眸一笑，朝他彎著眼眸說道：「這些太貴重了，她們以往對我又不好，不值得送太好的……」

「別捨不得。」蘭陵王掏出十幾個木盒扔給她，淡淡說道：「她們是不值得，不過送禮物的人是妳，妳身分貴重，出手太輕不合禮儀。這是我為妳挑選的，拿著吧。」

說罷，蘭陵王深深地凝視了張綺一眼，轉身就走。直到他走得遠了，張綺還在怔忡著。

他說，送禮物的人身分貴重……是說她嗎？

她從來沒有想到，身分貴重這四個字，也能用在自己身上！

昏沉恍惚中，張綺隨手拿過一個木盒。

木盒是用珍貴的金絲楠木，經過名工巧匠雕刻而成。極具北周粗獷中混合著神祕的佛家意味的雕工，維妙維肖的花紋，光是這木盒，便是價值不凡，更為難得的是，這種風格，在陳國這種南方十分罕見。

打開木盒一看，盒中放置著一塊玉佩。

看到這玉佩，張綺倒抽了一口氣，連忙又打開另外十來個木盒。

這些木盒中放置著金釵、玉佩、明璫等物，每一樣東西都是往昔宮中珍品，全部使用最上等的材料，經過名匠巧手加工而成。如三個木盒中的玉佩，便都是漢時的古物，而且還是漢時宮廷中流傳出的名貴玉件。

這些東西，每一樣價值都不在張綺自己挑的那象牙扇之下，讓張綺看了著實有點心痛。她從小寒微，節儉慣了，要把這些送出去，十分不捨。

可張綺也知道，蘭陵王說的對，她送出的禮品，其實代表的是她自身的地位。要鎮住那些世家子，要讓那些人從此後對她刮目相看，對她執禮相待，而不是表面客氣背裡嘲諷，還真得出手不凡不可。不然的話，他們當面收了禮品，說不定轉身便把她所送的東西丟到了垃圾堆裡。

這也是世家子和寒門子的區別。寒門子處處謹慎，言行舉止中，總免不了透著幾分儉省和瞻前顧後的寒酸。世家子一擲千金，卻也舉手投足間，自然而然具有一種氣勢，哪怕是以錢壓人的氣勢也是氣勢。而且這種氣勢，多數能夠在一個照面間，便令得寒門子志氣被奪，底氣全無，唯唯諾諾，再難挺直腰背。

這是沒有辦法的事，這種由家世、金錢、源於骨子裡的自信，還有身邊的每一個人每一次奉承共同造就的富貴氣、驕奢氣，不是寒門子能夠想像的。很多寒門子在沒有見到他們之前，可能會想著，自己「腹有詩書氣自華」，自己「風度無雙」，可真正與這些人打交道時，除非你真正的詩書成聖，不然的話，會很容易被對方的氣勢所壓制。

咬著牙，張綺只得從中挑出最為珍貴的一個玉佩，準備與扇子一起送給張軒。

當她把這些禮品準備好後，一個僕人在外面恭敬地說道：「夫人，張府有人求見夫人。」

張綺「嗯」了一聲，她還沒有開口，只聽得一個護衛接口道：「為何事求見？」聽聲音，便是那個嘴碎的，時常給蘭陵王講課的那個姓成的護衛。

「說是夫人的嫡母想見見她。」

「求請者何人？」

「張府十二房中的一個雜役處事。」成護衛說到這裡，嗤地一笑，冷冷說道：「你去轉告來人，便說，張夫人身分貴重，在我齊國，便是皇后也對她客氣三分。區區一個十二房的雜役處事便想把夫人請了去，這便是張府的態度嗎？」

「是。」

那僕人一走，姓成的護衛便走了進來。他對著怔怔的、神色複雜的張綺執手一禮，恭敬地說道：「夫人，郎君有事外出。他已交代，夫人在建康諸事，一律按王妃規格相待。郎君還說了，夫人不管走到哪裡，我等五十個護衛必須跟隨。」

張綺的雙眼瞪得更大了。

帶上五十個從刀山火海中走出的五十個護衛？這是去打仗，還是去會客？

見她不解，姓成的護衛笑道：「夫人無須擔憂，我們這些人，不是出自世家，便是來自宦官之族。走在夫人左右，保准不給夫人丟臉。」

張綺嗯了一聲，見他退下，突然問道：「長恭他，他說按王妃規格相待？」

「是！」

「……退下吧。」

「是。」

半個時辰不到，姓成的護衛在外稟道：「夫人，張府的大管事來了，想請夫人回張府看看。」

「稍候。」

「是。」

張綺早就妝扮好了，在侍婢的服侍下，她換了一襲金色夾雜著淡黃色的裳服後出發了。

❖ ❖ ❖

張蕭氏一直在等著。

不一會兒功夫，她派出的那個小管事便回來了。

聽到他的腳步聲，張蕭氏不耐地低喝道：「怎麼回得這麼晚？」

那小管事低頭稟道：「稟夫人，小人回府時遇到大郎主了。」

大郎主？那是張氏一族的族長了。張蕭氏不由自主坐直身子，小心問道：「郎主說了什麼？」

「郎主斥喝了小人，他說，如今張綺已是貴客，便是陛下也不敢輕忽，他還說……」朝張蕭氏看了一眼，那小管事低聲說道：「郎主還說，張綺回府之事，他會派專人接待，夫人病了，也老了，便不需要專門出席了！」

「什麼？」張蕭氏大怒，騰地站起，尖聲叫道：「我是她嫡母！」

那小管事低下頭。

見他不吭聲，張蕭氏喘了一會兒又叫道：「那她來是不來？」

「他們說，張夫人身分貴重，在齊國，便是皇后也對她客氣三分，區區一個十二房的雜役處事便想把夫人請了去，這便是張府的態度嗎？因此，大郎主已另派了大管事相請，想來不用半個時辰便可入府。」

張蕭氏臉色更青了，見她呼哧呼哧的喉中痰鳴不已，那小管事悄悄向後退了退。

眾婢女已蜂擁而上，給張蕭氏捶背、順胸。

張蕭氏這一病，又是服藥又是按摩，用了近一個時辰才好轉。剛剛轉好，一個婢女在外面喚道：「夫人，錦姑子回來了。」

「阿錦回來了？快，快讓她進來！」

「是。」

聲音一落，一襲華服，臉上塗著厚厚的脂粉，昂著下巴的張錦，帶著幾個婢女走來。張蕭氏正要招手，外面一陣嘰嘰喳喳的說話聲傳來，緊接著，一個少女笑道：「十二伯母，阿清來看您了。」、「嘻嘻，不止是阿清哦，十二伯母，我們也來了！」

熱鬧中，五六個少女帶著她們的婢女踱入了堂房中。

這些少女，赫然都是張府的嫡出貴女。一看到她們，張蕭氏便蹙起眉頭，而這時，挽著她手臂的張錦在一側笑嘻嘻地說道：「母親，是這樣的，阿綺不是回來了嗎？偏生她一入府，便被大爺爺親自迎了去。姊妹們沒能看到名揚天下的張氏阿綺，可好奇著呢。這不，現在都趕到這裡來了！」

張蕭氏聞言，眉頭一蹙，就在這時，外面傳來腳步聲，「夫人，蘭陵王夫人拜見。」

原來她還知道些禮數！

張蕭氏看了眾貴女一眼，慢慢坐在榻上，抿了幾口茶後，她才冷冷說道：「有請。」

「是。」

隨著外面的聲音一落，眾嫡女馬上各自打了一個位置坐下。她們含著笑，一個個饒有興趣的，像等著什麼好玩好耍的把戲一樣，等著張綺入內。

張蕭氏瞟了她們一眼，剛要交代兩句，只聽得蹬蹬蹬一陣腳步聲響。轉眼間，四個身材高挑，頗見氣勢的青年走了進來。

這四個青年，任哪一個都是長身玉立，身形挺拔，風姿如松，舉手投足間，具有一種貴介子弟才有的都雅和貴氣。與南方世家子不同，他們在都雅貴氣外，另有一種說不出的，似乎從氣血中迸發出的威嚴。

一看到他們進來，眾女一怔，雙眼不由自主亮了起來。

看到他們堂而皇之地進入婦人所在的堂房，張蕭氏有點不滿，她正要喝罵，卻見那四人彷若無事人一樣，一個走到壁爐旁，拿出一些龍涎香點燃，另一個朝昏暗的室內看了一眼，雙手一拍。

隨著他的手勢，十來個僕人走了進來。他們走到紗窗旁，三兩下便把所有的幃幔拆下，在換好一種透明而飄逸的頂級紗幔後，又把四周的壁爐間全部插上嶄新的蠟燭。

第三個青年則負著雙手在房間轉了一圈後，走了出去。再進來時，已有僕人拿著厚厚的紅色緞布鋪起地面來。第四個護衛則帶著幾個婢女，在房間擺了一些形狀古樸又名貴的茶盅酒樽後，才帶著眾人緩緩退去。

這些人一進來，便把這裡當成自己的地盤著手布置，他們的動作既流利又安靜，顯然是做慣的了。因此，不到半刻鐘，張蕭氏所在的，總是充滿著一股濃厚藥味和陰暗氣息的房間，變得明亮又溫暖，還處處透著一種華貴驕奢之氣……

張蕭氏房中的這些婢女，阿香、阿月等人，無一不是跟了她數年的家生子。也因此，這些人全都識得張氏阿綺的，也都知道她以前的身分是如何的卑微。此刻，這些人一個個瞪大了眼，說不出話來。直到她們看了張蕭氏和張錦一眼，才齊刷刷低頭，屏著呼吸不敢吭聲。

至於那些特意過來看熱鬧的尊貴嫡女們，一個個更是驚了傻了，回不過神了。

張蕭氏的手在顫抖。

張綺的這些屬下所做的事，她們不是沒有見識過，如張府去年故去的大夫人也是這樣的。通常，她走到哪裡，只要對方不是與她一樣的高深門第中人，那她必然是還沒進去，她的屬下便如流水一樣湧入，直到把對方的每一個角落都變成了她最喜歡的布置，才恭迎她入內。

可是，張氏阿綺是誰？一個小小的私生女，一個三年前，張蕭氏揮揮手便可打殺的私生女，居然也敢如千年世家中最最尊貴的嫡女一樣，還沒有露面，便把她的東西、她的愛好、她的味道充盈在嫡母房間的每一個角落裡。

這是羞辱，這是最最赤裸裸的羞辱！

最可恨的是，在面臨羞辱之時，張蕭氏也罷，眾嫡女也罷，硬是被那些外表、氣勢無一不是上佳，舉手投足有著凌人氣勢的護衛和僕人們，震得說不出話來了。張府大夫人最囂張，她的隨從也不過是一些家生子，可這張氏阿綺，怎麼她的隨從卻個個似是出身不凡、氣派非常的貴公子？

在張蕭氏氣得渾身顫抖，完全說不出話時，一個清朗恭敬的聲音從外面傳來：「夫人，都布置好了，可以進去了。」

「嗯。」回答這個嗯字的聲音，嬌軟靡蕩，十分動聽。

不知不覺中，張蕭氏也罷，張錦也罷，眾嫡女也罷，齊刷刷轉過頭去。

房門大開，幃幔飄蕩間，一股幽香飄來，然後，一個身著金色華服的絕色佳人，娉娉婷婷地走了進來。

房間本是明亮至極，可她一進入，便又明亮了幾分，似有一輪明月正在幽夜中冉冉升起……

這便是張氏阿綺？她怎麼變得如此華美，如此驚人的華美了？

在張蕭氏疑惑著，張錦騰地站起，眾女瞪大雙眼中，張綺娉娉婷婷地步入。

她瞟了一眼房中的布置，微微低頭，唇角噙起一朵似是無奈，也似是嘲諷的笑容。可不管是什麼樣的笑容，它盛開在美人的唇邊，便如那月華，蕩漾著讓人無法言語的魅力。

張綺確實有點無奈，這些行為都是那些護衛們自發的，她可沒有想得這麼深，可以說，她都沒有想過要以這樣的方式來打張蕭氏的臉，來鎮住張府的人。

張綺曼步走來，成姓護衛領著她，請她於擺在堂房正中間的榻上坐下後，蹬蹬蹬的一陣腳步聲響，卻是十個身著齊國長靴高褲，挺拔中隱帶殺氣的清俊護衛齊刷刷走來。這些護衛與其說是護衛，還不如說他們都是世家郎君。

這些作護衛打扮的世家郎君徑直走到張綺身後，然後分兩列散開，將她呈保護之勢包圍住後，一動不動了。

這情景、這氣勢，哪是一個「貴」字說得？

它分明是在五分的權勢富貴相壓下，另帶著五分的華美和血殺！

一時之間，張綺不開口，張蕭氏等人也開不了口了。

姓成的護衛以極其優美流暢的手法，斟了一盅熱茶後，恭敬地送到張綺手上。張綺接過，她慢慢抿了一口，還有點昏沉的她，正琢磨著怎麼開口時，見姓成的護衛一個眼神使來，當下溫柔地說道：「我的禮物呢？拿上來吧。」

「是。」

最先進來的四個華服俊美的貴介公子走了過來。

他們手中提著的，是一個最為簡單的，簡單得甚至有點粗陋不堪的木箱。抬著那木箱放在几上，兩人打開箱蓋，從中拿出幾個木盒來。

他們抬著木箱入內時，張錦冷笑一聲，正準備開口，可那話還沒有吐出，一看到木箱中的木盒時，便給收了回去。

拿出幾個木盒擺在几上後，他們轉向張綺，伸手在胸口心臟處按了按，謹慎而恭敬異常地向她行了一個北齊禮節後，齊刷刷退了出去。

張綺伸出纖纖玉手，從中揀了一個玉盒推到張蕭氏面前，有點歉意地說道：「母親，阿綺不知會到建康來，倉促之間，有點失禮了。」

她和高長恭本是陳帝派人從武昌請回來的，這句話倒也說得過去。

當下，張蕭氏輕哼一聲，陰著臉，皮笑肉不笑地說道：「失禮？妳張氏阿綺還知道失禮兩個字怎麼寫嗎？」

這話一出，姓成的護衛上前一步，朝著張蕭氏優雅一禮，溫文而威嚴地說道：「還請夫人喚我家夫人為高張氏。」

張蕭氏聞言，臉色更加難看了。她把几上的木盒朝婢女阿香一扔，冷笑道：「不過一些垃圾瑣碎，給妳！」

「是。」阿香連忙小心接住。饒是她接得夠快，那木盒也啪的一聲掉落在地，然後一陣脆響，盒蓋打開。盒中的一個釵子從中飛起，在空中打了一個旋兒後，掉在地上，斷成了兩截。

這個動作有點失禮，眾女同時低頭，朝那木盒看去。

只是一眼，好幾個小小的驚咦聲、惋惜聲同時響起。

發出這叫聲的，並不是幾個婢女，而是張府的幾個嫡女。她們出身富貴，一眼便認出了這個鑲玉流鳳釵，赫然是漢時張皇后曾經戴過的，其價值無可估量。

張府雖貴，可蘭陵王和他的屬下從突厥人手中截來的戰利品，無一不是武威城中那些富戶和世家數百年的積蓄和珍藏。因此，這鑲玉流鳳釵在張蕭底的嫁妝中，可與其價值相比的，不過四五樣而已。

竟然是如此珍罕之物！

張蕭氏一驚之下，也不由有點後悔，而張錦已臉色大變。

眾女不由自主抬起頭看向張綺。

張綺神色不變，她還在慢慢地品著盅中的茶，連眉頭也沒有抬一下：都是送出去的東西了，便是沒斷也不歸她所有，她何必在意？

張綺的鎮定，明顯令得眾女底氣大虛。不知不覺中，一個嫡女上前，順手打開了另一個木盒。

這木盒中放的是一塊玉佩，玉佩樣式華貴，再一看，赫然也是來自西漢宮中，乃是漢成帝當年佩戴過的物品，上面的字樣，清清楚楚地記錄著它不凡的歷史。

難不成，這裡每一個木盒裡，裝的都是這等價值連城之物？那兩個青年抬來的木箱，裡面可是有十幾個這樣的木盒啊！它們隨隨便便扔在那箱子裡，可看不出它們的主人有多在乎。

一雙雙瞪大的眼睛中，房裡安靜下來。

張綺抿了幾口茶後，把茶盅放在几上，「我的母親手滑了，去，把那雕了山水的木盒拿來。」

「是。」一陣腳步聲響。

不一會兒，姓成的護衛捧著那個木盒，畢恭畢敬地呈在張綺面前。

張綺把它放在几上後，推給張蕭氏，溫聲道：「母親，這是阿綺的小小心意，還請勿要……」

砰的一聲，再一次，她的聲音一落，那木盒被張蕭氏衣袖一甩，重重落向地面。眼看這木盒又要碎裂時，突然的，張錦衝上前來，她佝著身子急急一抓，把那木盒救了下來。

沒有想到女兒會伸手，張蕭氏怒極，她恨恨地瞪了張錦一眼，一時臉色時青時白，倒是張錦，雖是白著臉，卻還是低聲喚道：「母親……」她的語氣中帶著乞求。

張錦出嫁時雖帶了不少嫁妝，可結婚兩年多來，為了挽回丈夫和婆母的心，上下打點著實費了不少。再加上有心人的算計，她的嫁妝，如今十不存三。張綺隨意擺在几上的第一個木盒，都能夠當她的壓箱之寶，能夠讓她將來困頓時東山再起，她實在是捨不得。便是沒有了顏面，她也捨不得……

張蕭氏被女兒這麼一弄，氣得雙眼翻白。而這時，張綺盈盈站起，朝著張蕭氏福了福，微笑道：「母親看來累了，那阿綺告退了。」說罷，她曼步而起。隨著她走動，十個護衛同時提步，簇擁著她朝外走去。明明只有十一人，可那氣勢，再一次令得房中眾人不敢吭聲。

看到張綺走出房門，張蕭氏騰地站起。她瞪了一眼張錦後，示意婢女扶著她，急步向張綺追來，她一動，眾嫡女也動了。

轉眼，張蕭氏站到了臺階上，她朝著眼看就要走出苑門的張綺的背影大聲說道：「阿綺，妳還沒有告訴母親，妳是那高長恭的第幾房妾室？看來妳這丈夫，對小妾也挺上心的嘛！」

與張蕭氏帶著譏笑的聲音同時響起的，還有外面傳來的一個清雅動聽，如冰玉相擊的低沉男聲：「阿綺！」

叫喚張綺的，正是蘭陵王。

他大步而來，披肩的墨髮，緊束的褲腳，高高的靴子，整個人在陽光下，顯得挺拔至極，配上他那俊美無雙的臉，整個人宛若天神般無懈可擊。

轉眼間，蘭陵王跨入苑門，來到了張綺身邊。

不管是張蕭氏還是張錦等女，對蘭陵王三個字，實是如雷貫耳。愛好一切美麗的人和事物的南陳人，對這個名揚天下的當世第一美男的一切，都是好奇的，感興趣的。甚至，在北齊的史官還沒有注意蘭陵王時，南陳的史官已把他書入傳記中。

再加上，自武威一戰後，蘭陵王的名字，更被喜歡他的百姓傳衍出無數的神奇故事。

可這所有的故事，都沒有親眼看到他本人來得讓人震撼。這個行走在陽光下，如日光般灼眼的絕世美男，他的舉手投足，都帶著一種讓人目眩的魅力——整整南北朝數百年，論人格魅力、風華無雙，捨他之外，更有何人？

看到蘭陵王走來，看到他那毫無表情的面容在對上張綺時，那掩不住的溫柔和寵溺，看到他低下頭，目不轉睛地凝視著那個卑微的私生女，看著他低低地，幾乎是小心討好地問道：「怎麼就出來了？」

面對這個世人只能仰望的絕世美男，張氏阿綺臉上的表情卻是淡淡的，她蹙著眉輕應了一句：「我不想待了。」

「怎麼啦？」癡癡地看著她，美男子的笑容溫柔如水，殷勤認真得讓人泛酸，「可是累了？」

「不是，只是想走了。」

張綺的回答，依然是漫不經心得讓旁人惱火。

那絕世美男似是早就習慣了，他凝視著她，溫柔地朝她伸出自己的手。

張綺長長的睫毛閃了閃，輕輕把手放在他的掌心：她的神情有點複雜，今日的一切，禮物也好，排場也好，甚至護衛們的應對也好，都是他親手安排的。憑心而論，張綺並不想自己的娘家人被他鎮住，可她又知道，他這樣做才是對的。

陽光下，這相望的兩人，站在一起，便是一道絕世風景。這樣的風景，甚至可以讓任何一個最高貴、最富有，最不可一世的世家子為之自慚形穢。

此刻也是，張蕭氏等人一對上他們，只覺得氣為之奪，魂為之銷。

轉眼，張蕭氏清醒過來，她重重一哼，突然冷笑出聲。

蘭陵王轉過頭來，對上這個病弱的婦人，他不在意地一眼帶過，便收回了目光，朝張綺說道：「阿綺，我們走吧。」

蘭陵王的輕視，令得張蕭氏這個嫡母惱火起來，她咳嗽一聲，提了提聲音，向著蘭陵王叫道：「蘭陵郡王，我家阿綺雖然只是你的一個妾室，可我蘭陵張府，乃是傳承數百年的高門大府，真說起來，門第比你們齊國高氏還高貴些。聽說你的王妃很不喜歡阿綺，望你看在蘭陵張府的面子上，令你的王妃對阿綺容忍一二，張蕭氏在這裡承郡王和王妃的情了！」

說罷，她高傲地昂起頭，以嫡母之尊，朝著蘭陵王虛福了福。

然後，她盯著蘭陵王，盯著張綺，表情似嘲似諷。

蘭陵王緩緩回眸，盯了一眼張蕭氏，眉頭微蹙，淡淡說道：「夫人錯了，阿綺在齊國，並不是我的妾室，她是我唯一的女人。」用一種不耐煩的語氣說到這裡，蘭陵王朝張蕭氏點了點頭，牽著張綺的手便朝外面走去。

蘭陵王的話，張綺也罷，眾護衛也罷，聽了都沒有放在心上：他說的本來便是事實，張綺確實是他唯一的女人。

可一直到他們走得遠了，張蕭氏和眾女還愣在那裡。

她們這是第一次聽到一個丈夫說，某個女人是他唯一的婦人……相比齊國，南陳的貴族也罷，寒門子也罷，實在是風流得過分。哪怕是個庶民，只有他有一點閒錢，他所做的第一件事，可能不是增加田地，而是會納妾，養妓妾。

妾室成群，對南陳貴族而言，是天經地義，理所當然的事。久而久之，對南陳的貴女們，也是天經地義，理所當然了。

因此，她們無法想像，會有一個男人如此理直氣壯地說，某某婦人是他唯一的婦人。這對丈夫們來說，是極沒有顏面，極讓人嘲笑的事，這是遠比寵妾滅妻，或者他的妾室強烈要求被他扶正當上正妻的事還要沒有顏面。

更何況，說這話的男人是如此優秀，優秀得舉世罕有。有所謂「天下三國，蘭陵無雙」，天下人都說他是獨一無二的，這麼一個獨一無二的男人，怎麼能擁著一個卑微的私生女，便如此心滿意足？

望著那走在陽光下的一對，突然間，張錦緊緊捂上了臉。而在她的身後，一個八房的嫡女輕輕說道：「怪不得以她的出身，也在那裡妄想當人正妻……把丈夫迷得只要她一個，只願守著她一個，還津津樂道引以為豪，阿綺，當真好本事！」

另一個嫡女也嘆道：「天下三國，蘭陵無雙！這麼一個丈夫，這麼一個絕無僅有的丈夫，她何德何能？她何德何能！」

是啊，她何德何能？每個嫡女都在這樣想，她何德何能？上蒼是瞎了眼吧？身分那麼卑賤的私生女，等同貨物的私生女，一生下來長得美貌些，便成妓妾；長得普通些，便嫁同樣大戶人家的病殘和無能庶子的私生女，她何德何能配上這麼好的丈夫？甚至還獨占他？

第三個嫡女也在身後嘆道：「若我是她，也會捨阿莫而取高長恭。普天之下，癡傻至斯，唯此一人而已。」

她們的語氣中，都是深得化不開的羨慕和嚮往。

提到蕭莫，好些人轉眼看向張錦。

張錦卻沒有注意到她們的目光，她只是捂著臉，淚水無聲地順著她的指縫流著……在她如癡如醉地戀慕著蕭莫時，她也不敢想像有一天蕭莫能夠只要她一人。如今，她嫁的丈夫，光是正正經經聘回來的妾室便有七八個，至於沒名分的婢妾和妓妾，那是幾十個都有。因此，他是那麼那麼的忙，忙得兩年都沒有時間來看她這個正妻一眼。

她也曾經聽人說過，齊國的男人通常只娶一婦，而且都不納妾。她一直不信，可她現在信了。卑賤如張綺，都能得到這麼優秀的男人全心全意的相待。比起來，身為她嫡姊的自己，卻如黃連一樣，連心也是苦的。

張綺上了馬車後，蘭陵王輕聲問道：「禮物送出去了？」

張綺搖頭，「還有一些。」她看著蘭陵王，又道：「九兄的禮物，我親自給他。」她的意思，是想單獨見張軒了。

蘭陵王蹙了蹙眉，最後還是應道：「也罷。」

頓了頓，他伸手撫著她的墨髮，「她們可有羞辱於妳？」

他給她弄出這麼大的排場，她們哪有機會？

張綺搖了搖頭，她神色複雜地看了蘭陵王一眼，任由他把自己摟在懷中。

馬車慢慢朝使館駛去。看著外面漸漸開始西斜的陽光，張綺喃喃說道：「宴會要開始了。」

蘭陵王嗯了一聲，淡淡說道：「我怕妳耽擱，便趕過來了。」他是怕她受人欺負，不得脫身吧？有了五十個人相助，他還有什麼好怕的？

這陣子，蘭陵王對她的所作所為，張綺不是沒有看在眼裡。

到了此刻，她已是覺得，原來逼著自己恨一個人，是那麼不容易……她真怕，真怕自己會忍不住投入他的懷抱中，真怕她會忍不住想要跟他生兒育女，真怕她會明知道蘭陵王妃鄭氏是何等陰毒難纏，卻還是不知死活地黏上去。為了男人一時的在意，便飛蛾撲火般不管不顧了。像她前世時，便如她母親一樣。

原來，逼著自己遺忘他的好，逼著自己始終清醒理智，逼著自己堅決放棄，是那麼的不易！

張軒回到了府中。

他剛一入府，便聽到四下議論聲陣陣：「綺姑子好生威風！」、「真沒有想到，一個私生女也有今天！」、「你看她帶來的隨從，那個威風，簡直連最不起眼的僕人，看起來都像官宦人家的子弟！」、「還有那些禮物，連幾位太夫人都鎮住了！嘖嘖，那一箱子裡就有十幾盒，他們說，任哪一個都可以成為傳家寶呢！」、「這有什麼？綺姑子那個夫君，居然當著她嫡母的面便說，他只有這麼一個婦人！嘖嘖嘖，這是丈夫能說的話嗎？」

亂七八糟的議論聲中，另一個世家子對張軒笑道：「阿軒，你這個妹妹，都要被史官記上一筆了。看來日後你有了什麼麻煩，盡可向她求助去。」

張軒搖了搖頭，轉眼也笑了，「說得也是……走到哪裡，那些人不是談論蘭陵王，便是說我那妹妹。那些人都說，早知張氏阿綺長大後如此美貌，當初就不應該便宜了高長恭。」想到這裡，他滿足地敲了敲額頭，「這幾年我一直擔憂她，不過現在好了，不必在意了。」

他剛說到這裡，一個瘦得皮包骨頭，實際只有十八九歲，看起來卻足有二十八九歲的婦人急急向他走來。她沒有注意到張軒的馬車裡還坐著旁人，一湊近便說道：「九兄，我忘記問阿綺，阿莫現在怎麼樣了。你見到她，幫我問一問。」

開口的正是張錦，蕭莫是她刻在心上的人，從無一時或忘，可剛才被張綺排場所驚，竟是給震得連這麼重要的事也忘記說了。

不止如此，張錦甚至感覺到，張綺自始至終都沒有注意到她過。自己這個嫡姊，她明明看到了，卻根本沒有在意，更沒有認出。這種直白的無視，令她現在冷靜後一想，那心便翻騰似的鬧得慌。

張軒應道：「好。」他看著張錦，恨聲道：「阿錦，妳怎麼瘦成這個樣子了？那姓馮的是不是還不進妳的門？九兄現在就叫人去揍他一頓！」

張錦搖了搖頭，不等她開口，張軒又道：「不過，阿錦妳也真是的，阿莫都走了這麼久，妳怎麼還念著他？」

張錦不喜歡聽他念叨，黑著臉叫道：「你願說就說，別管這麼寬！」說罷掉頭便走。

看著張錦的背影，張軒還有點難過，他念叨道：「阿錦，妳才比阿綺大一歲啊！」可看起來，卻憔悴得白粉也掛不住了！那身形氣度和精神，更是一個天一個地了！

貳之章 ✿ 衣錦還鄉展風華

轉眼，晚間到了。

今天晚上，陳國皇帝將為遠道而來的蘭陵王接風洗塵。想當初他送出張綺時，下的只是一著閒棋，可沒有想到，今時今日，那著閒棋成了妙不可言的一著棋。

望著外面依然沸騰的街道，和漸漸沉下的夕陽，張綺咬著唇，低聲說道：「我有點緊張。」

蘭陵王已穿戴完畢，他大步走到她身後，接過婢女手中的玉梳，一邊給她梳理著墨髮，一邊低聲說道：「不用緊張。」

他靠她如此之近，說話時呼出來的氣息，暖暖地撲在她的後頸上。感覺到他梳髮時的小心和溫柔，張綺垂下眸來。好一會兒，她低低說道：「張十二郎也會去，你說他看到我，會不會後悔？」

後悔當初那麼拋棄她，後悔當初接她回到陳府，也把她當成一個可有可無之人。

蘭陵王低下頭，他在她的後頸間輕輕印上一吻。隨著他的動作，張綺手腳一僵。蘭陵王似是不知道自己做了什麼了不得的事，低聲回道：「會的，他會後悔的。」

其實他和她一樣，心中都清楚，張十二郎是萬萬不會悔的。可他還是這麼溫柔，這麼自然地騙著她。張綺長長的睫毛如羽扇般撲動著，她輕輕說道：「可惜母親不在了。」

一刻鐘後，兩人的馬車駛出了使者府。

駛在熟悉的青石路上，望著路旁兩側的樓閣街巷，吹著晚風，看著天空中淡淡的，若有若無的晚霞，突然的，張綺有點醉了。

馬車駛入皇宮，還沒有停下，一個複雜的輕喚聲從身後傳來：「張氏阿綺？」

這個聲音有點耳熟。

張綺回過頭去。透過紗帽，她看到了一張熟悉卻明顯成熟太多的臉。

這張臉還有著幾分俊秀，不過更多的是被生活折磨的世故。

這人正是陳邕。

陳邕定定地看著張綺，他正想再說什麼，只聽得一陣笑聲傳來：「蘭陵郡王、張夫人，陛下令咱家出來迎接，可幸來得及時啊！」卻是陛下最為寵信的黃公公，率著十幾人急急迎來。

看到黃公公，陳邕抬得高高的腦袋向下一縮。

蘭陵王走下馬車，來到張綺的馬車旁，接著她的手走下後，順手摘下她的紗帽。

隨著那紗帽一取，一道無與倫比的華光刺痛了陳邕的眼，可他沒有眨眼，他雙眼睜得大大的，不敢置信地，傻呼呼緊盯著張綺，直過了許久，才倒抽了一口氣。

他陡然明白過來，為什麼張軒說到張綺的外表時會支支吾吾，表情奇怪，原來，不過三年不見，昔日的嬌嫩小美人，如今已是風華絕代的絕世佳人。

這樣的佳人，從來都是出現在史書中、在傳記裡，真真這般面對面盯著，給人的衝擊實在太大。這一瞬間，陳邕有一種這一輩子都白活了的感覺。

不知不覺中，他捂上自己的胸口；不知不覺中，他發現自己的雙腿在發軟。

不知不覺中，他已悔得肝腸寸斷。

這樣一個絕色美人，他竟與之擦肩而過。如果，如果當年他堅定一點，如果他再認真一些，再多下一點功夫，那摟著這個美人兒夜夜春宵的，豈不就是他陳邕了？

張綺沒有注意到醜態畢露的陳邕，她和蘭陵王跟在黃公公身後，已大步走向太陰殿。

太陰殿中，早已燈火通明，廣場上燃燒著一堆堆的焰火，長袍廣袖的世家公子們翩然而來。

紅紅的焰火、飄溢的清香、華美的貴介男女，這一刻的太陰殿外，充滿著春的氣息。

今日之宴，宴請的是世間罕見的一對俊男美女，這對於整個陳國來說都是盛事。因此，不管是王謝子弟，還是遠在蘇杭的皇子皇孫，都特意趕了過來。

與此同時，另有一輛馬車急急駛入宮中。一個中年人看著遠處太陰殿前燃燒的焰火，轉向一側急急囑咐道：「十二郎，這事關乎你我前程，可千萬要記得了。」轉眼他又說道：「那個高長恭不管怎麼說，也是你的女婿，岳父開口令女婿幫忙，乃是天經地義之舉，你可千萬不能氣短！」

聽到上司的再三交代，中年俊秀的張十二郎有點囁嚅，他看著前方，低聲說道：「黃公，我就怕世人都是誇大。我那女兒不過是個私生女兒，低賤得如同泥土，那高長恭堂堂丈夫，怎麼可能為她冒那般大的險？」

聽到張十二郎的話，黃公氣得吹鬍子瞪眼，見他又要斥喝，張十二郎連忙急急說道：「好好，我一定會照原話說的！真說起來，我那個阿綺在張府時，對我甚是恭順，她不敢違逆我這個父親的！」

「不敢就好！不然，你知道會有什麼後果！」

「是是。」

太陰殿中越來越喧譁熱鬧，隨著眾世家子步入，陳帝也在太監和宮妃的簇擁下步入殿中。

「陛下，臣妾聽人說，那個張氏阿綺色可傾城，臣妾實在不敢信呢！」一個眼大鼻挺，眉目豔得凌厲的宮妃笑嘻嘻地說道。

這個宮妃姓王名焰，兩年多前陛下清理世家，許多入宮為妃的世家貴女都被「暴病而亡」，眼前這個王焰身為潁川王氏之女，卻成了唯一逃過大難的，不可謂不神奇。

而真正的原因便是，她是陛下自己挑選出來的。那是高長恭第一次來陳最，張綺、張洇，還有這個王焰等出身卑下的世家女被挑選出來，站在這殿中任由齊周兩國使者挑選時，王焰用了心計，博得了陳帝的喜歡，也成就了她現在的地位。

可以說，對王焰來說，張綺也罷，高長恭也罷，都是熟人。那一次設宴，不過是三年前，那時的張綺毫不起眼，她真不信，不過三年時間，怎麼會把一個普通的女人變成絕色美人？哼，不過是世間胡吹大氣罷了！

聽到愛妃的置疑，年輕俊雅的陳帝也呵呵笑道：「朕也不信。」他慢慢說道：「朕與這個張氏數次相晤，朕可不願意相信自己放走了一個王昭君。」

說笑中，陳帝已跨入宮中，在眾人齊刷刷行禮中，他微微頷首，走到主榻上坐下。

剛剛坐定，便聽到太監尖銳的聲音傳來：「齊——蘭陵王到！」、「蘭陵王夫人張氏到！」

尖利響亮的聲音撕破了夜空，令得原來喧囂吵鬧的太陰殿安靜下來。

嗖嗖嗖，眾人同時轉頭，同時看向大殿入宮處。

在一種極致的安靜中，一個身長腿長，俊美中透著月光般的皎和清冷，卻又華貴威嚴的青年走了進來。

陡然見到這個青年，眾陳人頓時瞪大了眼。不由自主的，他們同時想道：可不正是，天下三國，蘭陵無雙？如此風姿，便是昔時潘安，也不過如此吧？

在眾人的肅靜中，青年停下腳步看向身後。

一個身著粉黃色衣裳的少女，娉娉婷婷走了進來。

隨著這個少女入內，眾人只覺得眼前光華大盛，原來便光亮照人的太陰殿，又明亮了幾分。

眼前這個少女，眉目如畫，眸中流蕩著一縷含喜含嗔的霧光，櫻唇瓊鼻，無一不美。而讓所有人震住的，還不是她的五官，而是那籠罩於她通身的光華。

如煙中西湖，如霧中月影，如海邊觀霞，至華至豔，至清至媚，此姝風姿，已通造化！

更何況，於這無邊的光華外，少女露在外面的頸項皓腕、纖腰修腿，都讓人感覺到一種宛若無骨的妖嬈。

少女步入殿中，眸光朝著殿中眾人滴溜溜一轉後，便看向她的心上人。

只是那麼的一眼，殿中的男人們，陡然生出一種說不出的羨慕妒忌之情。

這，便是張氏阿綺吧？果然傾城傾國！

四下安靜，蘭陵王感覺到眾陳人投來的過於火熱的目光，微微蹙了蹙眉，暗暗忖道：這些陳人，也太好色了！

他走上一步，緊緊牽著張綺的手，提步朝著陳帝走去。

來到殿中，他朝著陳帝行了一禮後，恭敬地喚道：「齊蘭陵王見過陳皇陛下。」、「高張氏見過我皇陛下。」

兩人的聲音一落，陳帝便站了起來，呵呵笑道：「快起快起！」等兩人行完禮後，他目光不由自主轉向華美至極的張綺，突然嘆道：「說起來，朕還是你們兩人的大媒人呢。想當初，蘭陵王閣下第一眼便相中了張氏的這個姑子。也是那一次婉拒後，朕心中不安，便藉出使之名把張氏送歸郡王手中。」

說到這裡，見蘭陵王看向自己的目光恭敬了些，顯然是承了自己的情，陳帝又笑道：「只是朕斷斷沒有想到，昔日那個張氏竟是如此絕色，真真愧煞朕矣！」

他的聲音中，有著他自己也沒有察覺到的遺憾、失落，或者還有解脫。

做為一個野心勃勃，一心想著壯大家國的明君，錯失這樣一個美人，也許是幸吧？

陳帝發了一番感嘆後，見四下還安靜著，便哈哈一笑，道：「美人已有主，諸卿就不要發癡了，來來來，飲酒飲酒！」

陛下開口，眾人自是聽從，於是殿中笑聲漸起。

在蘭陵王兩人落榻時，陳岂和張十二郎也來了。

看到張十二郎入內，眾人笑鬧起來。不時有人指向坐在前方的張綺，朝著張十二郎說笑著。在這些笑聲中，張十二郎看了一眼旁邊的黃公，見對方點了點頭，當下提步朝張綺和蘭陵王走去。

張綺才坐下不久，便聽到一個聲音喚道：「阿綺……」

張綺抬眸。

這一抬眸，她對上一臉呆怔的張十二郎。時過三年，這個養尊處優的張府老郎君，明顯憔悴多了，看到額頭上的三層抬頭紋，顯然他的日子過得也不怎麼好。

張綺慢慢站起，望著他，她低下頭來福了福，喚道：「父親。」

「誒。」張十二郎雙眼大亮，他上前一步扶向張綺，「孩子，父親這幾年來一直想……」才說到這裡，他便說不下去了。卻是張綺悄悄向後退去半步，避開了他相扶的手。

張綺看著張十二郎，垂眸說道：「父親何必虛言，你可不曾思念於我。」

這話一出，張十二郎臉色一陣青一陣白，他囁嚅半晌，才低聲說道：「阿綺，妳長得，真像妳的母親……當年，她也很美很美！」他看著張綺，眼神有點惘然，「那時我與她初相識，她很俏皮，也很讓人喜歡，她……」

「不要提母親！」張綺驀然抬頭，靜靜地看著張十二郎，冷冷說道：「她長得最美，在你眼中也不過是個賤民！她最讓你喜歡，你也可以毫不猶豫把她拋棄，所以，不要在我面前提起母親！」

再一次，張十二郎被噎得臉上青一片白一片了。

張綺深吸了一口氣，她朝四下看了一眼，見有不少人盯向這裡，只好輕聲說道：「父親，你還是回楊吧。」

可他這次來見張綺，是有任務的，他怎麼能這麼回去？呆了半晌，張十二郎訥訥道：「阿綺，為父想與蘭陵郡王談一談……」才說到這裡，他的衣袖被人輕輕一扯，同時，黃公的聲音從後面傳來：「十二郎，我看蘭陵王現在未必有空暇，不如改天再說吧。」

「好好，改天再說，改天再說！」

張十二郎連忙應了，他跟在黃公身後走出十幾步後，突然黃公腳步一停，回頭小聲罵道：「你怎麼搞的？生了這麼一個如花似玉的女兒，竟與她形同仇敵？」黃公恨鐵不成鋼地瞪著他，搖頭怒道：「剛才陛下那眼神你可有看到？以陛下那鐵石心腸，也對你的女兒心動。這樣的女兒利用得好，不亞於十萬大軍，你倒好，一不知道她生得如此傾國絕色，二不曾與她結有恩德，你、你真是無能之至！」

這一邊，張十二郎耷拉著腦袋挨罵，那一邊，張綺抿緊了唇，神情有點怏怏。

見她不高興，蘭陵王握住了她的手，低聲喚道：「阿綺……」

才喚了兩個字，張綺驀然回頭，瞪著他，啞著聲音，低低罵道：「你別叫我，你也不是好人！」她吸了吸鼻子，忍著奪眶而出的淚水，哽咽著說道：「你也是個混蛋，混蛋！」

感覺到她奔湧的情感，蘭陵王連忙伸手把她摟在懷中。摟著她，把她的臉埋在自己胸前，蘭陵王無視四周投來的羨慕眼神，低下頭在張綺的墨髮上親了親，低啞說道：「可是，我改了啊……阿綺，我改了的！」聲音隱約中有著委屈。

張綺知道自己不能失態，至少在這個場合中不能失態，因此，她努力深呼吸著，努力轉移自己的注意力，努力不讓自己去想張十二郎和抱著自己的這個混蛋。

直過了好一會兒，她低聲說道：「放開我。」聲音卻是平靜了。

蘭陵王鬆手，張綺一坐直，便理了理頭髮，再低下頭來專注地看著地板，看著自己的足尖。

今晚這場宴會，只是給蘭陵王兩人接風洗塵。在陳帝說了幾句話後，便不時有權貴過來勸酒。蘭陵王站起來，在眾人的簇擁中喝了幾杯酒後，又被人強行扯到另一側喝起酒來。

見身邊清靜了些，張綺掏出手帕，悄悄在眼角按了按。

就在這時，一個聲音喚道：「阿綺。」

張綺抬起頭來，看了來人一眼，重新垂眸，「是陳邑啊。」她心中怏怏，語氣中便帶著敷衍。

陳邑卻湊上前來，癡癡地看著她，訥訥說道：「阿綺，我、我很高興見到妳。」轉眼，他又問道：「高長恭對妳好不好？」他認真地說道：「如果他對妳不好，妳就跟我說，我、我拚著什麼也不要，也要帶妳離開他！」

這話說得，好似他們之間有什麼感情似的。

張綺抬眸靜靜地說道：「他對我很好。」

「可妳剛才流淚了，他讓妳流了淚，一定是對妳不好！阿綺，妳不要騙我！」陳邑說到這裡，聲音已有點興奮。他看著張綺，想從她的嘴中得到蘭陵王其實對她不好的事實。

在他眼巴巴的期待中，張綺慢慢說道：「他對我如珍似寶，從無貳心。」瞟了陳邑一眼，張綺突然問道：「陳郎你呢？你納了幾個妾，府中共有多少女人？」

這話一出，陳邑頓時僵在那裡。

看他這神情，張綺哪裡還有不明白的道理？她蹙著眉，淡淡說道：「我累了。」

這是在趕人了！

陳邑呆了呆，不想離開卻又不好意思開口，正好這時，張軒走了過來，「阿邑，你來幹什麼？」他露著雪白的牙齒笑道：「對了，你家那幾個女人不是鬧翻了天嗎？現在好些了沒？」

見張軒在張綺面前說這個，陳邑臉色變了變，嘿嘿兩聲時，張軒已把他一擠，逕自走到張綺面前，與她促膝而坐，輕聲問道：「阿綺，妳剛才是不是與父親吵起來了？」

張綺點頭，低聲道：「我說了他幾句。」

張軒嘆了一口氣，說道：「對了，族長白天跟我說，讓妳多到府中走動走動。」

「我知道了。」

張軒向她湊近些，「王明妃一直在看妳，妳識得她？」

張綺瞟了前方一眼，點頭道：「識得的，她是王焰。」說到這裡，張綺想起一事，輕聲說道：「九兄，我還有禮物沒有給你呢，你改天來一下使者府。」

「禮物？好啊好啊，阿綺妳送出的那些禮物，可都是珍罕之物啊，為兄早就想問妳了。」剛說到這裡，張軒昂頭瞟了一眼，「有人要我過去，阿綺，我改天來見妳。」

「嗯。」

張軒一走，蘭陵王也過來了。他酒喝得有點多，吐出來的氣息都帶著酒味。

當宴席散去時，蘭陵王明顯被灌得高了，走起路來有點晃。張綺幾次想扶，剛伸出手，便被他連人摟入懷中。

幸好，一出太陰殿，便有護衛迎過來。他們剛扶著蘭陵王上了馬車，便聽到蘭陵王嚷道：「阿綺呢？怎麼不見阿綺？別是讓我丟了吧？」一說到「丟了」兩字，他騰地坐起，醉得迷離的雙眼睜得大大的，直到張綺上馬車坐定，他還傻傻地瞪著看著。

瞪了一會兒，蘭陵王突然伸出手在張綺的臉上一掐。

「啊」的一聲，張綺叫起痛來。她捂著臉，怒瞪著蘭陵王。

見到她呼痛，蘭陵王鬆了一口氣，呵出一口酒氣，高興地說道：「原來是真的阿綺！是誰撿回來的？我要重重謝他，來人，來人！」

幾個護衛連忙湊近，「郡王？」

「賞！送阿綺回來之人，賞他一千金！」

幾個護衛哪曾見過這樣的郡王？一個個傻了眼。

張綺見狀，忙上前，一手捂著蘭陵王的嘴，一邊對眾護衛低聲道：「他喝醉了，你們把車簾拉下，他說什麼也別理。」

「是。」

幾個護衛剛剛走遠，便聽到馬車中傳來「啊」的一聲驚呼，他們忍不住回過頭來，恰好這時，一陣風吹開了車簾。車簾後，蘭陵王正雙手捧著張綺的臉，一口叨住了她的唇。看樣子他咬得不輕，張綺都痛得叫起來了。

眾護衛你看著我，我看著你，拿不定主意要不要上前時，馬車中，張綺的痛哼聲變成了氣急敗壞的聲音：「走開，走開，你壓著我了！」又過了一會兒，她的聲音有點喘，「高長恭，我還沒有原諒你，你給我走開！」

再然後，傳出來的，是一陣嚶嚶嗯嗯的聲音，似是被人堵著了嘴所發出的掙扎聲。

再然後，便是一陣幾不可聞的呻吟聲……

這一晚，馬車駛入使者府後，楊受成等人剛迎上，便被同去皇宮的幾個護衛攔住了。眾人低語了幾句後，這些男人們一臉壞笑著走開。

隨手安排幾個護衛盯住馬車，楊受成淡淡地說道：「你們就這樣盯著，不可打擾、不可詢問，知道嗎？」

「知道！」

「剩下的人都退下吧……你們幾個怎麼還不走？我告訴你們，明天郡王酒醒後，可能會惱羞成怒，你們還不給我老實退去？」

張綺醒來時，不但腰酸背痛，手臂都抬不起來了。

她動了動，卻發現身上壓著一個重物，根本動不了。

支起身子低頭看去，卻感覺到身上一涼，赫然是幾無寸縷。

重重摔回，卻差點撞上什麼東西。她回頭一看，卻原來還處身於馬車中。

她重新轉頭，睜大眼，怒瞪著躺在她身上，睡著了還兀自帶笑的男人。張綺驀地低下頭來，嘴一張，狠狠咬上他的耳朵。

一聲悶哼，蘭陵王慢慢睜開那雙微帶迷茫的鳳眼。

人還沒有清醒，他已認出了張綺。見她咬著自己，他睜眼瞅著她，那眼神分明帶著點委屈：好好的妳為什麼咬我？

他還委屈？

張綺牙下一合，咬得更重了。

蘭陵王吃痛，眉頭一蹙，完全清醒過來。

這一清醒，他便發現場合不對，事情也有不對。

他微微欠身，卻發現自己的分身還埋在一個極溫暖、極緊致的所在。

這是？

蘭陵王驀地睜大眼，見他終於明白過來，張綺鬆開牙關，恨恨地瞪著他。

蘭陵王支起上半身，隨著他低頭，早就散開的墨髮披洩而下，鋪洩在旁邊的虎皮榻上。

低著頭，他慢慢伸出手，然後按在一處豐隆上。

倒抽了一口氣，蘭陵王低啞地說道：「阿綺，昨晚我們……我碰了妳？」

張綺重重一哼。

她的哼聲才落下，蘭陵王已低罵道：「該死！」聲音沉而氣惱。

他氣惱什麼？張綺睜大濕潤的眼。

蘭陵王蹙緊眉，顯得十分惱火，「該死！我渴了那麼久，竟在喝了酒時下手！」

居然是為了這氣惱？張綺瞪著他，說不出話來。

這時，蘭陵王抬起頭來，他嚴肅地看了一眼張綺，低沉地說道：「阿綺，咱們再來一次？」話是詢問，可那埋在她體內的玉柱，已輕輕抽動起來。

張綺咬緊牙關，忍住差點脫口而出的呻吟，伸手用力把他一推，「快起來，這裡是馬車中！」

蘭陵王慢慢抽去蓋在張綺身上的所有被褥，低下頭，細細地，一寸一寸地掃過她的嬌軀，這才低啞地回道：「都待了一晚了，別羞。」

一邊說，他一邊低頭，輕輕含上她一側的紅櫻，另一隻手則揉搓著另一側。

吮吸舔吻間，他低啞濁重地喚道：「阿綺。」

「阿綺！阿綺……」一遍又一遍，含糊而溫柔地喚著她的名字，見她總是不應，突然間，他把她的左腿一折，身下大開大合地抽動起來。

隨著他的動作，張綺的大腦變成了一片漿糊，不知不覺中，她挺起玉乳，讓自己更加迎向他。不知不覺中，她抱上他的頸，一口咬在了他的肩膀上；不知不覺中，她呻吟出聲，低低地喚道：「長恭……長恭……」

這一場纏綿，似是無窮無盡。

看著那搖晃的馬車，楊受成連忙把人都趕到外面，再小心關上院門：郡王的酒肯定醒了，在他清醒時，還是小心行事的好。

中午時，張軒來到了使者府。剛走出幾步，年輕的門子便擋住了他，「張家郎君，我家夫人身體不適，不能待客。」

「身體不適？」張軒急急地說道：「昨晚不是還好好的嗎？怎麼卻一下子生病了？找大夫看了沒有？」

他問得甚急，那門子卻古裡古怪地看著他，直過了一會兒，那門子才斷然說道：「張家郎君請回吧，這兩天，我家夫人都不會見客。」

夫人的嘴唇都被郡王咬破了，上面的牙齒一目了然，兩天也不知能不能夠恢復？充當門衛的成史一邊走一邊忖道：話說回來，郡王還真是神勇，才給了夫人一頓飯的時候，現在又抱進去了……

接下來的兩天，不止是張綺沒有待客，便是蘭陵王，也推了幾波陳帝派來的太監。

沒辦法，他的兩邊耳朵都被張綺咬破了，喉結上也老大一個牙印，還真沒有辦法見人啊。

兩人這一休息，足足休息了五天。五天後，兩人「病」一好，蘭陵王便被陳帝叫入宮中，而張綺，則接到了張軒的邀約。

帶著禮物，張綺坐上馬車，出現在一處酒樓中。

這是建康最好的酒樓之一，時值正午，當戴著紗帽，風姿華美的張綺出現時，酒樓上下安靜了一會兒。張綺沒有在意，她碎步朝閣樓走去。

來到廂房外，她便喚道：「九兄。」聲音輕軟而靡，帶著歡喜。

得意地瞟了一眼周圍的朋友，昂起頭，張軒輕快地應了一聲，「阿綺，我在這裡！」他大步跑上去拉開了廂房門。

張綺剛被張軒拉入門內，便是一呆。

廂房不大，可裡面的人卻坐了個滿滿的，一、二、三、四……足足七個世家子外，還有一個婦人帶著一個婢女。這些世家子，似乎都有點面熟，那一主一婢則更是面善。

這時張軒笑道：「見兄長，戴什麼帽子！」說罷，他上前摘下了張綺的帽子。

華光大盛。

對上一眾目瞪口呆的人，張綺暗嘆一聲，轉向張軒，無奈地說道：「九兄。」明明只約了他一人的。

「是他們強行要來的。」張軒摸著頭，嘿嘿笑道。

張綺瞪了他一眼，不過想到盼了兩三年才與他一見，也惱不起來。她從懷中掏出兩個木盒，雙眼亮晶晶地說道：「九兄，這是阿綺給你的禮物。」獻寶似的打開一個木盒，把那象牙雕成的扇子塞到他手中，張綺歪著頭，雙眼彎成了月牙兒，「這是我親手選的哦，嘻嘻，選了好久才選出來的，是不是很精美？」

見張軒認真端詳著那扇子，她又打開另一個木盒，「這玉佩很好看吧？它是長恭選的，九兄看喜不喜歡？」

這兩樣，任哪一樣都是珍罕之物，張軒還真是愛不釋手。他看看這個，看看那個，嘆道：「果然是極好的東西啊，在太平之時，這任哪一個都是價值連城之物。阿綺，那個姓高的，對妳真是好啊。」

張綺垂眸，長長的睫毛撲閃著，幽幽說道：「他對我，自是好的。」

聽到她語氣中的幽怨，眾世家子直覺得心都碎了。

這時張錦突然叫道：「阿綺，阿莫他，怎麼樣了？」

張綺回眸看去。陡然對上又瘦又憔悴的張錦。

張綺怔了怔，直看了兩眼，才小心地喚道：「錦姊姊？」

張綺這種要仔細辨認才能認出的表情，讓張錦一陣氣悶，她冷聲道：「不錯，就是我，妳說說阿莫吧！」

張錦怎麼瘦成這個樣子了？她過得不好嗎？是了，站在她身後的，就是張錦的婢女阿藍，比起三年前，阿藍也老相了不少，唇角甚至有了愁苦的紋路。

張綺呆了呆，直過了一會兒才說道：「蕭莫很好，他現在在齊國是從二品的高官了，上次齊國太后還非要給他指婚呢。」

廂房中嗡嗡聲大作，一個面熟的世家子問道：「他，可有思鄉，可有消瘦？」剛說到這裡，他又苦笑著朝自己一指，「阿綺定是不識得我了，我是袁之煦啊！我們這些人，與妳九兄相交多年，那一晚還聽妳吹笛呢！」那一晚，張軒原是想把這個妹妹許給自己為妻，而自己呢，也對她有點心動。不過當時她面目不顯，他雖然心動，卻也僅是心動罷了。家中事務一忙，便把她給拋諸腦後。

如果當初……如果當初……

思緒萬千中，袁之煦只有一個如果當初。

不止是他，他身邊的幾位青年也是如此。當時張軒想替這個妹妹找好歸宿，之所以考慮了袁煦而沒有提他們，不過是覺得張綺不配，他們也看不中罷了。可現在看看眼前這個絕色佳人，看看她在絕美之外的華貴，當今天下，還會有男兒敢說她不配嗎？

張綺沒有注意到他們複雜的眼神，她歪著頭尋思了一會兒，輕聲道：「思鄉總是有的，不過不曾消瘦，還成熟了些。」

正在這時，叩叩叩的輕響中，一個優雅清悅的聲音響起：「張軒可在？我乃謝子彥！」

謝子彥？

一聽到這個大世家嫡子的名號，眾世家子都站了起來。有所謂物以類聚，張軒是個文弱性懦的，他的朋友也多是此類，雖然都是世家嫡子，可不論是排行還是才華上，都只是普通。而這個謝子彥，當年便與蕭莫齊名。後來成功用計躲過陳帝的大屠殺後，在如今的建康，更是一時風雲人物。

因此，聽說他來了，眾世家子自然而然地恭敬起來。

張軒走了過去，他拉開房門，一眼便看到長袍廣袖，墨髮披拂，面目俊朗倜儻的謝子彥，當然，也看到了守在外面，冷眼看著這裡的張綺帶來的眾護衛。相比起別人的護衛，張綺這些護衛的存在感，總是特別強。

謝子彥朝張軒略施一禮後，眸光一轉，看向了光華灼灼，幾讓人睜不開眼來的張綺。

怔怔地看了張綺一會兒，他突然展顏一笑，露出雪白的牙齒笑道：「怪不得阿莫傾慕至斯，怪不得蘭陵王也一迷至此，張姬之豔，百年罕見！」

他口裡說著讚美的話，可舉手投足間，卻風度翩翩，雍容優雅。

張綺垂眸，朝著他盈盈一福，輕聲道：「郎君謬讚矣。」應罷，她看向張軒，秋水蕩漾，嫵媚的眸子裡，分明是在怪責張軒：叫你不挑一個清靜所在，現在好了，人越來越多了！

每個世家子都讀過那些「巧笑倩兮，美目盼兮」的美文，每一個世家子心中，都幻想過那麼一個洛神般的絕色美人，為自己作紅袖之舞。可真正看到她的那一刻，卻齊刷刷地感覺到無邊的失落。

佳人雖好，奈何名花早有主！

謝子彥深深凝視著張綺，直盯了一會兒後，他長嘆一聲，朝她深深一揖，道：「久聞阿綺之豔，特來一見。今朝見了，方悔相見不如不見。」

說罷，他廣袖一甩，翩然轉身。隨著他遠去，一陣說不出後悔，更說不出悲涼落寞的吟唱聲遙遙傳來：「子之湯兮，宛丘之上兮。洵有情兮，而無望兮。」

謝子彥一走，四下安靜了一會兒。張軒看著張綺，突然說道：「阿綺，我們到那邊說說話吧。」這話一出，那幾個世家子一陣唏噓，不過張軒沒有理會他們，這對於一向有點耳根子軟的張軒來說，還真不易。

看到兄妹倆要走，張錦突然叫道：「等一等！」她急急走出，來到張綺面前，抬起頭，把張綺從上到下，再從下到上，細細盯了一遍又一遍。良久良久，她突然抿著唇問道：「阿綺，當時妳是不是遮了容顏？」

張綺垂眸，「是。」

張錦的聲音有點顫，「那阿莫他，是不是早就知情？」

「是。」

「我明白了。」張錦滄涼一笑，喃喃說道：「當初，他真是為了妳而接近我的……我真傻，真傻……」一邊說，她一邊踉蹌著向外走去。張綺抬起頭，怔怔地看著她越走越遠，越走越遠，直到她的身影消失在樓梯口，她還聽到張錦在喃喃低語著：「我真傻，真傻……」

張錦都離開了，阿藍還在呆呆地看著張綺。直到這個時候，她都無法把眼前這個豔光照人的尊貴夫人，與當初那個在自己面前都小心逢迎的小孤女聯想在一起。

如今，最為卑賤的張氏阿綺已尊貴得連皇帝也對她客客氣氣，而自己呢？跟在一個不得寵的主母身邊，又因當初進門時做過不少得罪人的事，現在那府中，無人不排斥她，無人不欺侮她，偏偏她誰也不能說。

呆了一陣，阿藍回過神來，連忙喚道：「夫人，夫人。」一邊喚，她一邊急急跑了出去。

兄妹倆來到另一間廂房，看到張綺跪坐在自己身邊，絕美的臉上眸光明燦，看向自己時，神情中仍然帶著依賴。不知不覺中，張軒心頭大軟。他伸出手，輕輕握住了張綺的手。

張綺和很多沒有兄長的女孩兒一樣，是渴望有個能疼自己的兄長。而張軒的形像，在她輾轉齊周兩地，漂泊無依時，總會時不時想著當時兄妹倆在一起的的情景。想著他對自己的照顧，於這種思念中，他的形像已變得十分高大，變得讓她思念。

於是，此番重逢，張綺最想見的便是他了。現在感覺到兄長的溫暖，張綺不由把頭一偏，輕輕靠著他的肩膀，低低說道：「九兄，阿綺一直想你。」

張軒被她一靠，身子不由一僵，好半晌才道：「我也是。」頓了頓，他低聲問道：「這兩三年來，妳過得好不好？初初離開故國時，並不順利吧？」

不順利，當然不順利！

張綺聲音一啞，喃喃說道：「嗯，有幾次都想放棄算了。九兄，我真的很想你。」那麼一番歲月，無人可以依靠，甚至無人可以想念的歲月，這個並不美好的故國，並不溫暖的張宅，還有對她不曾如同自小一起長大的那般親厚的張軒，都是她思念的對象。也直到那時，張綺才明白過來，為何前一世的記憶中，只有少女時的記憶最深刻，原來，那段並不美好的歲月，在她短暫的一生中，被回憶渲染得美好而精采。

感覺到張綺話中對他的親近，張軒一陣感動，他伸手抱過張綺，摟著她，慚愧地想道：阿綺走後，我也只是最初的那半年中想過她，後來都忘記了，沒有想到她卻一直記著我。

慚愧了一會兒，張軒記起父親地交代，當下低聲道：「阿綺，妳還恨著父親嗎？」

陡然聽他提起張十二郎，張綺搖了搖頭，她喃喃說道：「他無視我，我也無視他。」

那就還是恨了？

見張軒沉默，張綺問道：「他是不是有什麼為難處讓你跟我說？」

聽她主動提起，張軒點頭道：「正是。那個在荊州遇刺的靖安侯陳烈，出使時身邊所帶的文士是黃公派出，幕僚則是父親派出的。如今靖安侯遇刺，乃他們護衛勸導無力，竟讓他為了一個孌童流連荊州，導致後來之禍。如今陛下清算舊帳，可能會拿父親和他的上司黃公開刀。因此，父親想問一問蘭陵王，看看能不能由他出面，向陛下分說一二。」

頓了頓，張軒小聲說道：「陛下這是第三次對世家開刀了。在父親之前，已有三個世家子因小事被處罰，父親他有點怕。」

對於張十二郎這樣的世家子弟來說，仕途丟了也就丟了，可是，若因此事累得家族利益受損，那他在家族中的地位也會大受影響。

張綺尋思了一會兒，搖頭道：「長恭不會幫忙的。」

蘭陵王是個外人，這事他要是幫了忙，陳人便會想著，當初靖安侯的死是不是與他有關，不然他怎麼連這個也要管？所以，他只能袖手旁觀。

更何況，張十二郎給了她母親、給了她什麼好處？值得她為他奔走遊說？哼！

聽到張綺拒絕，張軒嘆了一口氣，「我也覺得高長恭是個外人，怎可插手這等事？」

兄妹倆在這裡低低細語時，幾乎是突然的，一個威嚴低沉的聲音從外面傳來：「阿綺呢？」一個護衛低語了一句，然後吱呀一聲，房門打開。

看到來人，兄妹倆一驚，張綺在張軒的肩窩中怔怔抬頭，見到是蘭陵王，她不由展顏一笑。

蘭陵王沒有笑，他面無表情地盯著張軒，盯向緊緊挨在一起，相互依偎著的兄妹倆。然後，再看向小鳥依人般，又溫柔又嬌俏，小臉緊緊挨著張軒的臉的張綺。慢慢的，他的眉心跳了跳：他晚晚又是學狼又是弄鬼，她都不曾這般偎著自己了。今晨起榻時，她更是狠狠踢了自己一腳才動身……

蘭陵王大步走到兩人面前，他伸手把張綺抱在懷中後，轉向張軒威嚴地說道：「九舅公，你的朋友到處在找你！」

「啊？」張軒站了起來，頗有點慚愧地說道：「定是那幾人，他們也想見阿綺……」才說到這裡，他對上蘭陵王的表情，不知怎麼的聲音一噎。張軒頓了頓，連忙衝著蘭陵王呵呵一笑，行了一個禮後急急走出。看那逃之夭夭的樣子，似是被蘭陵王給嚇著了。

蘭陵王把張綺放下，牽著她的手，把她送到馬車中後，轉身朝自己的馬匹走去。正好這時，張軒跑了過來，大聲說道：「高長恭，你說我的朋友找我來了，他們人呢？怎地不見？」

蘭陵王看著急匆匆的張軒，負著雙手，微微一笑，「後來聽到他們似是說，在醉月樓等你。」醉月樓，乃是建康著名的青樓，世家子們在那裡聚會，實是最正常不過的事。

張軒聞言，當下哦了一聲，轉頭叫過自家的馬車，便匆匆趕向醉月樓。看到他離開的身影，蘭陵王把張綺放到馬車，拉下車簾，退後幾步，揮了揮手。當下，那個姓成的護衛連忙屁顛屁顛地趕來。

召他過來，蘭陵王壓低聲音慢慢說道：「楊受成他們不是在醉月樓嗎？你現在去通知他們，便說，他們的帳單，我這九舅公很樂意繳付……」這話一出，姓成的護衛不由瞪大了眼，「郡王，這嫖資，好似沒有哪個丈夫願意替別人償付。」

蘭陵王靜靜地說道：「我這九舅公不同，他剛才抱著我的女人，渾然樂在其中……去吧，楊受成會讓他樂意償付的。」

這一下，姓成的護衛完全明白了，當下他大點其頭，義正辭嚴地說道：「不錯不錯，別人也就罷了，九舅公為人最是慷慨大方，不過給四五十人付一付嫖資，有什麼了不得的？屬下這就去，這就去！」話一說完，他一溜煙地跑得遠了。饒是跑了老遠，姓成的護衛也在心裡暗暗叫苦：郡王這心眼可越來越小了，做哥哥的抱一抱妹妹，他都堅持要報復回去，不得了，不得了了！

夜深了。

今天張綺與張軒和張錦等人見了面，說了很多話，雖然還沒說到這些年來經歷的種種不堪，便被蘭陵王闖進來打斷了，可張綺還是有一種充實感。彷彿千里迢迢回到建康，便是為了這麼一聚。

蘭陵王回來時，她正跪坐在几旁，就著燭光繡著什麼。

蘭陵王在她身邊坐下，問道：「繡的是什麼？」

張綺眉眼都是帶著笑的，她輕聲道：「九兄說，要我繡一塊手帕給他。」

「哦？」蘭陵王淡淡說道：「妳還沒有繡手帕給我。」

啊？張綺一怔，回過頭來看著他。閃爍的燭光下，他俊美絕倫的臉上威嚴如故，彷彿剛才那句帶著點不滿，帶著點孩子氣的話，不是從他口中說出的。

張綺回過頭來，低頭咬斷線頭，雙眸彎成了月牙兒，「你又不用手帕。」

「我從現在開始用了！」

張綺再一次不敢相信自己的耳朵，傻傻回頭時，他站了起來，一邊解去腰帶，一邊淡淡說道：「安寢吧，燭光太暗容易傷眼。」

「哦。」張綺也是累了，她把針線收好，解去外裳，老實地睡在他的身邊。

睡了一會兒，感覺到他目光灼灼地盯著自己，張綺回眸，「長恭，你看我做甚？」她雙眼一瞪，小小聲地警告道：「我腰還是酸的！」聲音一落，蘭陵王淡淡的，彷彿怪她自作多情似的瞟了她一眼，道：「只是看看，睡吧。」

「哦。」張綺聽話地閉上雙眼，閉了一會兒，見他還是盯著自己看，她睜開雙眼，嬌嗔地白了他一眼。

這一下，蘭陵王終於轉過頭去，信手滅了燭火。

這一晚，張綺睡得一點也不踏實，半夜掙扎著醒來，這才發現自己被男人緊緊摟住，腦袋被他夾在頸窩裡，因夾得太緊，都呼吸不過來了。醒來後，她雙手齊用力才把他推開一些，翻過身來背對著他，重新呼呼大睡。

第二天，張綺醒來時，蘭陵王又被陳帝叫入宮中去了。

無聊之下，張綺想到昨日與張軒的話還沒有說完呢，便派人前去張府，想約張軒出來。

哪曾知道，那僕人卻是一個人回來了，他回來後，朝著張綺說道：「稟夫人，九舅公正在關禁閉，不得出門。」

「關禁閉？為何？」張綺一驚，連忙站起。

僕人回道：「九舅公支支吾吾不曾詳言，不過小人聽九舅公的小廝說，九舅公昨日因欠帳被人扣在了青樓，他妻子從嫁妝中拿了一大筆錢才把他領回。一回來，他的妻子便氣得跑到婆母面前痛哭不已，然後九舅公就被關起來了，說是要關三天。」

聽起來，似乎是張軒亂花錢才被關起，張綺鬆了一口氣。她倒不擔心張軒沒錢用，便是她所送的兩樣禮物中的任何一樣，賣了當了，都可以換來一筆足夠他胡亂折騰半年一年的錢財。她只是沒有想到，九兄這麼老實的人，也會在青樓欠帳，還會被人扣留。

尋思了一會兒，張綺嘆了一口氣，悶悶說道：「我知道了，你下去吧。」

「是。」

閒著無事，張綺只好繡手帕。蘭陵王晚間回來時，她這手帕已繡好了大半，明日便可完工了。看到她忙碌，這次他什麼也沒有說。

第二天，張綺終於把手帕繡好，對著陽光把那手帕左看右瞧了會兒，才把它收好。想著見到張軒後，再親手交給他。想來九兄見了，定然歡喜得很。

哪知，第三天睡醒後，張綺左尋右尋，那手帕卻怎麼也尋不到了。摸遍了每一個角落，都沒有見到那手帕，張綺有點怏怏不樂。中午蘭陵王一回來，她便悶悶地說道：「我的帕子不見了，我給九兄繡的帕子不見了。」

蘭陵王瞟了她一眼，沒有理會她便走了。

倒是過陣子她再嘀咕時，一個護衛在旁說道：「夫人，帕子不見了便不見了吧。小人那日聽到九舅公說什麼：他阿綺妹妹親手繡出來的東西，別說那繡功，光是繡帕上面的香味兒，便可以讓他那般子朋友羨慕得雙眼發紅。九舅公拿了那物，也不過是到處顯擺。」護衛說到這裡，頓了頓，又道：「對了，郡王要小人告訴夫人，他已令人去買了兩塊一樣精美的帕子送到張府去了。那事兒已經過去，夫人就不必掛懷了。」

張綺瞪大了眼，見到那護衛老神在在的樣子，她想說，這怎麼能一樣？她又想說，便是九兄要她的手帕是為了炫耀，那也沒什麼。可這些話跟護衛說，又有什麼意思？當下她悶悶地「哦」了一聲。

晚間蘭陵王回來時，頗有點鬱悶的張綺還不滿地嘀咕了幾句，不過也不知是不是他沒有聽到，一直沒有答腔。

接下來，張綺還是忍不住偷偷繡了一塊手帕送給張軒，不過當天便被張軒派人送了回來。送回手帕的人，說了一句莫名其妙的話：「綺姑子，九郎君說，這手帕他不想要了，再要就會真脫一層皮去。不說妳九嫂，便是妳的嫡母也要多吃兩回藥了。」

這話恁地可疑！尋思來尋思去的張綺，在蘭陵王回來後，忍不住對他瞅了又瞅。不過任她怎麼瞅，蘭陵王依然面無表情，威嚴冷漠。她看得太頻繁時，他會轉過頭，目光晶亮地迎著她，伸手去摟她的腰，低下頭便想吻她的唇。這舉動，直讓張綺嚇了一跳，當下她便把這件事按下，只是時不時在心裡嘀咕一番。

張軒自那日後便難得一見，倒是張十二郎讓張綺遇過幾次。每次對上他支支吾吾，想開口又不知怎麼說起的模樣，張綺都是沒怎麼理會轉身便走。

她這樣擺了幾次姿態，張十二郎也就安靜下來。

在建康待了半個月後，春天的氣息充滿了整個天地，這一日，蘭陵王收到了一隻信鴿。看到他站在臺階上，蹙著眉，望著北方出神，張綺忍不住走到他身後問道：「發生了什麼事？」聽到她的聲音，蘭陵王回過頭來，看著她，低聲說道：「陛下說，要妳我回鄴城。」他沒有說，陛下在信中說，對於和離一事，鄭氏有鬆動之意。

「回鄴城？」張綺的臉白了白，低下頭看著腳尖。

蘭陵王看著她一陣，點頭說道：「外面風大，去加件裳吧，這事妳不用擔憂。」說罷，他大步朝外走去。

看到他走出，幾個護衛連忙跟上。蘭陵王策著馬來到城外，望著北方那起起落落的浮雲，突然冷笑著重重一哼，「何必理它！」

楊受成策馬來到他身後，也看向北方，輕聲道：「可陛下那裡？」

「這樣還不夠。」蘭陵王顯然下了決心，他把那帛紙撕碎，手一鬆，任由春風吹去，吐出來的話，低沉中帶著冷漠，「今時的高湛，已不是身為廣平王時的他。若是沒有一點承諾我便回了國，我怕他會對阿綺下手。」高湛太好色了，而且喜歡對兄弟叔侄還有大臣的妻子下手，如今的齊國，權貴大臣已無人敢娶美貌之妻。

楊受成點了點頭，嘆道：「陛下變了太多。」

蘭陵王聞言冷笑道：「誰敢動我的阿綺，我便與誰誓不兩全！」轉過頭，他朝著楊受成問道：「我讓你放出那些消息，反應如何？」

楊受成恭敬地回道：「我們來建康時，建康大街小巷，不也說著郡王為了張姬，已不惜與整個周國為敵嗎？鄴城和晉陽也是一樣，甚至還要詳盡些，議論的人更多些。」

蘭陵王嗯了一聲。

見他沉默，楊受成小聲地問道：「王妃那裡，真同意和離了？」

這話一出，蘭陵王蹙起了眉峰。過了一會兒，他搖頭道：「想來不會那麼容易。」

「為何？」

「成校尉不是說了嗎？很多婦人的心思，與丈夫們完全不同。她們更放不開心結，更容易執著。鄭瑜對阿綺怨恨已深，我怕她為了不便宜阿綺，也會把婚事拖下去。和離之說，是騙我回國的計策罷了。」

這個事，楊受成沒有插嘴的餘地，他沉默了。

又過了一會兒，蘭陵王冷笑道：「現在忍不住的是鄭瑜，是陛下。且拖下去吧，總有一天，他們會學著讓步的。」

說到這裡，他聲音放緩，「你起草吧，便說，我與阿綺已抵建康，阿綺對我心結仍在。你替我向陛下告罪，便說，時至今日，我高長恭已然明瞭，可以沒了郡王之位，也可以沒了兵權帥位，唯有這個婦人，我忘不了放不下，還請陛下見諒，待我解了她心結，與她生了孩兒後，會考慮歸國之事。」

「是。」

◆　◆　◆

鄭瑜收到蘭陵王的信鴿時，已進入了四月。

四月芳草青青，正是人間好時景。

也不知高湛怎麼想的，他在接到蘭陵王的信鴿，把那紙條看完後，便令人把那紙條送到了蘭陵王府中鄭瑜的手裡。

此刻，鄭瑜正站在院落中，看著那越來越茂盛的樹木發怔。在院牆之外，不時可以聽到少年男女的歡笑聲，不用看，她也知道，那些人正手牽著手，遊走河水之畔，春山之上。

這世間，處處都是一片溫暖甜蜜，只有這個院落，被一株數百年的榕樹擋著遮著，透出一股子陰寒來。

把那紙條看了一眼後，她便一點一點地把它撕成碎片。她撕得很碎、很碎，直到那紙帛如同雪花，輕風一吹，便四散而落，這才罷手。

她的心已成了繭，裡面陰冷得再也照不進陽光。明明外面春光明媚，明明外面笑語陣陣，可那些離她太遠、太遠，遠得她無法想像，遠得她無法轉過頭，無法明白，她其實只要放棄一些東西，便可以得到這種渴望的快樂。

她的腦海中，只是一遍又一遍出現那一行字：「待我與她生了孩兒再歸國。」

生了孩兒嗎？不由自主的，鄭瑜的眼前出現了一幅畫面：高長恭和張綺手牽著手，一大一小兩個漂亮得讓人眼紅的美貌男娃淚汪汪在他們身後追著，口裡則喚著「父王、母妃，等等孩兒」。

怎麼可能？怎麼可以？鄭瑜冷笑一聲，騰地轉身回房。

正在這時，一個僕人急急走來，看到鄭瑜，他低頭稟道：「稟王妃，和尚書來了。」

一提到和尚書，鄭瑜立馬臉色一變，她沉聲道：「我一孤居婦人，和士開堂堂尚書右僕射，怎地頻頻造訪？告訴他，我不在。」

幾乎是她的聲音一落，和士開那清亮中帶著一種圓潤的嘲謔聲便響起：「王妃何必拒人於千里之外？高長恭那小子不要妳，這個鄴城，可是還有別的丈夫願意親近王妃的呢！」聲音一落，一個圓臉，長得頗見明潤的四十歲漢子衝了進來。

這漢子便是和士開，高湛身邊最得信任的近臣。一看到和士開那張瞇瞇笑著，顯得格外可親的臉，鄭瑜的臉色便是一陣青白。自從那日被高湛戲過之後，這個和士開便出現了。每次他都把這蘭陵王府當成自己的府第，大大方方地進來，對她極盡調戲輕辱之事。

鄭瑜不是沒有反抗過，她令府中的僕人把他趕出去，也告訴過父親和族長，可是，那趕走過和士開的僕人，第二天便被人打斷了腳丟在大門外，而他的父親和族長則是讓她忍耐，說什麼和尚書也就是口頭上占占便宜，沒有必要這麼生氣。

現在，這和士開又來了。他看到鄭瑜青著臉瞪著自己，隨著自己走近，一邊斥喝婢僕們上前，一邊隨手拿了把掃帚當劍擋在她身前。

這個樣子的鄭瑜，讓和士開連連嘆息。他瞟了一眼壓根兒不敢上前的婢僕們，搖著頭嘆道：「何必呢，何必呢？我說王妃娘娘，這男女之事說穿了，也就是那麼一回事。真說起來，妳們婦人也能從中得到樂子的，何必這般拒人於千里之外？」他嘖嘖兩聲，又道：「再說，高長恭那小子棄妳於不顧，妳又何必為他守節？」

和士開一邊說，一邊像貓捉老鼠一樣慢慢向鄭瑜靠近。

鄭瑜一步一步向後退去，退到無可後退時，她忍不住尖聲叫道：「和士開，你別逼我！告訴你，等高長恭回來了，他不會放過你的，他不會放過你的！」

這話一出，和士開放聲大笑。在他的大笑聲中，鄭瑜的尖叫聲戛然而止，轉眼間淚水滿眶：高長恭便是回來了，便是被他當面撞破這事，他也不會理睬。他的心、他的精力，全在那個賤人身上，他哪裡能看到自己的難處、自己的孤寂？他總是憐惜那個婦人，總是心疼她可憐她，他就沒有想過，在他看不到的地方，自己也會被人欺凌，自己也是那麼的可憐？

這事不能想，一想，便讓她的心針刺般的疼，便讓她的淚水擋也擋不住。終於，鄭瑜退到抵在牆壁上時，終於把掃帚一放，將臉蒙在袖中放聲大哭起來。

見她哭得歡，和士開搖頭晃腦地嘆道：「真是不經逗啊，這樣就哭了？掃興，今兒太掃興了！」一邊念著掃興，和士開一邊搖搖擺擺向回走去。隨著他一出院子，他所帶來的那十幾個僕人，一窩蜂地擁上。

一個最得和士開信任的少年湊上前來，小聲說道：「尚書大人，咱這是往哪裡去？」

「往哪裡去？」和士開嘻嘻一笑，也小聲回道：「當然是往皇宮去見皇后娘娘，她還等著我說這個鄭瑜的故事呢。」

不管是在鄴城還是晉陽，鄭瑜在外表、家世各方面，於貴女中只是偏上。她讓胡皇后和和士開，還有皇帝高湛等人感興趣的，只是她對於棄她不顧的高長恭，那種頑固到執著的癡情。數遍整個貴女圈，婚前還清白著的貴女，本來沒有幾個，而被丈夫丟在一旁整年不理不睬，還守著丈夫不願意離棄的，更只有鄭瑜一個。

在北齊這等禮樂崩壞，貞節和信義都成了笑話和茶餘飯後的點心的地方，她鄭瑜，無形中已成了一些人的樂子。再加上，以往當女郎時，鄭瑜便與胡皇后不和，更因為張綺之事，曾小小地算計過胡皇后。於是，胡皇后大權在握後，鄭瑜的日子，便不是那麼好過了。

高湛荒唐，而隨著他的荒唐任性越演越烈，文武百官、百年世家，通通比不過大兵手中的那把刀。也就是說，除了對一些武將他還有所忌憚外，對其他人，高湛和胡皇后已是百無禁忌。

鄭瑜哀哀地哭泣了一會兒後，見和士開終於走了，她擦去淚水，哽咽道：「準備一下，我要見秋公主。」

一個婢女湊上前來，低聲說道：「王妃忘記了？上次和士開來後，秋公主因此事找過陛下，然後被陛下關起來了，說是要把她嫁到突厥去。王妃現在去找她，只怕見不到了。」

婢女一提醒，鄭瑜這才記起，好似是有這麼一回事。她咬了咬唇，一時想不出，要破解眼前這個局面，還能去找誰？

默默流了一會兒淚，鄭瑜突然說道：「備紙筆，我要寫信給長恭，我要告訴他這些事。我知道，只有他的話陛下才會聽，才會忌憚。」說到這裡，她像想起了什麼似的，雙眼大亮，一邊急急走向書房，一邊哽咽著說道：「我真笨，真笨……我逞什麼強？這事我早就應該告訴他的，早就應該說的！」她相信，把她從小護到大的高長恭，這一次也會出手。她更相信，知道了她的為難，知道了她為他背負的一切後，他就心軟，更會心疼她了。

那個賤人憑什麼得到高長恭一心一意的對待？不就是她更會裝可憐，更會裝出表面堅強不屈，實際上卻無比脆弱的模樣嗎？

蘭陵王收到鄭瑜的信鴿時，他和張綺已經在建康城停留快一個月了。而此刻，他正與楊受成等人策著馬，從建康城外的一個小城中匆匆趕回建康。這陣子，他收集了不少關於各大城池的消息，目的便是想找一處張綺想像中的，安定繁華又不會被戰亂波及的地方。

那是她的夢，他打算找到後，在那城中置一些田地和莊院，順便安排一些人手，權當是退路。

這時，一個護衛從城中匆匆追來，迎面遇上，他行了一禮後，便把那紙帛遞到蘭陵王手中。

蘭陵王接過那紙條一看，便策馬停住了。仔細看了看他的表情，見實在端詳不出什麼，楊受成遲疑地問道：「郡王，是鄴城的消息嗎？」他們規定，鄴城也罷，晉陽也罷，過陣子便用飛鴿把當地發生的大事、要緊事傳遞過來。這就是所謂知己知彼，百戰不殆。

「不是。」蘭陵王把那紙條又看了一遍，順手遞給楊受成，「是鄭瑜來信了。」

「王妃？」楊受成輕呼一聲，接過紙條看了起來。匆匆看完，楊受成臉一冷，恨聲說道：「那個和士開還真是膽大包天，連王妃也敢調戲！」

說到這裡，楊受成抬起頭來，「郡王的意思是？」

蘭陵王一邊策馬而行，一邊尋思起來。沉吟了一會兒，他慢慢說道：「那和士開性格諂媚，最擅逢迎，以往我見過幾次，總是看到他笑臉迎人，有時惡語相向，他也笑得甚無脾性，是個唾面自乾的人物。」說到這裡，他甩了甩馬鞭，「他每次來王府，雖說是肆無忌憚，卻也只是言辭堵人，不曾動手動腳。」他轉向楊受成，「看來，他的身後，多半還有別人指使。」

「有人指使？」楊受成不明白了，「那人指使和士開做這種事，有何意義？」

蘭陵王淡淡說道：「如果有目的，那也不大要緊，怕就是怕沒有目的。」

哪有人沒有目的，便去得罪一個明媒正娶的郡王妃？郡王的意思，是不是有人在對他試探？

在楊受成的迷惑中，蘭陵王卻沉默起來。

凝視著遠方的他，沉凝得如同一座山，那俊秀頎長的身影，隱隱有著滄涼。

陡然間，楊受成明白了。這天下間，誰會沒有意義就做這等荒唐之事？算來算去，只有皇帝高湛了。這些年來，郡王對他的家國有多看重，楊受成完全能夠明白，可這齊國的君主，換了一個又一個，卻是一個賽一個的荒淫，他的心裡怕是不好受吧。

暗暗嘆息一聲，楊受成還是打破了平靜，「那這信怎麼回？」楊受成低聲說道：「郡王，和士開如此羞辱王妃，實是在折辱你的顏面……」

他沒有說下去，因為說著說著，楊受成突然發現，現在的局面對蘭陵王來說，成了兩難之局。他如果插手管了，不說別人，便是王妃，定然是感動歡喜的，而郡王算計好的與她和離之事，又會遙遙無期。可如果不管，郡王的尊嚴何在？不管如何，她畢竟是他名分上的妻子，她住的是蘭陵王府，名分上是蘭陵王妃。

在楊受成皺著眉頭說不出話時，蘭陵王陡然回頭，沉聲說道：「你執筆吧，且對鄭氏說，她之羞辱，全因我而起，她目前的處境，我也能明瞭一二。」

看來郡王這是要管了！楊受成暗暗忖道：也是，和離之事可以日後再說，無論如何，大丈夫的尊嚴不能不顧！

這時，蘭陵王的聲音還娓娓傳來：「有所謂國不可一日無君，婦不可無夫而強，我觀楊靜、李義成、婁元昭三人，都是幼承家訓，頗有節制之人，他們既然對妳有意，何必拒人於千里之外？任嫁其一，和士開之流，哪敢隨意羞辱於妳？人生在這世上，行事做事，都得有所決斷。」

說到這裡，蘭陵王頓了頓，又續上一句：「如今，張綺在我身側，我心已安，唯願阿瑜妳也能覓得良夫，從此妳與我兩無掛牽。」

他說來說去，歸結起來實是一句話：我高長恭已不願也不能保護妳，妳可以從那三人中選一個願意保護妳的人，從此後妳好我好，大家都好。

蘭陵王說出後，楊受成呆了半晌，他沒有應承，而是小心問道：「郡王，這個時候說這些，合適嗎？」鄭瑜的信，言辭動人，情感深摯，讓他這個旁觀者看了也心酸。郡王這般不顧情面，在她最無助時，冷冰冰地丟出這些話，當真無礙？

「合適！」蘭陵王的聲音平靜至極，他徐徐說道：「世間之事，當斷則斷。當斷不斷，反受其亂。這些是兵書中早就說過了的。阿瑜她是一個倔強的人，我既給不了她，便應該幫她斬斷。這些，等她以後成熟些，會明白的。」

「郡王說得有理。」

「走吧，時候已不早，我們該回去了。」

蘭陵王回到建康時，夕陽已經西下，城門開始關閉。

策馬駛入使館，遠遠的，蘭陵王一眼便看到正與張綺說笑著的張軒。他跳下馬背，大步走近。也不知張綺說了一句什麼話，張軒正抬著頭哈哈大笑。笑著笑著，他的眼角瞟到了蘭陵王，頓時，那笑聲便是生生一剎，而他的人，更是急急站起，朝蘭陵王僵硬地見過禮後，再坐下時，已與張綺隔了兩米遠。

這一個月中，張軒諸事不順，生生倒了五次楣。這些年來私藏的文房四寶和扇子孤本，在他還債而當得差不多時，他終於找到了自己倒楣的源頭。原來是某人不喜歡他與張綺太親近，應該說，某人不喜歡張綺對他的親近更壓過那人自己。

於是，在付出了昂貴的學費後，張軒現在很識時務了。

蘭陵王走到兩人旁邊，見張綺睜大眼睛瞪著自己，他嘴角扯了扯，威嚴地說道：「你們聊。」說罷，大步走向正院。

他的身後，張綺正向張軒俏皮地說道：「九兄，別管他了，咱們繼續說。」

張軒小聲說道：「為兄還是先行告退的好。」張綺聞言，便有點不捨了，她嘀咕道：「可是九兄……」正在這時，蘭陵王回過頭來，他盯了張軒一眼，道：「阿綺既然捨不得九舅公，九舅公何不多留片刻？」

蘭陵王的話音一落，張軒便像接了聖旨一般，馬上站起來點頭應道：「是，是！」

看著蘭陵王揚長而去，張綺瞪大了眼，她不由湊近張軒，小聲問道：「阿兄，他是不是對你做了什麼？」

「沒，沒什麼。」

「肯定有！」張綺睜大眼睛，警告地瞪著張軒。張軒見她執著，吭哧半晌，才小聲說道：「阿綺，為兄觀妳這個夫君，似是不喜歡妳與為兄過於親近。」他嘿嘿兩聲，「他在妒忌為兄。」

見張綺垂眸，張軒問道：「阿綺，妳是不是在與他賭氣？來到建康如此之久，都不見妳對他嬌儂相對？」在他的記憶中，這個妹妹最會撒嬌了，惑起人來，那是連他這個兄長也難抵擋。

張綺「嗯」了一聲，曾有幾次，她都想把自身的經歷告訴張軒，可對著兄長那純淨得過分，隱帶著一絲懦軟的表情，她又把話收了回來：說出又怎麼樣？他既不能幫自己拿主意，說不定還會讓原本愉快的他添上一些煩惱。

聽到張綺承認，張軒認真說道：「阿綺，妳不能這樣任性。要知道，這世間的丈夫多是薄倖，妳能夠遇到一個真心為妳的人，便不可計較太多，也不可任性要求，沒得淡了這難得的緣分。」

沉思了一會兒，張綺低聲說道：「九兄，我知道了。」

「知道就好。」

兄妹倆閒話一陣後，張軒見天色不早，站起來告辭，張綺把他送到大門口。瞟了一眼數十個每日候在外面，只等著與她和蘭陵王遠遠見上一面，回去不是詩興大發，便是畫癮大作的文士，連忙頭一縮退了回去。

來到院落裡，張綺回頭朝書房中那忙碌的高大身影瞪了一眼，這才蹦跳著走向主院。遠遠的，她清脆歡樂的聲音在春風中吹來：「準備熱湯，我要沐浴。」

「是，夫人。」

蘭陵王一回書房，一個護衛便大步走來，稟道：「郡王，陛下那裡也來信了。」

「嗯。」蘭陵王伸手接過。

沉吟了一會兒，蘭陵王命令道：「把楊受成和眾裨將叫進來。」

「是。」

不一會兒，五六個鏗鏘有力的腳步聲響起。

見他們都來了，蘭陵王把那信帛放在几上，道：「陛下這是第二次催我回齊了。」他抬起頭，怔怔地看著黑暗的天際，好一會兒才低聲問道：「你們如何看來？」

眾將沉默了半晌，楊受成說道：「郡王，末將以為，以今時今日郡王的威望，回不回去，都無須過慮。」

楊受成的聲音一落，另一個裨將說道：「屬下以為，還是回國的好。」他輕聲提醒，「陛下不是一個有耐心的人，等他惱了再回國，只怕不好。」

聽到這裡，蘭陵王抬起頭來。尋思了一會兒，他揮了揮手，「知道了，你們先下去吧。」

「是。」

「叫成史進來。」

「是。」

不一會兒，成史進來了。

他一眼便看到背對著自己，負手而立的蘭陵王，當下他行了一禮，高興地喚道：「郡王，末將來了。」

蘭陵王點了點頭，他看著北方，「陛下又來信催促了。他說，天下人都說他好美色，那其實是世人詆毀他的。如他的侄媳高張氏，便生有世間罕見的絕美之姿，他也沒有想到要伸手。」

成史眨了眨眼，驚道：「陛下承諾不會對夫人動手了？」

蘭陵王回過頭來，微笑地看著成史，點頭道：「從這信上看是有這個意思，可高湛那人我知道，他一直是想到什麼就做什麼，若是言而有信，也就不會令得朝中烏煙瘴氣了。不過，他畢竟是一國之主，既然說了這種話，那我也得做一些姿態出來。看來，我留在建康的時候已經不多了。」

然後呢？成史眨巴著眼。

蘭陵王勾了勾唇角，懶洋洋地說道：「然後，我需要一場刺殺……阿綺死遁時，我曾痛不欲生，如今，我也想她痛不欲生一回！」

成史完全明白了，當下他咧嘴一笑，啪的一聲向蘭陵王行了一個禮，凜然應道：「屬下一定完成任務！」剛說到這裡，他又小心翼翼地說道：「可是，夫人一向聰明過人，要騙過她，只怕不容易。」

才說到這裡，他對上蘭陵王的眼神，馬上打了一個寒顫，連忙應道：「郡王吩咐便是，此乃區區小事，交給末將來辦，那是絕對沒有問題，不可能會有問題！」一邊說一邊後退，一退到門外，成史便一溜煙逃得遠了。

在下了兩場春雨後，天空明媚如鏡，一大早，蘭陵王帶著張綺前往離建康約五六百里遠的一處城池。他想，那城池各方面都不錯，也許張綺會喜歡。

一輛馬車、二十個護衛，人數不多，不過風景如畫。坐在馬車中，蘭陵王看著四周秀美的湖山煙景，嘆道：「這江南之地確實不同於北方。」他轉過頭看了張綺一眼，忖道：怪不得自古以來，絕色美人都是出於此處，確實是地靈人傑。

張綺也掀開車簾，興致勃勃地看著四周，看了一會兒，張綺低聲問道：「長恭，你是不是嚇唬我九兄了？」

這話一出，蘭陵王轉過頭來，嚴肅地盯著張綺，淡淡說道：「阿綺因何如此說來？」

因何如此說來？她又不是傻子，自然猜都猜得到！

張綺瞪著他半晌，甕聲甕氣地說道：「就會木著臉唬人！」他這般威嚴，總是逼得她還沒有開口便自覺理虧，真是……真是欺負人！

見張綺繃著臉生氣，蘭陵王唇角勾了勾，伸出手牽向張綺的手。

溫軟的小手剛剛放入掌心，極為突然的，一陣淒厲的嘶吼聲打破了平靜：「不好，有刺客！」聲音剛起，只聽得一道破空聲嘶的撞入張綺的耳膜。她急急轉頭，恰好空中一道寒光閃過，她只來得及張嘴，還沒有發出尖叫，那寒森森的箭矢便噗一聲，生生射入蘭陵王的胸腹處。

這變化太快，簡直是眼一眨便發生了。張綺瞪大了眼，一時之間，她腦中嗡嗡直響，百般念頭都化作烏有，只有一種空洞的慌亂漸漸滋生。

在張綺傻傻地看著時，硬扛了一下的蘭陵王身子向後一僵，嘴一張，吐出一口血沫來。隨著那道腥紅的鮮血映入她的眼簾，張綺尖叫一聲，縱身朝蘭陵王撲去。

她撲到他面前，伸手扶向他。可那手伸在空中，卻顫抖不已。聽著外面傳來的廝殺聲和厲嘯聲，還有兵器交加的脆鳴聲，張綺只覺得耳中嗡嗡作響，眼前一片黑暗。

長恭受傷了！

他被箭射中了！

她顫抖著，扶著他倚在自己身上，煞白煞白著臉，小聲喚道：「長恭，長恭……」

蘭陵王又噴出一口血沫，他抬起頭來看向張綺。對上他強自鎮定的表情，對上那根插在胸口還搖搖晃晃的箭矢，張綺頭一抬，嘶聲喝道：「郡王中箭了！」

她的嘶喝聲傳到外面，眾護衛驚亂起來。在一聲聲厲吼中，張綺聽到蘭陵王低沉的聲音：「阿綺，別怕，我不要緊！」

怎麼可能不要緊！

張綺低下頭來，她顫抖著手，慢慢摸向那中箭的所在。手只是撫過，便是一把一把的鮮血。看著那止也止不住的鮮血，看著浸濕了半邊褥子的鮮血，張綺只覺得喉頭一陣腥甜，一個從來沒有想過的問題浮現在她的腦海：如果長恭有個三長兩短……如果他有個三長兩短，我活著還有什麼意思？

這是一種天崩下來的痛苦。嗡嗡的，就要炸開的腦海中，張綺突然極度恐慌起來。這是一種她從來沒有嘗過的恐慌。前世時，她被那人獻給皇帝，她死意已決，沒有這般恐懼；兩年前，他告訴她他要娶鄭瑜，她也退路早定，沒有這麼恐懼。這是一種無法形容的巨大的恐慌，彷彿天就要塌下來了，也彷彿她的世界從此進入了黑暗的潰滅！

張綺扶著蘭陵王，不停顫抖著，顫抖著，從沒有這麼一刻，讓她痛恨自己的無力。

伸出手，她摸向那傷口處，想要幫他止住噴湧的鮮血，可她止不住，想要幫他抽出那箭，讓他不再青白著臉強忍痛楚，她也不敢……

無邊的恐慌中，張綺緊緊地抱著蘭陵王，緊緊地抱著。

也不知過了多久，她聽到他低弱的聲音傳來：「阿綺。」說話聲顯然帶動了傷口，他喘息起來。張綺連忙道：「別說話！」因為害怕失去，不知不覺中她淚流滿面。張綺知道，她現在什麼也做不了，她只能低下頭來不停親吻著他的臉、他的額頭、他的眉，一遍又一遍說道：「別說話，長恭，別說話！」

從來沒有一刻像現在這麼漫長，帶來的護衛太少，來襲的黑衣人太多，拚殺到現在，護衛們根本就沒有辦法抽出空閒過來。

低著頭，張綺的臉貼著他冰冷的臉，淚如雨下。見她傷心，蘭陵王唇動了動。見狀，張綺連忙伸出手按在他的唇上，啞聲道：「別說話，長恭，別說話！」

一邊說，她一邊側過唇胡亂吻著他。

這時，她另一隻手被他輕輕握住，合著她的小手，他低啞地說道：「我沒有傷到要害，阿綺，我還死不了。」
不可能，他流了這麼多血，這麼多血啊！
張綺抽噎著，使勁搖著頭，只是求道：「長恭，你別說話，你、你別丟下我一個人……」
他低弱的聲音傳來，「阿綺，妳害怕？」
張綺拚命點頭，哽咽道：「沒有你，我活著有什麼意思？長恭，你別丟下我一個人，我害怕，我會很害怕很害怕……」
他抬起頭來，俊美絕倫的臉孔因疼痛而青白著，他的唇邊也殘留著鮮血。他溫柔地看著張綺，低低說道：「妳不再怪我了？」
張綺使勁搖頭，拚命說道：「不怪，再也不怪了！」她哽咽道：「以前是我不對，我其實早就不想怪你了，可就是倔強著不肯對你好。」張綺低下頭來，櫻唇覆上他的，舌頭勾出了唇角的鮮血吞入腹中，張綺的淚水止也止不住，「長恭，求你了，別丟下我一個人……」
「我不會。」
「你要說話算數！」張綺抽噎著轉不過氣來，「你不能騙我！」
「好。」吐出這一個字，他便一陣氣短，仰著頭瞬也不瞬地看著她絕豔的眉眼，他喃喃喚道：「阿綺……」
「嗯。」
「妳別怕。」
「好，我不怕，我不怕……」淚水滾滾中，張綺抽噎道：「我只要你活著，只要你活著！」
聽到這裡，蘭陵王蒼白的俊美臉蛋上勾起一個苦笑來，他低低說道：「可是，我一好轉，妳又會恨我了。」

「不會不會，再也不會了！」張綺拚命搖頭，她咬著唇抽噎著，一字一句地說道：「我這一生，永遠永遠不會和你生氣了！」

「真、真的？」

「真的。」

「妳戀我嗎？」

「嗯，我一直一直戀著你。」張綺把臉埋在他的墨髮間，喃喃說道：「我什麼也不要了，什麼也不求了，我只要你好好的，只要你活得好好的。」因為太害怕太痛苦，她的淚水潰流成河，「長恭，你一定要沒事，要是你有個三長兩短，我也不活了！」

她說到這裡，她懷中的男人似是心滿意足了，他閉上雙眼，喃喃說道：「我也是，阿綺，我一直是這樣。」

他低而無力地說道：「那時候，我以為妳死了時，我也不想活了。」他的聲音中也帶上了哽咽，「妳怎麼能這麼心狠？」

怎麼在這個時候算起老帳來了？

張綺有點納悶，不過這一點點詫異，很快便被恐慌給掩了去，她泣不成聲地說道：「我不會了，我再也不會了！」

「妳真不會再嚇我了？」

「不會不會！」張綺拚命搖頭，淚水橫飛中，她淒然道：「真不會了，長恭，我只要你活著！以後，你便是趕我，我也不走了！」

「真、真的？」他因為歡喜，聲音都顫抖起來。

張綺連忙點頭，卻不料，歡喜過頭的蘭陵王，竟是彎著腰咳嗽起來。

聽到他這撕心裂肺的咳嗽，張綺嚇得尖叫起來：「長恭，長恭，你別嚇我！」

就在這時，一個氣喘的聲音從外面傳來，卻是成史在問道：「夫人，夫人，郡王怎麼樣了？」

張綺急急掀開車簾，她臉上糊滿了淚水，睜著眼便不停流淚，「他在咳嗽，他傷得很重！」瞟了一眼外面，見地上倒了七八具屍體外，那些來犯的黑衣人已不見了人影，張綺歡喜得顫聲道：「快，快帶郡王去找大夫！」

「是！是！」成史慌忙應了一聲。

幸好這裡是江南繁華地，走不了二十里便有一個繁華的村落，成史等人抬著蘭陵王走出馬車時，張綺也跌跌撞撞跟了上去。只是她驚慌太過，雙腿都是軟的，走了幾步便癱倒在地。

看到她費力想爬起來跟上，一個護衛忍不住提了一步，被成史看到了，當下他眼睛一盯，咧嘴一笑，彷彿在說：小子，好膽啊！

這笑容一出，那護衛提出的腳步便再也邁不動了。

直到張綺重新爬上馬車，由馬車深深淺淺地駛入村落中，再在兩個婦人的扶持下，張綺才得已走入一個遊方郎中所在的宅子裡。

張綺一進門，便急急說道：「他怎麼樣了？」她淚流滿面，淒楚又害怕地看著成史，顫聲道：「長恭他怎麼樣了？」

看到她絕美的臉上盛滿的恐慌，成史不知為何，把頭轉到一側，狠狠掐了自己一把，這才轉頭回道：「郡王很好……啊，不是，大夫說了，郡王中箭的地方不是要害，已用了藥，應無大礙！」

這話一出，張綺心頭一鬆，雙腿再也支持不住地軟倒在地。

看到她坐在地上，捂著臉悲切切地哭著，幾個護衛都看向成史。成史嘴角抽了幾下，伸手想扇自己一個耳光，卻又不敢弄出聲響來。

蘭陵王顯然運氣不錯，那一箭，恰好卡在肋骨與肋骨之間，並無大礙。在用過藥後，他便沉沉睡去。而張綺，一直伏在他的榻旁，誰來也叫不走，直到第二天蘭陵王完全清醒過來。

看著他終於睜開眼，張綺喜不自禁地喚道：「長恭！長恭！」喚了兩聲，她對上明亮的眸子，不由又是淚如雨下。

見她又哭，蘭陵王頭痛地蹙起了眉，他看著張綺，「阿綺，我好了，我現在無礙。」

「我知！我知！」

「那妳為何還要哭泣？」

「我歡喜，忍不住！」

蘭陵王嘴角扯了扯。這時，成史的聲音傳來：「夫人，藥熬好了。」張綺連忙上前，從他手中端過藥碗，把藥碗放在几上後，她小心扶起蘭陵王，一湯匙一湯匙餵起他來。

蘭陵王喝了幾口，目光瞟向一側的成史，「怎麼還不走？」

「啊？是！是！」

成史彎著腰要溜，張綺在身後喚道：「阿史，那些刺客是什麼人，可有查清？」

成史回過頭來，搖頭道：「楊受成還在查。」

張綺咬著唇，低聲說道：「一定要查出來才是，不然，我怕還有下一次。」

「是，是……」成史愁眉苦臉地走了出去。

蘭陵王這一養傷，便是足足十天。這十天中，張綺衣不解帶，夜不上榻地服侍他，直到大夫宣布他完全痊癒。

而這十天中，楊受成一直沒有查出刺客是什麼人。

蘭陵王何等身分？他這一次遇刺，不僅是他的護衛，便是陳帝也給驚動了。在一番盤查後，陳帝懷疑了好幾波人，卻最終都是沒有證據。

不管無比慚愧的陳帝，自這件事後，張綺對上蘭陵王也不敢像以前那般倔了。經歷過一次失去的恐慌後，兩人一獨處，她便如最初那般，嬌儂地偎著他，對他溫柔備至，生活上唯恐照顧不周。

這日，匆匆返回建康的蘭陵王，在拒絕幾波前來探視的人後，回到書房與眾將商量起事情來。眾將一退，正低頭忙碌的蘭陵王，便聽到一陣輕巧的腳步聲傳來。混合在腳步聲中的，還有一陣他熟悉至極的幽香。然後，一雙滑膩的手臂已然伸出，緊緊抱住了他的腰。

軟玉溫香貼緊，蘭陵王低下頭，看著緊摟著自己腰身的張綺，看著她那緊緊貼在自己背上的小臉，溫柔笑道：「阿綺？」

「嗯。」張綺應了一聲，抬起頭來。

抬頭看著他的她，如畫的眉眼間有著淡淡的嬌慵，那流蕩的秋波裡，媚意隱隱。

她低低喚道：「長恭。」

「嗯。」

「這一次，你可嚇死我了。」說著說著，她的眸中淚光點點，扁著嘴，無比委屈。

蘭陵王轉過頭來，寵溺地看著她，低頭在她的額頭上吻了吻後，輕聲說道：「以後不會了。」

張綺臉貼著他的背，淚又下來了，「你這人不好，一點也不好……在齊國時那般對我，到了現在還受傷嚇我！」

蘭陵王連忙轉身摟緊她，一邊親吻一邊說道：「是，是，我不對！」

「你還對我一點也不溫柔，動不動就板著臉裝嚴肅來嚇唬我！」

「好，我溫柔，我以後一定溫柔！」

「還騙我，還打擊我的九兄。」

「是，是，都是我不是！」

張綺軟軟地伏在蘭陵王的懷中，一邊數落著他的錯處，一邊恨恨地想道：好端端的，陳國怎麼會有刺客刺殺他一個外地郡王？還射了那麼巧的一箭？他重傷垂死，成史他們一點也不傷心，還背著我悄悄擠眉弄眼！這人真是越來越過分了，連這種事也可以弄出來騙我！

想到自己在他傷重時立下的承諾，張綺的火氣越來越大，當下伸出手掐著他腰間的軟肉，在蘭陵王齜牙咧嘴地忍痛時，又嬌嬌訴起委屈來，「你一定心裡在怪我，所以才老是對我板起臉。」

「沒有。」

「真沒有？」

「真沒有。」

……

嘟囔了一陣，張綺突然聲音一提，輕聲說道：「長恭，那些刺客一定一定要逮到，不活剝了他們，我誓不甘休！」

她這話一出，站在外面臺階下的成史等人，打了一個激靈靈的寒顫。

蘭陵王聽到她話中的恨意，卻是大為歡喜得意，他點頭道：「好，一定要活剝了他們！」

他這話不說也罷，一說，張綺卻恨起來了。她掐著他腰間軟肉的手猛一用力，在蘭陵王的悶哼聲中，甩了甩手臂，這才心滿意足地偎在他懷中，軟軟說道：「長恭，這種不對的事，以後不可再做了。」

這話一出，蘭陵王一呆，傻了眼。

他喉結動了動，想說一句：「妳都知道了？」可那話又說不出口。

軟語相偎中，張綺撲閃著睫毛，昏昏欲睡著。

蘭陵王目光瞟過她的眉、她的眼、她的櫻唇，盯著她眼眸中的安詳幸福，他低下頭來，把自己的額頭，抵住了她的額頭。

他知道，她在發洩心中的不滿，這很好，她早該發洩了。

此刻閉著雙眼，勾起唇角的她，看起來是如此甜美，便是這天地之間，也是安謐而美好。風已停止了流暢，時間也不再流逝，遠處的嘻鬧和風雨，更是那麼那麼遙遠。

也許，這便是圓滿吧！

蘭陵王閉上雙眼。他呼吸著她吐出來的芳香之氣，享受著內心深處泛出來的滿足。唇角含著笑，久久久久，一動也不動。

也不知過了多久，似是張綺窩在他懷中睡了一覺後，蘭陵王低聲說道：「阿綺。」

「嗯。」

「這世間本無淨土，相對而言，杭州甚是不錯，妳要不要去看看？」

「好。」

「陛下雖然荒誕，可齊國終究是我的家國。終有一天，我還是會回去。到得那時，妳隨我回去可好？」

張綺低低應道：「好。」

蘭陵王一陣歡喜，他緊緊抱住張綺，喃喃說道：「阿綺，我這次一回去，便與鄭氏和離了，然後我要娶妳，要慎而重之，比上次風光百倍地娶妳！阿綺，我要娶妳，我要娶妳……」

說著說著，他的聲音已是啞了起來。那麻麻酥酥，說不出是歡喜還是遺憾中，他低下頭，把自己的臉貼在她的臉上，哽咽道：「那次大婚之日，我便悔了，真悔了……阿綺，是我太愚蠢，竟連自己的心意和妳的處境也沒有弄明白，這才讓妳和我白受了許多折騰。阿綺，以後不會這樣了，我發誓，以後真不會這樣了！」聲音又是激動，又是斬釘截鐵。

聽到這裡，張綺「嗯」了一聲。她長長的睫毛扇了扇，不經意間，已有兩滴淚珠兒掛在了睫毛尖上，盈盈欲墜。

閉上雙眼，她哽咽地說道：「好，我等著你與她和離，等著你娶我。」

這句話一說出，無邊的滿足和踏實，同時湧上她的心頭。

她激動，蘭陵王更激動，他緊緊抱著她，緊緊抱著。抱了一會兒，又低下頭來胡亂吻著。一邊在她的臉上印上一個一個的吻，他一邊喚道：「阿綺，阿綺，我的阿綺……」

第二天，蘭陵王帶著張綺，率著屬下離開了建康。三天後，一行人來到了杭州城。

果然，一進入這個城池，張綺便歡喜得小臉紅撲撲的。來到西湖畔時，她更是歡喜地跑了起來，到了用餐時都捨不得回去。

看她這樣，蘭陵王在一側喚道：「楊受成！」

「在。」

「你和成史一起去，置上三十頃，不，置上百頃良田，購一個容得下千人的大院子，再購一個二進的小院子。這些事，幾日可完成？」

他的聲音一落，成史在一側嘻皮笑臉地說道：「郡王，這個與時間無關，與金子大大的有關。只要錢多，半日足矣。」可惜，他的話還沒有說完，便被楊受成一腳踢得遠遠的了。

趕走這兩人後，蘭陵王低頭看向張綺。

此刻，張綺也在看著他，她美麗的眸子，瞬也不瞬地看著他。他們從對方的眸光中，看到自己的身影，以及滿滿的喜悅。

牽上他的手，張綺偎在他的懷中，低聲問道：「什麼時候動身去齊地？」

「再過一陣子，等陛下再催一催。」

這句話才說了三天，蘭陵王又接到了鄴城發來的飛鴿，「突厥已破桓州城，長恭之家國，齊乎？陳乎？」

高湛在質問他，你的家國到底是齊國，還是陳國？

而這個時候，蘭陵王進入建康，還不到兩個月而已。不過兩個月，便收到這般誅心的信，當下，蘭陵王臉色鐵青。

楊受成等裨將一動不動地站在他身前，每個人的臉色都有點不好看。

陛下說話也太輕忽了，這等誅心之言，是這麼輕易說出來的嗎？

這時，在院子裡踱了幾步的蘭陵王突然腳步一頓，冷冷說道：「高湛已任性到這個地步了！」明知道蘭陵王是不世勇將，明知道他對家國忠心耿耿，明知道他來到陳地不過兩月而已。在這樣的情況下，他那刻薄的話，還是想說就說，這種心性為人，哪裡能是一國之君所有的？

頓了頓，他突然問道：「成史。」

「屬下在。」

「若是由你率著三百餘人留守此處，護著夫人，可能保她周全？」

這話一出，眾護衛齊刷刷抬起頭來。蘭陵王這是什麼意思？想把張綺留在陳地嗎？把她留在此處，原不算什麼稀罕事，可這些護衛十分清楚，郡王可是一日也不願意與張氏分離的。把她留在此處，他捨得嗎？

對上眾人疑惑的表情，蘭陵王苦笑道：「高湛心性，我信不過。」

原來如此，他是怕高湛對張綺動了心思，想要染指於她吧？

一陣沉默中，成史朗聲回道：「郡王放心，成史便是死，也會護得夫人周全。」轉眼，他又聲音一輕，小聲問道：「只是，郡王，夫人願意留下來嗎？」

蘭陵王一怔，低下頭，中指有一下沒一下地敲打著几面。

在清脆的「叩叩」聲中，蘭陵王命令道：「把阿綺叫過來。」

「郡王，你要問過她？」

蘭陵王垂眸，淡淡說道：「茲事體大，我可以讓她受孕，不得不留下，也可以使計讓她留下，但她已恨過我一回，我不能再讓她恨我第二回。」

不一會兒，一陣輕盈的腳步聲便從外面傳來。蘭陵王側著頭，傾耳凝聽著那曼妙的步履聲，突然想道：齊國與陳國相隔何止千里？這般別了她，也許終我一生，也看不到她的容顏，聽不到她的腳步聲了。

光是這樣想想，他的胸口便堵得生痛。

張綺走進來，一眼便看到聚在一起的眾裨將校尉，不由心中咯噔一下。

她剛向蘭陵王行了一禮，便聽到他低沉悅耳的聲音傳來：「阿綺，妳可願意隨我前去齊地？」

張綺白了他一眼，道：「這話長恭不是問過嗎？」

蘭陵王定定地盯著她的臉，輕聲道：「高湛他，荒唐任性……」

不等他說完，張綺便截斷他的話頭，「我知。」她靜靜地站在十幾個男人之間，娓娓說道：「高湛他不止是荒唐任性，他還無視倫理道德。去年，他應該對李太后下手了吧？鄴城的文武百官，應該都在流傳著一句話，『寧娶惡婦，不娶美妻』。」

張綺的話音一落，蘭陵王也罷，楊受成也罷，所有裨將都齊刷刷抬起頭，不敢置信地看著她。

蘭陵王更是聲音一啞，「阿綺怎麼知道？」那一封封來自齊國的信件，他沒有落入過外人之手，也沒有讓張綺看過，可她怎麼會對這些一清二楚？

張綺不答。她雖沒有回答，可這個時候，眾將看向她的眼神都變了，心中都在想著：有所謂娶妻娶賢，我們這位夫人不但美貌無匹，而且聰慧敏銳，料事如神，不愧是百年世家出身的人。鄭氏王妃比起她來，也還遜色些。以後郡王娶了她為正妃，倒也能鎮得住門楣。

張綺抬起頭來，她溫柔凝視著蘭陵王，低語道：「長恭，你是想把我留在陳地嗎？可是長恭想過沒有，也許你這一去，這一生也沒有機會再回陳地了，你把我留在這裡，你便放心？他日若不幸馬革裹屍，你想讓阿綺只能通過飛鴿，收到你已故去的消息嗎？」

她把生和死說得像吃飯一樣稀鬆平常，這種不吉之言，直令眾將都瞪大了眼。

張綺卻沒有理會他們，她仰頭看著蘭陵王，慢慢地向他盈盈一福，靜靜說道：「長恭，阿綺是死過一次的人，下半輩子，只願與郎君同生共死！」

聲音一落，眾將心中暗嘆。他們朝著呆呆而立的兩個人行了一禮，同時向外退去。

成史走在最後面，在離開時，他還體貼地關上了書房的門。

果然，他們一走，蘭陵王便兩個急步衝到張綺面前，伸手摟著她的肩膀。他想說什麼，唇顫了顫，又顫了顫，最後只是低下頭來，把自己的臉貼著她的臉，沙啞著嗓子說道：「妳放心！高湛若是膽敢欺妳，我便是擔上弒君之罪，也要護妳周全！」

參之章 鄭氏癡纏頻裝傻

西元五六三年，陳帝又經過幾番試探相商後，確認了蘭陵王和他身後的齊國並無攻周之意後，也放淡了心思。也在此時，周國宇文連和梁顯派的人也過來了，在他們的厚禮卑辭，和一次次的遊說中，陳國上下漸漸打消了伐周之心。

農曆五月，在高湛再一次催促下，蘭陵王一行人自杭州出發，經過三四個月的長途跋涉，終於在九月中秋時節，來到了鄴城城外。

望著漸漸出現在眼前的高大城牆，望著她曾經渴望過，卻也逃離過的城牆，張綺在不知不覺中，挺直了腰背，而放在裙上的雙手，絞成一團了。

又回到這個戰場了。兩年前，也那個大雪紛飛的時節，她失敗了，因此倉皇而逃。再一次回到這裡，已是物是人非。

她想，這應該是她生命中的最後一次戰役吧。如果還如兩年前那個冬日一樣，她不會再逃，她會直接選擇死亡。如果她勝了，那麼，便是在這荒唐的國度與她的男人一道赴死，永生永世也回不去那美麗的杭州，那又有什麼好遺憾的呢？

請蒼天允許她再任性一次，允許她再拚殺一回！

「來了。」陡然的，楊受成的聲音從外面傳來，「咦，是我們王府的人？郡王，是方老和王妃！」剛說到這裡，楊受成的聲音陡然一頓，他轉頭朝馬車中的張綺看了一眼。

張綺沒有看他，也沒有像在建康時那樣裝作什麼也不在意。她掀開車簾，挺直的腰背，含著絕美的笑，靜靜地等著那個名義上的蘭陵王妃的靠近。

五百騎在繼續靠近，而隨著他們的靠近，鄴城外，那百數人的隊伍也越馳越快，越馳越快。

轉眼間，那支隊伍便衝到了他們面前。就在蘭陵王手一舉，五百騎同時止步時，方老從馬車上爬下，跌跌撞撞朝他跑來，「長恭，你可回來了？」明明簡單的話，可老人叫喚時，卻帶著哽咽。

蘭陵王翻身下馬，緊走幾步，急急扶住方老。低頭看著頭髮已完全變白的老人，蘭陵王也濕了眼眶，「我不過才離開一年，方老，你怎地不保護好自己的身體？」

「傻孩子，方老這是老了，人老了便會這樣。」含著淚把蘭陵王上上下下打量一遍，方老忍不住抬起衣袖拭起眼淚來。

就在主僕兩人說著閒話時，張綺和五百騎，以及王府中眾人，也靠近了來。

看著說個不停的方老，一輛馬車中，微啞的女聲傳來：「方老，長恭一路奔馳，很累了。」

聽到這女聲，方老呵呵一笑，他離開蘭陵王，向後退出幾步。這時，那個微啞的女聲再次傳來，不過這一次，這聲音中有著悲涼：「長恭……」

只是一喚，只有一喚，卻恁地讓人感到心酸。

蘭陵王轉過頭來。

一輛馬車掀開車簾，馬車中的女主人慢慢取下紗帽，露出一張經過精心妝扮，卻不再像以前那般嫻靜優雅，而是顯得陰沉許多的面容。正是鄭瑜！

鄭瑜走下馬車，對著蘭陵王福了福後，低低說道：「長恭，歡迎你回家。」說罷，她抬起頭來，再次定定地看向蘭陵王。

似與以前一樣，她的目光中有著溫柔和深情，可更多的，卻是一種說不清道不明的寒意。

她是恨他的吧？明明退一步都是解脫，卻偏要恨，偏如那自縛的繭，一層又一層，一遍又一遍把自己困在裡面，絕了出路，沒了光明。

蘭陵王暗嘆一聲，朝著鄭瑜點了點頭，淡淡喚道：「阿瑜也來了。」他朝著張綺的馬車招了招，叫道：「阿綺，方老和阿瑜都過來了，妳下來見過他們。」

聲音一落，那落在後面的馬車車簾掀開，一個娉娉婷婷的少女走了出來。

幾乎是這個少女一出現，鄭瑜便覺得眼前光芒大放。這光芒是如此耀眼，直刺得她下意識閉了閉。不過轉眼，鄭瑜便又睜開眼來，她把眼睛睜得大大的，一瞬不瞬看著這個向自己盈盈走來的絕色美人。

……更美了，與兩年前相比，更是美得不可方物了！

蒼天何其不公！

鄭瑜唇角扯了扯，她緊緊盯著張綺，等著張綺上前，等著她行禮。

張綺走上兩步，便被蘭陵王一手牽起，他牽著她來到方老面前，輕聲道：「方老，我把阿綺帶回來了。」

竟是越過她先去見過一個僕人！鄭瑜臉上的肌肉猛然跳了幾下，轉眼，她又想冷笑。

不過她沒有冷笑，孤獨地站在那裡的鄭瑜，她的思緒在百忙中竟是想道：要是秋公主沒有遠嫁柔然就好了，要是沒有跟李映疏遠就好了……可惜她們都離開了，使得她此刻竟是這麼孤單，根本不能對這賤人形成壓制之勢！

方老看著曼步走來的張綺，笑得眼中含淚，連聲道：「好孩子，回來就好，回來就好！」

與方老見過面後，蘭陵王看向鄭瑜。

隨著他向鄭瑜看來，不知不覺中，四下都安靜起來。便是原來正說著話的，這時也停止了喧囂。他們在都在等著，看著……

蘭陵王看著鄭瑜，向張綺說道：「阿綺，她是阿瑜，幼時與我甚是親厚，在我心中，她原本也是我的嫡親妹妹一般。等我與她和離後，妳們可以拋棄前嫌，如朋友般行走了。」

蘭陵王說這番話時，平靜中透著自若，如山般巍然而立的身影，有著一種說不出的從容，還有安逸。彷彿，他說的這些話，本是天經地義，彷彿，他說的只是一個事實。

鄭瑜的臉色刷地鐵青。

她沒有想到，剛一見面，高長恭便把這事挑開來說，而且，還是這般肯定的語氣。

他憑什麼以為自己會與他和離？這婚事，是他想結就結，想離就離的嗎？

他把她當成什麼人了？

忍著恨，鄭瑜微笑起來，她溫柔地瞟了蘭陵王一眼，朝著張綺嬌嗔道：「阿綺，妳看咱們的夫君又在說笑話了。」

說出這句話後，鄭瑜用手掩著嘴，發出「啊」的一聲輕嘆後，又道：「阿綺妹妹，姊姊怎麼聽說周國的國主宇文邕與妹妹也是關係匪淺？前陣子大街小巷中到處都是流言，說是那宇文邕丟了愛妃，正要派使向陛下問罪呢。」

鄭瑜這話一出，四下又是一靜。

楊受成、成史等人齊刷刷看向蘭陵王，表情中已掩不住不安。

蘭陵王還沒有開口，張綺那靡軟溫柔的聲音已經響起：「阿瑜定是聽錯了。宇文邕那是什麼人？他可是一國之君，他的愛妃哪有丟掉的道理？依我看來，多半是賜給了哪個臣子吧？」

回答張綺的不是鄭瑜，而是蘭陵王。

他瞟了鄭瑜一眼，淡淡說道：「阿瑜確實弄錯了。宇文邕丟掉的李妃，已經尋回去了，現正在長安宮中。」頓了頓，在鄭瑜和張綺抬頭看向他時，蘭陵王笑了笑，「那個李妃娘娘我也見過，確實世間難得一見的絕色。宇文邕尋回她後，甚是歡喜，李妃娘娘也高興得很，那一日相見，她還給了我一塊玉佩。」

說罷，蘭陵王從懷中掏出一塊玉佩，順手把它遞給一側的楊受成後，慢慢說道：「既然流言滿街都是，那此事不能輕忽。楊受成，你拿著這塊李娘娘賜的玉佩面見陛下，便說，詳情如何，一探長安便知。」

「是。」楊受成恭敬接過那玉佩，翻身上馬，揚塵而去。

望著臉色時青時白的鄭瑜，和眼波流離，有光華內渡的張綺，蘭陵王扯了扯唇角，牽著張綺的手，便走向馬車：派了足足五百親衛，花費半年時間，才從民間搜尋到一個來自楚地，與張綺還生得有兩分相似的大美人獻給宇文邕。根據張綺描述的宇文邕的性情，這個天生便具有一種寬厚大氣、如水柔情的美人，定然是適合宇文邕的。雖然蘭陵王也明白，便是這個美人不適合宇文邕，宇文邕也會收下，便是他高長恭不給這個美人改姓，宇文邕也會把她變成李妃。

也是從這件事上，蘭陵王突然對那個素不相識的武功人蘇威有了些許感激。他想，在把張綺送到宇文邕處時，蘇威定是想到了這種種後果，所以，才讓張綺謊稱自己姓李的。

看到蘭陵王兩人雙雙坐上馬車，鄭瑜的臉色無法控制地黑沉下來。

她那麼那麼難的時候向他求助，他是怎麼回答的？他說，她應該另找個丈夫嫁了，就不會有和士開這等人來為難了。

這不是她認識的高長恭！她認識的高長恭，重視尊嚴，重視榮譽，為了榮譽，甚至可以選擇與人玉石俱焚！

看到鄭瑜呆若木雞站在那裡，方老不忍，他上前一步，低聲說道：「王妃，該上馬車了。」

「要你管！」才尖叫出聲，鄭瑜馬上急急吞下，因此後面的兩個字發音極弱。也不看向方老，鄭瑜騰地轉身，急匆匆衝到自己的馬車旁。也許是心裡氣得狠了，在爬上馬車時，她的裙腳給卡在車輪下了。她扯了扯，卻不料用力過度，只聽得「滋」的一聲，那華美的長裙給扯下一片塊來。

聽著晃蕩的車簾裡，鄭瑜無法壓抑的哭泣聲，張綺不由轉頭看向蘭陵王。

他正閉著眼尋思著什麼事，也不知有沒有聽到鄭瑜在哭？

見張綺看向自己，蘭陵王睜開眼來，「看什麼？」

張綺垂眸，「鄭瑜她，不願和離嗎？」

聽她提到鄭瑜，蘭陵王轉眸看向前方，這時，他也聽到了鄭瑜的哭泣聲了。

沉默了會兒，他徐徐說道：「我一直想不明白她。」對上張綺的眸子，他伸手在眉心處揉搓了幾下，道：「明明我已跟她言明，明明她的身邊也有一兩個追逐者。便如那楊靜，直到現在還沒有娶婦。雖說不是在等她，不過只要阿瑜願意，那他們兩人成就婚約應該是沒問題的……」

他剛說到這裡，馬車外叩叩叩的響了幾下，然後成史的聲音從外面小小聲地傳來：「郡王這話說錯了，前陣子，也許那楊靜還願意娶鄭瑜，不過小人剛收到的消息卻說，胡皇后十分不喜鄭瑜，連帶的，很多貴女也對她極為排斥，現在楊靜已經與婁七女在議婚了，想來過不久便會訂下婚約。」

頓了頓，成史又說道：「不止是楊靜，那李義成、婁元昭都是如此。有所謂風水輪流轉，胡皇后當家後，鄴城的貴女們，得寵和不得寵的也換了個邊。」

說到這裡，他吐了吐舌頭，在外面嘻嘻笑道：「郡王，你可別怪我偷聽你倆老說話哦，實是小人的耳朵太尖，這一不小心便入了耳了。」

嬉皮笑臉地說了這話後，那成史竟是在外面吟唱起來：「所以說，這繁華美景便如春光，不會永遠在那裡等著誰。所以說，花開堪折就要折，莫待花盡空留葉……」

忍無可忍，蘭陵王低喝一聲：「滾！」

聲音一出，外面立馬清靜了。

沒想到，現在連楊靜也不願意娶鄭瑜了，蘭陵王蹙起了眉頭。

車隊駛入了城門。

就在蘭陵王的旗號打出時，四下一陣安靜，不過片刻，一陣歡呼聲伴和著吶喊聲滾滾而來：「蘭陵王！蘭陵王！」、「天下三國，蘭陵無雙！」、「蘭陵無雙！」

震耳欲聾的歡呼聲中，五百護衛一個個昂著頭，紅光滿面。一年多前，蘭陵王出征時，還不過一個「有天賦」的少年將軍，這一次回來，他已是「天下三國，蘭陵無雙」的絕世名將了。什麼叫衣錦還鄉？這便是衣錦還鄉！

在鄴城人的歡呼聲中，蘭陵王的車隊浩浩蕩蕩駛入了蘭陵王府。

一入府門，蘭陵王揮了揮手，示意婢僕們站起後，也不顧後面曼步走來，臉上重新戴上了嫻雅笑容的鄭瑜，威嚴地說道：「管事何在？」

「小人在。」

「把西苑騰出來，把王妃的行李一併搬到西苑，從今日起，王妃便在西苑入住。」

這話一出，那管事呆在了當場，眾婢僕齊刷刷掉頭看向了鄭瑜。

蘭陵王府的西苑是給客人住的，郡王一回來便把王妃趕到客房去，這也太狠了吧？

站在蘭陵王身後，鄭瑜氣得一張臉又青又白，身子也顫抖起來。

「長恭，你、你好絕情！」

蘭陵王便是等她這句話。當下，他轉過頭來，靜靜地看了鄭瑜一會兒，面無表情地說道：「阿瑜，和離吧。妳還年輕，又是處子之身，現在和離，還可以找到一個好丈夫。」頓了頓，他想到她的性格，不由苦口婆心勸道：「其實，好的丈夫不必在權貴人家才找得到。和離後，我會與妳結為兄妹，到得那時，妳有家族和我這個義兄護著，不拘找了哪個男人，他定能對妳一心一意。」

說到這裡，他對上鄭瑜氣得扭曲的臉，突然聲音一沉，冷冰冰地說道：「如果妳執意不肯和離，那我也只能休妻了！被休棄的後果如何，妳應該想得到吧？」

說到這裡，他轉過頭來，朝著那管事喝道：「還愣著幹什麼？馬上去準備！」

「是！是！」

「正院裡，所有下人僕役全部撤出，一應家具妝台被褥全部換上新的。從今而後，那裡沒有得到允許，不許任何人踏入！」

「是。」

「去吧。」

揮退那管事，蘭陵王轉向成史，「阿史，以後你便是這府中的管事了。去買一些奴僕來放在正院。對了，正院中要另外開一個小廚房，你去請幾個陳國來的廚子。」

「是。」

又向一旁的楊受成、方老交代幾句後，蘭陵王轉向張綺，溫柔笑道：「阿綺，我們走吧。」

「嗯。」

看著他們手牽著手，並肩離去的身影，鄭瑜一直僵硬地站在那裡，動也不動一下。

她不動，婢僕人也不敢勸她，一個個遠遠地望著她，時不時交頭接耳幾句。

不用聽，鄭瑜也知道，這些人定是在嘲笑她。

所有的人都在嘲笑她，不出一天，只怕整個鄴城，整個晉陽的人都會嘲笑她。

好一個高長恭，好一個高長恭！他竟然敢說要休了她！便為了那個私生女出身的賤人，他就要休了她！

他新婚之夜便離她而去，一別兩年，她沒有怪過他。他守著那賤人到天涯海角，置她於不顧，任由她受著世人的白眼和欺凌，她也沒有罵過他。他倒好，一回來，便把自己趕到客房，還說要休了她！

這人，怎麼可以這般無情無義，怎麼可以這樣無信無恥？

無邊的恨苦中，鄭瑜嘴一張，哇的吐出一口鮮血來。

見到她白著臉，身子晃了晃，走到一側的方老忍不住停下了腳步。這孩子就是個想不透的，當初她出嫁時，也帶了好一些親近的婢子，可那些婢子在這兩年中，被她打的打、趕的趕，現在都生了貳心。一個個看著自家主子氣得吐血，還不敢湊近來。

還有那秋公主和李映，也是一心一意對這個孩子的，可她也看不到，表面上是對這些好友又是笑著又是哄著，可這人心是肉長的，她沒有用心，時間久了，誰都不是蠢人，哪會看不出來？

想了想，方老還是走到鄭瑜身邊，看著蒼白著臉，搖搖晃晃站也站不穩的鄭瑜，慈祥地勸道：「孩子，放手吧。到了這個地步，再爭下去已經沒有意義。妳現在還小，說不定再過個三十年回頭看來，會發現妳現在的固執沒有一點意義。不管如何，清清白白和離後再找丈夫，是一定可以找到一個好人家的孩子。而如果被休了再找，那就不好說了。」

這一次，方老的聲音一落，鄭瑜騰地轉過身來。對上方老慈祥的臉，突然間，她撲通一聲跪在了他面前。再也顧不了顏面，也沒有注意到這是人來人往的所在，鄭瑜跪在方老的面前，伸手摟著他的腿，嚎啕大哭起來。

她一邊淚如雨下，一邊哽咽道：「方老，方老……小時候，我來找長恭玩，你總是在一旁笑呵呵地看著。方老，我也是你看著長大的啊！」

聽到這裡，方老也不由紅了眼眶，他連忙扶起鄭瑜，溫言道：「孩子，別哭了。」

鄭瑜掙扎著不讓他扶起，淚水大顆大顆地流著，實在流得太凶了，便胡亂掏出什麼抹一抹。一把眼淚一把鼻涕中，鄭瑜絕望地說道：「方老，你勸勸長恭，我是與他一起長大的啊！從小到大，他對我那麼好，我還是他親自求娶回來的，可為什麼他現在對我這麼狠，這麼無情了？」

方老嘆道：「孩子，長恭的無情，也是為了妳好啊！你們這樣子拖下去，又有什麼意思呢？」

這個鄭瑜不想聽，因此她也沒有聽進。她只是流著淚水，不停搖著頭，「方老，你幫我說說長恭，他怎麼能這樣對我？他怎麼能這樣對我？嗚，方老，我不要和離！那些男人，鄴城的所有男人就沒有一個比得上長恭的。我明明可以得到最好的，為什麼要去牽就一個差勁的男人？那樣我活著有什麼意思？」

她不停搖著頭，淚水橫飛，「自小到大，我要什麼總是可以得到什麼，為什麼我想得到長恭卻這麼難？明明我是嫁給他了的，明明他娶我時，我的姊妹，整個鄴城和晉陽的貴女，都還妒忌恭喜過我的，可為什麼他一定要與我和離呢？和離後，我再找的男人，肯定連我鄭氏一族的妹妹們的丈夫也比不上，她們會笑話我的，她們一定會笑話我的！」

最最重要的是，她永遠也不要對著那個奪了她一切的賤人行禮。那賤人現在的榮光，以後的榮光，以後的一切，通通都是屬於她的。為什麼她要拱手相讓，要讓她高坐在蘭陵王妃的位置上，而自己嫁一個沒有兵權也沒有什麼能力的普通男人，以後要站得遠遠的，聽著世人對她的羡慕和恭維？

鄭瑜一把眼淚一把鼻涕地哭著，說著，也不知過了多久，感覺到身前異常安靜的她，才抹乾淚水抬起頭來。

這一抬頭，鄭瑜對上了恍然大悟中夾著嘆息和憐憫，以及無奈的方老。

此刻的方老，顯然什麼話也不想再說了，他只是盯了鄭瑜一眼，慢慢轉身。感覺到他身上散發的冷意，鄭瑜不知不覺中鬆了手，而方老，則一步一步朝外走去。不一會兒，他的身影便消失在鄭瑜面前。

安頓好後，蘭陵王便沐浴更衣，準備前赴皇宮。剛來到院落處，管事領著一個太監走來，看到蘭陵王，那太監尖哨地說道：「正好遇上蘭陵郡王。」

這個太監甚是面生，蘭陵王點頭笑道：「公公，這是有旨意了？」那太監對上蘭陵王，顯得相當客氣，他笑容可掬地說道：「正是，咱家奉陛下旨意，前來召郡王和王妃入宮。」

也叫鄭瑜？

蘭陵王轉過頭命令道：「把鄭氏叫來。」

「是。」

不一會兒，鄭瑜便急急走來，她顯然匆忙梳洗過，臉上的脂粉抹得有點不勻，可以看到脂粉下發腫的眼皮。

一看到蘭陵王，她便抬起頭來，走到他身邊，輕輕地喚道：「長恭……」喚了一聲，見蘭陵王不理自己，她一咬唇，低聲說道：「長恭，你都不願意與我說話了嗎？」

這一次，蘭陵王沒有回答，倒是那個太監在一側笑道：「蘭陵王妃，陛下要見妳，妳與郡王有什麼話，還是待會兒再說吧。」

鄭瑜連忙回頭福了福，「是。」

一行人坐上馬車，不一會兒，便來到了皇宮中。

望著皇宮熟悉的景色，蘭陵王瞟向一角，那裡正在建一個樓閣，雖然才只建成了三分之二，可看那架勢，便是極盡奢華。

只是看了一眼，蘭陵王便收回了目光。

不一會兒，眾人來到高湛最喜歡居住的春華殿。剛站定，那太監還不曾通報，蘭陵王便聽到高湛的笑聲從裡面傳來，「是長恭回來了？讓他們夫婦進來吧。」

「是。」

春華殿中，飄蕩著一股龍涎香，一層層紗幔在春風中吹起又落下，讓這個宏偉的宮殿，平白添了幾分曖昧和溫暖。

高湛正坐在几後翻看著什麼，見蘭陵王和鄭瑜到來，抬起頭笑道：「長恭過來。好小子，一年半沒看到你了，還別說，叔叔怪想你的！」

面對高湛的親近，蘭陵王只是低著頭，恭敬地說道：「長恭不肖，讓陛下掛念了。」

「好了，別說客氣話了，坐吧坐吧。鄭氏，妳也坐。」

「是。」

等蘭陵王坐下後，高湛饒有興趣地把他從上到下打量了一遍，嘿嘿笑道：「不錯不錯，比朕剛即位那會兒精神多了！」說到這裡，他身子向前欠了欠，促狹地說道：「長恭，被朕騙回來的感覺如何？」

那一封逼著蘭陵王回來的信件中，高湛說，突厥人攻入了北桓州，可實際上，蘭陵王一入齊國便知道了，此事壓根兒是子虛烏有，高湛竟然以家國大事，跟他開了一個大大的玩笑！

突厥進攻之事，他一個國君竟也隨口編來！

蘭陵王垂下眸，好一會兒才甕聲甕氣地說道：「叔叔童心未泯，長恭是你的侄兒，也只能如此了。」這話大不甘。

可高湛聽了高興，他哈哈笑了起來。一邊笑，他一邊拍著高長恭的肩膀道：「哈哈，你還怪我不成？誰讓你小子一出去便是一年多，朕這不是想你了嗎？」笑嘻嘻地解釋到這裡，他朝蘭陵王擠眉弄眼，「怎麼，張氏追回來了？」

「是。」

高湛這時已移了榻，乾脆與蘭陵王勾肩搭背起來，「我說你這小子啊，回來就回來，怎麼一入府便拿鄭氏開刀？你這婦人別的不說，對你還是很忠貞的。你身為丈夫，不誇獎於她，怎麼還能當著下人的面，這麼削她的臉呢？這樣不好，很不好！」

鄭瑜一直低著頭安靜坐在一側，自從那一次見過高湛後，她對這個不按牌理出牌的皇帝，已有了畏懼之心。可現在，聽到他這麼一番維護自己的話，饒是鄭瑜自認剛強，這會兒也淚汪汪的了。有多久了？似乎從秋公主嫁後，她就沒有感覺到被他人一心維護的感覺了。

面對高湛的指責，蘭陵王抬起頭來。他認真地看著高湛，徐徐說道：「陛下此言錯矣。」他一板一眼地說道：「有所謂當斷不斷，反受其亂。臣是領兵之人，豈能不明白這個道理？」

說到這裡，他從榻上站起，退後幾步，蘭陵王朝著高湛深深一揖，朗聲道：「陛下既然提起這事，那臣也有一求，臣想請陛下做主，解了臣與鄭氏的婚約。」

語氣鏗鏘，嚴肅認真地說到這裡，蘭陵王看向含著淚，臉色蒼白而絕望地望著自己的鄭瑜，慢慢地，吐詞清晰地說道：「阿瑜，前錯已經鑄成，豈能將錯就錯？妳年不到二十，又還是處子之身，與我和離後，還有大好的前程在等著。這樣耗下去，只怕妳我最後的一點兄妹之情，也會消耗一盡。」

他這話冰冷而嚴肅，既是說給鄭瑜聽，也是說給高湛聽。他用強硬的態度、嚴肅的言詞，告訴高湛和鄭瑜，他不是在開玩笑，他也不想就這樣的事開玩笑。

因此，說完這番話後，蘭陵王一揖不起，低著頭，等著高湛的決定。

在蘭陵王開口提到解去婚約時，鄭瑜已哭得上氣不接下氣了，此時更是，幾乎是蘭陵王的聲音一落，她已趴在榻上，嗚嗚的飲泣起來。哭聲雖然不響，可那悲傷和絕望，卻還是令聞者動容。

主榻上，高湛向後倚了倚，剛才還笑嘻嘻的他，此時臉色一陰，冷冰冰地、嘲弄地說道：「長恭，你這是在逼朕嗎？」

逼他？讓他主持一個和離，怎麼談得上逼他？

剎那間，蘭陵王臉色變了好幾次，好一會兒，他向高湛跪下，「臣不敢。」

「不敢就好。」高湛不耐煩地瞪著他，冷冷說道：「你自己做下的破事，憑什麼扯到朕的身上來？」說到這裡，他把手中的酒樽一舉，「你們可以退下了。」

「是。」

目送著蘭陵王和鄭瑜退下的身影，高湛臉上的冷意慢慢消去，漸漸的，他又是一臉笑容。和士開從幕後走來，伏在他身後小聲喚道：「陛下？」

「士開，你怎麼看？」

和士開最是了解高湛此人，他早在出來時，便把高湛的表情收入眼底，當下說道：「微臣看來，這高長恭似乎還與以前一樣。」

「不錯，他還是與以前一般性情。」高湛品著酒，搖頭晃腦地說道：「這小子，便是打了個大勝仗，在天下人面前揚了威風，也還是那個直脾氣，為了他家裡的那點破事，第一次面朕便直接開口。嗯，這樣也好，都想要休妻了，卻還是想著通過朕來處理此事。脾性雖然不佳，事君之心甚忠。朕還真怕這小子長大了，翅膀也硬了！」

和士開連忙讚道：「陛下何人？陛下乃萬古之天神，高長恭忠心事君，也是陛下天威所致。」

「好了好了，別拍馬屁了！」

❖ ❖ ❖

蘭陵王一出殿門，臉上又恢復了面無表情。

看到他走上馬車，鄭瑜喚道：「長恭。」她咬唇哽咽道：「長恭，你便那麼想與我和離？」

她走到他身後，小心翼翼地，委屈求全地說道：「長恭，我們是一起長大的啊，別對我這麼絕情，阿瑜很害怕！」

她淚盈於睫，抬著臉求道：「長恭，你別不要我好不好？我不與張氏爭了，真的，我什麼也不爭了。你想讓她做你的正妃，我也認了，只求你別這麼絕情地趕開我……」

她雙手捂著，嗚嗚嚶嚶地哭泣起來。

蘭陵王回過頭來，站在他面前哭得上氣不接下氣，低聲下氣求他的，是他童年最好的朋友，是他曾經認定的最理想的妻子。

她的境況，他現在也知道一些了。現在她沒有了朋友，也沒有了追求者，便是回到鄭氏，也因為胡皇后對她的不喜，而被家族所排斥。至於她那繼母，更是惡語相向。

曾經，她有個什麼難處，總喜歡跟他說，而他只要是力所能及，都會幫助她。那樣的日子，一直從他七歲起，在他十三歲時，兩人才漸漸不再那麼親近。

如今，她在他面前這樣哭著，這樣求著，甚至自動放棄正妻之位。

不知不覺中，蘭陵王輕嘆一聲，閉上了雙眼。

聽到他的嘆息，感覺到他嘆息中的心軟，鄭瑜心中一喜，哭聲更響亮了。

好一會兒，她聽到他低沉而溫和的聲音傳來：「阿瑜。」

鄭瑜哽咽著應道：「長恭你說。」

蘭陵王看著她，輕聲說道：「阿瑜，我其實一直不明白。」他凝視著她，慢騰騰地說道：「我出征那會兒，曾宣告過妳依然是處子之身。那個時候，如果妳願意與我和離，不管是楊靜也罷，妻元昭也罷，都能讓妳過上不次於郡王妃的富貴日子。而且，這兩人也是青年才俊，論外表，與妳足以匹配。」

他蹙著眉頭，帶著一絲不解和疑惑，也帶著一絲溫和地說道：「可不管我放出宣告，還是他們爬牆與妳相會，甚至，李映等人牽線，妳都一律嚴詞相拒，執意不願與我這個已有貳心的丈夫和離，與那些對妳一心一意的男人在一起。」

聽到這裡，鄭瑜先是一驚：他明明出征了，怎麼對宅子裡的事這麼清楚？轉眼她又急急抬起頭來，含著淚，深情看著他，正準備說著，那是因為她愛著他啊。

鄭瑜剛抬頭，那話還沒有出口，便聽到蘭陵王困惑而沉吟的聲音傳來：「也有人說，妳是對我癡情一片，所以只願一心與我相守……這話著實荒唐。阿瑜，我們相識了這麼多年，妳看我的眼神中有仰慕，有心動，也有期盼，可斷斷沒有至死不悔的癡情。情之一字，我以前不識，與阿綺相處後，已識得深了，這點毋庸置疑。」

他低聲問道：「阿瑜，妳明明不是對我鍾情已深，為何又執著於我？妳到底想要什麼？我直尋思到現在，都沒有尋思明白！」

說到這裡，蘭陵王盯著鄭瑜，等著她的回答。

鄭瑜這時已忘記了哭泣。

蘭陵王的話直白而冷漠，那盯著她的眼神堅定又無情，她哭不下去了。

她張著嘴，一時之間，不知如何回答的好。說實在話，她現在也悔了，真悔了……早知有一日會被上流社會的貴女貴婦所不容，會被高長恭斬釘截鐵地說要休了她，她一定會選擇嫁給婁元昭。楊靜那廝，雖然外表和才能遠勝過婁元昭，不過他漢臣的身分，遠不像婁元昭那種後族勢力根深蒂固，能護她長久榮華。

可這世上沒有後悔藥。

現在，她的身後已沒有什麼選擇了，嫁給那些小貴族和小官宦之子，對她來說都已經不容易了。因為胡皇后對她不喜，所以便是一般世家的嫡長子，都不會選擇她。她能嫁的，只能是那種被邊緣化，沒有多少才幹的次子了，甚至只能到一些商人世家中挑選。

便是楊靜、婁元昭之流，與他高長恭相比，都相差十萬八千里，何況是那些小門小戶之人？要知道，在世人普遍的認知中，嫁給那等人做妻，還不如嫁給高長恭這樣的人做妾啊！

蘭陵王見鄭瑜一張臉時青時白，卻瞠目結舌看著自己不說話，不由眉頭蹙了蹙。盯了她一眼，他搖了搖頭，轉身便走。

看到他要走，鄭瑜清醒了些，急喚道：「長恭！」她流著淚求道：「長恭，別對我這麼絕情！真的，我不爭了，張氏想要什麼，我都讓給她，通通讓給她……」

這一次，不等她說完，蘭陵王已斬釘截鐵地回道：「阿瑜，沒用的！」回過頭來，他對上愣愣的鄭瑜，一字一句地說道：「妳當明白，除了阿綺，我已不想再要第二個婦人。」他淡淡說道：「我於女色一事上，本無多少興致。再則，有阿綺在，此心已經滿實，再收他婦，難免惹她不喜，沒得多生事端。」

用一種理所當然的語氣說出這話後，蘭陵王坐上馬車，命令道：「走吧。」

「是！」

直到蘭陵王的馬車駛出了一會兒，鄭瑜才呆呆地爬上馬車，失魂落魄跟在後面行出皇宮。

這兩人一走，便有太監急急走向春華殿。剛才蘭陵王和鄭瑜在殿外說話時，本沒有避著他人。當時鄭瑜是想著，只要蘭陵王有一絲鬆動，只要他應諾了她，那麼他的話，便等於是經過了陛下的，他便是想反悔，有陛下在也不能。

因此，那太監急急走到春華殿後，站在那裡，把蘭陵王和鄭瑜的對話敘說了一遍。

高湛聽了有點不高興。

他蹙著眉，陰柔秀美的臉陰沉著。等那太監說完，他重重一哼，「高長恭那小子真在那裡說，除了張氏，他不會再要第二個婦人？」

「是。」

高湛冷笑道：「這個死心眼的混小子，他的執念，倒是深得很！」

說到這裡，他顯然有點意興索然，揮了揮手，令那個太監退下後，他站了起來，走到一側的櫃子處。

伸出手，從櫃子中掏出一個畫卷。望著畫中眉目妍麗的絕色美人，望著上面書寫的「張氏阿綺十五歲作」幾個字，他咂巴著嘴嘖嘖幾聲，突然仰頭長嘆，「這樣的美人兒，竟不能歸朕所有？奈何？」

嘆到這裡，高湛臉上的肌肉狠狠地跳動幾下，一抹不捨流露而出。

他貴為君主，整個鄴城的、晉陽的美人美婦，幾乎一一品嘗過。便是那名聞天下的李太后，他也是想上就上，還令她懷孕生子，直到自己玩膩了才把她丟到庵裡去。

眼下，也就是那個張氏沒有到手。想到張氏那絕世美貌，想到她那柔媚的模樣，想像她在榻上時的種種風情，高湛狠狠嚥了一下口水，心裡便如五爪撓心，那種渴望，幾讓他想不顧一切地對張氏伸手。

可是他不能！是的，他不能！

嘆著嘆著，高湛又一臉高大偉岸的凜然相。雙手一撕，嘩啦一聲把那畫像撕成兩半，高湛咬著牙，氣吞山河地說道：「朕乃當世名君，為了這大好山河，罷了罷了，也只能不去想長恭這個婦人了！」

蘭陵王回到了府中，把自己關在書房兩個時辰後，召來楊受成等親信。

楊受成十人進來時，正好看到蘭陵王攤開一幅中原地圖，在那裡劃來劃去。說說笑笑的眾人，立馬安靜下來。他們一聲不吭地站在那裡，只等著蘭陵王開口。

蘭陵王開口了：「楊受成，去看一下外面有沒有人。」這是要他淨場了。

「是。」不一會兒，楊受成走了進來，「郡王，已經沒人了。」

「你守在外面。」

「是。」

楊受成一走，蘭陵王抬起頭來，朝著眾人盯了一會兒後，徐徐說道：「我剛才見過陛下了。」

這個眾人都知道。

蘭陵王蹙著眉，聲音沉凝，他負著手在書房中踱開兩步，慢慢說道：「陛下對我說，突厥攻擊北桓州一事，是他編出來騙我回來的。他說，因為我一出去便是一年多，他想我了，所以編出這個消息把我騙回來。」

這話一出，書房中嗡嗡一片。眾褲將交頭接耳間，神色中都帶著一層不滿和憂慮。這等軍國大事，陛下都編出來騙人。最重要的是，謊言被揭穿，不但不以為恥，反而得意洋洋，壓根兒不當回事，這絕對不是一個好的徵兆。

莫非，蒼天真要滅了齊國，所以這昏君暴君層出不窮？

與眾褲將一樣，蘭陵王也是緊抿唇，一臉憂慮。

等眾人的聲音稍停，他又冷冷說道：「而且，他還有意染指我的阿綺。不過我維護的態度太強硬，又有這等能力，所以才忌憚著。」

眾褲將的臉色更難看了。張綺既是蘭陵王的女人，也是他們的主母。如果高湛真要染指於她的話，最終的結果，只能是拚死一戰。

蘭陵王繼續說道：「於荊州之事，陛下毫無興趣，他此行召見我，根本提也不曾提起。所說的話中，句句都是一些婦人和家宅是非之事。」說到這裡，蘭陵王抬起頭來，他抿著唇，一字一句地說道：「諸卿，國主荒唐，我等不得不防。」

眾裨將明白了他的意思，齊刷刷低頭抱拳，「郡王說的是！」

楊受成站在外面，看著書房眾人就著此事商議起來，慢慢地，他攏了攏被寒風吹僵的頸項。轉頭看向天空，看著看著，他也是一副落寞悲涼、不知適從的表情了。

❖ ❖ ❖

西苑中，鄭瑜端坐在寢房中。

自被迫搬到這個地方來後，她整個人更顯沉鬱了。聽著四周傳來的婢僕們的低語，張綺心情煩躁至極，心下恨道：那些奴才定然都在議論嘲笑於我！

想到這裡，她騰地站起。剛衝到房門處，她咬牙站住，喚道：「來人，給我更衣，準備馬車，我要回鄭府。」

「是。」婢女們剛把東西準備好，卻看到鄭瑜一動不動地站在那裡。

她這陣子經常這樣，眾婢女相互看了一眼，低下頭來。

鄭瑜僵硬地站在那裡，絕望想道：回鄭府有什麼用？回鄭府又有什麼用？現在的高長恭，可不是當初與她議婚時的他。當時，她的母親還可以對他大小聲，現在，便是鄭氏族長對上他，也會點頭哈腰吧？她回去求援，他們不但幫不了忙，還只會呵斥於她。

想來明日，她被高長恭逼著搬到西苑的消息傳到鄭府後，族長也罷，母親也罷，都會派人前來訓斥，前來罵她無能了。

尋思了一會兒，她驀地轉頭，剛走兩步，又停下來朝著貼身婢女說道：「溫兒，今天妳不是給我燉了燕窩粥嗎？去熱一下端過來。」

「是。」

不一會兒，那燕窩粥便端過來了。鄭瑜看著這熱騰騰的粥，目光閃了閃，微笑想道：從今天開始，我每晚端一碗粥給他。總有一會兒，他會盛情難卻，會忍不住喝下。

楊受成站在書房外，一個時辰過去了，裡面還在議論著。聽到那隱隱傳來的聲音，他想道：也不知會商量到什麼時候去？不過，如此大事，只怕商量幾日都商量不完。正這麼尋思時，他的眼角瞟到兩個熟悉的人影。他瞇了瞇眼，朝那邊定定看去。

那背對著他的人影，正是張綺，她正攔著一人說著什麼。是了，與她說話的人，卻是鄭氏。想到郡王話裡話外對王妃的防備，楊受成瞇起眼，專注地盯梢起來。

蘭陵王一回府便進了書房，閒著無聊的張綺，便在外面走動起來。剛來到苑門口，她便迎面遇上了捧著熱湯，一臉賢慧溫柔相的鄭瑜。

張綺一看蘭陵王那個架勢，便知道他們有大事商量，此刻見鄭瑜前來，便沒有如往常那樣讓到一側，而是站在那裡，朝她微笑道：「阿瑜，這是給長恭送粥嗎？」

黑暗中，她長身玉立，縱使沒有多少光亮，那如畫的眉眼也在隱隱約約中透著惑人的光華。只恨陛下的心意捉摸不透，縱使她通過和士開的手把張綺的一張畫像送到了陛下面前，可是今天見了高湛，他的話裡話外，竟是沒有流露出半點這方面的意思，實在令人失望。

原本她想，雖然高湛是見過張綺的，並且見了不止一次，可有那維妙維肖的畫像放在身邊，日日夜夜提醒他還有那麼一個漏網的美人，最是好色，尤其喜歡對宗室動手的高湛說不定會不管不顧地下手。

見張綺詢問自己，鄭瑜臉色微青，她咬著唇想說兩句緩和話，可那堆積在心中的刻骨怨恨，還是讓她冷笑道：「怎麼，不能來嗎？」

聽到她語氣中的不善，張綺微微一笑，道：「能來的。」夜色下，張綺微微歪了歪頭，這個時候，鄭瑜陡然發現，再次見到這個婦人，她不但更美了，全身上下還透著一種靜謐的光華。這種靜謐，源於自信和平和，再也沒有一年多前與她見面時，那種過分的張揚美豔，實際上卻透著一種無所適從的隱慌。

是什麼給了她這樣的自信？是誰讓她這種私生女出身，註定只能為他人玩物的賤人這種靜謐平和？高長恭這人，簡直是貴族中的恥辱！對這種出身低微的女人也珍愛至斯，他簡直、簡直背叛了他身為貴族的榮譽！

妒恨交加中，鄭瑜尖聲說道：「張氏，妳別得意！在這個地方，還輪不到妳得意！」

她這叫囂聲一起，張綺怔了怔。她這陣子已經夠安靜的了，都安靜得與她以往完全不同，難道，她真表現得很得意？明明沒有啊！

張綺忍不住咬唇一笑，朝著鄭瑜好聲好氣地喚道：「阿瑜，妳失態了。」在一句話令得鄭瑜深吸了一口氣，平靜下來後，張綺看向她手中的湯碗，說道：「長恭在議事，不想他人打擾，阿瑜，妳這粥就不用送了。」頓了頓，她又說道：「如果妳實在要送，不如交給我吧。」不過到了手中，是倒掉還是放到一旁，可就說不定了。

鄭瑜尖銳著笑道：「張氏，妳莫忘記了，我可是蘭陵王妃。」她刻薄地盯著張綺，把她上下打量一遍後，冷聲說道：「可比某個人盡可夫，睡了好幾個男人的賤人高貴多了！」

這話恁地刺耳！

張綺蹙著眉頭，她搖了搖頭退到一側。見她讓路，鄭瑜挺直著腰背，趾高氣揚地朝內走去。走著走著，她聽到張綺在她的身後靜靜地說道：「阿瑜，現在沒有丈夫想娶妳了吧？」她的聲音平和而安靜，彷彿在說著一個事實，「便是長恭沒有碰過妳，便是妳還是處子之身，那些曾經喜歡過妳，想追妳的丈夫也沒有了吧？妳一定不知道，這兩年妳把自己沉浸在怨恨妒苦中，變得有多難看。」

張綺的語氣太平常，卻正因為她平平常常，理所當然地說中了事實，正因為這種不是刻薄的刻薄，正因為她說出了縱使是以前的李映，也不敢不能說的話，鄭瑜怒了。

她把手中的湯碗一舉，竟是朝著張綺重重砸來。

感覺到不對，張綺機巧地避開時，鄭瑜已尖叫一聲，撲到張綺面前，去撕她的臉。

鄭瑜這個舉動雖然突然，可楊受成已在一側觀察久了，早就靠近兩人。見狀，他一個急步上前，伸出手臂把鄭瑜一推，然後把張綺護到了背後。

撲通一聲，鄭瑜被他推得重重撞上一棵樹。在一陣令她齜牙咧嘴的疼痛中，書房門一開，蘭陵王幾個箭步衝了過來。

他衝到張綺的面前，伸手把她一扯，將她從上到下打量一遍後，蹙著眉頭道：「怎麼回事？」問的是楊受成。

其實他無須過問，一看現場也清楚發生了什麼事。

楊受成正要說話，從疼痛中緩轉過來的鄭瑜已抬起頭來。

她蒼白著臉，看著緊緊扶著張綺的蘭陵王，大顆大顆的淚珠兒從臉上滑落。

雖然，她早就知道會有這個場面，雖然，她早就知道，無論自己做什麼，他都看不到，他永遠只會憐惜那個虛偽做作的賤人，而不是會睜眼看清事實。可就算她清楚了一切，再一次面臨，再一次看到蘭陵王對張綺一心一意的維護時，鄭瑜還是覺得胸口劇痛。

疼痛中，她慢慢蹲下身子，雙手捂著臉，嗚嗚哭泣起來。

她怎麼辦？她怎麼辦？她現在絕望了，也想和離了，可楊靜、婁元昭他們，都已經不要她了，她怎麼辦？

難道要這麼出去，嫁一個小門小戶出來的次子或商戶？然後這一生，都要低張氏這個賤人，低她那些庶出的姊妹們一個頭？不對，不止一個，是幾個，是幾個頭！

她怎麼辦？她沒路走了啊，誰來告訴她該怎麼辦？

手掌捂著臉的鄭瑜，哭得絕望而無聲。這一種哭泣，任誰都可以看出她處於極度的悲傷中。蘭陵王蹙了蹙眉，示意眾將和張綺退去後，提步走到鄭瑜的面前。

等到她哭聲稍息，蘭陵王低沉的聲音便在夜空中靜靜地傳來：「阿瑜，別再作踐自己了。與我和離，好聚好散吧。」

他盯著她，慢慢說道：「妳也知道，我小時候便殺過人，一旦狠下心來，那是什麼事也做得出的。妳現在和離，不但可以保全了名聲，還可以保全一切。真等我休了妳，妳就什麼也沒有了。」

鄭瑜沒有回答他，只是嗚嗚咽咽地哭泣著。

蘭陵王低頭盯著她，又問道：「阿瑜，這樣拖下去，真有意思嗎？」

慢慢的，鄭瑜抬起頭來。她雙眼紅腫地看著前方虛空處，喃喃說道：「好。」

什麼？她應了？蘭陵王一瞬不瞬地盯著她。

鄭瑜抬起紅腫的雙眸，卻沒有看向他，而是用手帕拭了拭，沙啞地說道：「給我三個月，等我安排好了退路，就與你和離。」

「好！」蘭陵王點了點頭，心頭放下重負的他，笑容燦爛，「妳就先住在這裡，三個月後，我給妳和離書，如果願意，我還是希望能與妳結為兄妹。」說起來，對於鄭瑜，他是愧負的，只希望能通過這個辦法補償一二。想來有了自己這個後臺後，她也可以找到一個不錯的男人，等她享受了幾年的夫妻和樂日子，再把孩子一生，她也放下心頭的執念，此生就可以得到平穩安樂了。

與鄭瑜約定後，蘭陵王示意婢女們把她扶走。

他轉過身，朝站在幾十步的陰暗中，向這邊看來的張綺走去。

走到她面前，他低頭笑道：「阿綺，她應了，妳聽到沒有，她應了！」聲音中，有著毫不掩飾的歡喜。

張綺連連點頭，她仰頭看著他，見沒人注意這裡，便踮起腳在他的唇上親了親，喃喃說道：「長恭，謝謝你。」說完這五個字，她眼淚又出來了。

比起他來，她不好，她真不好。她心思太重，一直計較著得失，沒能如他那樣，一心一意地愛著。不過，以後不會了。以後，生也罷死也罷，她都與他在一起，永遠在一起……

感覺她軟軟的唇瓣拂過，蘭陵王心頭一酥，他驀地抓住她的腰，伸手把她橫抱而起，低低笑道：「阿綺，現在我們可以生孩兒了。」在張綺的臉紅耳赤中，他抱著她大步衝入了寢房中……

⁂

蘭陵王回來了！

在大敗突厥，以一役之威奠立了他不世勇將的威名，在一年多後，回到了鄴城。

這個消息，不過一天便傳遍了整個鄴城。因此，第二天，蘭陵王府便訪客紛紛，鄴城的各大世家和權貴官宦，紛紛上門求見。

在接待了他們過後，傍晚時，管事遞上拜帖，蕭莫求見。

蕭莫啊？他還有好多帳沒有跟蕭莫算呢！

蘭陵王磨了磨牙，冷冷說道：「請！」

他的聲音一落，一個風度翩翩的身影緩步而來。如以往的每一次一樣，這個身影一出現，便用一種光華，把身邊的人都比了下去。也與往時的每一次一樣，這個金冠束髮，一襲淡青衣裳，俊臉含笑的少年，一點也不似一個高官，而只是一個金馬玉堂的貴公子。

看到他，蘭陵王冷冷說道：「蕭家郎君這是怎麼了？竟不穿白裳了？」

蕭莫走到他身前，目光含笑，朝眾人看了一眼後，定在站在蘭陵王身後的張綺身上。望著她，他淺笑道：「離了家國，失了心上人，此心已染風霜，哪裡還配得上白裳？」

張綺看向他，正要說話，蕭莫突然轉向蘭陵王道：「高郡王，可否讓我與阿綺說兩句話。」

蘭陵王盯了他一眼，衣袖一甩，轉身便走。

等蘭陵王一走，張綺便把婢僕都喝令退下。

在眾人散盡後，蕭莫看向張綺，低聲道：「阿綺，妳回了陳地？」

「是。」

聽到她這個簡單的回答，蕭莫的臉上閃過一抹滄涼，他慢慢踱到一側，在几旁坐下後，自顧自地給自己倒了一樽酒。

仰頭飲下一盅，蕭莫淺笑道：「阿綺真好，有生之年竟是能夠回到故國！」雖是淺笑，雖是平淡道來，可那語氣中，怎地透著揮不去的滄桑？

張綺垂下眸來，提步走到他的對面坐下，望著他，她唇動了動，低聲說道：「他們都很好，張錦嫁人了，你的家族其他人都如以前一樣活著，我的親人也是一樣。」

蕭莫沉寂了一會兒，待要詢問，聽到張綺又說道：「他們都問起你，他們都很想你。」這話不說也罷，一說出，思緒便如潮水一樣湧向蕭莫，令他不由以袖掩臉，久久一動不動。

張綺知道，在這個齊地，他雖然身居高位，受人追捧，可這裡畢竟不是故國，這裡的人情世故，更與陳國不同。那個盛載著他的美好和風華的故國，是最真最美的。

何況，他離開時，並沒有體會到人情冷暖，世態炎涼，他的記憶塵封在最美好的時候，想來夜深人靜時，他也在遙望故土，深深思念。

良久良久，蕭莫啞聲道：「我也想回去故國一趟。」說到這裡，他低低一笑，「阿綺。」

「嗯。」

「這一年來，我每日都在想妳。」

張綺垂下眸來，也不知過了多久多久，她轉過話題，輕柔地說道：「阿莫，退隱吧。」這句話，她尋思了很久，早就準備見到他時說一說的。

張綺看著前方酒盅中晃動的液光，「高湛不是明君，齊地也非故國，阿莫何不退隱了？到那周陳交界處，或者，便在陳地選一山一城，做那隱世之士，多好？」

說到這裡，她望向南方，喃喃說道：「這次我到了杭州，那是一個極好的地方，如仙境一樣的美。阿莫，你也可以到杭州去，隨便選一座靈山，一處寺院，或置一個院落，做一個富家翁。閒著時，你可以扮成誰也不識的樣子，坐在建康的酒樓中，看那些故人嬉戲。累了，你也可以擁上三五個美人，生上幾個孩兒，享受兒女環抱，嬌妻美妾滿堂的家庭之樂……」

張綺的聲音本來就極動聽，這番話又是有感而發，那聲音便如樂音，娓娓動聽，能勾起人心深處最深的夢幻。

蕭莫聽著聽著，也有點恍惚。等張綺住了嘴後，他才恍惚中清醒過來，笑了笑道：「阿綺居然勸我歸隱？奇了，妳怎地不勸一勸高長恭？」

「他退不了。」張綺垂眸，輕聲說道：「他正是意氣風發時，高湛還沒有做出讓他絕望的事，他退不了，我又何必提出？」

她抬眸看向蕭莫，美麗的眸子中滿是清明，「阿莫，你不同，你本不是齊國之人，沒有必要在一隻看不到希望的破舟上逐浪。那高湛荒唐愚蠢，難不成你還以為他是可以輔助可以期待的明君？」

今年五月，河南王因為屢次勸阻高湛而被毒死，朝中文武都不敢吭聲。而現在，和士開這等小人越來越受高湛重視，國家權柄漸漸被一群小人掌握，蕭莫在齊國根底不深，最主要的是，他沒有兵權，久留下去，說不定性命也保不全。

蕭莫拿過酒樽，再次給自己倒了一盅。他晃了晃酒水，小抿了一口，便抬頭看向張綺。夕陽光下，她美得如同天人，蕭莫才看了一眼，便感到胸口似被什麼重重一擊。

看著看著，他眼圈突然一紅，「阿綺，我這一生，永遠也不會圓滿，是嗎？」這話本是多餘，實是沒有必要再說，可他不知不覺中，還是問了出來。

說到這裡，他低低笑了起來。

他的笑聲混在晚風中，恁地淒涼。他想過退的，早就想過退下……可他這一生，對什麼都能捨棄，卻總是無法捨棄她的身影。若是現在退了，豈不意味著，這一別會成永遠？

張綺看著他，低聲說道：「昔日羊公曾經說過：世事不如意者，十有八九。」她抬起眸子，溫溫柔柔地說道：「我也曾萬念俱灰過，幸好我走出來了。阿莫，你才情耐力，世間無雙。只要你願意轉身，那便是一片海闊天空。」

說到這裡，她想了想，又道：「我與長恭……我曾差點與你……很對不起他，他也娶了鄭氏，負了與我之情。當時種種，只覺生無可戀，可到了今時今日，我卻覺得人生美好圓滿。」這話，她應該說出來，她說出來了，也好讓蕭莫徹底死心。

看到她眸中的光亮，蕭莫呆了呆，徐徐問道：「阿綺，妳終於對他鍾情了吧？」他看著張綺，低低說道：「阿綺，我到底做錯了什麼？怎地妳從來都不願意選擇我？」這話雖是笑著說的，卻是嘶啞得幾不成聲。

張綺沉默了良久，才搖了搖頭，迷惘地說道：「我也不知，我有時看到蕭郎，心裡便堵得慌，便想離得遠遠的。」

這話蕭莫從來沒有聽過，他蒼白著臉問道：「阿綺厭我？」

張綺蹙起眉，似乎自己也理不清。尋思了一會兒，張綺捂著臉喃喃說道：「不是厭，是害怕。蕭郎，我害怕與你接近，一直都在害怕。」也許還有怨恨。只是這感覺藏得太深，她理不清分不明。

「是因為我是妳的兄長嗎？」

張綺搖頭，「在陳國時也有害怕。」

這話一出，蕭莫臉白如雪。他慢慢站起，轉身走出幾步後，突然腳步一頓，回頭看向張綺。定定地看了她一陣，他吃吃笑道：「原來我從來就沒有勝過！阿綺，我是敗給了天意嗎？」說到這裡，他哈哈一笑，果斷轉頭，衣袖一甩，大步走了開去。

剛步出苑門，蕭莫便看到負手而立，面無表情盯著他的蘭陵王。

蘭陵王的身周並無他人，難道他一直在這裡等著自己？

蕭莫緩步走近。

看著他，蘭陵王突然說道：「我其實早就應該殺了你。」他笑了笑，聲音清冷，「如果換了別人，你已經死過幾回了。一再窺探我的婦人，屢屢出手壞我之事，蕭莫，你早可以死了。」

他也不需要蕭莫回頭，只是靜靜地說著：「不過我不能對你動手，阿綺重視你，她雖然不說，可我還是知道，她一直看重你，一直希望你能過得好。現在她已回到我身邊，為了免生枝節，我會再放過你一次。」

蘭陵王的聲音很冷，笑容也很冷，「僅此一次，再無下回！」直到現在，他還不知道蕭莫曾經差點強要過他的婦人。當時知道這事的人，只有太后、蕭莫和張綺，太后已死，蕭莫和張綺不會說出來，也許，這事永遠也不會為蘭陵王所知了。

蕭莫緩步走到他身側，在與蘭陵王擦肩而過時，他低低笑道：「是，你贏了。」

還贏得那麼徹底！

說罷，蕭莫腳步加快，衣帶當風地飄然而去。

目送著蕭莫離去，蘭陵王過了一會兒，才提步踏入院落。

張綺又在發呆，發現他到來，她迅速站起，眸中光華熠熠地看著他。繞過榻几，她碎步走到他面前。伸手理了理他的衣袍，她抱著他的腰，把臉埋在他的懷中，低聲說道：「我剛才要蕭莫離開齊地。」

「為什麼？」

「因為齊主不是明君啊，你看連河南王高孝瑜僅因勸諫便被他毒殺，河間王高孝琬知情，也只能痛哭而去啊。」

她說的事，發生時離現在不過三個月，也是這幾個月中，齊國朝野所發生的最大的變故。

蘭陵王沉默了，他知道，阿綺這是在提醒他，高湛不可倚靠。

好一會兒，蘭陵王伸手，撫著她的墨髮，那在武威城中逃命時削短的秀髮，直到現在還沒有長回原樣。他撫著它，低低說道：「不用擔憂，這一次我無論如何也會護著妳，無論如何！」

「嗯。」張綺軟軟地應了一聲，她摟著他的腰，幸福地在他的胸口上蹭了蹭。聞著他熟悉的體息，張綺只覺得心頭暖暖的、醉醉的，瞇著美麗的眼，踮起腳，她在他的耳邊吹了一口氣，丁香小舌在耳洞中輕輕舔吻間，她靡軟地呢喃道：「長恭，我要給你生一個孩兒，生一個我們的孩兒……」

她的聲音，便是最好的春藥，因此，聲音一落，蘭陵王的氣息陡然變粗。他伸手把她攔腰抱起，大步走向寢房。

在高湛替蘭陵王擺過洗塵宴後，蘭陵王變得忙碌起來。而隨著鄭瑜被遷到西苑的消息，張綺留在正院的事傳出後，紛紛有貴婦人求見於她。

這一日，張綺接到了一張帖子，看著那帖子，張綺蹙起了眉。

楊受成走到她身後，輕聲說道：「夫人，妳怎麼看？」

張綺垂眸，「長恭他怎麼說？」

「郡王說，要我等隨時侍候妳左右，便是皇后下令，陛下出面，也絕不離開。」

「好！」張綺清脆地應了一聲，她轉過頭，「那我們去見見皇后娘娘吧。」既然到了這種混亂之地，說不得，便有再多的困難她也要拚盡全力，給長恭也給她自己打造一個誰也不敢侵犯，誰也不敢胡亂窺探的堅固長城。

應了皇后的邀約後，張綺回到寢房梳妝了一下。望著今天早上蘭陵王特意給她送過來的，擺了一房的華麗裳服，張綺一件一件看去，心中慢慢尋思著。

這些裳服全部是重新裁製的，無論式樣還是布料，都是按照郡王妃的規格做的。看著看著，張綺赫然發現，這些裳服居然是早就做好的，有的裳服角落竟然殘留著一兩根細小的蛛絲。

怔了怔，張綺喚道：「請方老進來。」

不一會兒，方老過來了，他笑呵呵地問道：「阿綺喚我？」

張綺回眸，溫柔地問道：「方老，這裳服是什麼時候製成的？」

方老走近看了看，笑道：「有兩年了吧。那一年知道阿綺妳沒死，長恭便令人製備了這些裳服，還說這些妳一定會喜歡。怎麼，阿綺不喜歡啊？不要緊，跟老頭子說一說，我馬上令人再製一些。」

以往，方老也對張綺客氣，可這一次的客氣中，還透著一種親近，一種把她當成子侄般的親近。張綺一怔，不由明白過來：是因為自己的身分變了吧？所以方老打心眼裡接受了自己，並準備親近自己。

她感激地朝方老笑了笑，又說了兩句閒話後，方老一走，她便對著這些裳服發起怔來。

慢慢的，她把臉埋進一件裳服中，低低罵道：長恭這廝！

他明明早就想娶她了，明明從她離開那一日起便想娶她了，可一直不說，在武威救出她後，一直任由她自己在那裡胡思亂想著。

走過去，挑了一套黑色的裳服穿上，張綺朝著給她梳妝的婢女們說道：「去告訴方老，以後我四季的裳服全部製成黑色。」

「啊？」婢女們看著從頭到腳都是黑色的張綺，一婢忍不住說道：「可是，夫人，這黑色並不能顯出夫人的華豔啊！」

是不能顯出她的華豔，或者說，是遮住了她的華豔，可她喜歡著上這種裳後的凜冽冷絕，她想，也許這種凜冽冷絕，能夠讓高湛見了便心中不快，讓胡皇后等人也不敢隨意戲弄，所以她尋思著，以後，便用這種面目示人吧。

「去準備便是。」

「是。」

喝退眾婢，又隨手把一個短劍藏在袖中，張綺在成史等十個黑甲衛的簇擁下上了馬車，朝著街道中的醉香樓中走去。

胡皇后便是在這裡邀請她見面。

醉香樓，一直都是鄴城貴女們喜歡就餐的酒樓之一。兩層高的木製樓閣，仿的是秦時阿房宮的建築，於古樸中透著一種華麗。有一部分木料，更是用上了檀香木，坐在其中，幽香隱隱，來來往往，婢女侍從都是年輕美貌，所飲所食，都是甚是精美，讓人流連忘返。

張綺到達醉香樓時，第一層樓閣下有不少人在用餐，笑語聲不絕於耳。聽著那一陣陣人聲，張綺的心定了定，她拉了拉頭上的紗帽，提步向第二層閣樓走去。

剛走上閣樓，一個圓臉的，笑得極為可親，眉眼間還透著一種俊朗的四十歲漢子走上前來，他定定地看著曼步走來的張綺，渾然無視緊緊跟隨著她的成史等人，逕自越過眾人，向她笑咪咪地說道：「是蘭陵王夫人張氏吧？本人和士開，奉皇后之令，在這裡候夫人久矣。」

他笑得可親，可那雙不大的眼睛，卻一直緊緊鎖在張綺臉上、身上。

說完那話後，他等著張綺向他行禮。這齊國天下，想來無人不知道他是陛下最最信任之人吧？眼前這個絕美的婦人，一定不敢對他不敬。

張綺也著實不會對他不敬，紗帽下，她淺淺一笑，朝著和士開福了福後，清冷地說道：「有勞和大人了，不知皇后娘娘？」

陡然聽到她的聲音，和士開骨頭都酥了一半，過了一會兒，他才說道：「娘娘在裡面，蘭陵王夫人，不如由士開帶妳過去？」

「不敢。」

「敢的敢的，請朝這裡走。」面對張綺的和士開，與面對鄭瑜的他完全不同。現在的和士開，彬彬有禮，笑得溫文而又可親，饒是那雙眼珠子緊緊黏在人家身上，也讓人很難產生惡感。

和士開領著張綺走到第二間廂房處。今日這個閣樓上，別的廂房都房門大開，裡面渾無一人。第二間廂房裡面，胡皇后坐在正中間，在她的身邊還有五六個貴女命婦，以及十來個年少美貌的小廝。看到張綺過來，胡皇后轉頭盯來。

張綺緩緩摘下紗帽，在和士開和眾小廝瞪大，貴女貴婦們也是看呆了的目光中，朝著胡皇后行了一禮，輕聲說道：「張氏阿綺見過皇后娘娘。」現在，她與蘭陵王還沒有正式的名分，所以她直接稱呼自己的名字也說得過去。

胡皇后沒有想到，不過兩年不見，她竟是美成了這個樣子。呆了呆後，她目光瞟過如癡如傻地盯著張綺不放的和士開，慢慢蹙起了眉頭，心下微有惱意。

蹙著眉，胡皇后冷冷說道：「原來是張氏啊。聽說張氏很得意啊，一回到晉陽，高長恭那廝便為了討好妳，趕走了他的結髮妻子。」

胡皇后的話毫不客氣，她這句話一出，眾貴婦也跟著冷笑起來。特別是胡皇后所說的「結髮妻子」四個字，著實激起了眾貴婦共同的敵意。

張綺卻似不知道胡皇后生氣了一樣，她搖著頭，目光純淨地對著胡皇后，笑道：「皇后娘娘這話可說錯了，鄭瑜現在還是處子之身，妳這樣說，可是會讓她嫁不到好丈夫的喔。」

張綺這種毫不客氣，甚至自來熟的語氣，令得眾人一驚。眾貴婦瞪著她，心下同時想道：都說這個張氏出身卑微，原來真是個愚蠢的，面對皇后娘娘，說話也這麼隨意。

可出乎他們意料的是，胡皇后似乎並沒有覺得被冒犯，她哼了一聲，反而與她辯道：「反正妳趕走她，這是事實吧？」

張綺搖頭，自顧自地走到胡皇后旁邊，與她對面坐下後，給自己和胡皇后娘娘各斟了一盅酒。不等她發火，張綺先說道：「娘娘，這次我從陳地帶回來了一種酒，極特別，喝了直讓人飄飄欲仙，彷彿感覺到人間至樂，待會兒派人送點給您如何？」

天下三國，若論享樂二字，再也沒有比南人更擅長的了。他們製造的美酒，確確實實是三國貴族追逐的好東西。

眾貴婦瞪大的雙眼中，胡皇后一怔，轉眼她扯了扯嘴，哼道：「那倒要試試。」語氣雖硬，實則是接受她的賄賂了。

這，怎麼可以這樣？眾貴婦妳看著我我看著妳，平素她們百般討好，胡皇后還動輒打罵，怎地這個張氏這般無禮，這般隨意，她反而一點也不生氣？

她們卻不知道，這個胡皇后可是在妓院中也過得甘之如飴的人物。這樣的人，才不會看重規矩，注重尊嚴和禮儀，分得清上下呢。

張綺聽胡皇后這麼一說，頓時嘻嘻笑道：「那好，我馬上就讓人送些美酒來。」說到這裡，她把頭朝外一伸，大大咧咧地叫道：「成史，你派兩個人去府中搬一些美酒過來，記得每樣拿一點。」

在一堂鴉雀無聲中，成史響亮地應了一聲：「是。」然後揮揮手，兩個護衛應聲下了酒樓。

感覺到胡皇后對張綺開始有了微妙的好感，和士開在一側答腔道：「說起來，真不能說是阿綺要趕走鄭氏。那高長恭說和離，可說了整整兩年了。嘖嘖，自新婚之夜起便說和離，舉天下也只有這麼一對。」

這卻是在幫張綺了！

感覺到他對張綺的態度，胡皇后卻冷了起來，她重重一哼，朝著張綺冷聲說道：「妳還沒有回答本宮的問話呢。」

張綺輕嘆一聲，道：「真說起來，鄭氏確是我趕走的。要不是有了我，她與長恭不會鬧到這個地步。」

沒有想到她這麼爽快地承認，眾人再次一呆，而胡皇后卻是心中一樂，不由忖道：沒有想到這個張氏倒是個痛快人，與她說話，真是一點也不累。別的貴婦，一件最簡單的事也喜歡拐上七八個彎，總是欲言又止，總是意思隱晦了再隱晦，還總是喜歡擺出一副「妳知道的」表情。她知道個鬼？每次聽到她們那樣說話，她就累得慌，就會發火趕人。

這時，張綺歪了歪頭，又說道：「不過話說回來，我與長恭相識在前。在他決定娶鄭氏時，我們已經兩情相悅，我更當著所有人表明過，想嫁長恭為妻。鄭氏沒有得到長恭的心，便冒然嫁了進來，只以為名分二字，便可束縛住他，真不聰明。」

胡皇后聽到這裡，又是一樂，竟是點頭道：「名分二字確實無趣。」想她也是被名分所縛，被這皇后的身分所縛，可是，她卻不能不守著這個名分，若是做不成皇后，也不知高湛會不會讓她活下去？

旁邊的人聽著這兩人一問一答說得津津有味，瞪得眼珠子都要掉下來了。

張綺又說道：「很多事，想開了也就那樣，鄭氏她有一天想開了，也會覺得以前做的事甚是無趣的。」見到胡皇后聽得認真，張綺暗暗忖道：看來她對我的態度有改變了，那麼，可以直接進入下一步了。

想到這裡，她站了起來，朝著胡皇后再行一禮後，張綺恭敬地說道：「稟皇后娘娘，張氏有一事稟與娘娘，能不能請娘娘屏退左右？」

「屏退左右？」胡皇后一怔，轉眼她想道：這個張氏與那些貴婦通通不同，倒是個有趣的，且聽了聽吧。她揮手道：「你們先出去吧。」

「是。」

眾貴女命婦一出，張綺便掩上房門。她走到胡皇后身側，自顧自在榻几上坐下後，抬起頭來看向胡皇后，美目顧盼，巧笑嫣然，「阿綺知道娘娘性直，也不廢話了。」她執起酒壺，給胡皇后與自己再倒了一樽酒，然後抿下一口酒，吐氣如蘭地問道：「娘娘以為，阿綺姿色如何？」

胡皇后其實是個很不講尊嚴，甚至喜歡他人對自己沒上沒下的一個人。她最大的特點便是好色，極度的好男色。做為歷史上唯一一個以太后的身分，甘為娼妓，並說出那句舉世震驚的「為后不如為妓」的名言的她，後來在青樓時，對男人的髒言穢語、羞辱打罵都甘之如飴。

此刻也是，聽到張綺這麼毫無禮節，這麼直白的詢問，她倒起了興致，當下把張綺上下打量幾眼後，煞有介事地說道：「很美，傾城傾國，莫過於此。」搖了搖頭，她又說道：「不過本宮看了討厭。」

張綺嘴角一揚，一點也沒有被她這句「看了討厭」嚇倒，反而愉快地歪著頭，又問道：「那皇后娘娘以為，娘娘在陛下心中地位如何？是不是無論是什麼美貌女子，也無法取代？」

這話說得真真大不敬，可胡皇后一點也不惱，不但不惱，反而笑了起來，「妳這張氏怪有意思的，這膽子大得讓人不敢置信，怪不得那高長恭棄了鄭瑜那虛偽之人而選妳！」

她笑過之後，居然還認真回答了張綺的問話：「嗯，妳要說什麼，便直接說吧。」

張綺道：「是。皇后娘娘應當知道，阿綺與高長恭，彼此情根深種，除他之外，阿綺是再也不會喜歡任何一個男人。因此，阿綺想求得娘娘的庇護，想讓娘娘幫忙，讓我與長恭鎮守邊關。便有召令，也不入宮。」

胡皇后明白她的意思了。

這個張氏是怕自己的姿色被自家丈夫看上，所以她向自己求助，寧願前去邊關那等蠻荒之地，也不願意待在鄴城。

她更明白張氏那隱晦點出的話意，以張氏的美貌，她真進了宮，自家丈夫肯定會把她當成珍寶，到得那時，她再略施手段，自己的皇后之位確實不保。不說高湛，便是那和士開，他剛才看到這張氏的目光有多癡迷，胡皇后都清清楚楚地收入眼底。

想到這裡，胡皇后呵呵一笑，道：「好，我幫妳這個忙！」

「謝皇后娘娘。」張綺大喜，連忙站起向胡皇后行了一禮。

「不用謝，本宮一直知道妳張氏膽大，可沒有想到，妳膽子會這麼大，在本宮的面前，一點也不害怕，想說什麼便直接說出來。很好很好，張氏，以後有事，妳可以直接來找本宮，沒事也可以進宮來與本宮說說話。」她吐了一口氣，埋怨道：「妳不知道那些貴婦們有多討厭，每次聽她們說話本宮就想發火。哎，可是不讓她們來吧，本宮又太寂寞了。」

她從衣袖中掏出一塊玉佩扔給張綺，「喏，拿著它，妳可以隨時見我。」

「是。」張綺笑嘻嘻地應了一聲。

看到她收下，突然的，胡皇后湊了過來，低聲問道：「呃，張氏，那高長恭，勇猛乎？」在張綺怔怔的大眼中，胡皇后嚥了一下口水，小小聲地問道：「那個，他榻上功夫如何？」

可能她看到張綺在自己面前放肆，因此，這個堂而皇之的一國之后，也放肆起來。

張綺慢慢瞇起雙眼，低下頭輕聲說道：「長恭他，除我之外，沒有近過其他婦人，他也不好女色，不喜別的女人靠近……」

胡皇后聽到這裡「哦」了一聲，失望地說道：「原來真是個雛兒，那就沒意思得很。」她瞟向張綺，不解地問道：「那妳還鍾情於他？」

張綺低聲道：「阿綺喜他的溫柔。」

溫柔？胡皇后平生最不喜歡的便是溫柔二字，無論是在榻上還是生活著，那種軟綿綿的東西有啥意思？沒得讓人看了心煩。她哦了一聲，揮了揮手，「知道了，妳回去吧。」這個張氏再待下去，只怕和士開魂都要丟了。

張綺站起行了一禮，重新把紗帽戴上，提步走了出去。

沒有想到張綺待這麼一會兒便走，眾貴女命婦還有那和士開都有點發愣。正當他們盯著張綺細看時，陡然發現了張綺握在手中，那露出一半的玉佩。

這玉佩？這是皇后娘娘經常佩戴的，只有和士開才能得到一枚，可以自由出入宮禁的玉佩！怎麼這個張氏才見了皇后娘娘一面，便得了這物？

一時之間，眾人直是目瞪口呆，愕然不敢置信。

而這時，兩個護衛已從蘭陵王府載來了美酒，把那些美酒交給胡皇后的人後，成史等人簇擁著張綺離去。只是這個時候，成史等人一直是目瞪口呆的，一直回到蘭陵王府，他們還不敢相信這個事實。

肆之章

急智保節斷拖沓

下午時，蘭陵王大步踏入了正院，一眼便看到一襲黑裳，正懶洋洋地曬著太陽的張綺。

提步走到她面前，他低下頭看著她笑道：「阿綺，剛才在外面，我居然聽人說到，妳與皇后一見如故，不過小半個時辰，她便賞妳一塊可以自由出入宮禁，並隨時可以面見她的玉佩，可有此事？」

蘭陵王說這話時，他身後的楊受成、方老等人也停止了談話，轉過頭來看著她。

這些人都是在鄴城、晉陽兩地生活多年的，對於現在的胡皇后，以前的廣平王妃，那是知之甚詳。幾乎所有的上層貴族都說，胡皇后那人最不好打交道，有時，你給她送上萬兩黃金，說不定她下一刻便莫名其妙與你翻臉；有時，你對她畢恭畢敬，百般維護，說不定她轉眼便抽你一鞭子，還下令封鎖了你家的生意。

因此，在聽到這個傳言時，蘭陵王不信，楊受成、方老等人也不信。

張綺抬頭，對上蘭陵王等人緊盯的眼神，微微一笑，從懷中掏出玉佩，叮地一聲放在几上。

竟然是真的！

眾人的倒抽氣中，蘭陵王拿起那玉佩看了幾眼，瞇著眼睛問道：「阿綺用了什麼法子？」他低下頭，瞬也不瞬地看著張綺。自己這個婦人，永遠永遠讓他看不透，總是一次又一次，在他以為他把她琢磨清楚後，又拋出一個謎團來。

面對蘭陵王的不解，張綺只是俏皮地眨了眨眼，「不告訴你們！」

蘭陵王苦笑著搖了搖頭，揮手示意眾人退下。等院落中安靜下來，他上前一步摟住張綺，低沉道：「胡皇后這人，與陛下有點相似，行事頗為任性。在知道妳應了她的邀請時，我還甚是擔憂。」他低低一笑，「沒有想到，我竟是白費心了。」

張綺被他從背後摟著，也不轉身，便這般回過頭來。她伸出丁香小舌，在他的唇線上輕輕勾畫著，呢喃地說道：「長恭……」

蘭陵王唇一移，驀地堵住她的小嘴，把她直是吻得透不過氣後，他才低應道：「嗯。」

「借我一些人，我要辦一件事。」她朝他調皮地眨了眨眼，嘻嘻笑道：「很重要的事哦，不過現在我不告訴你。」

蘭陵王聽了搖頭一笑，他喜歡看她現在這模樣，頑皮、快樂，彷彿再無煩惱，這讓他的心中滿滿實實的，直覺得這世間，沒有比她這般快活一笑還重要的事了。

「怎麼，應不應承？」

「應承應承！當然應承！」

「嘻嘻，就知道長恭最好了。」

不一會兒，蘭陵王便把成史等人撥到了張綺手下，除了他們之外，張綺還親自點了一人，那就是楊受成。

與他們相處了一年多，張綺已對楊受成等人的性格了解不少。如楊受成這人，行事不但有勇有謀，而且果斷乾脆，是個優秀的首領。

看著站在自己面前的楊受成，張綺微笑道：「楊將軍，我這裡有一件事想勞煩於您。」

「夫人儘管放心。」

「那好，我要你放一個謠言出去，便說，我是妲己轉世，國主得了，便會壞其江山，敗其運數。唯有那殺人無數，煞氣沖天的武將，才能鎮得住這沖天的狐精之惑。」

「什麼？」楊受成一僵，驀地抬頭，不敢置信地瞪著張綺。

他確實是不敢置信，這個時代雖然混亂，雖然胡人治下，很多人都荒唐行事，可是，不管是什麼女人，最怕最忌諱的，還是這個妖孽禍水之名。而現在，自家這個主母，竟然提出了這種要求？

她就不怕這謠言會把她置於萬劫不復之地嗎？

張綺抬頭，定定地看著楊受成，低語道：「楊將軍先別惱，你仔細想想，如果這個流言傳出，一般會有什麼後果？」

什麼後果？後果就是，她的名聲徹底臭了。

剛尋思到這裡，楊受成雙眼陡然一亮，明白過來。不對，夫人的名聲一臭，那幾國的國主是斷斷不會再打她的主意了，說不定還會對她敬而遠之。而朝野中的儒生們，則會把她當成眼中釘，恨不得把她趕得遠遠的……

而只要有郡王在，那些人也只會是趕走她，不敢殺她害她。趕走她，趕走護著她的郡王，然後會怎麼趕呢？自然是趕往邊關！

驀地，楊受成完全明白了。他直直地盯著張綺，驚訝瞪了一會兒眼，突然的，他讚嘆道：「夫人聰慧絕頂，這主意著實不錯！」

不但不錯，而且可信度非常之高。畢竟，那周主的皇帝宇文邕得了她多久？才不過幾個月吧，便在與突厥人的大戰中大敗特敗……

這個謠言一旦傳到高湛耳中，他便是對張綺有再多的心思，也會謹而慎之，顧慮再三。而齊國的文武百官，為了不讓張綺這等妖婦惑亂朝政，必然會把郡王派到邊關。這樣一來，豈不是遠離鄴都，無須近距離承受高湛和胡士開等人攪動的風風雨雨？

深吸一口氣，楊受成退後一步，朝張綺深深一揖，嘆道：「夫人智慧過人！末將心服口服！」

張綺得到他的肯定，也是心中歡喜，她微笑道：「那你現在就去著手安排吧！記著，這消息最好是從周人那裡傳來。還有，越快傳到鄴城越好！」

「遵令！」楊受成行了一個軍禮，大步走出。

這七八天，鄭瑜一直安靜待在西苑中，同時，她也安靜下來，不再像以前那般動不動就朝下人發火，甚至有好些次，下人還看到她在那裡溫婉地笑著。

看起來，她似乎真的放開了。這讓一直不安，對她祕密監視著的方老慢慢放下心來。

而這一日，張綺得到胡皇后的玉佩，可以自由出入宮禁的事，也傳到了鄭瑜耳中。當時聽了，她沒事人般的笑了笑，然後慢悠悠喝了一杯茶，還睡了一覺。直到第二日下午，她才坐上馬車，去了鄭府中。

見過鄭夫人後，鄭瑜上了另外一輛馬車，悄悄來到一處庵堂中。

這景慈庵，本是鄴城著名的一景，不過現在行人已經少了。鄭瑜一路過來，遇到了幾波人，那些人在看到她出示的信物後，都讓開了道路。

不一會兒，鄭瑜便來到山頂上的主庵外。剛踏上臺階，便聽到裡面傳來一陣陣沒有壓抑的呻吟聲。這聲音，是從正殿傳來的，顯然是有人在菩薩面前正行那淫賤無恥之事。

聽到那聲音，鄭瑜蒼白的臉紅了紅，她向後退去。才退到一側，一個胡亂裹了一件外裳的中年漢子走了出來。這人正是和士開，他一眼便看到了鄭瑜。對上這個鄴城有名的貞潔烈婦，剛得滿足的胡士開舔了舔唇，淫笑著嘀咕道：「可惜這小娘皮來遲了一步。」

說到這裡，他提步向鄭瑜走去。

正在這時，殿堂中傳來高湛的聲音：「士開，你在說什麼？」

和士開回頭笑道：「陛下，蘭陵王妃又來了。」

「哈哈！」高湛笑道：「可惜朕今日沒有那精神，不然要了長恭這個不要的女人也是趣事一椿。」頓了頓，他命令道：「讓她進來吧。」

「是。」應了一聲，和士開提高聲音：「鄭氏，陛下讓妳進去。」

「是。」鄭瑜提步踏上臺階，在經過和士開時，被他特意擠過來蹭了蹭，雖然只是被摸了一把，可那種羞辱感還是讓鄭瑜青了臉。

說起來，鄭瑜這種動不動便青紫著臉的習慣，實在不讓和士開喜歡，因此他咧嘴一笑後，便搖了搖頭放她入殿。

殿堂中，散發著一股讓人作嘔的情慾之氣。高湛正坐在蒲團上，他的左右還挨著幾個衣冠不整的美貌尼姑。

低下頭，張綺恭恭敬敬地跪下，朝高湛行了一個五體投地的大禮後，喚道：「蘭陵王妃鄭氏見過陛下。」

「好了好了！」高湛揮了揮手，不耐煩地說道：「連這裡妳也尋來了，定然是有話說，那就直說吧。」

「是。」鄭瑜伏在地上，朗應了一聲後，說道：「陛下，阿瑜這幾日，聽到府中有對陛下不滿的聲音。」

「哦？」高湛慢慢坐直，瞇著眼盯著鄭瑜，「都說了什麼？」

「阿瑜聽到府中的人在悄悄議論，她們說，陛下最是喜好美色，只怕會對張綺下手。還有人悄悄說，便是陛下對張綺下手也沒有什麼怕的，因為郡王已經開始安排退路了。不過大多人還是認為，陛下雖然喜好美色，可陛下更尊重將帥之才。現在世人都知道『天下三國，蘭陵無雙』，陛下要討好高長恭，自不會染指張氏……」

她還沒有說完，高湛低冷的聲音已經傳來：「妳說，有人說朕要討好高長恭，因此才不敢染指張氏？」聲音雖低，卻沉寒如此。

鄭瑜身子一縮，不由磕巴起來，「是、是的。」

高湛笑了起來，盯著鄭瑜，突然冷聲說道：「鄭氏，這話不會是妳瞎編出來唬朕的吧？」

「不，不是！」鄭瑜急急抬頭，慌亂地說道：「阿瑜不敢，阿瑜編不出來，阿瑜說的是實話！」便是她編的又怎麼樣？這是陽謀！她也罷，高湛也罷，高長恭也罷，百官權貴也罷，心裡都是這樣想的，只是她把他們心中的想法明明白白擺在高湛面前而已！

見到慌亂的鄭瑜，高湛雙眼瞇成了一條線。

他先是騰地站起，剛要發作，轉眼想了想，又慢慢坐下。

雖然坐下，高湛的心中卻憤怒無比。他放過張氏，是何等的英明之舉？那是頂頂蓋世的雄主才能做到的事，現在倒好了，天下人竟然都不懂得自己做了多大的犧牲，反而諷刺自己、看不起自己，認為自己怕了一個武將。

自己堂堂一國之君，豈會害怕區區一個武將？哼，世人真是愚不可及，愚不可及！

這個自以為了不起，把眾人的生命當成螻蟻，認為賞也由他罰也由他，生也由他死也由他的昏君，此時胸中有無名怒火在熊熊燃燒。對於高湛來說，他最喜歡看到的便是世人恐懼敬畏的目光。現在看來，自己對高長恭那小子的仁慈完全沒有必要啊！

坐下後，他揮了揮手，道：「妳不用害怕。」

一句話落地，鄭瑜果然不怕了。

高湛目不轉睛地盯著鄭瑜，突然說道：「聽說妳對高長恭承諾，三個月後與他和離？」

「是，是。」

「這話不用放在心上。」

這是說，陛下會讓他們和離不成了？

鄭瑜心中大喜，她暗暗咬唇：自己的一箭雙雕之策，總算完成了第一雕！

在鄭瑜退下時，高湛慢慢說道：「以後長恭那小子說了什麼話，記得傳給朕知。對了，告訴和士開也是一樣。」

「是。」

在鄭瑜退出庵堂大門時，她聽到高湛對和士開冷笑道：「喲，士開，你聽到沒有？有人說，朕要討好長恭了。朕堂堂天子，還要討好他一個臣子？士開，你馬上去傳令，便說，三日後，皇后在宮中擺宴，那張氏不是得了皇后的一塊玉佩嗎？讓她入宮向皇后娘娘謝恩。」

在鄭瑜暗暗冷笑，得意著自己的第二雕也成功時，得了皇后明旨的和士開抬起頭來。他看了高湛一眼，欲言又止。

他自是知道，陛下這次讓張氏入宮意味著什麼。這兩年來，有多少臣子權貴的妻子，便是這麼一次入宮，便成了陛下的掌中之物。說不得，那個張氏從此後，也會成為陛下的後宮一員了。

暗暗嘆了一口氣，和士開開始琢磨怎麼向胡皇后解釋此事。

鄭瑜一回蘭陵王府，便聽到正院處傳來張綺和蘭陵王的歡笑聲。她停下腳步，含著笑聽了一陣，聽著聽著，她無聲地冷笑了幾聲。

轉眼，第三天便到了。

高湛還在等著胡皇后乖乖下旨讓張綺入宮時，卻得到和士開傳來的消息，胡皇后病了。昨天晚上她貪涼飲冷，現在昏沉困頓，說是請陛下延後數日。

延後數日便延後數日，高湛也不在意，冷哼一聲便揮手令和士開退下。和士開剛退，高湛突然喚住他，盯著和士開，瞇起雙眼，慢慢說道：「有所謂生病傷寒，七天可起，你去告訴皇后娘娘，讓她養好身體，朕希望七日之後，能看到皇后康復。對了，既然皇后病了，就不要隨便出門，特別是那蘭陵王府！」

陛下知道了什麼？和士開一凜，馬上躬身應是，見到高湛面色好轉，這才慢慢退下。

只是退下時，他心中暗下決心：有所謂神仙打架，小鬼遭殃，這件事已理會不得。反正皇后的意思，我已轉給陛下了。這幾日，皇后那裡我也不去見了，我就裝病不出，先拖過七天時間再說！

轉眼間，又是六天過去了。

這一日早朝，高湛與眾臣議了幾件事後，揮了揮手，便準備吩咐退朝。

這時，一個大臣大步上前，躬身說道：「陛下，臣最近從周人那裡聽得一件事，說是周國的大相師姬公得到一塊石碑，他從那石碑上，揣度出一條天機。」

天機？

殿中熱鬧起來。這年代已出現了好幾波日食了，天心最慈，總是會在無邊殺戮中給生靈一線生機，也許這天機對家國有用。

高湛也來了興趣，他重新坐下，笑道：「哦，什麼天機？且說一說。」

「姬公說，那滅世的妲已已重新臨於世間，此女傾國傾城，妖惑蒼生。姬公還說，前不久周國之敗，便敗於此狐之手。」

什麼？這話一出，四下同時安靜下來。蕭莫更是頭一抬，錯愕地看向那開口的大臣。

高湛瞇了瞇眼，身子前傾，試探地問道：「愛卿說，前不久周國之敗與此女有關？」

「姬公是如此道來。」

高湛說不出話了，與他的沉默不同，殿中的眾臣已交頭接耳起來。

這時，另一個大臣也走上前來，朗聲說道：「臣也聽到了這些流言。它自周地來，如今已沸沸揚揚。有人還說，是村民從山中挖得一巨石，石上有怪圖，姬公正是在怪圖旁住了半年後才說這些話的。」

聽到這個大臣的話，喧囂聲更響了。

又有一個少年臣子也叫道：「臣也聽到了這等流言。」

喧囂中，回過神來的高湛咳嗽一聲，問道：「姬公還說了什麼？」

「姬公沒有再說，倒是民間另有流言，說什麼只有那殺人無數、煞氣沖天的武將，才可鎮得住那沖天的狐精之惑！」

聽到這裡，高湛卻是不信了，他站了起來，冷笑道：「一派胡言！一派胡言！」

他這「一派胡言」四個字一出，高湛可以清楚地感覺到，大臣們瞬那間閃過的憂慮。是了，是了，這些無能之輩，他們是在胡亂擔心吧？哼，他就知道，這些人是怕自己被美色熏了心！

想到這裡，高湛大為煩躁，他重重一哼，衣袖一甩，冷笑著揚長而去。

高湛雖然離去，眾臣卻還在交頭接耳著。姬公的話雖然沒有明指，可任何人都知道，那個令周國敗了的轉世狐精，普天之下只有一個與之相符，那就是張氏阿綺！

高湛雖然離去了，可一條又一條的流言，還是如流水般湧入了鄴城中。

從來流言成虎，高湛忖道：在這種情況下，自己如果動了張氏，不說那些儒生不會放過他，便連這皇帝的位子也不會太安穩，還是靜觀其變吧。當下，他便下令，讓胡皇后不必邀請張綺入宮了。

而這一緩，更多的流言湧入鄴城。在越來越多的佐證，和某些人信誓旦旦的證明中，張綺的妲己轉世之身的說法，似是得到了公認。

於是，開始有文武百官上奏摺，他們也不要求蘭陵王驅去張氏這個妖姬，而只是要求陛下下令，讓他把蘭陵王趕得遠遠的，最好遠離朝堂，到邊關鎮守。

外有壓力，內有胡皇后、和士開時不時地敲邊鼓，高湛壓下最後那一點對張綺的慾念，下旨令蘭陵王出行到北桓州鎮邊。不過，念在他剛回到齊國，可以休息三個月後再走馬上任。

這道聖旨下後，不說是張綺，便是蘭陵王，心頭也是大暢。這高湛雖然才上位不過兩年，可這兩年間，他著實把鄴城弄得烏煙瘴氣。對蘭陵王來說，他只要守住他的家國，朝堂上的事，他管不了也不想管。對張綺來說，這道聖旨，實實是一道護身符。

不僅如此，楊受成等人此刻對上張綺，更是恭敬有加。在他們看來，這就是所謂的翻雲覆雨，能夠巧妙利用流言保護自身，同時也令得郡王遠離紛爭的張綺，從此事上看來，實是具有大才華。更何況，她僅與胡皇后見面不過一刻鐘，便從她的手中得到了入宮玉佩。而且高湛命令皇后召張綺入宮一事只有高湛本人、和士開、皇后和鄭瑜四人知道，所以他們還不知道，這一次張綺的妙計，竟及時替她自己免去了一次最大的危機。

內憂外患一朝解去，張綺徹底放鬆下來。

九月來臨了，鄴城的中秋也到了，明媚中透著寒氣的天空，透著一種說不出的舒服。

張綺坐在馬車中，一邊透過車簾看著澄澈的天空，時不時地看幾眼來來往往的人流，不知不覺中，嘴角已噙上了一朵笑容。

這時，她的手一暖，卻是蘭陵王按上她的手。

張綺回眸衝他嫣然一笑，又伸出頭津津有味看了起來。

「阿綺在看什麼？」聽到他低沉的聲音，張綺甜蜜地說道：「看天看地看人。」她把他的大掌放在臉上摩挲著，喃喃說道：「長恭，我覺得什麼都好看。」

果不其然，這句話一出，她看到了他眸中的寵溺和愉快。

這是，蘭陵王瞟了一眼外面，說道：「這家酒樓不錯，我們下去吧。」

「嗯。」

馬車停下，蘭陵王牽著張綺的手走下馬車，步入酒樓中。

如以往一樣，一襲黑裳的張綺戴著紗帽，不過蘭陵王在齊境內，向來不喜歡掩去面容，因此兩人一入酒樓，四下便齊刷刷望來。

蘭陵王無視這些投來的目光，牽著張綺的手走到一側，剛剛坐下，一個坐在鄰桌的華服貴婦突然喚道：「高長恭！張綺！」

這聲音很熟悉，兩人轉頭看去，一對上來人，張綺詫異地喚道：「李映？」

「是我。」

李映站起，曼步走到兩人身前，先是朝著蘭陵王福了福後，便在木几的另一方坐下。以一種優美的坐姿坐下後，她轉眸看向張綺。

對著張綺，對著蘭陵王，李映唇動了動，最後低下頭，提起酒樽給張綺和自己各斟了一盅酒，然後捧起酒盅，朝著張綺輕聲說道：「阿綺，以往有不對之處，還請不要怪罪。」她看著張綺，低聲問道：「能喝下這一盅酒嗎？」能原諒她嗎？

張綺拿起酒盅，抬頭抿了一口。見她喝了，李映如釋重負地把手中的酒一飲而盡。

看到她是真心如此，張綺有點好奇，眨著眼問道：「為何如此？阿映，我記得妳們一直看不起我，不喜歡我的。」

李映把酒盅放下，低嘆道：「是，我們以前是看不起妳，也不喜歡妳，不過現在不一樣了。」她看了一眼蘭陵王，「長恭今時不如往日，以他在天下間偌大的威名，都願意珍妳重妳，我們也無法再把妳當一個普通的姬妾看待。」她苦笑道：「我們婦人，從來都是夫榮妻貴啊！」

張綺明白了，她朝四周看了一眼，問道：「秋公主呢？我來到鄴城也有一陣了，都沒有聽人提到過她。」

「秋公主？」聽到張綺提到秋公主，李映唇畔的笑容更加苦澀了，「她已嫁到柔然去了。」垂下眸子，李映慢慢說道：「秋公主性子直爽，其實她人真不壞。」

「我知。」張綺這話說得十分乾脆。

沒有想到她會這麼直接承認秋公主的優點，李映先是一怔，轉眼苦笑道：「秋公主出嫁之日，阿瑜說她病了，沒有前去。秋公主大哭了一場，也是那時起，我便不再與阿瑜見面了。」

這話一出，張綺沒有什麼反應，倒是蘭陵王蹙起了眉峰，低沉地問道：「她為何不去？」以他的聰明，自是聽得出來，阿瑜所謂的生病只是藉口。他不明白與秋公主關係那麼好的鄭瑜，為什麼在秋公主最重要的日子裡不願意出現。

李映低聲回道：「這兩年中，阿瑜一直沉浸在自己的世界中，性情越發陰鬱任性。」這便是答案。是鄭瑜心情不好，她不願意出現，所以便沒有出現。

蘭陵王依然蹙著眉，「她不該如此行事。」說到這裡，他抿緊唇，暗暗想道：性情越發陰鬱任性了嗎？他的心中不由生出一些戒心來。

與蘭陵王不同，張綺一直是比較了解鄭瑜的，而且她早就看出了，相比起秋公主的重情，鄭瑜似乎並沒有太把這個朋友放在心上。

李映又給自己倒了一盅酒，她一邊慢慢抿著，一邊輕聲說道：「阿綺，我以前年少不懂事，得罪過妳的地方，希望妳不要見怪了。」頓了頓，她又說道：「也是直到嫁人後，我才突然發現，阿綺，妳實在比鄭瑜強得多了。」

也許是出身於底層吧，張綺的性情中，有著鄭瑜所沒有的一種性格，那就是，任何時候，無論遇到什麼困境，她永遠不會讓自己的心變得陰暗，永遠不會把自己困在痛苦和怨恨中。再無助的時候，她的眸光都是清明的，彷彿得之她幸，不得她命。她不會去怨天尤人，不會去做損人不利己的事，而是會積極努力地謀取另一段燦爛人生。

彷彿，這個少女，曾經睿智地看到過更寬廣的天地，也曾經站在幾十年後回憶過從前。她已知道，人之一生中最重要的是，好好地活著，過好每一段旅程，永遠不虧負自己。便是前途一片黑暗，無路可走的時候，也要活得尊嚴、通達，她也永遠不會因為過去的錯誤而懲罰自己。兩年前，她張揚地向所有人宣布要嫁給蘭陵王為妻時，有多少人笑話她？那應該是整個鄴城，整個晉陽吧？便是她自己，見到張綺時，也是嘲笑不屑的，可她每每對上，都是一臉明朗。那是因為，她知道求的是什麼，她也知道，大不了便失敗了，大不了便從頭來過，從不了便一無所有……這人世間，只要還活著，便有機會，便會春光明媚。也許在她眼中，尊嚴，從來是自己許給自己的，而不是他人給妳的。

這種陽光清明的性格，其實比鄭瑜更讓人舒服。鄭瑜，她眼界太小了，而且這兩年中堆積的怨恨，讓她整個人已變得孤僻可怕。

歸根結柢，人活著是種態度，態度變了，心境也就變了。

沒想到有一天李映會這麼發自肺腑地讚美自己，張綺不由一笑，她轉眸看向蘭陵王，妙目盈盈中，似是在期待著他也來讚美一句。

這樣的神情，讓李映不由好笑，蘭陵王也無奈搖了搖頭，他伸出手，在張綺的墨髮上摸了摸，說道：「走吧。」

牽著張綺站起後，他朝李映點了點頭，然後兩個人轉身就走。望著這一對伉儷，李映長嘆一聲，暗暗想道：阿瑜，妳現在放手還得來及……

夜晚又到了。

西苑中，一個婢女走上前來，輕聲說道：「王妃，夜寒露重……」才說到這裡，鄭瑜驀然轉頭，青著臉尖聲說道：「什麼王妃？我哪裡還是什麼王妃！」說到這裡，憤恨交加下，她衝到二十步開外，一袖子把榻上的酒盅茶碗糕點全部甩到了地上。

已經兩個月了，她承諾蘭陵王和離的日子，已經過去兩個月了。這兩個月中，她始終沒有找到機會，她每天晚上端上的那一碗粥，不是被張綺，便是被方老，還有那個什麼楊受成截了下來。整整兩個多月，她這個王妃，竟是沒有辦法與她的丈夫單獨待在一起，哪怕待上一會兒。

時間不多了，再過不了多久，高長恭就會逼著她和離。她知道他的性格，到得那時，她還想找藉口的話，他肯定會不耐煩。是的，他一定會不耐煩！

壓下心頭的慌亂，鄭瑜想道：不要緊，不要緊，高湛會出手的，他承諾過會出手的！這個想法，其實她已不是那麼確信，畢竟，現在全天下的人都在傳，說那個什麼張氏是妲己再世，是禍水紅顏，高湛便是有什麼想法，也不得不壓下去。

他既然對張綺沒了想法，自然也懶得出手幫助自己。

就在鄭瑜為漸漸逼近的期限坐立不安時，西元五六三年九月，在上一次戰役中，被削弱了一些實力的北周元氣終於恢復了一點。北周的大塚宰宇文護想著齊國的實力越來越強盛，竟是痛下決心，派使者前往突厥，竟準備與這個對齊國同樣又懼又恨的仇敵聯手討伐北齊。便是不能大勝，藉機削弱齊國國力，讓齊周兩國重新回到平衡點，也是周國所希望看到的。

北周派出的御伯大夫楊薦和左武伯太原人王慶，向突厥木杆可汗承諾，不管攻齊勝是不勝，他們的皇帝宇文邕，都願意娶可汗的女兒為皇后。

到了現在，這個聯盟已成，突厥與北周的聯軍開始整裝待發，隨時可能入侵齊境。

在這種情況下，心中大為慌亂的高湛，急急把蘭陵王派往邊關。

鄭瑜也沒有想到，她還在為三個月的期限發愁時，轉眼間，高長恭便接到高湛的旨意，不得不帶兵急赴邊關。

這一次，周人和突厥乃有備而來，氣勢洶洶，蘭陵王所統的又全是騎兵，自然不能帶著張綺上路。幸好，有那個謠言在，料他高湛也不會對張綺動手。雖說如此，蘭陵王還是給張綺留下三百親衛，便在接到聖旨的次日，便踏上了征塵。

房間中，送走了蘭陵王後，張綺坐在院落裡呆呆怔怔的。她與他不是沒有分離過，可沒有一次分離，讓她如此牽腸掛肚，幾乎是還沒有分開，便已開始了相思。

見她纖細不勝寒風，方老急步走近，低聲說道：「阿綺，回房吧。」

「嗯。」張綺嘴裡應著，腳下卻沒有動。

方老看著她，暗嘆一聲後說道：「對了，夫人，長恭走時有一樣東西，交代老奴拿給妳。」

「什麼東西？」

「夫人跟老奴來。」

帶著張綺來到蘭陵王的書房中，方老掏了掏，從一個書簡中掏出四張帛紙。

張綺伸手接過，展開第一張，她驚道：「這是和離書？」

「是。」

張綺連忙打開下一張，還是一張和離書，這是一式兩份吧，上面蓋著蘭陵王的大印，簽著他的名字和手印。

和離書有兩份就夠了，怎麼會是四張？張綺嘀咕著翻到了下面。

下面那一張帛紙上，斗大的「休書」二字，清清楚楚出現在她的眼前。

兩張和離書、兩張休書，印鑒簽名一應俱全。

看到張綺吃驚，方老在一側說道：「阿綺，長恭說了，這一式兩份的和離書和休書，都交由妳保管。如果沒有發生什麼事，那就在三個月期限到時，把這和離書交給鄭氏，並讓她簽上名字。如果她有什麼異動，那就直接甩上休書。」

方老長嘆一聲，繼續說道：「長恭還說，鄭氏她如今性情頗有點古怪，所尋所思不是尋常人能夠揣度。他還說，面前拙敗之境還能從容進退，不驚不恨者，知可為者則為之，知不可為者則不為的，只有少數的智者，阿綺是智者，鄭氏不是。因此，他思來想去，只怕到時不得不用上這休書了。」

張綺沒有想到，蘭陵王連休書也給鄭瑜準備了。

與他相識這麼久，她其實一直知道，蘭陵王是很珍惜那份兒時的交情，他也打心眼裡不願意把鄭瑜往壞處想。可以說，相比起對別人的手段，他對鄭瑜是少有的寬容。

也因此，張綺以為，這樁婚事會一直這樣拖著，便是期限到了，鄭瑜也會有藉口拖下去，而蘭陵王他，只怕也會妥協。

見到張綺怔怔地盯著那「休書」二字發呆，方老又嘆道：「說起來，阿瑜也是老奴看著長大的，昔日她與長恭一起玩耍的情景，彷彿就在昨日。寫這封休書，長恭也是不忍，不過他為此事特意交代老奴，他說，無論如何，不能因為他一時不忍，而傷了阿綺分毫。」

張綺聽到這裡，低低說道：「長恭他，有心了。」

她知道他寫這份休書有多難，可他為了護她，還是寫了！

見到張綺把那四張紙帛收好，方老咧嘴一笑，不知不覺中，他的眼睛轉向張綺的小腹，暗暗想道：也不知什麼時候可以讓我抱到小主子？也不知怎的，這個想法一起，方老便覺得整個人都飄飄然了，走起路來更渾身是勁。

看著方老笑呵呵地走出去，張綺詫異地眨了眨眼，忖道：剛才提到鄭瑜，老人家還一臉惋惜悲嘆，怎麼這一會兒又這麼高興了？

與張綺一樣，送走蘭陵王後，鄭瑜便坐上馬車，回到了鄭府。

鄭母正在堂房中等著她，等到這個女兒向自己畢恭畢敬行了一禮後，鄭母揮退眾婢，溫聲說道：「阿瑜，高長恭走了，這是個好機會！」

鄭瑜明白母親的意思，她臉上綻開一朵笑容，細聲細氣地說道：「女兒也以為，這是難得的一個機會。」說到這裡，她聲音又壓低了一些，冷笑道：「這便是天意吧。」

她的聲音雖小，鄭母卻聽清了，她點頭道：「不錯，這是天意。」她看著鄭瑜，徐徐說道：「我們鄭氏不能沒了高長恭這個女婿，所以，這便是天意！」

鄭瑜聽到母親贊同自己的話，頓時笑容滿面，抬頭說道：「母親可有好主意？」

「我想聽阿瑜的。」

鄭瑜低下頭，她眯起眼睛說道：「女兒以為，要解決掉那個張氏，又不讓長恭記恨於我，此事須做得巧妙。」她朝四周看了一下，見確實無人，這才湊近鄭母，壓低聲音說道：「母親，若是能讓陛下與這張氏睡上一覺……」

一句話吐出，鄭母雙眼便是大亮，她伸手在几上一拍，「妙！」這主意確實妙，遠比她自己想的要陰損。

想想，若是讓陛下睡了那張氏，再把此事洩露出去，那滿朝文武肯定會大驚失色，這麼一個天下人公認的禍主之婦，竟然真與他們的國主沾上邊了，這怎麼了得？不行，一定要根除後患！在這樣的情況下，便是陛下再任性，也抵不住朝野中的巨大壓力。而在這壓力中，等待張氏的是什麼？那是一個死字，只能是一個死字！

等張氏一死，那高長恭便是知道了，他又能如何？他是能夠殺了陛下，還是能夠把文武百官都殺掉？說不得，只能忍了吞了，過個幾年，他把那妖婦放下時，不還是與阿瑜和和美美地過日子？

見到母親肯定，鄭瑜也大為歡喜，不過轉眼她便蹙起了眉峰，喃喃說道：「那妖婦身邊有三百護衛跟著……」

鄭母搖頭，淡淡說道：「這不難。皇后娘娘不是給了她一塊玉佩，讓她隨時入宮嗎？便用皇后娘娘的名義召她入宮吧，難道她還能帶著那些人入宮不成？」

「可她要是不信怎麼辦？」

鄭母一怔，狐疑地問道：「她會不信？」

鄭瑜點了點頭，認真說道：「張氏這人狡猾異常，便是我們弄個太監騙她，只怕也難過關。」

「那和士開呢？」鄭母道：「和士開這人手眼通天，如果他願意出面，就會把一切事情安排得天衣無縫，永無後患。」這一點，鄭氏不行。鄭氏便是真的通過手段弄了個假太監去傳令，可以高長恭那廝對張氏的重視，他的那些護衛必然會全程相伴，只要不是在皇宮中行事，他們就動不了張氏。

鄭瑜一怔，睜大眼問道：「和士開？他怎麼會聽我們的使喚？」

聽到鄭瑜這番質問，鄭母卻神祕一笑，她垂眸喝了一口茶，慢慢說道：「這個，就要阿瑜妳自己尋思了。」

她自己尋思？她有什麼辦法能使喚和士開？

鄭瑜狐疑地看了一陣鄭母，當真低下頭尋思起來。

要使喚一個人，必須找到那個人的弱點，和士開有什麼弱點呢？他這人好色、貪財……

陡然的，鄭瑜心頭一跳，她明白鄭母的意思了。

駭然抬頭，不敢置信地看著自己這個母親，鄭瑜嘴張了張，卻什麼話也說不出來。

面對鄭瑜的目光，鄭母視若無睹，她微微垂眸，好整以暇地喝著茶。

鄭瑜又低下頭來。

要誘動和士開，財也罷，色也罷，最好兩方面都滿足他。不過，和士開那人因為自己不怎麼樣，所好這色，從來不是那些美貌的姬妾和伎子，或者普通庶民商戶的女兒。他最喜歡的，便是征服貴婦。

看來，色字上面難讓他滿足了，那麼只好動財的主意了。

抿著唇，鄭瑜想道：我馬上就去跟他談一談。

與和士開見面，感覺很不好，他那蛇一樣的目光和手，讓她光是想想就感到噁心。

可是，再噁心她也要去，不除去張綺，她就永遠永遠沒有未來，沒有這等被人尊敬仰慕的富貴榮華！

鄭瑜對張綺的恨，已達到了一個臨界點，當下，她問清楚了和士開所在的地方後，便驅著馬車趕去了。

和士開這人，不喜讀書，最擅長的便是吃喝玩樂還有彈胡琵琶，鄭瑜過去時，他正在和府的小花園裡享受著姬妾們的侍奉。

聽到鄭瑜求見，和士開雙眼一亮，他慢慢坐直，圓臉上露出一個饒有興味的笑容來，「鄭氏想見我？不是高長恭那小子一回來，她便得意得緊嗎？嘖嘖，這麼一個貞潔烈婦想見我，有意思，太有意思了，讓她進來！」

「是。」

不一會兒功夫，一陣腳步聲傳來。聽著那腳步聲，看著遠遠走來的鄭瑜那抿著的唇，還有那緊張中帶著帶著倔強的清秀面孔，他咧嘴一笑，忖道：看來是有事求我了。

揮了揮手，他命令道：「都退下。」
「是。」
「帶上門，沒我的命令，誰也不許進來。」
「是。」
眾僕退下後，鄭瑜也來到了和士開面前。近距離對上這個讓人噁心的傢伙，還有他那讓人全身起雞皮疙瘩的笑容，鄭瑜強忍著拔腿就走的衝動，向他福了福，道：「高鄭氏見過和公。」
「不必這麼客氣。」和士開站了起來，幾步走到鄭瑜面前，伸出雙手扶起她。在把她扶起後，那手放在鄭瑜肩膀上的手依然動也不動。無視鄭瑜略略的掙扎，和士開的大掌，一邊輕輕摩挲著鄭瑜的肩膀，一邊笑吟吟地說道：「是蘭陵王妃啊，不知因何事前來？」在提到「蘭陵王妃」四字時，他的聲音中有種歡喜的顫抖。彷彿光是這個尊貴的稱號，便讓他感到興奮。
鄭瑜低下頭躲過他那讓人噁心的目光，勉強一笑後，低聲說道：「還請和公屏退左右。」
「你也退下吧。」和士開從善如流，揮退帶鄭瑜前來的管事僕人後，繼續看著近在咫尺的她，笑嘻嘻地問道：「蘭陵王妃有什麼事，儘管吩咐和某。和某雖然不才，可只要是王妃所令，那是赴湯蹈火在所不辭！」一邊說，他的手掌一邊慢慢摩挲上鄭瑜的頸，似是貪戀那滑嫩的觸感，戀戀不捨地遊來劃去。
鄭瑜渾身都顫抖起來，難以形容的厭惡感衝擊著她的大腦，這和士開與以往更加不同的輕浮也讓她害怕起來。
可是，這麼難受的時候，她的心裡居然還有著隱隱的竊喜：他會答應的，他會答應的！張氏那賤人完蛋了，她完蛋了！
狂喜壓過了厭惡和害怕，鄭瑜抿著唇，抬眸朝和士開嫣然一笑後，低聲說道：「阿瑜想請和公幫一個忙。」

「什麼忙？」

「以天使的名義，把那張氏誆到皇宮，送到陛下榻上……」

這話剛吐出，和士開哈哈大笑起來，他鬆開鄭瑜，嘲弄地看著她，「蘭陵王妃好大的膽子啊，嘴一張，便想讓和某同時開罪皇后和陛下，得罪蘭陵郡王。」

他朝她上下打量著，一臉輕蔑，「鄭氏，妳是我什麼人？」

聽到和士開毫無商量的語氣，鄭瑜急了，她急急抬頭，認真地說道：「只要成了此事，長恭倉庫中的黃金珍寶，和公可以儘管取去！」

她想，這個誘惑夠大吧。

說完後，見到和士開還在冷笑地看著自己，她又急急說道：「還有那張氏，在落入陛下手中前，和公也可以玩一玩……」

這話一出，和士開終於沉吟下來。

鄭瑜眼巴巴地看著他，她知道，以和士開的手段，把這些事安排得天衣無縫，既不得罪皇后，也不讓蘭陵王知曉，還討好陛下，這種一箭三雕之事並不是不可能。只要他願意，只要他願意！

和士開抬起頭來。

這時刻，他的臉上露出了一個笑容。看到他的笑容，鄭瑜的心狂跳起來，然後，她也跟著笑了出來：他心動了，他肯定心動了！沒有想到這麼容易，真沒有想到這麼容易！

就在鄭瑜狂喜時，和士開圓潤好聽的聲音傳來：「蘭陵王妃，妳還是個處子吧？」

「啊？」鄭瑜怔怔地看著他。

和士開把她從頭髮絲到耳垂，從頸口到手，檢視了一遍，特別在她鼓鼓的胸脯和臀部盯了幾眼後，他嚥了下口水，慢慢伸出手一把罩在鄭瑜的胸脯上。

他的動作緩慢而堅定，罩上之後，還隔著裳服輕輕揉搓起來。做這些動作時，和士開那肥厚的唇微微上彎，得意而又垂涎地盯著她，絲毫不掩飾他對她的渴望。

鄭瑜臉色刷地一白。

她白著臉，想要退後，想要避開他的動作，想要拂開他的手，可對上和士開那古怪的笑容，那狼一樣的眼睛，想到張綺，她又不敢了。

退後是容易，只是這麼一退，只恨她這一生，永遠也對付不了那個賤人了。

看到鄭瑜渾身顫慄，臉上布滿著掙扎和猶豫，和士開沒有說一句話，只是那肥厚的大掌伸出，慢慢順著她的襟口，伸入她的上裳裡。

隨著他的手掌觸及她的肌膚，鄭瑜那從來沒有被男人近過的身子，不可自抑顫得更厲害了。

和士開那隻右手，如蛇一樣伸入她的內裳中，抓著她一側的白嫩豐腴，不緊不慢揉搓起來。一邊揉搓，他那冰冷的指甲，還扣著那點櫻紅不時地彈幾下。

鄭瑜的臉孔慢慢由白轉紅，她放在腿旁的手一直在抖動。和士開的態度很明顯，只要她拒絕，他就會抽出手。但是，只要她拒絕，那她所求之事，便再也沒有開口的必要。

咬著牙，鄭瑜暗暗想道：不過是給他占一些便宜，摸幾下又不會出事……忍一時之苦，能換來那賤人的腦袋，值得的！

她不停這樣安慰著自己，因此，她沒有掙扎。

見她沒有掙扎，和士開一把把鄭瑜摟到懷中，然後雙手齊出，胡亂扯開她的衣襟，瞪著那白花花的乳肉一陣後，他一手揉弄，同時頭一低，叼著另一邊吮吸起來。

隨著他舌頭的舔弄，一種從來沒有感覺過的酥麻湧入下身和膝蓋，令得鄭瑜雙腿一軟，越發靠近了和士開。

和士開滿意得一笑。他雙手嗖地一伸，隨著嘶的布帛脆響聲，鄭瑜的上裳已被撕成兩半，而她白嫩嫩的上半身，已有大半裸裎在空氣中。

隨著上身一寒，再也無法自欺欺人的鄭瑜，忍不住發出一聲尖叫。她急急把和士開一推，猛然向後退出幾步，叩叩叩的牙齒相擊起來。

她臉白如雪。

這一次，和士開卻沒有計較她的拒絕，他喘了幾口粗氣後，伸手放在自己的腰帶處，慢慢抽去腰帶。

這個時代是沒有內褲的，隨著他腰帶一抽，那光裸裸的下半身，還有那醜陋的，正處於勃發中的物事便嗖地一彈，生生出現在鄭瑜的視野中。

天啊！鄭瑜一驚，還是處子的她，臉漲得通紅，急急捂上眼睛，卻聽到和士開那淫猥的聲音：「蘭陵王妃，想來妳已經明白我的意思了……妳開的那些還不夠，遠遠不夠。不過嘛，如果加上妳本人，我倒是願意一試。」

他猥瑣地說道：「來，跪在我面前，給我舔一舔！」

「不！」鄭瑜狼狽地向後一退，她顫聲道：「長恭不會原諒我的！」她的聲音中有著慌亂和乞求，「他會發現我不是處子之身的！」這時的她，終於驚慌地發現，和士開並不是只想占占便宜，滿足一下他的手口之慾，他是對她動了慾念，他要占有她！

「王妃過慮了。」和士開已完全被她挑起了興致，他喘著粗氣，張著鼻翼，興奮地看著掙扎著的鄭瑜，提醒她道：「張氏被陛下碰了，那是什麼後果？那後果只有死路一條吧？她既然死了，高長恭肯定不會好過，多半會日夜酗酒。有所謂酒能亂性，到時王妃在他身邊睡一夜，再割破手指在白巾上留點血，不是輕而易舉之事？」

看著鄭瑜那青白交加的臉色，看著這個貴婦在自己面前拚命掙扎著，盯著她外露的雪白酥胸，他興奮得呼吸急促，那不停張大的鼻翼中，黑黑的鼻毛都露出來了，「當然，妳這樣做，是有點對不起高長恭。不過，妳想，妳也幫了他啊，有我這樣的人在陛下面前替他說好話，他的飛黃騰達，還有何人可阻？」他誘惑地說道：「蘭陵王妃，這些很容易，非常容易！」

這些一出，鄭瑜直似被閃電擊中。她慢慢鬆開手，慢慢尋思道：他說的有理，就算我對不起長恭，可我也是幫了他的。陛下這麼寵信和士開，長恭本身又這麼有本事，他一定可以藉此飛黃騰達。當他站在一人之下萬人之上時，哪裡還會記得那個張氏？

這個念頭頓如魔鬼，在一瞬間壓跨了鄭瑜的理智。當然，更重要的是，她心底明白，這是她唯一的一次機會。只是是付出處女身而已，如果可以除掉那個張氏，她連命也捨得，這處女身算什麼？

看到她看向自己，和士開興奮地說道：「過來，先脫了衣裳，再好好舔舔我這寶貝。」

「可、可這是院子裡……」

「院子又怎麼樣？老子剛才摸妳的奶子時，也不見妳廢話？」和士開不耐煩起來。見她還在猶豫，他低聲許諾道：「妳看，下人我都趕走了。王妃放心，永遠不會有第三個人知道妳我的關係。」

聽到這裡，鄭瑜漲紅著臉，恨意和執意，讓她終於瘋狂起來。當下，她慢慢伸手解向自己的腰帶……然後，她顫抖地走上前，跪在和士開面前，閉著眼仰著頭，哆嗦著捧起和士開那醜陋的物事，然後屏著呼吸含入嘴裡。隨著她這一含，她的人生和未來，全部注入一場豪賭中。

……

足足一個時辰後，鄭瑜已被折騰得臉白如紙，身體更是青紫處處。

和士開從她身上翻下，慢條斯理穿上衣服。然後上前，得意洋洋地欣賞了一把這個自己垂涎已久的貴婦裸體。和士開伸手在鄭瑜泛著青紫指印的乳上再重重一掐，聽到鄭瑜克制不住的叫痛聲，他搖了搖頭，嗤聲說道：「嘖嘖，比起紅樓的阿月差得遠了！」他的手一邊在鄭瑜的身上遊移，一邊享受著她在寒冷和疼痛中的顫抖，一邊說道：「聽說那張氏是天生媚骨？嘖嘖嘖，鄭氏啊鄭氏，妳這身皮肉真不怎樣，幸好妳現在沒有爬高長恭的榻，不然的話，高長恭只怕不會像現在那樣，還好聲好色地與妳談和離了。」

一番話說得鄭瑜臉色大變時，和士開突然右手一伸，啪的一下對鄭瑜甩了一個重重的耳刮子，冷喝道：「一個娼婦，到了現在還敢跟老子擺臉色？」罵罵咧咧到這裡，他伸手一扯，把一絲不掛的鄭瑜重重扯到地上，在她的後腦殼撞到地板，發出砰的悶響時，和士開興奮得鼻翼都張開了。

不理會再也堅持不住，開始嚶嚶哭泣的鄭瑜，和士開穿上靴子，走到她面前踢了踢，道：「滾吧滾吧，過幾天我安排好了會通知妳的。」

在鄭瑜狼狽地穿好衣裳，就著殘剩的茶水清理痕跡後，他又咧嘴淫笑道：「回去後好好養養身子，把那《素女經》好好翻一翻，大爺我真不喜歡妳這種啥也不懂的處子。等妳把這男女之間的事學出點味兒了，大爺會對妳好的。」

聽到這裡，鄭瑜臉色大白，急急抬頭，顫聲道：「還、還有下一次？」

「當然！」和士開齜著牙，陰森地盯著她，得意說道：「難道妳還以為這是一杆子買賣？滾吧，賤貨，大爺有需要了會讓人來叫妳的！」說實在的，他太喜歡看這些平素裡高高在上，一副神聖不可攀摘的貴婦流露出的絕望，因此話音一落，和士開哈哈大笑起來。

大笑聲中，他擺著雙臂，邁著八字步揚長而去。

直到他走得遠了，鄭瑜才慢慢蹲下身子，雙手捂著臉，縮成一團哽咽起來：怎麼會這樣？怎麼會是這樣？長恭，你為什麼不來救救我？

不對，不對，我得趕緊離開這裡，我要離開這個噁心的地方！

鄭瑜抹去淚水，掙扎著爬起，再次對著銅鏡把自己整理一番後，急匆匆地走了出去。

轉眼又是幾天過去了。

這一天，進入深秋的陽光，白晃晃地掛在天上，照在人身時，暖暖的，舒服極了。

張綺來到書房已有一個時辰了，自從蘭陵王離去後，她便想著，也許有一天她能幫到他，因此她拚命記憶著他喜歡的一切，不管是軍事，還是內務，甚至是地圖，她都一遍一遍把它們記在腦海中。

不止如此，蘭陵王放在書房中的三十六計等兵書，也被她一字不漏背下來了。張綺本來聰慧，當她決意做一件事，那毅力更是驚人。

也不知忙了多久，一陣腳步聲傳來，「夫人，來了天使！」

宮中有人來了？張綺蹙了蹙眉，她把胡皇后給她的玉佩放入袖袋中，提步走了出去。

傳旨的，是一個中年太監，這個太監以前給蘭陵王傳這旨意，張綺識得。聽他說完，張綺這才明白，原來是胡皇后閒坐無聊，聽說張綺擅長棋藝，便約她對弈一番。

「還請公公稍候。」

「夫人有禮了。」

張綺折回來，換了一襲黑裳後，她想了想，順手又在頭髮上插了一根鋒利的金釵。出於不放心，她甚至更願意帶著短刀入宮，可那樣太危險，一不小心，便會被被人抓住把柄，說是刺客。

準備妥當後，張綺帶著二十個護衛，跟在那太監身後，向著皇宮駛去。

馬車進入皇宮不久，張綺帶來的二十個護衛便被攔了下來。她只得跟著身前的太監，繞過一個又一個花園向前走去。

走了一會兒，那太監說道：「夫人，到了。」

張綺抬頭看著前方那普通的樓閣，蹙了蹙眉，「皇后娘娘便在這裡。」

那太監不耐煩地說道：「自是當然。」

她覺得胡皇后那人應是喜歡享受和刺激，不會喜歡落住在這等樸實得適合修身養性的地方。

見她停步，那太監尖聲道：「蘭陵王夫人，怎麼不走了？」

張綺回頭看了他一眼，見這太監臉色如常，她才低頭應道：「是。」繼續提步上前。

堂房中空空蕩蕩的，只擺著一個精美的玉石做成的棋盤，卻除了幾個宮婢之外，沒有他人。那太監道：「夫人稍候。」說罷轉身便去找皇后了。

張綺一落坐，一個宮婢便擺上點心碟子，另一個宮婢更是托著精美的木盤，蹲跪在她面前清聲道：「這是皇后娘娘賞賜的燕窩粥，皇后說了，待會兒弈棋之時，免得夫人體力不足，想要耍賴退出。」

「謝娘娘。」張綺伸手接過。

手裡拿著一碗粥，目光掃過那棋盤，突然間，張綺凜然想道：不對！胡皇后不可能會是喜歡下棋的人！

弈道是什麼？這是靜中之靜，走一步算十步的功夫！這是聰明人修身養性、磨練心智的手段。而胡皇后是什麼人？一個在將來當娼妓當得津津有味，平生只沉迷於男女之道的人，不可能會喜歡下棋！

不好，是高湛！

見張綺端著那粥碗不喝，那宮婢沒好氣地說道：「蘭陵王夫人，怎麼，妳怕這粥中有毒？」這話，已是誅心之言！

張綺卻是一笑，她抬頭道：「不敢，我就怕這粥中有毒！」

萬萬沒有想到她會這樣回答，那宮婢的臉色刷地一變，目光也有點躲閃起來。

不好，給她猜到了事實了！

張綺做事向來果斷，當下她朝著門口方向一指，尖銳淒厲地叫道：「有客！有刺客！」

張綺這尖叫聲一出，宮婢們驚住了，她們急刷刷轉過頭看向身後，身後的大門半遮半掩，哪有什麼刺客？

這時，張綺指著大門左側的窗口處，又尖聲叫道：「刺客在這裡！刺客在這裡！」她指著那窗戶，整個人像是受了巨大的刺激般，扯著嗓子不住尖叫著。那尖銳而淒厲的聲音，宛如刀鋒一般，直是撕破了長空，遠遠傳了開來。

眾宮婢又順著她的手看來，看著空無一人的窗外，她們先是呆了呆。然後她們轉過頭來，怔怔地看著張綺，看著她扯著嗓子不停地嚎著「有刺客」三個字，腦子成了漿糊，實在不明白她這樣做有什麼意圖。只有那個給張綺端粥的宮婢最先反應過來，可她聽到外面的鼓譟聲和腳步聲，本來想要喝罵的話便啞在了嗓子裡，並且，在張綺持續不斷的尖叫聲中，她還向後退了幾步。

皇宮當中，什麼事最讓侍衛們慌亂？那就是「有刺客」三字。因此，張綺的叫聲一出，便如捅了馬蜂窩，轟隆隆中，無數的腳步聲響起，而且那腳步聲越來越響。

「刺客在哪裡？」

「哪裡有刺客？」一聲一聲急躁的詢問中，越來越多的腳步聲向這裡轉來。

轉眼間，張綺聽到十幾個侍衛同時喚道：「和公！」

「發生了什麼事？」和士開的聲音強自鎮定，卻掩不住慌亂。

「稟和公，這裡有人在尖叫有刺客。」

「這裡有刺客？」和士開慌亂地問道，然後是蹬蹬蹬的腳步聲，再然後，只聽得砰的一聲，和士開衝入了木房中，在他的身後，還跟著十幾個滿頭大汗的侍衛。

和士開一衝進來，便看到了慌亂尖叫著的張綺。瞟了一眼那個送粥的宮婢，和士開嗓子一提，厲聲喝道：「住嘴！」

喝聲一出，張綺馬上閉了嘴。只是她身著七褶黑裳，腰身高束，身段婀娜如弱柳扶風，又如軟玉亭立。對上眾人，她睜大水盈盈的眼，淚水不停滾來滾去。剪水雙眸中，本來就蕩漾著水波，這一含淚，便如那湖上生煙，月上蕩霞，一輪一轉間，竟有萬般風情，讓和士開陡然一見，直是酥了半邊骨頭。

正在這時，後面一陣急促的腳步聲驚醒了和士開，他連忙移開眼，朝著幾個宮婢厲聲喝道：「誰說有刺客的？」

「和公，是我。」張綺強自鎮定起來，她白著臉指著窗戶外，顫聲道：「剛才我看到一個影子，那人跑得飛快，手中還有一把刀！真的，我看到了，和公，你要相信我！」

「哪裡哪裡？」不等和士開回答，急急衝上前詢問的，自然是負責宮中安全的眾侍衛。

「便是那裡！」

「他朝那裡去了？」

「快，你們趕緊去搜！」那侍衛命令過後，轉頭向著張綺蹙眉道：「蘭陵王夫人，妳怎麼會在這裡？」面對受了驚嚇的絕代佳人，他的聲音有著自己都不曾發現的憐惜。

他這句話，問到了關鍵。

是啊，張綺怎麼會出現在這裡？是誰讓她到這裡來的？只要一句話，一句話便可以把和士開打回原形！

和士開的額頭冷汗直冒，那雙不大的眼睛中，也閃過了一抹陰狠和懼意。

正在這時，張綺轉過頭來，她明澈如秋空的雙眸，定定瞟了他一眼後，才轉向那侍衛統領，以及急急趕來的兩個大臣，輕言細語道：「皇后娘娘給了我一塊玉佩，許我自由出入宮禁……」

她這是在替自己開脫！和士開迅速反應過來，當下他接口道：「原來是這樣，不過，小英，妳是怎麼帶路的？怎麼把夫人帶到了這裡？」把那端粥的宮婢狠狠罵了一頓後，和士開轉向張綺，佝著身子諂媚笑道：「夫人來得不巧，我剛才遇到了娘娘殿中的人，他們說娘娘睡著了。要不，我送夫人出宮去？」他笑得恭敬而誠懇。見張綺看向自己，他手一揮，命令道：「來人，去把蘭陵王夫人的護衛們叫過來。」

倒是有些誠意了！

張綺瞟了他一眼，道：「也好。」她垂下眸，溫溫柔柔地問道：「可是，那刺客的事，不需要詢問我了嗎？」

和士開手一揮，大包大攬，「夫人乃是蘭陵郡王心尖尖上的人，這等事，夫人說過便是，後面的自有人接手。」他右手一伸，「夫人，請。」

「和公有勞了。」

張綺慢步走出。

走著走著，和士開已與張綺肩並著肩。瞥向身側畢恭畢敬的這個小人，張綺唇瓣一扯，淡淡說道：「和大人能夠告訴我，這是誰出的主意嗎？是誰讓和大人使出這君甕中捉鱉之策？」

她微笑起來，「和大人前途無量，又與阿綺和蘭陵王無怨無仇，自不會做這等愚蠢之事。依阿綺看來，定是有人有幕後把和大人當成槍使了，對不對？」她深深知道，這個小人對高湛的影響有多大，有所謂寧得罪君子，不可得罪小人。為了高長恭，也為了她自己，她決定把和士開摘出來，而不是與他為敵。

聽明白了張綺的話，和士開心中不由暗嘆一聲：久聞張氏聰慧，果然不凡！

他恨聲說道：「是鄭瑜。」

鄭瑜？她居然能使得動和士開？莫非是鄭氏族人在後面助力？

沉吟中，張綺朝和士開一福，「多謝和公告知。哎，這是長恭的家宅之事，卻累得和公費神了。」抬起頭，她微笑道：「幸好皇后娘娘並不知情，和公說是嗎？」

這種欺上瞞下，藉皇宮神聖之地行私利之舉，不說是皇后，便是皇帝，也是無法忍受的吧？說起來，和士開倒是被眼前這個張氏抓得了一個把柄。

心中不由對鄭瑜暗生惱怒，和士開慎而重之地朝張綺一禮，說道：「夫人言重了，老夫可以保證，此等事以後不會再有。」

「當真？」

「君子無戲言！」

「好，就信和公的。」丟出這句話，張綺飄然走出，她來到急急趕來的二十個護衛當中，在他們的簇擁下上了馬車。

望著那輛刻著蘭陵王府標誌的馬車緩緩離去，和士開摸了摸下巴，暗暗忖道：這張氏不但美得出奇，那心智還真是不簡單！

轉眼他又想道：還有很多安排沒有動用，罷了罷了，都撤了吧……也是奇怪，那婦人是怎麼發現破綻的？這也太聰慧過人了吧？

低頭走遠的和士開，這時一點也沒想到把鄭瑜供出後，她將面臨著什麼樣的命運。也是，他垂涎已久的貴婦，現在睡也睡了，便是死無全屍，又與他何干？這世間有很多男人，他以前千般殷勤，都是為了得到那個婦人的身子。一旦得到，便會棄之如敝屣。

張綺坐在馬車中，閉著雙眼，靜靜傾聽著馬車車輪滾動的「吱吱」聲，一直沒有說話。

成史靠近馬車，低聲說道：「夫人，是不是發生了什麼事？」說著說著，他的聲音中有著隱隱的憤怒。他們都知道，郡王對眼前這個夫人有多看重，這次郡王和同僚們在沙場浴血奮戰，他們留在這安全富貴之地，要是連夫人也保護不了，那是死一萬次都不夠！

張綺「嗯」了一聲，低聲說道：「剛才，那太監是假傳皇后旨意，他們把我帶到一個地方後，便有宮女端了一碗燕窩粥給我，幸好我感到這些人神色不對，當場大喊有刺客，這才引來皇宮中的侍衛，也令得那和士開不得不現身。」

張綺垂眸，靜靜地說道：「和士開剛才告訴我，是鄭氏讓他這麼做的。」話一說完，她便聽到成史磨牙的聲音，好一會兒，他緩過氣來，恭敬問道：「那夫人以為應當如何做來？」

「回到府中後，你們把鄭氏押過來！」她說的是押，而不是請，那話中便帶了幾分殺機、幾分狠辣。成史凜然應道：「是。」

一個婢女躲在樹後，當清清楚楚看到張綺的馬車駛入府中時，她連忙轉身朝著西苑跑回。

不一會兒，那婢女便來到了院落中。院落裡，鄭瑜正在哼著歌，她顯然心情極好，一邊哼著歌，一邊令婢女們捧著銅鏡，好讓她看清楚身上的新裳。

和士開已經說了，今天便會動手。想來，最遲明日或後日，便會傳來那張氏的死信。只等她一死，只要她一死，偌大的蘭陵王府，還有長恭，就全是她的了。

全是她一個人的了！

正高興著，鄭瑜還是不安地低下頭看了看小腹。在長恭回來之前，她可千萬不能夠懷了孕。

這個時代，避孕之術很沒有效果，如張綺所在的張氏嫡女那等傳承了百年的避孕之術，那失誤率也是十有一二，何況是齊國這等胡人新立的國度中的所謂家族？

當然，在鄭瑜的內心深處，陰霾還不止這一點，和士開那態度，明顯是想與自己做個長久的露水夫妻，這一次兩次也就罷了，做得多了，她真害怕高長恭會發現。

不，他不可能會發現！便是和士開也無法承擔高長恭的怒火，因此，和士開也不會讓他發現的。所以，自己不用擔心，對，不用擔心！

按下心頭的隱憂，鄭瑜重新又哼起曲來。

在她歡樂的曲調中，那婢女急急上前，她走到鄭瑜身後五步處，低下頭稟道：「稟王妃，張氏回來了。」

張氏回來了！

她說張氏回來了！

砰的一聲鈍響，卻是鄭瑜大驚之下，整個人向後一退，堪堪撞上了木榻，把它撞倒在地。

也是這一聲鈍響，令得因為鄭瑜心情大好也開懷著的婢僕們齊刷刷一驚。在四下鴉雀無聲中，鄭瑜慢慢轉頭，她瞪著那婢女，臉上的肌肉不受控制地跳動著。也許是跳得太劇烈，那張本來還算美麗的臉，變得陰沉可怖起來。

「妳說什麼？再說一遍！」明明很溫婉很溫柔的語氣，可那婢女卻嚇得不停哆嗦起來。她結結巴巴地說道：「王妃令婢子看著外面，婢子剛、剛才看到了，張氏她回來了。」

「張氏回來了？」

「是！是！」

「那他們看起來，可好？」

那婢女有點聽不懂，她抬起頭來看著鄭瑜，訥訥說道：「王妃指的是？」見鄭瑜臉色嗖地陰沉下來，她嚇了一跳，連忙說道：「好的，很好的，與平時一樣的。」

與平時一樣？難道說，和士開把計劃推遲了？對，一定是這樣！

那個和士開也真是無能，這麼一個簡單的計劃都要推遲，哼！

鄭瑜剛想到這裡，只聽得外面傳來一陣腳步聲，緊接著，砰的一聲苑門被人重重推開，成史帶著二十個手持長槍的護衛衝了進來。

成史這人如很多世家子一樣，清俊儒雅，身長腿長，他這麼寒著臉衝進來，鄭瑜不由自主向後一退，背心冷汗涔涔而下。手心處，更是濕滑無比。

蹬蹬蹬的整齊劃一的腳步聲中，成史盯著鄭瑜，不等她開口，也不等婢僕們斥喝，便手一負，沉聲命令道：「來人，把鄭氏押了！」

「是。」四個護衛大步上前，他們揮退散在鄭瑜身側的婢僕們，大步來到了她面前。

鄭瑜清醒過來，她臉一白，勉強控制著因為恐懼而顫抖不已的身子，尖聲叫道：「你們這些奴才，你們想幹什麼？」

奴才？成史臉色一青，也不理會鄭瑜，轉向左右命令道：「封閉苑門，所有人不許出入。」

「是。」

「還愣著幹什麼？押著這個鄭氏去見夫人！」

再一次，他的聲音一落，鄭瑜已扯著嗓子尖叫起來：「大膽的奴才！我是你們的王妃！是你們郡王明媒正娶的妻子！是你們的主母！你們竟敢聽從一個沒有名分的妾室所令，前來壓制主母？」

她在這裡又叫又罵，四個已經近身的護衛一怔，不由轉頭看向成史。

成史任由她罵著，等她停下來喘氣時，他沉著臉喝道：「把她的嘴堵上，馬上走！」

「是。」

這一次，眾護衛沒有理會鄭瑜的掙扎和痛罵，拿手帕把她的嘴一堵，反剪著她的手便向外走去，空留下一院戰戰兢兢、無所適從的婢僕。

當成史押著鄭瑜來到主院時，方老急急趕了過來。

他衝入院落中，朝著大步前行的成史低聲道：「阿史，發生了什麼事？」

見是方老，成史恭敬一禮，憤怒地說道：「方老有所不知，鄭氏竟與此那和士開勾結，意圖謀害張夫人！」

說到這裡，成史生怕方老不信，又道：「剛才在宮中，險些釀成不可挽回的大禍，幸好夫人聰慧。」說著說著，他看向方老，奇道：「您老相信？」

方老長嘆一聲，點頭道：「是，我相信。」他看著鄭瑜，恨鐵不成鋼地說道：「這婦人已然心性大變，不管她做出什麼事來，我都不會奇怪。」說到這裡，他長嘆一聲，搖了搖頭後，又道：「你們去跟夫人說，請她儘管處置，長恭那裡，老僕會與夫人一併擔著！」

「是。」

正院的院落裡，張綺坐在榻上，她身後站著十幾個護衛。成史等人把鄭瑜押到她面前後，一護衛上前把塞在鄭瑜嘴上的手帕一扯。

幾乎是手帕一落，鄭瑜便尖叫了起來：「張氏阿綺，妳一個賤妾，竟敢這樣對待主母？妳好大的膽子！」叫到這裡，她又罵道：「妳莫以為長恭不在，就可以為所欲為！我告訴妳，小賤人，我與長恭是自小一起長大的，比兄妹還有深厚的感情！妳敢欺辱我，便是他現在不知，過個十年八年，他也會追究於妳！」

張綺坐在榻上，她靜靜地看著鄭瑜，靜靜地傾聽著她的唾罵。直到她叫得聲音開始嘶啞，才冷冷說道：「累了？」

鄭瑜臉色一青。

看著她的臉色，張綺好心提議道：「妳還有家族，妳可以用家族來威脅我。」

鄭瑜一呆，她正要用家族來威脅張綺呢。可是，她的家族不過是個普通的新興世家，以前是與婁太后一族走得近才得勢，現在婁太后已過逝，他們又沒有族人掌控兵權，在高長恭面前，他們也低了一大頭，現在拿出來，似乎作用不大。

不對，鄭氏不可靠，不是還有高氏嗎？正想到這裡，她聽到張綺說道：「對了，妳還可以用高氏一族來壓我，畢竟，妳是長恭上了族譜的王妃對不對？」

高長恭那小子，寵妾滅妻天下聞名，高氏一族要是能管他，早就動手管了，她也不會把主意打開和士開身上去。他們不行，真不行！

見鄭瑜臉色越發青白，張綺微微一笑，「如果阿瑜覺得高氏族規壓不住我，可以搬出陛下啊。妳在鄴城經營多年，與陛下總有交情吧？」

陛下，對啊，可以找陛下！不對，不對，這個賤人直接把自己綁了來，那是從和士開口裡得到了真信，她已百分百確認是自己對她下的手。連和士開也出賣了自己，陛下那裡她又沒有交情，怎麼可能有用？

終於看到鄭瑜臉色蒼白，張綺慢慢站起，她曼妙婀娜地圍著鄭瑜走了幾步後，腳步一停，慢慢說道：「既然那些人都幫不了妳，那也怪不得我了。」

她從懷中掏出一張紙，把那紙按在几上，「這是給妳的，拿著它，天黑之前滾出蘭陵王府！」

什麼？鄭瑜想要反唇相識，可心中湧出的恐慌，讓她還是低頭看向那紙。

潔白的宣紙上，清清楚楚兩個大字呈現在她面前。

休書！

是休書！居然是一份休書！

下方，高長恭的長簽名，印鑒清清楚楚。

真是休書！長恭居然早就給她準備了休書！

鄭瑜臉白如紙，她急急向前一衝，想要拿過那紙撕碎，才衝了一步，兩個護衛擋在她的面前。

前進不得，事實俱在，一時之間，無盡的絕望、害怕，還有說不出的痛苦悲傷、不敢置信，令得鄭瑜向下一軟，癱倒在地。

鄭瑜癱倒在地一會兒，突然反應過來，她尖聲叫道：「那是假的，妳那是假的！長恭怎麼可能寫休書給我？」

他走前，明明與她約好了和離的，還說要把她當成妹妹的。他那人，從來是一諾千金，怎麼可能還會另寫一份休書？這一定是張氏弄的鬼！

想到這裡，鄭瑜恨從中生，她瞪著張綺，恨得咬牙切齒，臉目猙獰地叫道：「妳那是假的，假的！賤貨，妳瞞不了長恭，妳會讓他厭惡的，一定會的！」

聽著鄭瑜聲嘶力竭地叫罵，張綺彎了彎唇，慢慢說道：「這個是真是假，其實不重要。」看著鄭瑜，「真的一點也不重要，妳不覺得嗎？」

張綺一步步走到鄭瑜面前，低著頭，居高臨下地看著因為恨和害怕，面目顯得扭曲的她，張綺淡淡說道：「在妳與和士開勾結，把我騙到皇宮去時，那休書便不重要了人，妳不覺得嗎？」

鄭瑜青著臉叫道：「我沒有，我才沒有！」她急急轉向方老，流著淚喚道：「方老，我真沒有，是她騙人，她想趕走我，她想獨占長恭！」

方老的腰背似乎更佝僂了，他走上前兩步，低著頭說道：「阿瑜，那休書是真的，是長恭臨走之前交給老奴，說是如果妳做了什麼對不起阿綺的事，便讓她拿出來的。」頓了頓，方老說道：

「長恭走時還說，妳如今性情頗有點古怪，所尋所思不是尋常人能夠揣度。他不能因為他一時之不忍，而讓阿綺受到分毫傷害。所以，他早就把休書給備在那裡。」

方老的聲音低濁緩慢，帶著些許心痛和些許解脫。

面對鄭瑜，他的感情一直是複雜的。

方老這個老人，鄭瑜也是熟識的，她自是知道，他是不可能在這種大事上撒謊的。

聽著聽著，鄭瑜已經呆了傻了，她無意識地看著方老一開一合的嘴，他下面說的話，她一個字也聽不到了。腦中嗡嗡的，只一遍又一遍地響著那句話：「長恭走時還說，妳如今性情頗有點古怪，所尋所思不是尋常人能夠揣度。他不能因為他一時之不忍，而讓阿綺受到分毫傷害……」

他認為她性情古怪？所尋所思不是尋常人能夠揣度？他不能因為他的一時不忍，而讓這個賤人受到分毫傷害？

原來在他的眼中，自己已是惡毒之婦了，自己早是惡毒之婦了！他早就想好了，也早就把休書寫在那裡備好等著她了！

兒時相交，那些年，她邁著小短腿跟在他後面，喚著「孝瓘」。她眨著淚汪汪的眼，躲在他的身後，看著他為了自己與別人拚命。自己後來討好了繼母，日子一天一天好過了，他還是誰也不待見的落魄皇子。好些次，她站在圍牆的這一邊，看著少年日漸抽條的身段，和那越來越俊美無儔的面容。大多數時候，他能感覺到她的目光，會回過頭來衝她微微一笑。

便是那一次又一次的溫暖笑容，便是那清如柳、俊如月的身姿，令得漸漸長大的她再也無法忘懷。再後來，她長大了，可以議親了，那一天，在得到繼母的首肯後，她高高興興地跑到圍牆後，對著清俊無比的少年羞澀地說道：「孝瓘，你快點長大，母親說了，等你封了王，我便可以嫁你了。」高氏的子孫，便是是不受上面待見，按例也可以封王的。

這是她鼓起勇氣說的，在她說完後，她看到少年那詫異的表情，在他尋思時，她害羞地跑了開來。然後，便像是有約定那般，她一直在等著他。

本來，在他封為廣陵王時，她已經不小了，可以嫁了，可是不知怎麼的，她的繼母和家族，卻一直有點猶豫。也許是長大後的她，有著齊國貴女們少有的美麗吧？也許是她的溫柔賢淑，令得更多的俊傑對她心動了。也許是楊靜、婁元昭等人對她的追逐，讓他們開始左挑右選吧？

可她一直在等他，一直在等。

那一年，那一年她終於等到了，高演得勢，與高演親厚的少年，也開始得勢，先是封了廣陵王，再又封為蘭陵王。

在得知家族鬆了口，許她嫁給他後，她不顧他遠在周地出使，千里迢迢前去相會。她要親口告訴他，她可以嫁他了，他也可以有一個強而有力的岳家了。他不是一直想要站得高高的，永遠不受任何人的輕鄙，不被任何人白眼相待嗎？現在可以了，他娶了她，就可以像別的王孫一樣尊貴了。這時的她，忘記了，自從他被封為蘭陵王那日起，他就已經與別的王孫一樣尊貴了。

終於，她來到了周地，然後，她來到了使館。然後，她看到了那讓她肝腸寸斷的一幕。她的蘭陵王，她等候多年的心上人，光著身子，摟著一個美貌的姬妾，正在被榻間你儂我儂。

這麼多年，他都不近女色，這麼多年，他都潔身自好，這麼多年，他都在等她，如她等他一樣的等她。可為什麼在她準備好一切，只等著嫁給他的美好時節，他卻接進了這個可怕的，一旦近身便再也甩不掉扔不去的賤婦？他卻不再固守對她的承諾，不再守住他純潔的身心？

接下來，她一步一步地看著那妖婦走進他的心田，一步一步看著她主宰他的喜怒，一步一步看著他對自己冷淡，看著他與她遠離。

直到今時，他竟然為了護著這個妖婦，早早給自己備好了休書！

難道他沒有想過嗎？自己一旦被休出門，將蒙受多少人的羞辱，多少人的白眼相加？不，他想過的，只是，他為了那萬一，便硬生生地絕了自己的路！

好狠的男人啊！

想著想著，鄭瑜低低地笑了起來。笑著笑著，那聲音轉為了哽咽。

哽咽中，鄭瑜捂上了自己的臉。

一種難以言喻的驚慌湧上她的心頭。

長恭把她給休了，他還當著天下人說過，他沒有近過自己，自己雖然是他的王妃，卻一直是處子之身。回到家族中，她的族人、她的父母，肯定會把她當成處子一樣再議婚……

可她不是了啊，她偏偏不是了啊！怎麼辦，怎麼辦？

陡然中，慌亂開始取代了憤怒和傷心，恐懼代替了一切，漸漸的，鄭瑜只有一個念頭：我不能這樣回去！無論如何，我不能被休了回去！

想到這裡，她迅速清醒過來。當下，她鬆開雙手，驀然地朝著張綺撲去。

眾護衛早有防備，看到她撲來，齊刷刷朝張綺身前一站。

可是鄭瑜並不是要攻擊她，她只是撲出兩步，身子便轉了一個向，朝著方老，鄭瑜哭泣著趴倒在地上。

哽咽中，鄭瑜朝方老求道：「方叔，你是看著阿瑜長大的，我不要被休回家！叔，你給我和離書吧，我要和離，我願意和離。我馬上就簽字和離！」

這個昔日驕傲自得的鄭氏嫡女，現在跪在自己一個僕人面前，求的只是不被休棄，而是和離兩字。方老暗嘆一聲，轉眼看向張綺，目光中微露不忍和求助之色。

張綺蹙起眉來。再過五天便是鄭瑜與長恭說定的三個月和離期了，現在給她和離書，於鄭瑜而言，損失不大，可以說，根本沒有什麼損失。

尋思了一會兒，張綺暗嘆一聲，忖道：和離就和離吧，長恭對她還是有感情的，反正自己又沒有受到真正的傷害，便放她一條生路吧。

她知道，只有硬生生休了鄭瑜，才能絕了這個已經變得狠毒可怕的女人的生路。可是，高長恭對她有虧欠，心中必是想她好的。他要是在就好了，他在，可以由他自己選擇是休還是和離。可他不在，她只能溫和地處理這個女人。

想到這裡，張綺轉身入房。

不一會兒，她從房中拿出一個木盒來。打開木盒，從中掏出兩份和離書擺在几上，再把几上的休書收入袖袋中。張綺轉頭，看著眼睜睜盯著自己袖袋的鄭瑜，點頭道：「和離書在此，妳簽上名字，入夜之前離開王府。妳的嫁妝長恭一直沒有動，所帶的婢僕也都在，稍後方老會整理好，五日之內盡數送還鄭府。」

見鄭瑜仍盯著自己的袖袋，張綺微微一笑，「妳簽了和離書，休書就會撕掉，不必擔憂。」

鄭瑜嗯了一聲，她慢慢走上前來。低頭看著几上的和離書，看著下方高長恭的名字和印鑒，看著擺在一側的文房四寶，突然間，鄭瑜直覺得手臂有千斤重，可她沒有辦法回頭了，沒有辦法了……

咬了咬牙，鄭瑜拿起毛筆，顫抖著移向那和離書。

她在和離書上，慢慢寫上了自己的名字。

隨著鄭瑜兩個字一落下，鄭瑜整個人向下一滑，差點坐倒在地。

沒有人安慰她，所有人都冷冷地盯著她，張綺也是，她靜靜地說道：「還有一份。」

鄭瑜吸了一口氣，抬頭朝著張綺說道：「妳別得意。」鄭瑜有點恍惚地笑道：「張氏，妳別得意，上天不會讓妳這樣的妖婦得意太久的！」

聽到鄭氏這種詛咒似的笑聲，張綺搖了搖頭，淡淡說道：「我沒有得意。鄭瑜，我一直憐惜於妳。」笑了笑，張綺想道：到了這個地步了，我再試試能不能點醒她。於是她放慢聲音，說道：「我們這一生，從來都沒有順利過，幼時學人走路，總不免磕磕碰碰，跌上幾十跤都是尋常事；長大後，也不會是事事如意。在家中，或許人人寵妳，可到了外面，卻得學會委曲求全，學會看人眼色，學會識時務。那時我們怎麼做的？把委屈吞下去，走不通的路繞過去；然後青春少艾了，誰能保證你這一生，便不會遇到一個半個的渣人？或者，遇到不屬於你的人？那時怎麼辦？繞過去便是。翻過這一嶺，又是無限風景。鄭瑜，我倒一直不明白，妳為什麼要把自己困死在一棵樹上，便是前面無路也不肯繞不肯越，非要撞個面目全非？」

她搖了搖頭，笑道：「所以，我對上妳時，從來沒有得意過。鄭瑜，我只為妳感到憐憫、可惜。妳本來是多麼秀雅的一個女兒，真可惜了。」

鄭瑜不是來聽她這番長篇大論的，她以為她是誰？她以為她懂得多少？不過是個擅於媚惑男人的妖物罷了，居然還來教訓自己！

當下，鄭瑜尖叫道：「給我閉嘴！」

張綺從善如流，她一叫，她便閉了嘴。

見四下安靜下來，鄭瑜重新低頭，對著和離書上蘭陵王的名字和印鑒，她狠狠一咬牙，提筆在另一份和離書上用力寫下自己的名字，蓋上手印。

隨著那毛筆啪的落地，鄭瑜臉色如灰。

張綺瞟了她一眼，沒有理會她詛咒式的笑聲，逕自從袖袋中掏出休書，把它交給鄭瑜，由她撕掉後，張綺拿起和離書吹乾墨收好。

當她轉過頭時，鄭瑜已深一腳淺一腳地走向門外。

看著她走出，看著她一步一步離開自己的視野。原本平靜的張綺，也有點恍惚起來。

在她的記憶中，鄭氏一直陪著高長恭走到他生命的盡頭。在他三十來歲服下毒藥身滅後，她也入了庵堂。

曾經，她以為自己永遠也戰勝不了命運，戰勝不了這個女人。

可今天，她在自己的注視下，一步一步走出正院，一步一步走出她與高長恭的生命……

望著鄭瑜離開的背影，張綺低低地吐出一口濁氣。

結束了，終於結束了！

糾纏了那麼久，令得她曾經肝腸寸斷的這個對手，終於徹底走出她的視野，消失在長恭的記憶中。疲憊地揮了揮和離書，張綺朝著方老說道：「方老，把這個拿到族中，請族長勾去鄭氏的名號吧。」

「是。」

方老恭敬地走上前來，看著眼前這個因為自信和愉悅，越來越顯得風姿過人的夫人，低聲道：「夫人，妳要不要著手繡一下嫁衣？」見張綺先是一怔，轉眼臉紅過耳，方老呵呵笑道：「長恭臨走時，可是吩咐過的。現在嫁妝、田莊、彩禮等物都已備好大半，只等確定了日期，便向南陳發出婚書。阿綺，嫁衣再不動手就遲了。」

這一次，方老的聲音一落，眾護衛都笑咪咪地走來向張綺道賀。

聽著他們的恭維聲，張綺直羞得抬不起頭來。

鄭瑜剛出正院，便聽到裡面笑聲陣陣，不時有人提到「大婚」、「嫁衣」的字眼，頓時，一陣排山倒海的鬱恨湧上心頭，令得她嘴一張，哇的吐出一口鮮血來。

「女郎，女郎！」眾婢急急圍來，及時接住了氣得昏厥過去的鄭瑜。

當鄭瑜再次清醒時，她已到了鄭府，而外面悄然一片。看到她醒來，一個婢女上前說道：「女郎，族長要妳醒過來後直接去見他。」

鄭瑜聞言臉色一白，半晌才應道：「知道了。」

她走到几前，對著銅鏡中不復秀美的自己，低聲問道：「夫人和族長他們，可有說什麼？」

「族長很生氣，夫人也是。」

鄭瑜臉色一白，絞著衣角，她突然站起，「妳去轉告族長，便說我要到宮中去一趟，明日自會向他老人家請罪。」

「可是陛下走了啊。」對上鄭瑜吃驚的表情，那婢女道：「說是前線吃緊，陛下已於一個時辰時離開了鄴城。」

鄭瑜頹然坐在椅上。

就在這時，另一個婢女走了進來，她朝著鄭瑜行了一禮，道：「女郎，和尚書府中派人來了，那人說，女郎是不是很忙？前番所說之事，竟是一直不曾給個回覆。」

剛說到這裡，那婢女便見鄭瑜一張臉青得發黑，她嚇得倒退一步。

於一種無邊的安靜中，鄭瑜又悔又恨又苦，和士開這是什麼意思？他辦事不力，令得自己被迫和離，在這樣的情況下，他還好意思再來騷擾，難道他要逼死自己不成？

可是，稍一尋思，鄭瑜才發現，和士開便是逼死了自己，對他也沒有損失。畢竟，他現在位高權重，畢竟，鄭氏一族都還要攀附他，畢竟，她已和離，對家族來說也是棄子。

慢慢的，鄭瑜佝起了背……她從來沒有這麼恨過自己，竟是一步錯，步步錯，竟是沒有辦法再回頭了……

不說鄭瑜先去見過族長，又被母親罵了一陣，再去赴和士開的約會，張綺這邊，一直是喜氣洋洋的。

她在準備自己的嫁衣。

也許這是一個女人最幸福的時候，為自己準備嫁衣，然後憧憬著嫁給心愛的男人之後，那相夫教子的生活。

在張綺的嫁妝縫得差不多時，西元五六三年過去了，五六四年的春天來臨了。

伴隨著蘭陵王歸來的大好消息時，還有此次大戰頻頻失利的噩耗。

這一次，北周聯合突厥的木杆、地頭、步離三部可汗，光騎兵十萬便有十萬。而北周方面，認識了自己的不足的宇文護，起用了一個十分優秀的將領楊忠做為此戰北周方面的主帥。

那楊忠用了兩個月，便突破北齊的陘嶺，連續攻下齊國二十餘城。要不是五六三年來了一場數十年一遇的大冰雪，令得從南到北千餘里都是一片冰川，齊國只怕失去了半壁江山。

這一戰中，不喜歡那句「天下三國，蘭陵無雙」的高湛，用假消息把蘭陵王騙到北桓州，令他坐守空城後，才發現敵人太過勢大。雖然在斛律光、段韶的帶領下，齊國險險地阻敵於國門，卻也損失慘重。先不說那被周人奪走的二十多座城池中被劫去的大量珠寶，便是蘭陵王辛辛苦苦訓練出的五萬騎兵，也在這一役中，被高湛損耗一空。

可以說，經此一役，北齊的兵力國力開始大幅度下降，而突厥和北周，卻暫時形成了一個牢不可破的同盟。前不久蘭陵王營造出的大好局勢，於此再不復存。

大軍凱旋日，全城無歡容。

張綺坐在馬車中，昂頭眺望著那越來越近的身影，就在那身影衝出隊列急行而來時，張綺歡喜著跑了過去，展開雙臂投入了他的懷抱。

一抱上張綺，蘭陵王便坐上馬車命令道：「先回府中。」

「是。」

馬車一會兒便駛入了蘭陵王府。

抱著張綺，蘭陵王跳下馬車，低啞著嗓子說道：「阿綺，陪我沐浴。」

張綺紅著臉嗯了一聲。

足過了一個時辰，神清氣爽的蘭陵王才牽著張綺的手走到院子裡。

看到他出來，方老急步迎上，紅著眼睛歡喜地說道：「長恭，你回來了。」

「是，我回來了。」蘭陵王朝方老一笑。方老抹了一把眼淚，嘆道：「年年征戰，也不知什麼時候能有個太平日子？」

蘭陵王沉默了會兒，低聲說道：「過幾天，我會上奏摺請休半載。」他轉向張綺，微笑道：「我累了，也要大婚了。」

張綺眸光流轉，含羞帶喜地看了他一會兒，卻是問道：「這一戰？」

蘭陵王苦笑道：「這一戰，陛下戲弄了我一把。」對上方老不安的表情，他又解釋道：「不過這樣正好，我可藉機休息一會兒，反正，他也不會動我的私軍，撤我的軍職。」以他現時現日的威望，高湛再糊塗，也不敢拿這事開玩笑。

說起來，高湛不過是覺得他崛起太快，在齊國威望太大，生了忌憚之心罷了。可這一次的教訓也夠大的了，想來他會慢慢明白的。

聽他這麼一說，方老心中安定了些。

蘭陵王轉頭看向他，問道：「方老，蘭陵郡那裡的府第維修得怎麼樣了？」

「稟郡王，一切已準備妥當。」

「妥當就好。」蘭陵王含笑道：「我可是準備從封地迎娶阿綺的，可不能讓她失了體面。」

「老奴曉得。」

正說說笑笑時，一個熟悉的，刻意輕柔的聲音從苑門處傳來：「長恭……」聲音有點顫，帶著強自忍耐的激動。

眾人同時回頭。出現在苑門處的，卻是鄭瑜。不過幾個月不見，蘭陵王突然發現，她又瘦了，那衣裳穿在身上空空蕩蕩的，表情中柔美盡去，雖塗了厚厚的粉，可掩不去表情中的疲憊和憔悴。

鄭瑜曼步走來，看到蘭陵王的目光投向自己的女郎髮髻，鄭瑜垂下眸，向蘭陵王福了福，輕聲道：「長恭，我一直想等你歸來，可惜沒有等到。」

可惜沒有等到，是指張綺迫不及待把她趕走了吧？

蘭陵王瞟了她一眼，低聲道：「妳簽了那和離書了？」大戰時節，眾人不敢用飛鴿傳訊家事，回來後張綺忙著歡喜，所以他現在才知道。

「是。」一個簡單的字，鄭瑜回答時，聲音沙啞，強忍著淚。

蘭陵王低嘆一聲，道：「妳現在可好？」

「不好。」鄭瑜直白地回答著，她笑了笑，「我年歲大了，又沒有以前好看，楊靜、婁元昭他們早就完婚，因此直到現在，都沒有等到願意娶我的人。」鄭氏一族現在還沒有倒，願意娶她的大把都有，不過出於一些說不出的原因，她一直沒有應承那些求婚者。

聽到這裡，蘭陵王問道：「需要我做什麼？」

鄭瑜等的便是他這句話，她朝著他福了福，仰起臉甜甜地喚道：「哥哥。」彎著眼，雖然眸中沒有多少笑意，鄭瑜嬌柔地說道：「長恭，你說過的，和離後願認我為妹，現在我便是來請哥哥兌現承諾的。」族長說了，鄭氏一族不能沒有蘭陵王的庇護，要知道，他們特意請求蘭陵王培養的十名家族子弟，八個直到現在還只是一名小卒，最強的兩個，也不過剛升到校尉。這一次大戰，便有四個人死去，其中還有那兩名校尉中的一個。

再加上這一次高湛拿走那五萬騎兵時，把他們也一併帶走了。不能再在一向以公正忠厚聞名的蘭陵王的麾下，這對他們來說，是個巨大的損失，很可能他們這一輩子，也就止步於此，鄭氏一族，是不會再出現一個大將之才了。

同時，鄭瑜的繼母也說了，不能結姻親，便是兄妹也是好的。至於鄭瑜本人更覺得，這一著棋非下不可，因此她急急趕來了。

聽到鄭瑜的話，蘭陵王笑了笑，他剛要答應，一側的成史突然喚道：「郡王。」他走到蘭陵王身邊，在他耳邊低聲說了些話，站得近的人隱隱可以聽到「勾結和士開……騙入皇宮……幾成大禍……」的字眼。

聽著聽著，蘭陵王臉色大變，他騰地轉頭盯向鄭瑜，盯了一陣，他閉上雙眼，揮了揮手道：「出去吧。」

「可是，長恭……」鄭瑜連忙嬌嬌地喚了起來。

不等她說完，蘭陵王已低低一笑，笑著笑著，他疲憊地看著鄭瑜，慢慢說道：「阿瑜，給妳和我都留一些薄面吧，別再折騰了。」轉眼他又說道：「換了別人，此時已死在我的劍下了！」他看著鄭瑜顯得蒼老多了的面容，心下有著不忍，可更多的還是失望。

蘭陵王騰地轉身，走出一步又停了下來，回過頭看著鄭瑜，慢慢說道：「以往的事，過去也就過去了。阿瑜，妳現在已是自由之身，還是找一個老實的夫婿過踏實日子吧。這般算計來算計去，妳不累嗎？」說罷，他揚長而去。

目送著蘭陵王離去的背影，鄭瑜臉色一青，她怨毒地剜了成史一眼，咬牙離去。

伍之章　洛陽圍城掩肅殺

轉眼又是幾天過去了。

在蘭陵王上了摺子後不久，高湛把他邀到宮中詳談了一次。當他回來時，已得了四個月的假期，同時得到的，還有陛下賜婚他和張氏阿綺的聖旨。

蘭陵王和張氏阿綺要大婚了！

這可是驚動整個天下的大事啊。雖然蘭陵王在這一仗中沒有出啥力，可他的實力擺在那裡，威望更擺在那裡。更何況，他要娶的張氏阿綺那是什麼人？那是一個卑賤的私生女，是等同貨物的賤妾。而且，為了娶她為妻，蘭陵王這兩年來鬧出了不少事。

一時之間，鄴城和晉陽都沸騰了。

不止是這兩地，隨著消息漸漸擴散，長安和建康兩地也傳遍了。

長安城中。

「阿仄阿仄，你聽到過沒有？」阿綠蹦蹦跳跳衝入一處院落，歡喜地叫嚷著。

一個豔麗的少年光著上身走了出來，他顯然剛剛練過武，身上汗水淋漓。看到她走近，他咧嘴一笑，露出一口雪白的牙齒。而阿綠在紅著臉啐了一口後，還是拿起一側的毛巾，溫柔地給他拭起汗水來。

一邊擦拭，阿綠一邊興奮地說道：「阿綺要大婚了，她要做高長恭的王妃了！」仰著頭，她歡喜地看著賀之仄，低聲道：「這下我可以放心了，阿仄，我可以跟你走了。」

「當真？」賀之仄緊緊握著她的手，阿綠點了點頭，笑咪咪地說道：「當然，阿綺我最明白了，她也想我幸福的。嘻嘻，她現在是郡王妃了，便是那一千兩金我全拿著用了，她也會喜歡的。」握了握拳，阿綠喜盈盈地說道：「不過，我才不會這麼做呢，我明天就在這長安城中置一些田產，讓蘇威幫我們看著，等阿綺老了，我們也老了，都不怕沒有飯吃。」

賀之仄大點其頭，道：「有理有理！」

「嘻嘻，那我這就發信鴿恭喜阿綺去！」說做就做，當下阿綠又蹦跳著跑了開去。

在阿綠忙著置辦田產時，這一邊，蘇威也站在臺階上，靜靜地看著東北方向。

看到他一動不動，新興公主悄然上前，拿著一件外袍，低聲道：「外面風大，加一件裳吧。」

「我不冷。」蘇威轉過頭去，他看著新興公主，低聲苦笑道：「阿興，妳不要對我這麼好。」他喉結動了動，澀聲說道：「我不值得。」

「我覺得值得。」新興公主明亮的雙眸看著他，低而堅定地說道：「阿威，我知道你心裡有她，也永遠放不開她。可是，這日子是一天一天過去的，也許過個十年、二十年、三十年，你就會忘記她，就會光記著我了。」

她仰著頭看著這個心愛的男人，抿著唇微笑著。她的笑容毫無作偽，甚至她的心裡也在想著：現在那張綺要成為蘭陵王妃了，她嫁得這麼好，阿威雖有痛苦，卻也會感覺到心安。而他心安了，也就能接受我了。這天下的丈夫都是妻妾成群，阿威卻會不一樣，因他心中住著一個人，便不會像別的丈夫那麼好色，不會納那麼多妾室。我，我就當多了一個住在他心裡的姊妹。

蘇威對上新興公主愉悅的，甚至是滿足的笑容，不由心中大為感動，他慢慢伸手，握住了新興公主的手。

就在他的手握上她的小手時，幾乎是突然的，新興公主熱淚盈眶。

看到她流淚，蘇威嚇了一跳，連忙道：「阿興，妳怎麼啦？」

新興公主流著淚歡笑道：「我很高興。」她哽咽道：「我就是太高興了，一時忍不住。」

她不好意思地抹乾眼淚，低聲問道：「陛下那裡，知不知道這事？」

「他自是知道。」笑了笑，蘇威說道：「不過陛下現在有了李娘娘，又要迎娶突厥公主為后，他沒有心情尋思這個了。」

也許，尋思是會尋思的吧。可蘇威知道，自家這個陛下真正是個有著雄才偉略的人物，英明睿智又果斷。這樣的人，把一段不屬於自己的感情塵封，是輕而易舉的，他不會像自己這麼無能。

不過，要不是如此，自己也不會背著宇文護悄悄效忠於陛下……

這一天，鄴城也有一個人，他身著白裳，正坐在自家的院落裡，給自己倒上一盅酒，雙手捧起後，便朝著對面的空位處優雅一笑，「阿綺，與我喝一盅。」

頭一仰，他把那盅酒一飲而盡。隨著他的手一鬆，那酒盅砰的碎落在地，成了碎片。

同時，他已淚流滿面。

從小，他的家族便對他寄予厚望，十幾歲時，有一個長者點評道：「蕭莫這人，擅忍，能於細微中尋找機會，再一擊得中。如遇明主，可為宰輔。」

那是他曾經的風光。後來他來到齊地，也憑著自己之能，輕而易舉在齊國朝堂上占居高位。

可是，沒有得到阿綺，他這心，永遠也圓滿不了。

不過，那人不是點評他善忍嗎？只要高長恭不娶她，他終會有機會的。

可現在，高長恭娶她了！

阿綺阿綺，妳心心念念為人正妻，現在，妳終於做到了，也算如願以償了吧？哈哈，可惜天下雖大，卻沒有讓他心安之處。也許，他是時候離開齊地，過那離群索居的生活了。

在消息傳得沸沸揚揚時，西元五六四年八月，蘭陵王和張綺舉行了盛大的婚禮。

這一場婚禮，蘭陵王動用了他一半的積蓄，其規模可說空前。

他那一千私軍中，出身良好的世家子和官宦子弟，全部衣履一新，做回了昔日在家族中時的郎君打扮。同時，他們前呼後擁，個個身後奴婢如雲，車馬如龍。

這些加起來足有兩萬人的隊伍，一路從蘭陵郡護送張綺到鄴城蘭陵王府，與蘭陵王完婚。同時，為了掩去前一次婚姻留下的傷疤，蘭陵王花費大錢對鄴城王府進行了整修。整修的王府，完全仿用南陳建築，小橋流水、亭臺樓閣，可以說，與之前簡直是迥然不同。鄭瑜再次入內，幾乎都認不出來了。

鄭瑜是隨著迎親的賓客悄悄潛入蘭陵王府的，待著看了一陣，她已看呆了去。

外面的街道中，鑼鼓喧天，似乎整個鄴城的人都在為這一場宴會歡喜。那些紅樓的歌妓大家，更是自行組織著，一個個就在大街之上，為來往的人群免費送上七天歌舞，直至蘭陵王的大婚結束。

所以，整個鄴城都在談論著蘭陵王的這場大婚，有意無意間，也在拿張綺和鄭瑜相比。

鄭瑜不喜歡聽那種含酸帶諷的話，便悄悄進來了。她只想找個熟悉的花園呆一呆，哪曾知道，這一走進來，卻是面目全非。

看到她在這裡發呆，一個老嫗急步上前，她來到鄭瑜身後，低聲說道：「女郎，妳怎麼一個人到了這裡？」朝四周看了一眼，她埋怨道：「要是讓蘭陵王府的人發現，以為女郎是來搗亂的，可怎麼是好？」

聽聽，這是什麼話？

鄭瑜氣得臉色發紫，見她呼哧呼哧地生氣，老嫗馬上發現自己語氣不對，當下又陪著笑說道：「這不，老奴不是心疼女郎妳嗎？」

「心疼我？」鄭瑜重重哼了一聲。

待了一會兒，見鄭瑜還不走，老嫗嘆道：「女郎，別看了，這都是命，人爭不過命的，妳還是認了吧。」

「命？」她不說這個也罷，一說這個，鄭瑜便恨從中來。什麼時候起，也有人說她的命不如張綺那個賤人了？她是什麼人，她那是一生下來，便被自己踩在泥土中的人，不，她應該是讓自己生生世世踐踏的人。什麼時候，那樣的賤人也說命好了？

一張臉扭曲著，鄭瑜咬牙切齒地說道：「總會有報應的！」

老嫗被她怨毒的語氣嚇了一跳，準備再勸，只聽得一陣笑聲傳來，笑聲中，李映在那裡清朗地說道：「今天真是滿城歡慶啊，阿綺應該很開心。」

另一個貴女應道：「是啊是啊，高長恭為她舉辦了這麼一場盛大的婚事，她肯定歡喜至極。」

「胡皇后說是要為他們證婚呢！」

「當真當真？這可真是規模空前啊！」

說著說著，一個貴女突然問道：「阿映，妳不是一直與鄭瑜玩得好嗎？如今她成了棄婦，妳卻參加她仇人的婚禮，不會讓她生惱吧？」

這話一出，四下笑聲稍息。

好一會兒，鄭瑜聽得李映清脆的聲音傳來：「這個，不是此一時彼一時嗎？以前我不識得阿綺。直到秋公主出嫁，我與鄭瑜斷了往來後，才在無意中與阿綺打了交道。」

她想了想道：「阿綺這人，真的很好相處，她很聰慧，也很替人著想，為人光風霽月，頗有昔時的名士派頭。」

李映的話，說得中平中正，沒有半點諂媚討好之意，眾貴女嗡嗡議論開來。

聽到這裡，鄭瑜的臉色刷地鐵青，臉頰的肌肉都扭曲跳動起來。別的人說張綺如何，她不在意，可李映這麼一說，頓時讓她感到自己被背叛，感到自己受了最徹底的羞辱，縱使這個朋友是她早就放棄了的也是一樣。

這種背叛和羞辱是如此讓人難堪。這個李映為了討好高長恭和張氏，竟如此恬不知恥，一時之間，鄭瑜又恨又氣，連殺了李映的心都有。

那老媼看向鄭瑜，嘖嘖說道：「女郎，妳看看，妳以前最好的朋友都投向那張綺了。哎，連朋友都走了，怪不得那高長恭……」才說到這裡，她對上鄭瑜那扭曲的臉，被她神色中的怨毒一驚，老媼也不敢再譏諷了。

這一場婚禮，足足舉行了三天，在拜堂之前，蘭陵王還在王府所在的那條街道中擺了一百桌三天三夜的流水席。

也許大敗過後的齊人確實需要一場喜事來轉換心情，到了後面，連陛下也頻頻送使者過來獎勵兩位新人，胡皇后更是從頭到尾都在婚禮現場。至於遠方的陳國和長安，不管是陳主還是張府中人，或是蘇威和新興公主，都派人送了禮物過來。

於極致的奢華中，這場婚宴終於結束了。

看到蘭陵王府前漸漸平息下來的人流，馬車中的鄭瑜輕吁了一口氣。她不知道，再這樣下去，她會不會被這種熱鬧喜慶給逼瘋？

「女郎，回府嗎？」

回府幹什麼？自從她和離回府後，地位和以前完全不能比，現在連鄭府中一個稍有點身分的老媽子也敢對她白眼相加，冷嘲熱諷不斷。那地方已不再是她以前的家了，這麼急回去幹什麼？

「再走走吧。」

她的命令一下，馬車便反方向駛動了。街道上來來往往的愚夫蠢婦，還沉浸在蘭陵王府那一場盛大的婚宴中，走到哪裡都是一片議論聲，鄭瑜越聽越惱，便命令道：「到寺廟裡走一走。」

「是。」馬車駛向了最近的和雲寺。

鄭瑜低著頭，一步一步朝上走去。她這陣子總有點腰酸背痛，因此走得甚慢。

這般慢慢的行走中，突然間，一個熟悉的男音叫道：「阿瑜？」聲音有點遲疑。

鄭瑜抬起頭來，對上了一張年輕俊雅、容光煥發的臉。

這人赫然是曾經心心念念想娶她的楊靜！

不止是鄭瑜一驚，便是楊靜，在對上鄭瑜的面容時也是一驚。他驚訝地看著她，脫口而出：「阿瑜，妳怎麼老了這麼多？」他不過是和妻七女大婚後，到晉陽玩了幾個月而已，怎麼一回來，昔日的美人便老成這樣了？

楊靜這脫口而出的話，生生地撕開了鄭瑜的傷疤。更何況，這個撕傷疤之人，還是昔日她的追捧者？看到楊靜眼中的慶幸，陡然的，鄭瑜的胃中一陣翻絞。

那翻絞來得太猛太烈，鄭瑜來不及說話，轉身衝入一片樹林中，捂著嘴哇哇的吐了起來。

看到鄭瑜傷心的模樣，楊靜這時也有點悔了，不應該那樣說她的。當下他提步向她走近，聲音放緩，「阿瑜妳……」

他的聲音剛落，鄭瑜便尖叫道：「滾！給我滾——」

竟是一點也不給楊靜留顏面，當下楊靜一怒，他冷笑道：「鄭氏到了現在還是好大的火性啊，妳以為妳是誰？」瞟了她一眼，他拂袖而去，只是在離去時，冷森森地說道：「看妳嘔成這樣，不會是懷了哪個男人的野種吧？」

他只是信口而出，說完這話也沒有回頭，便帶著眾僕氣沖沖地拂袖而去。

只是，伏在樹下乾嘔個不停的鄭瑜，卻已癱軟在地。她一聲一聲無力地嘔著，蒼白的臉上，已是冷汗涔涔而下。此時此刻，她的腦海中翻來覆去只有楊靜的那句話：「看妳嘔成這樣，不會是懷了哪個男人的野種吧？」

懷了野種？

懷了野種！

懷了野種……

山間吹來的風，陡然變得陰森刺骨。慢慢停止嘔吐的鄭瑜，摟著自己，拚命搖著頭。

不可能，她怎麼可能會懷孕？

她怎麼可能會懷上那樣一個禽獸的孩子？

可是，越是搖頭，她的心卻越是凍成了冰。

和士開每過幾天便把她叫過去一逞獸慾。他那樣的人，哪裡知道節制？而她自己，從來沒有半個人提醒，也沒有想過這樣做會懷孕。

……不對，她害怕過懷孕，可是她能怎樣？她可以怎樣？她一個齊國出了名的「處子」棄婦，身邊的忠婢又早就被趕走了，便是沒有趕走的，她也沒有信過她們。這樣的她，便是害怕懷孕，又能想出什麼法子？又能找到什麼應對方法？

她怎麼辦？怎麼辦？

慌亂中，一陣腳步聲傳來，聽到那腳步聲，鄭瑜白著臉緩緩站起，把頭髮梳了梳後，她轉過頭來。過來的人，卻是她的馭夫，在鄭瑜鬆了一口氣中，那馭夫小心地問道：「女郎，妳不要緊吧？」

「我當然不要緊！」鄭瑜昂起頭，聲音清亮地回道。

「那，還上寺廟嗎？」

「不用了，回府吧。」

「是。」

剛下馬車，一個婢女便急急跑來，朝著鄭瑜喚道：「女郎，夫人找妳呢。」

「母親找我何事？」

「奴也不知。」

「帶我前去。」

「是。」

鄭夫人正站在花園中，看到鄭瑜，她皺著眉頭問道：「怎麼這麼久才來？」語氣極為不耐。

鄭瑜陪著笑，向她行了一禮後，低聲道：「母親，女兒今日上街了，才回府。」

這個鄭夫人其實都知道，她說教道：「阿瑜啊，我知道妳對高長恭和那張氏耿耿於懷，不過事已至此，我們只能認了。妳當記得，以高長恭今時今日的威風，我們得罪不起，也犯不著樹這一個敵人。」

鄭瑜抿了抿唇，憋屈地應道：「母親說的是。」

「這裡有幾張畫像，都是來求婚的大家郎君，妳看看哪個中意？」

沉默了一會兒，鄭瑜低頭說道：「母親，阿瑜現在還不想。」

鄭夫人盯著她，良久後嘆了一口氣，說道：「阿瑜，母親知道妳的心思，可妳必須認命啊！」

說到這個問題，鄭瑜和以往一樣，倔強地抿著唇，站在那裡一動不動，不應，也不言是。

鄭夫人倒也習慣了，她哼了一聲後，轉過話題，「這陣子和士開和尚書的府中，每每派人來找妳，不知是為了何事？」

鄭夫人的問話十分尋常，可鄭瑜卻還是出了一身冷汗。於颼颼的寒意中，她低聲道：「女兒之禍，全因得罪了皇后之故。知道和尚書在陛下和皇后面前頗能說上話，女兒便想與和夫人多走動走動，也許能通過她說動皇后娘娘……」

鄭夫人人一瞬不瞬地盯著她。

鄭瑜的這個理由，初聽起來合理，細想卻完全過不去。和士開在鄭瑜還不曾和離時，可是多次調戲於她，還曾令得鄭瑜向家族求救過的，怎麼這麼一轉眼，她卻與和士開的夫人好到這個地步了？

鄭夫人盯了鄭瑜一陣後，也不知信是不信，揮了揮手便命令道：「下去吧。」

「是，女兒告退。」

鄭瑜退後不久，鄭夫人端起一盅茶，慢慢地品了起來。

茶，是南人喜歡的飲料，其實並不為北人稱道。不過也有不少上流社會的貴婦，在附庸風雅時品上那麼一盅。

就在鄭夫人悠然地品著茶水時，一陣腳步聲傳來，轉眼間，一個老嫗諂媚地喚道：「老奴見過夫人。」

這老嫗，正是與鄭瑜一起參觀蘭陵王府，對她極盡嘲諷的那個。

見到是她，鄭夫人把茶水朝几上一放，溫言道：「是吳嫗啊，有什麼事就說吧。」

「是。」吳嫗應了一聲後，卻沒有馬上開口，而是抬頭看向站在鄭夫人身後的婢女們。

鄭夫人見狀，知道她有話要私底下跟自己說，便揮了揮手，令得眾婢全部退下。

她們一走，吳嫗便湊近鄭夫人，低聲說道：「夫人，這幾日，阿瑜晨起時都有嘔吐。」

「什麼？」鄭夫人一驚，她瞪著吳嫗，好一會兒才緩了一口氣，「繼續說。」

「那送阿瑜去和尚書府去的馭夫說，阿瑜每次出來，臉色都不對，有時還會換過衣裳。對了，有一次他還看到和尚書抓了阿瑜的小手，阿瑜並沒有發火。」

這話已說得太明白了。

鄭夫人騰地站起，在花園中踱出幾步後，慢慢轉頭，盯著吳嫗說道：「還有嗎？」

「阿瑜很小心，老奴只注意到這些。」

鄭夫人點了點頭，說道：「高長恭出征那會兒，阿瑜急於報復張氏，曾經向我問策，我要她接近和士開……現在看來，她果然按我所預料的那樣，向和士開求助了。不過這個蠢材，不但沒有對付好張氏，反而把自己賠了進去！」

說到這裡，鄭夫人沉吟起來。

她不開口，吳嫗也低著頭不敢開口。

也不知過了多久，鄭夫人低聲道：「把那些畫像都撕了吧。」

「啊？是。」吳嫗明白過來，夫人所指的，是那些給鄭瑜相看的畫像。

在吳嫗撕去畫像時，鄭夫人喃喃自語道：「和士開這人與皇后一直走得近，皇后已把他當成禁臠。阿瑜與和士開一事，不能讓皇后知情。不過，除了這點不好外，以和士開在陛下面前的影響力，阿瑜跟了他，多多少少還有些好處。不說別的，便是陛下想對我們鄭氏開刀，有和士開在關鍵時候說一句話，也能保一時平安。」

說到這裡，她已下定決心，「我房中不是有一些書嗎？把那本《婦人醫經》混在那些書中，給阿瑜看一看。對了，她如果想通過人購置藥物，不可多問，儘管聽話行事。」

這是要幫助鄭瑜流掉腹中的那個孩子了，吳嫗點頭道：「老奴聽夫人的。」

「去吧，繼續盯緊一點。有什麼變化，及時告訴我。」

「是。」

看著吳嫗急急離去的身影，鄭夫人笑了笑，轉眼她又喝道：「叫陽叔過來。」

「是。」

不一會兒，一個其貌不揚的漢子走了過來。盯著那漢子，鄭夫人低聲道：「老南，從今天起，你就到馬房當一個馭夫吧。記著，要盡快讓阿瑜相信你，以後不管到哪裡，都由你駕車。」

「是。」

「如果發現皇后有注意到阿瑜和和士開兩人，你不需回稟，可直接把阿瑜結果了。反正無論如何，不能因阿瑜一人，而使皇后對鄭氏不滿，你可明白？」

「老奴明白。」

「去吧。」

「是。」

❖ ❖ ❖

鄭瑜發現，事情好像順利起來。在她為懷孕一事著急時，無意中從書櫃中看到一本醫書，上面寫有一個流產的良方。

得到那方子，鄭瑜大喜，趁人不注意的時候，她站在風口吹了半天，果然回來時便病倒了。病倒之後，她鬧著不肯請大夫，而是自己胡亂開了些藥要婢女去拿。那些婢女倒也聽話，還真幫她把那些流產的藥給拿來了。

用了兩劑藥後，鄭瑜感覺到腹痛難忍。只是讓她沒有想到的是，她這般風寒在身，再服這等虎狼之藥，竟讓她不但流血不止，還高熱了幾天。大病了半個月後，才險險從鬼門關走了回來。

經過這一病，她更顯憔悴，更顯老相了。

自己死裡逃生，那張氏卻越發容光煥發，春風得意，鄭瑜心中的鬱恨，直是日夜焚燒著她。在積恨之下，她暗暗想道：不能這樣被動下去了。

她想了想，要改變自己這個處境，還得著落在胡皇后身上。只有討好了她，自己才能重回貴女圈，只有討好了她，自己才能報復到張綺。

於是，大病初癒的她，忍著不適，與和士開歡愛之後，便向他問計。

看著她消瘦的模樣，和士開在她的乳上重重掐了一把，留下幾個青紫的指印後，和士開在鄭瑜的淚水中哈哈笑道：「這還不容易？妳這婦人以前也是個風光的，現在這般人不像人鬼不像鬼地過日子，說起來還是因她所致，妳好好哭一哭，定能博得皇后的同情。」他嘖嘖兩聲，又道：「說起來，皇后其實還是個心軟之人。妳在她面前，有多可憐便裝多可憐，要多聽話便有多聽話，保證管用。」他繼續說道：「當然，還有一個法子。嘿嘿，妳要是捨得下顏面，願意像服侍老夫一樣好好地服侍一下皇后，保准她從此後會把妳當成心肝寶貝。」

果不其然，和士開這話一出，鄭瑜的臉色先是漲得通紅，轉眼又是蒼白一片。

看到她倔強忍著淚水，明明感到羞恥卻不敢駁斥不敢言語的樣子，和士開再次大笑起來。說起來，這個鄭氏最吸引他的便是這一點了。每次與他在一起，她都有羞恥感，他都能感覺到她在後悔，她在難受，可每一次，她又不得不強忍著。

這應該就是貞潔烈女給人的感覺了。和士開得意地想道：這種摧殘一個貴婦人生信念的感覺，真是他媽的太美好了！

想到這裡，和士開一樂，又是大笑。他右手一揚，在鄭瑜的屁股上重重一擊，在她的驚呼中雙手一搓，邁著八字步大搖大擺地走了出去。

看著他離開的身影，鄭瑜的眸光閃過一抹恨意，可飛快的，那恨意又被迷茫所取代。

她現在最恨的人，一是張綺，二是高長恭，三便是這個和士開了。可是，對這個和士開，饒是恨，她也沒有想過要對付他。因為她知道，她身後還有家族，她只是一個弱女子，她動不了他。而且，她還要借助他的力量扳倒張綺。

咬牙切齒了一會兒，鄭瑜忖道：只要討好了皇后娘娘，那麼我的處境就會大大地改變。

至於改變處境以後呢？那就是復仇，毀了張氏。至於毀了張氏以後，鄭瑜已想不到了……

於是，鄭瑜在聽了和士開的話後，便開始尋找一切能接近胡皇后的機會。

可是這並不容易，她一直與胡皇后不和，胡皇后的侍衛，還有那些貴婦，每每她剛剛接近，便防備地盯著她，她竟是一直找不到機會。

這一日，鄭瑜坐上馬車時，突然咦了一聲，盯著一個老頭問道：「你是誰？阿嚴呢？」

那老頭低下頭，老實說道：「阿嚴病了，說要老奴替他。」

「阿嚴病了？他怎麼會病？」出乎這個老頭意外的是，鄭瑜對那個馭夫阿嚴卻在意得很，她從馬車上走下，道：「帶我去見見阿嚴。」

「女郎，妳不出門了？」

「我只習慣坐阿嚴的車。」

老頭一怔，一邊低著頭領著鄭瑜朝阿嚴所在的舊房子走去，一邊尋思起來。

下午時，鄭夫人便得了消息，她盯著那老頭，奇道：「你說，阿嚴受過阿瑜的恩惠，所以她最信他？」

「是。」

老頭應了一聲後，想了想後說道：「夫人，老奴以為，要盯著阿瑜，平素多留意便是，不必非要換了阿嚴，這樣會打草驚蛇。」

在鄭夫人的尋思中，老頭又說道：「阿嚴平素並不是一個嘴嚴之人，又好女色，阿瑜的事，隨便一套，他也就說出來了。」

聽到這裡，鄭夫人倒是信了，她點頭道：「也罷，那就由她吧。」

「是。」

在找了半個月的機會後，這一日，還真讓鄭瑜得到了機會。

胡皇后一個人在醉月樓喝酒，她似乎心情不好，喝著喝著便猛砸東西。聽和士開說，卻是陛下新得了一個寵妃，居然在喝醉了酒後對胡皇后說什麼，妳也老了，要不退位讓賢怎麼樣？雖然是玩笑話，卻著實讓人心堵。

鄭瑜聽到這事，陡然想道：自己的機會來了！

於是，她不顧胡皇后心情不好，強行闖了進去。

宮中的侍衛們都收過好處，也就睜一隻眼閉一隻眼。

他們站在外面，聽著鄭瑜嚎啕而來的哭泣聲，聽著她隱隱約約的泣訴。也不知過了多久，裡面的哭聲稍息，倒是胡皇后的聲音傳來：「罷了罷了，看妳這樣子，本宮倒是覺得自己也不慘了，起來吧。」

等房門大開時，侍衛們已看到，那個鄭氏之女鄭瑜跪在胡皇后身後，給她小心地捶著背。

大婚過後，蘭陵王閒著無事，乾脆帶著張綺跑了一趟蘭陵郡，在附近玩了一遍後，已是十一月了。十月底時，兩人來到了洛陽。

望著不遠處高大的洛陽城，張綺蹙了蹙眉，總覺得有什麼記憶一閃而過，可她這陣子有點慵懶喜睡，記憶力似乎也大不如前。明明想集中精神想一些事，卻腦中一片漿糊，甚至別人明顯也針對性的話，這會兒也聽不出來了。

她似乎變笨了許多，因此，她蹙眉苦思了一會兒，卻在尋思著尋思著，睡過去了。當她再醒來時，已把那不對勁的事，拋到了腦後。

就在張綺一行人進入洛陽城時，也有一支極盡奢華的隊伍出現在官道上。遠遠地看到蘭陵王的隊伍，一個女聲問道：「那支隊伍屬於何人？」

一個面白無鬚的中年男子走上前，陰柔地回道：「稟娘娘，那是蘭陵王和新娶的蘭陵王妃。」

「哦。」馬車中的女聲有點感興趣了，她笑道：「本宮自那次與張氏見過面後，一直沒有機會再處一處。嗯，通知下去，咱們乾脆了入洛陽城玩一陣。」

「是。」那中年男子策馬過去，令幾個侍衛跟每一輛馬車說一聲。頓時，一陣馨香傳來，卻是陸續有婦人笑道：「謹遵皇后娘娘旨意。」

張綺等人進入了洛陽城，選了一家酒樓住下。張綺沐浴更衣後，懶懶地走出房間，瞇著眼睛享受著傍晚的冬陽。這時，一個老嫗走了過來，恭敬地說道：「王妃，廚子來問，今晚您想吃什麼？」因為是玩耍，他們這一行人還帶上了全套的廚具，以及南地雇來的廚子。至於婢女老嫗，那更是一應俱全。

對於不好奢華的蘭陵王來說，這可以說是破天荒的了。

一聽到吃，張綺不知怎麼的胃中突然一翻，她眉頭一蹙，伸手推開婢女，跑到一側溝壑中嘔吐起來。乾嘔了幾下，胃中舒服過來，張綺用手帕拭了拭唇，又漱了一口水，總算舒服些了。

那老嫗看著她，目光閃了閃後，上前小心地問道：「王妃，可要請大夫？」

「請什麼大夫？」

那老嫗低聲道：「王妃大婚也有幾月了，剛才這麼嘔……」

嗡的一聲，張綺的頭腦炸了開來。她這陣子一直有點不舒服，這種不舒服的感覺很熟悉。

就在她緊張地握著拳頭時，一陣腳步聲傳來，只見楊受成小跑過來，朝她說道：「王妃，郡王接到陛下急令，要三天內趕到晉陽，現在必須出發，他讓妳準備一下。」說到這裡，他又道：「郡王還說，這一路會日夜兼程，王妃須多在馬車上墊一些東西，免得顛散了腰。」

急急交代到這裡，楊受成轉身就走。

就在這時，張綺喚道：「楊將軍。」

楊受成回過頭來。

張綺的表情有點奇怪，她欲言又止了後，咬唇說道：「我就留在洛陽吧。」

她還以為楊受成會詢問，哪知她話一出口，楊受成便鬆了一口氣，「末將也以為王妃還是留在洛陽的好，四天趕到晉陽，實在太急了，王妃回去後，少說也得休息幾個月，還不如想回時緩緩而回。」

說到這裡，他不等張綺再說，拱了拱手，大步離開。

看著他的背影，張綺尋思了一會兒，還是想道：現在只有一點感覺，大夫也診不出來，說與他聽，還讓他白操了心，不如等確定後再說吧。

這時的張綺，心中滿滿的都是喜悅和惶惑，這種感覺直到蘭陵王離去了也沒有消失。上一次意外失去，她一直害怕自己再也不會有了，現在終於又有了感覺，便只是萬一，她也不願意再冒險。

何況，這次應該也是真的。張綺低下頭摸著小腹，憧憬起來。

蘭陵王走時，留了兩百騎保護張綺。他走的第四天，張綺便接到了胡皇后的邀請。

胡皇后這人，其實最不喜歡規矩約束，她是找到了機會就要出來玩耍的人。這一次，她居然也來到了洛陽城。現在派了太監前來傳旨，說是將在別院宴請各府的貴婦貴女，讓張綺這個蘭陵王妃也去。

這是張綺大婚後第一次交遊，她不敢輕忽，當下著了一襲黑裳，把額頭上畫了一個木棉花妝後，便坐上馬車，駛入了胡皇后所在洛陽的別院。

張綺的馬車駛入別院時，可以聽到遠處不時傳來陣陣嘻笑聲。掀開車簾一看，別院裡外，到處都是慢步當車的貴婦貴女們。看到她們臉上的輕鬆，張綺也放鬆下來。

不一會兒，成史的聲音從外面傳來：「王妃，到了。」

「嗯。」張綺應了一聲，走下了馬車。

雖進入十二月，不過今日冬陽暖暖，貴女貴婦們圍著胡皇后，三五成群地或坐或站閒聊著，入眼來便是一片姹紫嫣紅。

張綺看了一眼，順手摘下紗帽，曼步走向胡皇后。

隨著她走近，四周已越來越靜，隱隱中有低語聲傳來：「她就是張氏阿綺。」、「好美。」、「不美怎麼能獨占高長恭，逼得鄭瑜無處容身？」、「也是喔。」

議論聲嗡嗡而來，眾貴婦昂著頭，朝著張綺上下打量著，表情中，有著不屑。

不一會兒，張綺來到了胡皇后面前，胡皇后正在與兩個貴婦低語，看到張綺走近，她略點了點頭，示意她不用多禮後，便不再理會。

胡皇后本不是一個喜歡禮數的人，她不用張綺多禮，張綺自不會湊上去討沒趣，當下她向後退出幾步。

這時，一人陰陽怪氣的尖笑的傳來：「喲？這不是新上位的蘭陵王妃嗎？嘖嘖嘖，以一卑微的姬妾之身，生生逼下主母，獨占郎君，張氏果然好本事！」

另一個婦人也笑道：「妳也不看看人家那小樣兒。那張臉，天生就是吃男人飯的。嘻嘻，想來她除了床榻上逢迎，別的是斷然不會的。也不知這樣的主母，能不能撐得起蘭陵王府？」

「高長恭那小子才不管這些呢。他呀，就是一個被狐狸精迷暈了頭的蠢物！」

這個「蠢物」二字一出，張綺臉色微變。

就在這時，一陣少女的咯咯笑聲傳來，只見一抹粉紅濃綠中，十幾個貴女相擁而來。而這些貴女中，一個消瘦如梅，臉色蒼白，雙唇輕咬的少女走了過來。這少女，赫然便是鄭瑜，鄭瑜竟然也來到了洛陽！

是了，聽人說過，好似她這陣子通過和士開，重新攀上了胡皇后。

鄭瑜一走近，便看到站在一株芙蓉樹後，笑容淺淺，豔色無雙的張紅綺，頓時她腳步一僵，臉色越發蒼白了。

自鄭瑜過來，已有不少人在盯著她倆，便是那些說著閒話的婦人們，也饒有興趣地向兩女看來看去。胡皇后也是，她津津有味地打量了兩女後，朝著鄭瑜伸了伸手，「阿瑜，到這邊來。」轉眼又朝張綺笑道：「阿綺，妳也過來。」

胡皇后這麼一喚，四下笑聲蕩了開來。眾貴婦貴女眨著亮晶晶的雙眼，期待著發生些什麼事。

見胡皇后下令，張綺笑了笑，她提步走近。縱是一襲黑裳，她也是絕世之姿，光站在那裡，便讓人感覺到天地都明亮許多。那渾然天成的氣勢，竟是一下子把盛裝打扮的胡皇后壓過去了。

這點胡皇后也感覺到了，她蹙了蹙眉，突然有點不舒服起來。

鄭瑜看在心裡，垂眸提步走近，來到胡皇后的另一側停下。

胡皇后看看這個，看看那個，突然捂著嘴格格一笑，向鄭瑜問道：「阿瑜，妳恨阿綺嗎？」她半認真半開玩笑地說道：「如果妳恨她的話，本宮在這裡做主，讓妳甩她幾個耳光如何？」

這話一出，四下一靜。

鄭瑜騰地抬起頭來，緊緊盯著張綺，咬牙說道：「我恨！」

胡皇后大樂，拍著巴掌說道：「太好了，那妳上前給她幾個耳光！」
「謹遵皇后之令。」鄭瑜朝胡皇后行了一禮，冷笑一聲，便提步走向張綺。
她走得很慢，表情中帶著一種貓戲老鼠的樂趣，似乎想好好享受一下張綺的怨憤。
張綺沒有怨憤，她亭亭玉立地站在那裡，看著鄭瑜一步步走近。
今天這頓打，她不能挨，也挨不起。她是堂堂蘭陵王妃，她的顏面、長恭的顏面都不可失。不過她也知道，求胡皇后是沒用的。她那種人想一曲是一曲，沒個正形，不可以常理度之。求她，不過徒增笑柄而已。
張綺心思電轉，就在鄭瑜走到離她僅有一步遠時，她突然說道：「和士開。」
這個名字一出，鄭瑜雙眼猛然一睜，心驚肉跳地想道：她要說什麼？她知道了什麼？
張綺瞟了猛然止步的鄭瑜一眼，轉眸看向胡皇后，淺淺笑道：「皇后娘娘，這扇人耳光的把戲沒什麼意思，阿綺倒有一個建議，皇后娘娘聽了一定歡喜。」
胡皇后聞言倒真起了興致，她抬起頭來高興地問道：「什麼建議？」
張綺一福，「如此風和日麗，暖日洋洋，正是人間難得的好時節。妾以為，不如我等聚飲於醉月樓？醉月樓中美酒美食雖不如皇宮精燴，卻勝在一個新鮮。再說，那裡不是還來了幾個南地來的，擅長唱曲的小二嗎？」
聽著聽著，胡皇后心中一動，醉月樓的小二，可都是俊俏郎君……再說這洛陽城，陛下可不在，一切都是她說了算。
猛然的，胡皇后覺得待在這裡與這些婦人們閒話甚沒意思。當下她急急站起，朝著張綺笑道：「好主意！真是好主意！」她朝左右命令道：「諸位，我們到醉月樓玩玩去！」
這命令一出，眾貴女連忙應諾，看到胡皇后對張綺笑顏逐開的模樣，那打她耳光之事，自是誰也不敢再提起……

就在眾貴女笑盈盈地張羅著轉移陣地時，突然間，一陣急促的腳步聲傳來。轉眼間，一個太監衝了過來，他撲通一聲跪倒在地，滿頭大汗地嚎哭道：「娘娘，娘娘，大事不好了！周人圍住洛陽城了！」

什麼？

胡皇后嚇得臉色一白，一屁股跌坐在地，而眾貴女更是一個個尖叫。鄭瑜則白著臉，不敢置信地瞪大了眼，一時腦中嗡嗡：怎麼可能？怎麼可能？胡皇后年年都喜歡往洛陽跑，從來沒有出過事，怎麼這一回就出事了？

就在一片混亂之中，一個清亮中隱帶靡軟的聲音傳來：「來了多少人馬？四個城門的防守情況如何？」

這清亮的女聲一出，那太監抬起頭來，而胡皇后眾人也安靜了一些：丈夫們都在晉陽陛下身邊聽令，洛陽城盡是一些婦孺平民。此時此刻，能有一個人清醒地說幾句話，也宛如是眾人的主心骨，因此，她們齊刷刷地轉頭順著那聲音看去。

開口之人，正是張綺。

見到有人詢問，那太監急急說道：「是、是剛得到的消息，豫州刺史太原王高士良、永州刺史蕭世怡一道獻城投了北周。如今，周人已經兵臨城下，約莫估計有十萬大軍。」

十萬大軍？

北周的十萬大軍？

眾貴婦一陣眩暈，她們平時最了不起的成就，也就是鞭死幾個僕人，現在聽聞強大的周人起兵十萬圍住了洛陽城，頓時一個個手軟心跳，直覺得要昏厥過去。

要知道，自去年一戰後，齊國精銳幾乎一洗而空，周人則與突厥結成了同盟，兩者虎視眈眈，齊人聞風喪膽。

鄭瑜這時刻也白著臉，她手腳發軟，心跳得要蹦出嗓子來。無力地坐倒在地上，她突然無比後悔：要在晉陽多好啊，怎麼就跟皇后娘娘跑到洛陽來了呢？都是和士開那混蛋，他要自己討好胡皇后，才導致今日之禍！不錯，她也罷，她的家族也罷，是想打一個翻身仗，可是如果命都沒有了，翻身又有什麼用？

周圍貴婦們此起彼伏的尖叫中，張綺清悅的聲音再次傳來：「皇后娘娘，當此之時慌亂無用，何不向洛陽王詢問一二？」

這句話提醒了胡皇后，她勉力站起，白著臉說道：「也、也有道理。」

見她慌亂得站都站不穩，張綺上前，伸出手扶著胡皇后，清清脆脆地說道：「娘娘不必慌亂，娘娘乃授命於天的至貴之人，必能逢凶化吉。」說到這裡，她朝四周怔怔呆呆的宮婢太監喝道：「還不去備上馬車？」

「是！是！」

張綺又轉過頭，朝著眾貴婦叫道：「諸位夫人，如今敵人已兵臨城下，與其在這裡慌亂，不如叫上各家護衛湊成一隊，以待洛陽王後用。」記憶中，洛陽之圍最終是解了的，只要撐過這陣子，等援兵前來就行了。

她雖然也是一個嬌弱婦人，不過有前世記憶為底，再加上上一次武威一役，她也算是從刀山火海中爬出來的人。因此，比起一般人，便鎮定得多。

眾貴婦魂不守舍，只是呆呆地應道：「是，是！」

見眾人開始按著自己的安排行事，張綺扶著胡皇后走向馬車。

當她們坐上馬車時，鄭瑜等人神情複雜地看著張綺。張綺的語氣是毫不客氣，可在這人心惶惶之時，她那不客氣的喝令，卻令得眾人的心安定了許多。不知不覺中，她們竟是想道：這蘭陵王妃雖然出身卑微，可她舉止雍容，面對如此驟變毫不變色，哪裡是除了美貌之外再無長處？說起來，她是比鄭氏更配高長恭。

張綺把胡皇后送上馬車，又與一旁的太監護衛交代幾句後，才朝著胡皇后福了福，緩緩退去。

看著她優雅中透著沉穩的動作，胡皇后慢慢定下心來。

當她來到洛陽王府時，洛陽王也處於極度的慌亂中，看到胡皇后這個婦人，洛陽王高奇有點不耐，蹙眉說道：「娘娘不必慌亂，兵危戰亂之事，由我等丈夫應對便可。」

他覺得自己說話太重，便又讚嘆道：「周人剛剛圍城，皇后娘娘便不顧千金之軀，特意前來相助微臣，微臣感激涕零。」這種突然之事，便是陛下也不能做到這般鎮定啊。

這番話因出自肺腑，聽起來甚是順耳，胡皇后心頭一暢，陡然明白過來，張綺讓自己第一時間來洛陽王府，便是為了這個原因。

要不是她當機立斷站出來，只怕自己當時已被嚇得傻了，不是痛哭流涕，便是慌亂無措如喪家之狗，那樣的話，此戰過後，她如何面對挑剔又心胸狹小，一向對她橫挑眉毛豎挑眼的高湛？如何面對群臣？說不定，高湛一個惱怒，把自己幽禁起來也有可能。

而且，自己前來還有另一層含義，如果洛陽城還不曾被圍死，洛陽王高奇必然會想著把自己這個皇后先行送出城去。現在高奇提也不提這個，看來洛陽城定然是給圍死了。

尋思到這裡，胡皇后對張綺有點感激起來。

張綺重新回到了酒樓中。

自從知道洛陽被圍後，護衛們便急得團團轉，看到張綺回來，裨將李叢大步迎來，他白著臉低聲說道：「王妃休要慌亂，郡王會來救妳的。」

張綺抬眸朝他一笑，道：「我知。」她抬眸看向北方，輕柔地說道：「我不慌亂，我怕他慌亂。」她的聲音很輕，那護衛根本沒有聽到。

低下頭，張綺尋思道：這一戰相當危險，我要好好靜一靜，看看能不能搜出更多的記憶來。

她提步踏入房中，向慌亂得不知如何是好的婢女們命令道：「提些熱水來，我要沐浴。」

「是。」

泡在溫水中，張綺閉著雙眼，一遍又一遍搜尋著記憶。在她的記憶中，只有一個印象，便是蘭陵王高長恭，在洛陽之圍中大出風頭。這一戰後，世人還特地為他編出了一支《蘭陵王入陣曲》，完全奠定了他一代名將的地位。

可這記憶真不是容易尋找的，她縱是想破了腦子，也只記得這些，至於此戰的那些細節，她前世又沒有經歷過，縱有所得，也只是從他人口中聽到的一些枝葉，這會兒又哪裡找得到？

這一天，不管外面如何兵荒馬亂，張綺一直沒有出門。她泡過溫水澡後，便焚起香，靜靜地操起琴來。

琴聲飄蕩如雲，流轉如月輝，帶著一種讓人心曠神怡的寧靜和悠遠，不知不覺中，院落中的兩百護衛，那焦躁不安的心漸漸平復下來；不知不覺中，四下的慌亂奔忙聲似乎也少了些。

李叢轉過頭，看著院落中焚香奏琴的王妃，轉向一側的成史嘆道：「夫人竟是鎮定至斯！」

成史點了點頭說道：「我一直以為王妃柔弱，現在看來，她比世間很多丈夫都要強些。」戰爭本是男人們的事，做為婦人只要不在關鍵的時候太過慌亂，以致亂了丈夫們的心，那就十分了得了。這一點，做為一個將領的妻室更為重要。

在張綺寧神靜氣，搜尋著記憶時，另一個酒樓中，一個身影在轉來轉去。

她轉了一會兒，突然停下腳步，瞬也不瞬地看著張綺所在的酒樓方向，然後，雙眼慢慢地陰了起來。

她就是鄭瑜。和離到現在，還不到一年時間，可她已流了兩個孩子。連續的流產，再加上怨恨鬱怒堆積於胸口，她老得很快。以往，她站在張綺面前時，還能高高在上，可今天在胡皇后的別院見到張綺時，她竟有一種在她面前抬不起頭的感覺。張綺的妖美和青春年少，逼得她都有一種自己成了老嫗的錯覺。

她恨張綺，這種恨，在和離後更濃烈了。要不是那個女人，她不會想到與和士開接近，而不與和士開接近，她也不至於淪落到現在這個地步。如今，和士開似是玩她玩上癮了，不但隔三差五便找她一次，還不許她嫁人。說什麼他要這個名聞齊國的貞烈之婦，永遠成為他一個人的玩物。

她這一生，已是看不到希望了，可那個賤婦，她憑什麼還活得好好的？憑什麼今天還能得到皇后和眾貴婦的認可，得到她們的尊敬？

這一次周人圍城，實是個大好的機會……

想到這裡，鄭瑜深吸了一口氣，命令道：「張氏若有異動，速速轉告於我。」

「是。」

聽著那遠去的腳步聲，鄭瑜獰笑起來。

張綺這一晚毫無所得，沒有做夢，也沒有靈機一動。

第二天上午，她在奏了一會兒琴後，換上一襲男裳，帶著眾護衛走向北城門。

東南西北四大城門，以北城處的周卒最多。

街道上，到處都是來來往往，亂成一團的人群。

當張綺來到北城門時，這裡已是兵卒如雲，一個個全身著甲的裨將在忙著指揮。而離城門約百米處，幾十個富戶和貴婦正聲嘶力竭地叫嚷著。

張綺認真一聽，他們卻是在叫道：「讓我們到城頭看一看，周人不可能來得這麼快！」、「快開城門，高奇，你沒有資格讓我們與你一道陪葬！」、「周人肯定還沒有圍住城，你們這是想逼死我們！」

卻原來是一些不死心的人鬧著要出城。

張綺看了一眼那緊閉的城門，看著站在城牆上一身血殺之氣的士卒，不由蹙眉尋思起來。她很想到城牆上看看，也許那場面能夠讓她激發她某些記憶。尋思了一會兒，張綺命令道：「我們也過去。」說罷，她跳下馬車，帶著眾護衛朝前走去。

不一會兒，張綺來到被攔的富戶旁邊，看著那些不耐煩的士卒，張綺清聲道：「諸位，我乃……」剛說到這裡，突然的，鄭瑜的身後從後面傳來：「各位，我等奉皇后娘娘旨意，想上城牆一觀。」卻是鄭瑜和幾個貴女趕了過來。

鄭瑜的聲音又清又響亮，中氣十足。她在瞟了一旁身邊的張綺後，那表情更是得意洋洋。

當她叫出三聲後，一個裨將走了出來。他居高臨下地瞟了鄭瑜一眼，喝道：「爾是何人？」被這裨將的聲音震得向後一退，鄭瑜沒有在意這中年漢子眼中的不耐煩，朝著他大聲說道：「我是鄭氏嫡女，今奉皇后娘娘之令，前去城牆上一觀。」說是奉令，實際上，是鄭瑜自己向皇后求來的。

說完這句話後，鄭瑜昂著頭，一臉得意。那麼多富戶和貴夫人攔在這裡，張氏也被攔在這裡，她卻是不一樣的。如今她已被逼得沒有退路，若是能藉這次戰爭成就一些名聲，或許能破開和士開套在她身上的枷鎖，甚至能重回昔日榮光。

至不濟，她也可以近距離觀察一番周人，回去對上皇后和眾貴婦，也能向她們分說一二。在眾貴婦都不敢前來時，自己親臨城牆，回去跟皇后一說，至少也搏了一個「勇」字。

想到這裡，鄭瑜忍不住朝張綺瞟了一眼，只是一眼，一股難以言狀的痛恨又湧上心頭。

鄭瑜沒有發現，她對張綺的恨，比以前更甚了。她憎恨和士開，可和士開聖眷正隆，她再恨也奈何不了他。既奈何不了，也怕被他發現，無意識中，鄭瑜對和士開是連恨也不敢恨，她甚至在暗中強迫自己喜歡上和士開。

無法對付和士開，她卻可以對付張綺。於是，鄭瑜一次又一次對自己說，如果沒有張綺出現，自己定然不會落到如此地步，所以，她把所有的痛苦和鬱恨都轉到了張綺身上。

就在鄭瑜得意洋洋地說出皇后的名號時，她沒有想到那裨將卻是雙眼一瞪，暴喝道：「這是戰亂之地，妳這等無知婦人跑過來做甚？」

炸雷般的喝聲，令得鄭瑜向後踉蹌一退，他轉向場中唯一沒有後退的婦人張綺，注意到她身後站著的悍勇護衛，沉聲問道：「妳這婦人又是因何而來？」

身著男裳，卻是任何人一眼便可認出她的婦人身分的張綺拱了拱手，清脆地說道：「妾聽到周人圍城，想與護衛們上城牆一觀。」

那裨將沒有發怒，而是緊盯著她身後的幾十個護衛，認真問道：「妳是何人？」

張綺還沒有開口，成史已上前一步說道：「這是我家蘭陵王妃高張氏。」

蘭陵王妃高張氏幾個字一出，四下靜了靜。

要知道，現在的張綺和蘭陵王，可是舉國知名的人物。

那裨將一震，問道：「妳便是蘭陵王妃？」他拱了拱手，嚴肅地說道：「在下王合，聽說王妃建議要整合各家護衛以備後用，可見是個有見識的。王妃，請！」

他右手一迎，隨著他這手勢一擺出，攔著張綺等人的兵卒們齊刷刷向後一退，轉眼間便在她的前面空出一條道路來。

在安靜中，張綺帶著眾護衛向前走去，在經過鄭瑜時，她突然聽到鄭瑜低聲冷笑道：「張氏，妳別得意！」

這個時候，這點小事，她有什麼好得意的？

張綺納悶地回頭看了一眼鄭瑜，對上鄭瑜削瘦的臉龐，和眉目間毫不掩飾的陰霾，她突然發現，幾個月不見，鄭瑜變得更多了。原本呈現在她臉上和動作間的柔美、嫻靜，還有那冷靜和城府，已經不見了。

都和離了，原來她還沒有放開啊？

張綺暗暗心凜，她收回目光，瞟也不瞟鄭瑜一眼，繼續提步上前。

鄭瑜見張綺不理會自己，氣得臉色發青，又見那裨將不給自己和皇后半點面子，更是惱火得很。轉過頭，對上眾富戶的目光時，鄭瑜直覺得所有人都在譏笑自己。當下，她尖喝一聲：「好啊，我倒要看看你們怎麼向皇后娘娘交代！」喝聲中，她衣袖一拂，氣沖沖地轉身就走。

鄭瑜這話雖然帶著威脅，可那裨將也罷，周圍的士卒也罷，都沒有放在心上。如今是兵凶戰危之時，有所謂將在外君令可以不受，他們才不會在意皇后娘娘、太后娘娘呢。

跟在張綺身後，成史等人回頭瞟了一眼氣沖沖離去的鄭瑜，同時搖了搖頭，心中暗暗想道：鄭氏實是差王妃多矣。

張綺走上了城牆。

洛陽千年古城，經過歷代維護重修，其宏偉結實處，不在晉陽和長安等國都之下。其城牆之下，可容三匹馬車同駛。

張綺和眾護衛走上高達十丈多的城牆，居高臨下看著遠方。洛水在一側，而離城牆三十里處，是密密麻麻的周人帳篷。似乎一晚之間，這些周卒便頂著嚴寒，來到了洛陽城下。

周人紀律嚴明，這些帳篷搭建得井然有序，來來往往的士卒也極精良。站在這裡，光是看著，便讓人感到心驚膽寒。

張綺也是，她歸根結柢，不過是一個婦人，雖然有點膽量，卻也只有這麼大而已。見她臉色有點發白，那裨將王合暗嘆一口氣：周人擺出的這種陣勢，連他們這些將領看了也膽寒，何況是一個婦人？要不是知道城破之後後果不堪設想，只怕很多人都想棄城而逃了。

王合指著前方苦笑著說道：「周卒還在整合，也不知何時會發動總攻。」

發動總攻？隱約間，一個念頭從張綺的腦海中閃過，不過等她捕捉時，卻怎麼也尋不到。

王合看向成史等人，「若是蘭陵王能遲走數日，我等也可以高枕無憂了。」

成史低頭應道：「這便是人算不如天算。」

「是啊，當真是人算不如天算。」

這裨將陪著幾人走了一程後，拱了拱手道：「王妃慢待。」說罷大步走開。

目送著王合離開的身影，成史更加憂慮了。城中可用之卒也有幾千，可幾千對十萬，實在勝算不大，要不是洛陽城雄偉，只怕王合等人更沒有信心了。

這士氣如此低沉，可如何是好？

這時，張綺說道：「我們走吧。」

「是。」

一行人下了城牆。

城牆外，那些富戶和貴婦們還在，便是跟著鄭瑜前來的幾個貴女，也有兩個待在那裡。看到張綺走來，他們圍了上來，「蘭陵王妃，情況如何？」此時此刻，張綺這個絕色美人的誘惑，都比不上性命的威脅了。因此，他們一圍上來，便是急急詢問。

張綺自是知道他們要問什麼，她搖頭道：「密密麻麻都是周人的帳篷。」對上一眾臉色刹白，因幻夢破滅而惶恐不已的富戶貴婦，張綺又說道：「諸位，我們只能背水一戰了。」

不理會失魂落魄的眾人，張綺上了馬車。

當天下午，張綺一直沉浸在琴聲中。

傍晚時，一輛馬車駛入了酒樓，只見一個太監走了過來，朝著張綺說道：「皇后娘娘有請。」

「是。」

張綺帶上成史等護衛，走向胡皇后所有的別院。

胡皇后這人喜歡熱鬧，如上次一樣，別院中有不少貴婦貴女來來往往。張綺走近時，正好看到鄭瑜在一旁替胡皇后斟酒倒茶。

眾女看到張綺過來，先是靜了靜，不一會兒，幾個貴婦圍上來，客氣地說道：「蘭陵王妃來了？來，我領妳去見過皇后娘娘。」另一個貴婦則笑道：「蘭陵王妃膽氣過人，連那些丈夫也佩服呢。」

看到張綺走近，胡皇后一手推開鄭瑜奉上來的酒水，站起來笑呵呵地說道：「阿綺來了？過來這裡，與本宮好好說會兒話。」不但客氣，簡直是罕有的親近！

一時之間，便是心裡有數的眾位貴婦，也目瞪口呆。這時，胡皇后走到几旁，親自給張綺斟了一盅酒，然後親密地送到張綺手中，嘆口氣說道：「聽說妳上午時去了城牆上？來，喝盅酒壓壓驚。」

不是這樣的！鄭瑜青白著臉，明明她回來時，跟胡皇后說了又說，都在渲染那個裨將王合的無禮，還有張綺的幸災樂禍，不把皇后放在眼中的得意，可怎麼皇后娘娘對張氏竟是一點也不生氣？

胡皇后並不是一個有城府的人，她這親近的態度可絕對不是裝模作樣。

張綺恭敬地接過酒盅，小小抿了一口後，把城牆上看到的情景說了一遍。

她不能不說，這些貴婦聚在一起，與其是來看胡皇后，不如是想著能不能逃出城去。也只有真正到了無路可退時，她們才會把自家的護衛拿出來。而胡皇后，也才會站出來，鼓動全城人背水一戰。

果然，張綺的聲音一落，眾貴婦先是一驚，便是抹淚。連胡皇后也是，她呆若木雞地站了一會兒，顫聲問道：「那，他們是不是要發動攻城了。」

「發動攻城應是不會。」幾乎是下意識的回答一出，張綺便驚醒過來。是了，是了，周人不會發動攻城，他們是通過築土山、挖地道來攻打洛陽。他們壓根兒就不打算在攻城戰中消耗己方兵力，而是採用這等暗襲手段。

記憶一出，張綺心神大定。這時，胡皇后正六神無主地問道：「這可怎麼辦？這可怎麼辦？」

聽到胡皇后驚慌的問話，張綺輕聲道：「娘娘，如今慌亂已是無用。」咬著唇，她認真說道：「娘娘身分不同，洛陽城不被攻破也罷，一旦攻破，周人定然不會放過娘娘。到了此時，娘娘只能振作起來，鼓動全城父老以抗周兵。」

胡皇后已全然沒了主意，她頻頻點頭道：「是，是，阿綺妳說的是。」聽著她唯唯諾諾的語氣，看到胡皇后看向張綺目光中親近甚至帶著依賴的眼神，鄭瑜臉色刷地變得鐵青如灰。

而這時，張綺已沒有心情留下了，她與胡皇后說了幾句話後，便匆匆告退。一回到酒樓，她便把眾護衛叫了過來。

召來眾護衛，張綺直接說道：「我們去見過洛陽王。」

她本來以為，眾人還會問她為何而去。沒有想到她聲音一落，成史等人便凜然應道：「是。」竟是毫不置疑。

她哪裡知道，這陣子她陸續表現出來的鎮定自若，還有言出必中，已讓眾護衛對她尊敬有加。在這個時代，一個婦人能偶爾道中一兩大事，便是可以記入史書的。何況張綺道中的，還不止是兩件？

在眾護衛的簇擁下，張綺見到了洛陽王高奇。

高奇早就聽到過蘭陵王妃張氏絕色傾城，可直到此時才得以一見。不過美人再美，沒命享受也是空談。看到張綺，他只是一怔，便劈頭問道：「蘭陵王妃因何事找我？」

張綺福了福，「妾剛才思得一事。」她直接說道：「周人一直都有統一天下的野心。」聽到一個美貌嬌弱的婦人說起這等人人皆知的廢話，高奇蹙起了眉，要不是聽美人說話實是一種享受。他都要喝罵出聲了。

而這時，張綺還在繼續說道：「如今，周人發十萬精銳圍我洛陽。君以為，若是攻克洛陽這等雄城，那十萬精銳，還能剩下多少？」

有所謂十則圍之，縱使周人足有十萬雄兵，縱使洛陽城內兵力不過數千，可真正要實打實地攻破洛陽這樣的城池，那十萬人，少說也要損失一半。

高奇聽出了一些東西，他傾身向前，盯著張綺問道：「那蘭陵王妃以為？」

張綺認真地說道：「妾以為，當防著他們築土山、挖地道。」

洛陽王卻是一笑，他搖頭道：「蘭陵王妃，妳實在過慮了。不管是築土山還是挖地道，都是大費功夫之舉。我們的援兵馬上就可以趕到，他們哪敢如此浪費時日？」

他的聲音一落，一陣急促的腳步聲傳來，緊接著，一個軍卒在外面朗聲叫道：「稟郡王，周卒在城外堆起一個個土包，似是想築起土山來攻克洛陽。」

什麼？

洛陽王站了起來。

他瞪大雙眼看了張綺一眼，急喝道：「再去查探！」

「是。」

那軍卒一離去，洛陽王已轉向張綺，他朝張綺行了一禮，慎重地說道：「蘭陵王妃，我們且去城牆上一觀，如何？」卻是客氣了許多。

張綺福了福，跟在他的身後向城牆上走去。

來到城牆上，只見無數周人已挖起一堆堆的土，正向城門下送來。看著他們忙碌的身影，洛陽王臉色一白，喃喃說道：「難道說，他們已阻了我們的援兵前來之路？不對，不可能，那事斷斷不可能。」

他的聲音一落，便聽到張綺說道：「斬斷河陽路，遏止我等救兵前來，並不是難事。」她認真說道：「數萬士卒同時挖路，再以巨石相阻，不過數日之功罷了。」

這一次，她的聲音一落，四下再無聲息。

成史等人齊刷刷地看向張綺，竟是驚疑不定地想道：難道，王妃的軍事之才，不在郡王之下？而洛陽王則是倒抽了一口氣，臉色難看無比。若是被周人四面封鎖，沒有援兵趕來，光是困，也可以把洛陽城困死。

白著臉尋思一會兒，洛陽王手一揮，嘶聲吼道：「傳令下去，密切注意地面動靜，防止周人從地道入城！」

「是！」

「召集箭手，不可讓周人堆起土包，他們要填，用他們的屍體填！」

「是！」

連下幾個命令後，他轉向張綺，朝著她深深一揖，沉聲道：「王妃智慧過人，若有所得，盡可前來。奇之手下，斷斷不會阻攔。」

「洛陽王過譽了。」張綺福了福，領著眾護衛提步下了城牆。

目送著張綺離開的身影，洛陽王向左右嘆道：「怪不得以高長恭郡王之尊，寧可與鄭氏一族鬧翻，也要娶此婦為妻。美貌如此。聰慧如此，世間能有幾人？」

因洛陽王的這個命令，以及胡皇后的全力推崇，張綺在洛陽的地位水漲船高，不管走到何處，都是通行無阻，若有命令，也是無人不敢遵守。

鄭瑜萬萬沒有想到，不過一個轉眼，張綺在洛陽城中便有了這麼高的地位。現在的她，只怕一個令下，便可以讓人把身為貴女的自己射出一個個窟窿。

枯坐在房中，鄭瑜咬著唇，臉色發青地看著黑暗的天空中。自從那個婦人出現後，她的世界便如這黑夜，從此沒了陽光。

垂著眼，鄭瑜只覺得那怨恨讓她的心都絞著疼起來。特別是聽到眾人說起洛陽王的那個評語，鄭瑜直覺得這黑暗中閃爍的星光，都是無數雙嘲笑自己、不屑自己的目光。

原本，世人提起她時，多的是同情和嘆息，有的甚至義憤填膺，對蘭陵王都痛恨起來。這陣子，要不是利用這些人對她的同情，她也回不到貴女圈中，得不到胡皇后的看重。

可哪裡知道，這洛陽一被圍上，不過兩三天的功夫，那些目光就都變了。只怕這洛陽王的評語一流傳出去，這天下雖大，都無她鄭氏的立足之地了。

越是尋思，那怨懟、痛恨就越是堆積如山，直是令得鄭瑜喘不過氣來。

咬牙切齒了一會兒，鄭瑜突然雙眼一亮，站了起來。

轉過頭，她低聲喚道：「陳媪，進來一下。」

「是。」一個中年婦人走了進來。

「媪，妳去找陽公公，借一隻信鴿來用一用。」

借信鴿？女郎是想向鄴城和晉陽求援嗎？陳嫗雖然覺得這求援信多半不管用，不過還是去了一趟，很快的，她便拿回了一隻信鴿。

鄭瑜支開陳嫗，在一張紙帛上寫了兩行字：「稟蘭陵王，胡皇后和王妃現困於洛陽城中。現城中被周人圍守，脫逃不得，望君速來。」

寫完後，她把紙帛捆在信鴿的腳上，放飛了牠。

看著那越去越遠的白點，陳嫗突然叫道：「女郎，奴想起來了，現在外面都是周人，這信鴿飛不出去啊！現在放出去，肯定會被周人射下來的！」

就是要讓牠飛不出去，那紙帛可就是給周人看的！

鄭瑜心中冷笑，表情中卻是一呆，轉眼她抱著一線希望說道：「說不定，說不定周人以為我等求救也是無用，懶得理會牠呢？」

這話有理。那陳嫗也只是個普通婦人，想了想，便把這事丟到了腦後。

那隻信鴿很快便飛出了城牆，正如鄭瑜所料，轉眼間，牠便被一個周卒用箭射了下來。

射下信鴿，那周卒看了一眼紙條，轉身朝帳篷中跑去。

不一會兒，那紙條便轉到了周國庸忠公王雄的手中。翻看著手中的紙條，王雄冷哼一聲，道：「不過兩個婦孺，得了何用？」

倒是站在他身邊的一個親衛瞟了一眼，皺眉道：「這麼看來，這次我們會直面高長恭了？」

這一次他們兵分兩路，一路攻擊洛陽，一路接應突厥，與他們在北方對齊形成攻擊之勢。那蘭陵王在武威一戰中打得突厥落花流水，立下了赫赫功名。原本以為他會往北的，現在看來，他定然是前往洛陽救援了。

王雄被他提醒，點頭說道：「有理有理，速把此事轉給大塚宰。」

兩人剛商量到這裡，只聽得一陣舒緩有力的腳步聲傳來，同時傳來的，還有一個清雅的男子聲音：「兩位發現了什麼，要轉給大塚宰？」

聲音一落，一個俊秀的青年走了進來。

見到是他，王雄哈哈一笑，說道：「蘇威，你這小子也來了！剛才截獲了一隻信鴿呢！」

「哦？」蘇威俊秀的臉上蕩開一個笑容，他提步上前，信手拿起那紙帛。只是一眼，他便一怔，轉眼笑了開來，「原來高湛那小子的皇后也在這裡，不錯不錯。」

慢慢的，他把那紙條塞入懷中，道：「我把這個交給大塚宰去。」

寒暄幾句後，蘇威大步走出王雄的帥帳。來到宇文護的帳篷裡，把那紙條轉給他看了一眼後，蘇威帶著幾十個軍卒，策馬衝出了軍營。

他來到了洛陽城下，仰著頭，望著面前這座高大雄偉的城牆，他的身影凝如山，一動不動。

看到他發呆，一個新識得的裨將笑道：「蘇家郎君在看什麼？」他吹了一聲口哨，嘻嘻笑道：「看你這癡癡呆呆的模樣，難不成裡面還有什麼意中人？」

「意中人？」蘇威溫文地笑道：「是啊，那裡面可有我未過門的娘子。」

未過門的娘子？曾經有那麼久那麼久的一段時間，他都以為阿綺才是他未過門的娘子。他坐在書房中，經常讀著書，便會由衷一笑，只覺得心中蕩漾著無窮無盡的歡喜和期待。

可惜，從來好夢容易醒……

不知不覺中，蘇威紅了眼眶。這時，另一個校尉笑了起來，「蘇家郎君就是喜歡胡吹大氣，你未過門的娘子分明就是新興公主，這洛陽城中哪裡會有？」

「原來是這樣，好你個蘇威，竟敢唬弄我等！」、「哈哈哈，等破了洛陽城，蘇郎想要幾個意中人，便可以有幾個意中人。」、「不錯不錯，這洛陽做為齊國大城，裡面的美人兒可是少不了！

等破了城，你多挑幾個便是！」

大笑聲中，蘇威慢慢地抿緊了唇。

與所有周人一樣，蘇威對這一次伐齊之戰，信心十足。畢竟，齊國軍力本來就比不上周國。現在楊忠和突厥在北方牽制齊人，他們這裡又有十萬精銳，可以說，攻克洛陽，只是時日問題而已。

還有那高長恭，他雖然了得，奈何高湛昏聵，上一次，便把高長恭苦苦訓練出來的五萬騎兵一耗而空。可以說，高長恭能用之卒不過數百，以數百對上數萬雄兵，他高長恭便有通天之能也難以倖免。

如果高長恭死在邙山設圍的武達公達奚、齊公宇文述手中，那麼阿綺她……

蘇威的心突然怦怦地跳得飛快起來。

垂下眸，他溫柔地說道：「不錯，等到城破之時，我就可以迎回我的意中人了。」

沒有想到蘇威也會附和他們的笑鬧，眾人先是一怔，轉眼哈哈大樂起來。

洛陽城中。

周卒顯然布置完畢，已經進行了一波又一波的攻城之舉。不過，他們的攻城，很多時候都是為了引開城牆上齊人的注意力，一半兵力幾乎都用在堆土包上。

有了張綺警告的齊人，重點用在壓制周人的堆土包行動上。如蝗如雨的箭矢，令得周卒不得不一邊舉起沉重的盾牌，一邊再去推土，這樣一來，速度大減。

可是，如今已過去十天了，從晉陽發卒趕到洛陽，全力奔馳的話不過六七天，卻遲遲不見援兵，城外的周人動作不疾不緩，很顯然，周人對攻下洛陽信心十足。

漸漸的，城中開始人心惶惶。

張綺坐在酒樓中，不一會兒成史走了進來，苦笑道：「王妃，胡皇后又派人相邀了。」

這幾天，胡皇后一天要找張綺兩三次，有時張綺剛出門，又被她派人追了回去。追回去後，又無要事相商，只是一遍又一遍向張綺詢問著要不要緊、城會不會破。這種幾近歇斯底里的症候，便是成史等人也受不了了。

「嗯。」張綺應了一聲，不緊不慢地站起，接過婢女遞上的披風後，靜靜說道：「那就走吧。」

被壓力逼得十天都沒有睡好的成史聞言，不由抬頭看了張綺一眼。看著看著，他突然說道：「王妃鎮定至斯，怪不得皇后她們如此信服！」眼前的張綺，確實比他們這些從刀山火海中爬出來的百戰之士還要鎮定，真真是讓人不得不佩服。

鎮定？張綺彎了彎眸，比起惶恐不安的洛陽人，她確實是鎮定的。

張綺等人走出酒樓時，便看到一支浩浩蕩蕩的人馬趕來。遠遠看到張綺，一個太監便叫道：「蘭陵王妃，妳過來一下。」

居然是胡皇后一行人特意趕過來了。

張綺連忙應了一聲，她剛走到馬車外，便被胡皇后伸出手一扯，「阿綺，上來說話。」

馬車中，除了胡皇后，還有四個婦人，其中有一個居然是鄭瑜。

見張綺瞟向鄭瑜，胡皇后苦笑道：「她們幾位都是處事有度聰慧過人的，本宮把她們叫上來，也是為了商量事情。」這是在向張綺解釋。

張綺明白了，她嗯了一聲，在一側風姿曼妙地坐下。

胡皇后喜歡看到張綺這鎮定自若的模樣，目光轉向她，急急說道：「周人派說客來了，他們要高奇獻出洛陽城。」

說到這裡，胡皇后頓了頓，又說道：「剛才有人向本宮建議，說我們也可以派使者去要求周人，放走我們這些婦孺。反正我們這些人留在這裡也於事無補，周人放了還可以博得仁義之名。」

說到這裡，胡皇后聲音有點囁嚅，「那個，他們說，阿綺妳聰慧過人，能言善辯，又與周國皇帝和周國大塚宰素來相識，由妳去最為合適！」

什麼？張綺駭然抬頭。

她不敢置信地看著胡皇后，在她的目光下，胡皇后有點畏縮，不過轉眼，她便蹙起了眉，似是不耐煩張綺這麼盯著自己。胡皇后瞪了她一眼，沉著臉說道：「阿綺不願意為本宮分勞？」聲音冰冷，已有翻臉的架勢。

張綺還是不敢置信。

這世間，有用她這樣的美人做說客的嗎？這不是把肉送到周人嘴裡嗎？

再說了，明知道高長恭把她視若珍寶，還要這麼做，胡皇后就不怕寒了將士們的心？

看著胡皇后這張豔麗的臉，張綺突然有點厭煩起來。前幾天，胡皇后還對自己感激涕零，一副恨不得把自己的榮華富貴都賞給自己的模樣，這一轉眼又翻臉無情了。

要不是張綺起於寒微，此時只怕要直接與胡皇后翻臉了。她深吸了一口氣，強吞下翻湧的胃液，轉眼看向旁邊幾女。她的目光看來時，幾女都轉過頭避開。

見張綺沒有馬上答應自己，胡皇后不耐煩地說道：「張氏，妳還沒有回答本宮呢。」

張綺淡淡問道：「皇后娘娘想令周人放妳們回晉陽？」

「是啊。」胡皇后見她語氣中有鬆動，又笑了起來，「不過阿綺妳也有分哦，到時妳和我們一道回去。」一副給了她天大恩惠的樣子。

張綺微笑道：「不知這主意是何人所出？」

一旁的咳嗽剛起，胡皇后已順口應道：「是阿瑜，本宮覺得阿瑜所言甚是有理。」

又是鄭瑜！

張綺轉過頭，深深地凝視著鄭瑜，笑道：「是啊，阿瑜這話，說得也有道理。」在她的目光中，鄭瑜冷冷一笑，毫不避忌地直視於她，似乎剛才那聲咳嗽不是她所發一樣。

胡皇后大喜，「阿綺，妳同意了？」

張綺沒有回答，而是問道：「娘娘覺得這個要求，周人會答應嗎？」

胡皇后聽她這語氣，不高興地說道：「阿綺不願意去？本宮覺得啊，別人去或許無用，阿綺妳去，說不定周人會同意！」

張綺再次深吸了一口氣，壓住怒火後，徐徐說道：「此戰如果周人得勝，最為欣喜的收穫有兩點。一，得到洛陽城，扼我齊國咽頸；二，得到包括娘娘在內的一大批貴婦。」她直視著胡皇后，打斷她要說的話，「娘娘乃一國之母，與娘娘同行的貴婦貴女，不是世家命婦，便是權貴之妻。得到了這些人，可以大大掃落我們齊人的威風。娘娘以為，這種情況之下，他們周人憑什麼因為我一個無知婦人的空口白牙，便放棄如此重大的好處？」

鄭瑜冷笑一聲，正要打斷她，張綺又滔滔不絕地說道：「先前我方送回宇文護的母親時，他曾感激涕零，發誓要與我國修好。可娘娘妳看，這話音才落下呢，他又來進攻我國了。周人的話，根本不可信。」

「第三，娘娘可有想過，如果我勸說周人不成，反而身陷周地，長恭會作何想？自古到今，阿綺還不曾聽說過有用我這樣的美人去做說客的！只怕出這主意的人，只是想把阿綺白白地送給周人吧？」

張綺長篇大論到這裡，胡皇后十分不耐煩，她沉著臉喝道：「這些本宮統統不管，張氏，本宮現在命令妳……」

不等她說完，張綺突然聲音一提，叫道：「娘娘！」打斷胡皇后的話，張綺冷著臉說道：「娘娘有什麼主意，還是先與洛陽王商議後再做決定吧，莫要中了無知愚婦的毒計！」

毫不客氣地說到這裡，張綺沉聲命令道：「停車，停車！」

馬車停下，張綺掀開車簾下了馬車。

看到她在成史等人的簇擁中離開，胡皇后驀地掀開車簾，尖銳地叫道：「張氏，妳好無禮！」

張綺沒有回頭也沒有回答，她飛快地上了自己的馬車。

不一會兒，成史等人圍上，小聲問道：「王妃，發生什麼事了？」

張綺喘了一口氣，把剛才的事說了一遍。

她的話音一落，成史等人漲紅了臉。一個護衛怒道：「當真、當真愚蠢至極！」這種明知道周人不會答應，明明只是把王妃白送上去的計策，那胡皇后居然也應允了？當真愚蠢得可以！

成史也是臉一沉，他出自大世家，也曾見識過這種愚蠢又自私至極的主母。每每一個家族出現這樣的主事人，那家族也離敗亡不遠。尋思到這時，成史突然有點意興索然。

不止是成史，這一晚上，張綺身邊的兩百個護衛，人人都冷著一張臉，對這個曾經想過要奉出生命的家國，有點絕望。

胡皇后怒氣沖沖離去後，還真找到了洛陽王高奇，想要他與自己一道，壓迫張綺出使周營。

洛陽王大驚，他不明白這個計策怎麼就讓胡皇后心動了？明明是不可能成功的，而且還是把蘭陵王妃生生往虎口裡送的。當下他好說歹說，最後拂袖而去，才制止了這場荒唐的鬧劇。

又是幾天過去了，洛陽的形勢越來越緊張，外面的援兵連影子也看不到，城中的士卒被射殺的已有近千。這是其次，主要是弓弩箭支等已有不足，城中的糧食雖然還可以支撐一段時日，可隨著時日一天天拖下來，各大店鋪開始關門惜售，而得不到糧食的洛陽人，紛紛躁動起來。

不過洛陽王高奇算是個有魄力的領袖，他斬殺了幾個富戶後，終於把城中的躁亂壓了下去。

只是，隨著局勢越來越緊張，糧草兵器越來越不足，守城士卒疲憊一日勝過一日，漸漸的，一股壓抑得讓人崩潰的氣氛，開始瀰漫在洛陽城上空。

「王妃。」一個腳步聲從外面傳來，成史沉聲說道：「胡皇后派人相請。」

裡面的張綺斷然說道：「回稟來人，便說我不去。」

「是。」

不一會兒，又有一個腳步聲傳來，成史又說道：「王妃，鄭氏阿瑜的馬車就在外面，她說奉了皇后之令，押也要把王妃押去。」這次他提到鄭瑜時，沒有憐憫，沒有以往隱藏的尊敬，沒有嘆息，有的只是厭惡。

張綺聲音一沉，冷冷說道：「她不走，你們就把她趕走！」

「是。」成史剛轉身，張綺叫道：「慢。你轉告鄭瑜，若是她還這麼不知好歹進退，那就休怪我令人劃花了她的臉，令得她這一輩子都翻不了身！」

「是。」

成史走後不久，張綺叫來另一個護衛，道：「你想辦法收買或安排一些人在鄭瑜身邊，我要知道她都做了些什麼事。」沒有防賊千日的道理。鄭瑜既然不死心，那麼這一次，她就讓她再無翻身的可能！

「是。」

酒樓門外，鄭瑜得意洋洋地站在馬車旁，看到成史等人起來，她優雅而又傲慢地說道：「怎麼，張氏還不願意出來？」

成史沒有理會，他走到鄭瑜面前後，突然間手臂一伸，緊緊勒住了她的手。

鄭瑜一驚，尖叫道：「姓成的，你要幹什麼？」

「幹什麼？」成史冷聲說道：「奉王妃之令，前來驅趕妳這個惡毒之婦！」聲音一落，他已扯著鄭瑜的手臂，把她連拖帶推，三兩下便扔到了她的馬車中。

砰的一聲扔進去後，成史拍了拍袖子上不存在的灰，長劍出鞘，寒森森的劍鋒指著那馭夫，沉沉喝道：「帶著這個賤婦，滾——」聲音如雷，直震得鄭瑜帶來的人不由自主向地向後退去。

那馭夫嚇得打了一個哆嗦，連忙應道：「是！是！」

他剛驅動馬車，便聽到鄭瑜在馬車中聲嘶力竭地尖叫道：「好個姓成的，你好大的膽子！」叫到這裡，她朝馭夫尖喝道：「不許走！」

那馭夫一呆，不知如何是好時，卻聽得成史冰冷的聲音傳來：「鄭氏，我家王妃說了，如果妳再行這種愚蠢之事，再這麼不知好歹，那麼我們便劃花妳的臉！」因厭惡和憤怒，成史看向車簾中的鄭瑜的眼神如看死人。

對上成史的目光，鄭瑜生生打了一個寒顫。而這時，馬車已經駛動，那馭夫急急驅著馬車，載著她倉皇而逃。

看著鄭瑜的身影，成史重重一哼，厭惡地朝一側吐了一口唾沫。

終之章 卸甲歸隱說情話

在周人圍城二十天時，洛陽的數千兵卒已疲憊不堪，箭矢之類更是消耗一空。這一天，洛陽王高奇下令，各家護衛全部編入軍隊，負守城之責。同時，洛陽城的百姓，無論老弱全部上場，燒煮開水淋敵。至於城中沒有用處的木頭、布帛之類，則點了火，從城頭上扔下燒敵。

一時之間，全城出動，城中內外，喊殺聲震天。

沒了護衛在側，張綺和胡皇后、鄭瑜等人，全部住入防衛森嚴、圍牆堅實的洛陽王府中。為了防止暴徒侵害她們，府第所有大門全部關閉，許出不許入。

張綺做為蘭陵王妃，占了半邊院落。與她住在一起的，是與胡皇后她們一道前來的貴婦。

這時刻，外面時時刻刻都是喊殺聲、鑼鼓聲，嘶喝聲、馬蹄聲更是不絕於耳。這所有的聲音，震得眾人耳中嗡嗡作響，連平時說話也要大聲呼喊才行。

院落裡，張綺正在刺繡。隨著時間流逝，洛陽城的人對於朝廷的支援已經越來越絕望，而每到夜間，周卒那歡樂的歌聲和燃燒的火焰，更是充斥了整個天空。

不過，這些與張綺無關，她一直很平和、很鎮定。如現在，她又在刺繡了。

胡皇后、鄭瑜等人過來時，看到的便是這般景像。遠遠看到鎮定自若的張綺，胡皇后心中不由稍稍一定。只是這個念頭才浮出，她又哼了一聲。

這時，鄭瑜的冷笑聲傳來：「張氏好鎮定啊！娘娘，妳可不知道她有多驕橫，聽說是我為娘娘出的主意，她還叫囂著要讓護衛們劃花我的臉，還當場便把我趕出了酒樓呢！」聲音十分怨毒。

那事是特別不給胡皇后面子，當下，胡皇后陰著臉一哼，盯向張綺，命令道：「張氏，看到本宮前來，妳不行禮嗎？」她的聲音雖大，可混在四周嗡嗡哄亂的環境中，還是聽不清切。

張綺雖然聽不清，卻也知道斷無好事。她暗暗嘆了一口氣，早在洛陽王府封府時，她便想過要不要親上城牆，協助軍民守城。以她蘭陵王妃的身分，可以最大程度地鼓舞士氣，可是，她轉眼想到胡皇后在這裡。她若做了胡皇后應當做而沒有做的事，日後說起來非但無功，還會連累高長恭，當下只能作罷。

不能出去，也就只得時刻面對這些女人了。

想了想，張綺站了起來。

看到她走近，不止是鄭瑜，胡皇后也朝她上下打量著。這二十幾天，所有人都覺得度日如年，所有人都在煎熬中度過。只有這個張氏，無論何時看來，都是如此雍容華美，難道那南陳張氏的底蘊，真的令得一個私生女也有如許風華氣度，直是壓過世間最為雄偉的丈夫？

在眾女的目光中，張綺走近來。她朝著胡皇后福了福後，轉過頭看向鄭瑜，聲音一提，冷冷地說道：「鄭氏何必如此？明明是妳棄了高長恭，早早便把處子之身給了和士開，直到來洛陽之前還隔三差五地與他約會，連孩子也打掉了幾個，妳何必還裝出這般貞潔烈婦的模樣，時刻針對於我？」

轟！

張綺說話時，正是外面的鼓譟聲稍稍止息時，所以，她說的每一個字，都清清楚楚傳入眾人的耳中，連旁邊站的婢女僕人、遠處趕來的洛陽王妃，也聽了個一清二楚。

張綺吐露的內容，實在讓人震驚，一時之間，眾貴婦呆若木雞，而胡皇后則是注意力完全從張綺身上移開，她轉過頭，陰沉沉地盯向鄭瑜。

胡皇后與和士開暗地相好多年，早把他視作自己的禁臠。他已娶的婦人她是禁不住，可這鄭瑜？這個以貞烈出名，非蘭陵王不要的鄭氏，竟然背著自己與和士開相好，還相好了這麼久，他們把自己當成了什麼人？

胡皇后的憤怒、眾貴女的好奇和不屑，鄭瑜都沒有注意到，她只是被張綺的話驚得倒退一步，一時之間，耳中嗡嗡作響，腦中無數個聲音同時在嘶吼道：「殺了她，殺了她滅口！」

不過轉眼，她空洞的雙眼對上四周投來的目光，便清楚知道，殺張綺滅口是不可能的了。

另一個念頭浮出她的腦海：她是怎麼知道的？誰告訴她的？這下怎麼辦，這下怎麼辦？想著想著，鄭瑜蒼白了臉，面如死灰：完了，一切都完了，都完了……

看到呆若木雞的眾人，洛陽王妃率先清醒過來，她提步上前，啞聲說道：「現在爭這個做甚？大家能不能活到晉陽還是個問題呢。」

這話一出，眾女清醒過來，同時絕望地想道：是啊，能不能活下去還是個問題呢，這種事情還有什麼好在意的？

鄭瑜也清醒過來：是了，這一次大家都會死在這裡，我有什麼好怕的？

想到這裡，她哈哈大笑起來。於尖銳的笑聲中，她怨毒地瞪著張綺，嘶聲道：「張氏，妳得意什麼？啊？妳得意什麼？再過幾日，城一破，誰也逃不了，我便是跟了和士開又怎麼樣？」

承認了此事的鄭瑜，沒有注意到這一刻胡皇后冰冷的目光，她朝地上吐了一口痰，呸地一聲說道：「不錯，我早就跟了和士開了，高長恭那廝在陳地時，他的妻子已勾引了和尚書，給他的頭上戴了一頂綠油油的帽子！嘻嘻。張氏，妳聽到是不是很憤怒啊？他高長恭要是知道此事，是不是很沒臉啊？」鄭瑜放聲大笑起來。

張綺靜靜地看著她，等到鄭瑜笑聲止息，她才冷冷地說道：「長恭不會在意。」用一種平靜的、冷漠的、理所當然的語氣說完這句話後，張綺頓了頓，而鄭瑜則是臉色一變。隱隱中，她也在絕望地想著：高長恭自然是不會在意，他什麼時候在意過我？沒有，從來沒有！

張綺瞟著鄭瑜，淡淡說道：「長恭不會在意，只會厭惡、噁心。」說到這裡，她轉向胡皇后。剛才胡皇后的表情變化，張綺都收入眼底。眼前這個皇后，她雖然不喜歡，卻也只能交好。

因此，張綺看著胡皇后，認真地說道：「娘娘，鄭氏這人，愚蠢而又淫賤，這樣的人能出什麼好主意？如上次那事，要是阿綺真去了周營，只怕鄭氏又會在那裡說，皇后娘娘愚笨，她說什麼就信什麼。這下好了，把自己的大將之妻親自送到周人手中。那高長恭不來支援也就罷了，一旦前來，只怕都會被周人拿捏住。娘娘妳想，這樣的流言一傳出，便是娘娘真能回到晉陽城，又有什麼面目見過陛下和群臣，見過各位將軍？」

聽到這裡，胡皇后臉色大變。張綺講的這個道理，這些時日她也細細想過，她也知道極有可能會發生這等事。

被張綺駁了顏面的憤怒，已遠遠比不上被鄭瑜欺凌的羞惱了。

胡皇后騰地轉過頭來，陰寒地盯著鄭瑜。

被胡皇后這樣的目光盯著，鄭瑜臉色大變。她灰敗著臉，不由自主向後退去，退去……

退著退著，突然間，胡皇后尖聲命令道：「來人！」

「娘娘。」

「把這賤人拖出去。她不是喜歡與男人玩嗎？這陣子我們將士浴血奮戰，辛苦至極。你們把她送過去，便說，是本宮賞賜給他們的。」

這話一出，眾貴婦都驚呆了，洛陽王妃更是連忙叫道：「娘娘，這事萬萬不可，萬萬不可！鄭氏她，畢竟是鄭氏一族的嫡女啊！」

可胡皇后一直是個任性之人，這陣子在死亡的壓力下，她已幾近崩潰，此刻更是暴發出來。她跳著腳，尖聲罵道：「不可？有什麼不可？被那麼多壯漢子騎，那滋味可好著呢，她一定會喜歡的！去，馬上送出去！」她惡狠狠地瞪著洛陽王妃，猙獰地喝道：「妳敢抗令？再不聽，連妳也一道送去！」

這話說得更過分了，洛陽王妃大怒時，一個老嫗湊到她耳邊急急說道：「王妃，快允了娘娘，依老奴看來，娘娘再被激怒，只怕瘋了去。」轉眼她又說道：「這事善後不難，只要有脫離之日，便說她是被周人射殺的。」

聽到這裡，洛陽王妃清醒過來。她看著胡皇后腥紅的雙眼，凜然道：是不能與她硬碰硬。當下她朝眾僕使了一個眼色，然後高聲喝道：「來人，把鄭氏押出去，馬上送到軍營中。」她沒有說送到軍營中做什麼。

眾僕明白了她的意思，凜然應了一聲，上前拖著鄭瑜就走。

此刻，鄭瑜跌坐在地，臉白如紙。就在那兩個壯僕拖住她的手臂時，鄭瑜哈哈笑了起來。她仰天大笑，笑著笑著，那淚水卻順著臉頰不斷流下。

張綺看向鄭瑜，突然能感覺到現在的她，那心裡堆積的無處可話的悲涼。怔忡中，張綺不由想道：前一世中，鄭瑜身為蘭陵王妃，與長恭雖然不是如膠似漆，恩愛無比，卻也舉案齊眉，與世間大多數夫妻一樣平平淡淡地過了十幾年。在長恭死之前，她一直意氣風發。真說起來，是我搶了她的幸福。

唇動了動，張綺便想替鄭瑜說情：她便是要死，也不必死得如此難堪。

就在張綺想要開口時，陡然的，鄭瑜轉過頭來看向她。她面目猙獰地盯著張綺，盯著盯著，再一次放聲大笑起來。

狂笑聲中，鄭瑜目不轉睛地盯著張綺嘶聲說道：「張氏，妳別得意，妳別得意！哈哈哈，這一次，妳逃不掉的，妳再也逃不掉的！」她的獰笑聲中，帶著一種刻骨的陰狠，也帶著一種決絕的毒辣。

張綺一凜間，洛陽王妃把目光從張綺和鄭瑜的臉上移開，她轉頭看向胡皇后，見胡皇后此時火氣稍消，便湊上前行了一禮，說道：「娘娘，妾以為，不如讓鄭氏將功折罪。」見胡皇后又要發火，洛陽王妃急急說道：「妾以為，可以讓她到周國軍營當說客，說服周人先放我們回去晉陽，豈不是大妙之事？」

這話一出，胡皇后還真心動了。她瞟了一眼鄭瑜，這位相信「為后不如為娼」的皇后不免想道：這賤人背叛了我，那種到軍營當妓女的好事豈能便宜了她？嗯，送到周營也好，說不定還能有一些指望。

當下她點頭道：「也罷，那這事便交給洛陽王了。」

「娘娘放心。」洛陽王妃示意婢僕們拖走鄭瑜。

望著鄭瑜獰笑著離去的身影，張綺追了兩步，還是停了下來。

她看得出來，到了現在這個地步的鄭瑜，已是生無可戀。她便是要問，也問不出什麼名堂。

鄭瑜被拖到了城牆處。

在這個時候，各大城門因為害怕周人趁虛而入，根本不敢打開。在商議了半天後，洛陽王妃想出一個計策，那就是把鄭瑜放到一個吊籃中，把她用這樣的方式送到周軍中去。

於是，在一陣鼓聲示意後，安靜中的周軍，赫然發現齊人的城牆上吊下了一個婦人。在他們詫異地把那婦人帶回營中時，洛陽王和眾士卒暗暗搖了搖頭。

經此一事，張綺知道，鄭瑜便是僥倖不死，也是身敗名裂，無顏回到齊國貴女圈中。她都離開了，還能再有什麼陰謀不成？再說，自己也不是吃素的，多留些神關注便是，當下便把此事丟到了一旁。

鄭瑜放下城牆後，周人的進攻一刻也沒有減緩。而洛陽城中，糧草漸漸枯竭的軍民們，開始了縮衣減食。

沒有人知道城門什麼時候會破，也沒有人知道援兵能不能等到。要不是各人的財產家眷都在洛陽城中，只怕都有人扛不住這個壓力開門獻城了。

這陣子，百姓們也查到了一個挖向城中的地道。在數百人輪番攻擊、火熏水淋之下，地道中的周人不得不退出去。而經由此事，張綺的聲望又更高了些。

這一日，張綺坐在院落用餐，隨著局勢越來越緊張，各人的食物都大量壓縮，擺在張綺面前的，也只有一小碟飯。至於肉食，那是留給作戰的將軍們用的，也已經嚴重不足了。青菜野草之類，因為沒有護衛們給她尋找，也早就斷餐了。

小心地吃下最後一口白米飯，張綺還來不及嚥下，胃中一陣翻湧，不由衝到一側嘔吐起來。吐了一陣，張綺按著胃部，接過婢女遞來的溫水慢慢吞下。

在婢女身側的一個老嫗關切地看著張綺，低聲道：「王妃，要不要找大夫看看？」

張綺搖了搖頭。

不用看她也知道，自己定然是懷孕了。

看了又能如何？沒得傳到成史等人的耳中，平白讓他們亂了心。

在婢女們的扶持下，張綺慢慢坐下。剛才嘔吐時動作激烈了些，令得她腹中隱隱作痛。

看著張綺蒼白著臉坐在那裡，那老嫗忍不住說道：「王妃，要不要叫兩位護衛回來？」

張綺再次搖頭，這麼緊張的時候叫回護衛，她是想招人恨嗎？

閉著雙眼的張綺，想到鄭瑜臨走時的獰笑和話語，便低聲吩咐道：「雖是兵凶戰危，可也得防止有人對我不利。無論衣食住處，妳們都得小心些。」

這些婢女、老嫗，原也是蘭陵王挑選出來伺候張綺的，忠貞度沒有問題。

當下她們大聲應道：「是。」

張綺渾身無力，便揮了揮手，命令道：「退下吧。」

她才說出這三個字，突然聽到不遠處傳來一陣哭啼聲，不由詫異地問道：「誰在哭？」

一個婢女小跑著過來，湊近說道：「是娘娘，皇后娘娘正坐在地上大哭呢。」

坐在地上大哭？

張綺嘴角抽了抽，命令道：「關上苑門，若有人來找，便說我不舒服已經睡下了。」

「是。」

胡皇后的痛哭，彷彿是一個不好的預兆，在第二天，洛陽城中開始了一波一波的暴亂。那些絕望的百姓們，開始對城中的富戶發動攻擊，同時，也對他們所看到的婦人們伸出了毒手。

在這個時候出現這種事，洛陽王暴怒，當下他連下幾個命令，在生生砍下一千多個腦袋後，終於把這場暴亂消滅在萌芽狀態。

與此同時，洛陽王府中，絕望的胡皇后和各大貴婦們，也抑制不住自己的情緒，只是兩天，從府中抬出的婢僕屍首便有三四十。

若是平時也還罷了，在這男丁們幾乎都被徵走的時候，貴婦們做這種事，頓時，一種陰霾和憤恨，開始在洛陽王府的上空瀰漫。

張綺一直稱病，關上苑門不出。而且不管什麼時候，她總是這般溫柔從容，這樣的她，與府中別的手段殘暴的貴婦們形成了對比，還真讓眾婢僕們心服口服，感恩戴德起來。

在周人圍城的第二十八天，洛陽王府中突然發生了一場小小的暴亂，卻是十幾個婢僕在一個貴婦入睡時，用繩子扼死了她。然後，從來沒有行過凶的婢僕們，因為慌亂，有的自己發出尖叫，進而驚動了眾人。

這種暴亂一出，連外面的洛陽王也給驚住了。當下，他沉著臉，除了每個貴婦身邊留下兩個忠僕外，其餘的婢僕都被他調出王府。

不過，這些都沒有牽連到張綺和她身邊的人。連帶的，與張綺住在同一個院落，受她的影響一直安靜著的那個貴婦，也沒有牽連到。

傍晚時，一個老媼臉色如土地靠近張綺，看到她給自己奉茶時，那手不停顫抖著，張綺不由問道：「發生了什麼事，怎地如此慌亂？」

她的聲音一落，那老媼突然跪倒在地，向她砰砰砰的磕起頭來。一邊磕頭，那老媼一邊顫聲說道：「多謝王妃給了老奴活路！多謝王妃給了老奴活路！」

這時刻，二十來個婢僕已經圍了上來。看到這情況，眾人都一陣詫異。

張綺扶起老媼，蹙眉問道：「發生什麼事了？」她這陣子孕吐得厲害，一會兒想吃這個，一會兒想吃那個，可是除了一小碗米飯便再無他物，因而也瘦得厲害。

老媼看著張綺，顫聲道：「外面、外面已經易子而食……趕出府中的人，現在都被做成軍糧，供將士們食用。」

這句話一出，一陣嘔吐聲和癱倒在地的聲音同時響起。

張綺吐了一陣後，白著臉說道：「已經……易子而食了？」

「是。洛陽王剛才下了令，說是宰殺軍馬。」老媼顫抖個不停，「老奴聽那些士卒說，軍馬吃完了，要是援兵還沒有到的話，會直接宰殺老弱婦孺。」

這話一出，四下再無聲息。不知不覺中，張綺的面前已經跪倒了一片。這些婢僕們向張綺跪拜著，要不是她關上苑門，禁止出入，要不是她性格溫和大度，說不定她們現在也成了軍糧。

如今，她們雖然被那句「要是援兵還沒有到的話，會直接宰殺老弱婦孺」的話給嚇住了，可在這個時候，只要能活一天，便是得了一天的便宜。

周人圍城第三十二天。

到得這時，軍馬已經斬殺一空，而街頭上插著草標的孩子婦人，一個個流浪著的衣衫破爛的平民，開始一片一片消失。至於張綺的白米飯，每頓只剩下半碗了，婢僕們更是直接食粥。

洛陽城雖大，儲備的糧草也有一些，可也禁不起浴血奮戰的數萬漢子的消耗。到了這個時候，洛陽王已是截取一切糧草，全力供給將士們了。

周人圍城的第三十三天。

張綺府中的幾個婢女，也在一次出苑門領取物品時失蹤了。同時，城頭處的戰爭似乎到了白熱化的階段，嘶喝聲、吶喊聲、鼓聲，震得雙耳欲聾。

傍晚時，消瘦很多的張綺坐在院落中，她洗淨雙手，開始撫起琴來。自二十五日起，洛陽王便找到她，請她一有空閒便奏奏琴、吹吹笛。因為，張綺的琴聲悠然平和，可以撫平人們焦慮的心境，讓人減緩疲勞。因此，每每她奏琴時，往往四下會越來越安靜。

就在張綺的琴聲悠然而來時，一陣急促的腳步聲傳來，轉眼間，一個嘶啞的聲音從外面叫道：「蘭陵王妃，請出來一下。」

一個婢女應道：「有什麼事？」

「我方似是來了援兵，洛陽王想請您到城頭上等著！萬一來援眾人中有蘭陵王，王妃也可辨認一二！」

什麼？來援兵了？

在剎那間的平靜之後，陡然的，王府中響起了一陣痛哭聲和歡笑聲。

張綺換了一襲淡黃色的衣裳，又對著銅鏡草草化了一下妝，掩住臉上的憔悴和蒼白後，跟在那急匆匆的士卒身後朝外走去。

一邊坐上馬車，她一邊急問道：「成史等人呢？也可以把他們叫過來。」

「王妃所言極是，已經去叫他們了。」那人沒有說，除成史幾人外，蘭陵王的護衛中，已有一百多人死在這場戰役裡。

此時，城外面數十里處，喊殺聲震天，直令得地面都轟隆隆震盪著。而洛陽城頭處，卻是詭異地安靜著。

張綺來到了北城門。

北城門處，三四千士卒正一動不動地站在那裡，他們的臉上有著疲憊，無人不是傷痕累累，眼中更是血絲遍布，可這一刻，所有人都是雙眼發亮，似乎只要城門一開，他們便可以衝出去殺盡周人。

又黑又瘦的洛陽王正在城門上等著張綺，看到她走來，他迎著她急急向上走去。剛走了幾步，一陣腳步聲傳來，卻是成史等人也到了。

來到城頭上時，可以看到前方廝殺震天。

洛陽王走到張綺身後，因為激動而聲音有點顫：「可能是我方來了援兵，也可能是周人久圍不下而使出的苦肉計。」

說到這裡，他看向張綺，一直以來，他都有個信念，應該說，所有洛陽城的將士們都有個信念。便是高湛決意棄了洛陽城，高長恭也會前來，因為，他的愛妻張氏便在這裡，他一定會來救她。

張綺站在城頭上，望著那滾滾的煙塵，那如海水般翻湧的大軍，心跳越來越快，手也握成拳。

不止是她，這時刻，所在站在城頭上的人都屏著呼吸，都一瞬不瞬地看著下方。

終於，於翻湧的軍陣中，一隊黑衣黑甲的騎士破陣而出。這些騎士手持黑槍，胯下坐騎翻飛，捲起沖天的煙塵，直直地向北城門處馳來。隨著這些人一衝出來，周陣中發出一陣嘶吼聲，有不少周卒想要衝過來，卻又被人纏鬥住。

近了，近了，越來越近了！

怦怦怦，張綺的心跳飛快，直快得她眼睛發澀，直快得她的胃一陣陣抽緊。

黑甲騎士並不多，只有五百人左右，可那五百騎奔跑時捲起的煙塵，那沖天而起的氣勢，卻如千軍萬馬，馬蹄奔飛時踩踐地在發出的隆隆聲，更是切合著眾人的心跳，令得好些人站也站不住了。

洛陽王也是喉中一陣乾澀，他朝著張綺嘶聲說道：「蘭陵王妃，看這裝扮，如不出所料，應是蘭陵王的親衛隊，待會兒妳可以看清了！」

他朝那五百騎兵後面一指，叫道：「王妃妳看，周軍已緊追而來，彼此相距不過三百餘米！如果來者是周人假扮，那便是引狼入室，妳我都將死無葬身之地！」

張綺知道這其中的嚴重性，她嚥了嚥口水，重重一點頭，輕聲應道：「我知！」

「好！」洛陽王說了這個字後，不再多語，而是沉沉地盯著那席捲而來的五百騎。只待確認來者是真，他們馬上大開城門，殺將出去，與援兵裡外合圍，對周人形成合擊之勢。

三十來天的苦苦煎熬，生死與否，便在此時。

所以，他的手舉在了空中，而不遠處，一名鼓手更是高高地舉起了鼓捶，只等一擊。

五百騎越來越近，越來越近。

這五百騎的聲勢十分浩大，他們夾塵而來，帶著一種凌人的，可以席捲一切、滅殺一切的氣勢。他們無可阻擋。

近了，越來越近了！

在眾人的心跳快得無法自抑時，這支黑壓壓的騎兵，終於在城頭下停下。隨著噓的一聲長喝，五百個身影戛然而止。他們濺起的煙塵還在瀰漫，人已不動如山地凝佇在那裡。

五百騎一停下，便齊刷刷地一分為二，然後，從中走出一個高大的，同樣黑衣黑甲黑槍的身影。那人臉戴猙獰面具，仰頭向上面看來。

看到來人，洛陽王暴喝道：「來者何人？」因為徹夜不眠，他的聲音嘶啞至極，可這聲暴喝，依然十分渾厚有力。

那黑衣面具人昂頭看著城頭上，他朝張綺的方向凝視了一眼，右手一舉，刷地朝下一揮。隨著他這個手勢一做，十來個漢子同時清亮地喝道：「我家主子乃是蘭陵王高長恭！」

饒是每個人都猜測到來人會是高長恭，可當這些人親口說出時，眾人還是狂喜起來。不過這種狂喜被生生地壓抑著、忍耐著。

洛陽王忍著激動，命令道：「取下你的面具！」

那黑衣面具人聽到這裡，緩緩摘下了那張猙獰的面具。

隨著那面具一摘，一張俊美至極的面容呈現在眾人眼前。

這張如月輝如霞光的面容，舉世僅有，誰也無法模仿，也從來無人敢假冒。

他的身後是黑壓壓的五百騎，數百米處，是滾滾而來的周卒，沖天的煙塵，鋪了一地的屍體死馬。這個尊貴俊美的年輕郡王，這麼摘下面具露出面容的一瞬，讓絕處逢生的洛陽人，打從心底深處泛起了無比的尊敬、狂喜，還有熱愛。

因此，隨著他的面容一露，四下歡呼聲傳來。

歡呼聲中，數百上千人同時喊道：「蘭陵王！」

「蘭陵王！」

「蘭陵王！」

在這漫天而來的嘶喊歡呼聲中，洛陽城中沸騰了，無數百姓從家中衝出，洛陽王府也府門大開，胡皇后披頭散髮地衝了出來。她一邊奔跑，一邊流著淚叫道：「是高長恭來了？是高長恭來了？」

無邊的狂喜中，張綺也在顫聲叫道：「長恭，真是長恭……」早在他們前來時，她便認出來了，可是她深深知道，這件事太重要太重要了，她不能隨便開口影響洛陽王的判斷。果然，他摘下面具後，所有人都狂歡起來。

張綺的叫聲，一出口便淹沒了。歡喜若狂的洛陽王仰天長嘯一聲，右手朝下重重一揮。

隨著他這個手勢做出，北城門被打了開來。

「咚咚——咚！」的鼓聲中，數千疲憊不堪的守城將士，這一刻疲勞盡去，他們策著馬衝出了洛陽城。

這內外合圍之勢一旦形成，便意味著周人大勢已去。在洛陽王嘶啞著嗓子連連下令，眾騎反衝向周軍大營時，眾騎奔跑時引發的地面震盪，令得張綺雙腿一軟。成史快步上前，扶著張綺，低聲說道：「夫人，妳是不是不舒服？」

張綺點了點頭，含著淚水，歡喜地說道：「我不要緊。」

「夫人，我扶著妳回王府吧。」

城頭在小小地搖晃著，張綺站也站不穩，盔甲在身的成史乾脆轉過頭，把領軍一事交給一個校尉後，扶著張綺朝下走去。

張綺歡喜得腿也軟了，她靠在成史的身上，一步步挪下了城頭。

而這時，整個洛陽城人都處於狂喜當中。

這一場大戰，直到傍晚才結束。在周軍不得不拔寨退去時，整個洛陽城狂呼震天。

夕陽西下時，一支渾身浴血的黑騎再次出現在城門處。

看到他們，早就自發聚攏來的百姓們，也不知是誰帶頭，竟是齊刷刷一跪。

數萬人跪倒在地，這場景惢地驚心。不知不覺中，洛陽王驚住了。剛剛跨入城門的五百黑騎驚住了，胡皇后驚住了，所有的人都驚住了。

在這無邊的驚愕中，突然的，一個清脆靡軟的女聲扯著嗓子，用盡全身的力氣大聲喚道：「感謝陛下隆恩！」

她的聲音驚醒了成史，當下他也大叫道：「感謝陛下隆恩！」

而後，眾黑騎紛紛跳下馬背，蘭陵王帶著朝著晉陽方向跪下，同時叫道：「感謝陛下隆恩！」

有了這麼一個開頭，近十萬跪倒在地的洛陽百姓也齊刷刷地叫道：「感謝陛下隆恩！」

驚天動地的吶喊聲中，剛才凝住了的眾人開始歡笑起來，胡皇后和洛陽王也大笑起來。

就在眾人迎向蘭陵王時，蘭陵王卻轉過頭，定定地看向那清脆靡軟的女聲傳來處。

那一處，張綺亭亭玉立地站在那裡，見他看來，她慢慢取下紗帽，含著淚，狂喜地迎上他。

見她無恙，蘭陵王哈哈一笑。他大步如飛，幾下便衝到了張綺面前。

張綺不是不想跑，她只是這陣子胃中很不舒服，沒有體力奔跑。

看到蘭陵王走來，她咯咯一笑，淚水卻滾滾而下。

就在這時，極為突然的，一道寒森森的箭矢劃過長空，從蘭陵王的左後側處，嗖地一聲射向了蘭陵王的左腿。

箭矢處極黑，在陽光下泛著陰沉的綠光，任何人一見，馬上便會想到：這箭有毒！有劇毒！

箭來如電，極快極準，於這全城歡慶，所有人都放鬆之時，如入無人之境。

沒有人會想到這一幕，狂呼聲還在響起，蘭陵王還在向張綺大步走來。

張綺一眼看到了那支呼嘯而來的毒箭。她瞳孔一縮，無邊的驚恐中，卻有著無邊的鎮定。

只見她尖叫一聲，孱弱的身軀竟是奔走如飛，轉眼間，她便撲到了蘭陵王身側。

歡喜的蘭陵王正準備伸臂把她摟住，張綺卻是把他一撞而開，然後，整個人向著那箭一撲。

張綺衝得甚急，完全是不管不顧。可是，她畢竟只是弱質女流，反射神經根本不能與長年征戰的丈夫們相比。

因此，她向前一衝，卻只是生生地撲倒在地，而那箭卻在這時噗的一聲，射入一個斜飛而來的身影中。

蘭陵王急急轉頭，他看著那被一箭射穿的人，嘶聲叫道：「楊受成！」

正是楊受成！他一發現有人朝蘭陵王射箭，下意識飛撲，替蘭陵王擋了這一箭。

楊受成中了一箭，砰的跪倒在地。他伸出手想要拔出那箭，可那手才伸到一半，便麻得再無半分力氣。抬頭看著急急圍來的蘭陵王、成史等人，他含笑道：「郡王，幸好，卑職擋住了。快，看看王妃可有傷到。」

才說出這幾個字，他便是頭一歪，嚥下了最後一口氣。

蘭陵王一把拔出那箭，閉著眼睛嘶聲說道：「箭上有毒！」

與此同時，洛陽王已急急下令，「快，快，逮住那射箭之人！」

不用他下令，眾洛陽城人已自發出動了。那人竟敢箭殺他們的恩人，便是生撕了也是應該。

一陣兵荒馬亂中，張綺被人扶起，也不知過了多久，她被擁入一個溫暖熟悉的懷抱中。

緊緊摟著她，蘭陵王低下頭來，把臉埋在張綺的墨髮間，一動也不動。

就在這時，一陣腳步聲傳來，眾裨將走了進來，一人啞聲說道：「郡王，那人招了。」

「誰？是誰？」

「是鄭氏！動手之人是鄭家之僕，鄭氏曾經對他有恩！」

什麼？

蘭陵王也罷，張綺也罷，都錯愕地抬起頭來。驚訝中，張綺叫道：「你說是鄭瑜？」

「是。」

成史在一側應道：「那人已經招了，鄭氏對他說，她這一生全毀在張氏手中，她已想好了，不管她如何針對張氏，張氏都能過得很好。只要殺了蘭陵王，殺了她的天，才算是毀掉她的一切。」頓了頓，成史又說道：「那人還說，鄭氏後來對郡王也是恨之入骨。」

蘭陵王還不敢置信，他從來沒有想到過，一個婦人的恨，竟也會這麼可怕！

呆了一會兒，他嘶聲說道：「是我害了楊將軍。」咬著牙，他問道：「鄭氏何在？」

張綺說道：「她應該在周軍當中。」把在洛陽期間，鄭氏所做之事簡要說了一遍後，張綺喃喃說道：「難怪那日她被拖走時，神情詭異，原來她早就準備了這一手。」

不止是張綺，便是諸將，也很久很久回不過神來。這些男人無法想像，自家郡王有哪一點對不起鄭氏，值得她這麼不死不休？

隆重地安葬了楊受成後，天空已經漆黑一片。蘭陵王大步走入院落，看到被婢女們扶著的張綺，他上前一步扶住她，「怎麼樣？」

「沒什麼？」張綺搖頭，白日裡，她就是跌了一跤，雖然跌得狠了些，可腹中的孩子，除了不依不饒地折磨她的胃後，倒是動也不動一下。

蘭陵王揮退眾婢，再扶著張綺把她上上下下打量一遍後，低聲說道：「妳瘦多了。」他額頭抵著她的額頭，喃喃說道：「阿綺，妳怎麼這麼瘦了？」

張綺神祕地微笑著，她正準備跟他說些什麼，一陣腳步聲傳來，然後成史的聲音從外面傳來：「郡王，段將軍擒住了幾個脫網的周國官吏，說是要送給你，鄭氏也在其中。」

蘭陵王騰地站起，看到他動身，張綺牽了牽他的衣袖，求道：「我也要去。」

「好。」蘭陵王一應，張綺便轉頭命令道：「你們去找一下胡皇后，說蘭陵王要拿鄭氏問罪，問娘娘能否派兩個婢子前來。」她這話說得很明白，想來主要的當事人胡皇后，在這個洛陽王剛剛解圍，正對蘭陵王無比感激之時，會願意助她一臂之力。

張綺知道，自己不管說什麼，蘭陵王也會選擇相信。可是，她想與他共度百年，那麼任何時候，都不願意讓他誤解自己，哪怕是有可能的誤解。所以，鄭氏一事，由皇后的人出面說事，會更清楚些。

兩人上了馬車，兩刻鐘後，他們來到了一個院落。

院落中花園處處，布置極是精美，乃是洛陽一個富戶的莊子。

看到他們走來，幾個裨將大步迎上。而這時，皇后派來的兩個老嫗也過來了。張綺一看，皇后果然明白了自己的意思，這兩個老嫗都是當事人。

院落裡燃起了騰騰的焰火，把大地照得一片通明，也擺好了榻和几。

蘭陵王牽著張綺的手坐在榻上，喝道：「把鄭氏帶來。」

「是。」

不一會兒，一陣腳步聲傳來。

聽到那腳步聲，蘭陵王冷著臉抬起頭來。

這一抬頭，他便是一呆。不止是他，便是成史李將等人，也是一呆。

所有人都瞪大雙眼，錯愕地看著這個慢步走來的婦人。

這婦人披散著頭髮，破爛的衣裳下，雪白的肌膚若隱若現。她一步一步挪來，那張曾經秀美的臉上，不但有兩個清楚的巴掌印，那頸項處，牙印儼然。唇角處，更是破破爛爛。

再一看，她外露的肌膚上，處處可以看到青紫的爪印。

這個婦人，已完全是一副被人狠狠蹂躪過的模樣。

她正是鄭瑜。

萬萬沒有想到再見鄭瑜會是這個模樣，蘭陵王已說不出話來。

鄭瑜低著頭走著，走了一陣，她慢慢地、慢慢地抬起麻木的雙眼。

這一個抬頭，她對上了蘭陵王和張綺。

她雙眼睜得老大，不敢置信地看著兩人，她尖聲叫道：「你們怎麼沒死？」

這聲尖叫，令得蘭陵王閉了閉眼。

再睜開眼時，他徐徐問道：「阿瑜，妳怎麼落到了這個田地？」

這話一出，鄭瑜尖笑起來，她指著張綺，嘶叫道：「你問問你這個婦人，問問這個毒婦，看她對我做了什麼？」她咯咯笑道：「你的婦人毀了我，她把我送給那些周人，讓他們當眾踐踏，你還好意思問我怎麼落到這個田地？」

鄭瑜這話一落，皇后派來的一個老嫗上前一步，只聽得她冷笑道：「鄭氏，到了這個地步妳還在空口白牙地捏事！那一日妳對娘娘提議，說要張氏與宇文護是舊識，要娘娘逼著張氏去做說客，妳給忘了嗎？如今妳落到這個地步，也不過是娘娘把妳當日所言，令妳自己做了一遍。妳此去不過是一個說客，那些周人侮辱於妳，妳不會自盡以保聲名嗎？」轉眼那老嫗又說道：「還有，當日是妳自己說的，蘭陵王冷落了妳，所以妳早就與和士開睡在一塊了，連孩子得流掉了幾個。妳早是人盡可夫，現在又何必拿這事作筏子？」

這個老嫗果然了得，一番話把前因後果說了個明白。

聽到鄭氏曾經通過皇后逼著張綺去周營當說客，蘭陵王騰地站了起來，當老嫗說到鄭瑜早就與和士開睡到一塊時，蘭陵王又是不敢置信地瞪著鄭瑜，表情中不免有點悲憫和失望。

他與她一起長大，雖然後來他對不起她，可他在內心深處，一直是希望鄭瑜能夠幸福的。他也一直以為，只要她放下執念，就能夠得到幸福。

可沒有想到，現在的鄭瑜，居然是又陰毒又淫蕩。

成史走上前來，朝著蘭陵王沉聲說道：「郡王，此事屬實，王妃本來與皇后娘娘交好的。」

蘭陵王明白過來，他閉了閉眼，喃喃說道：「還有什麼可說的？」驀地他雙眼一睜，厲喝道：「鄭氏，妳還有什麼可說的？」

他站了起來，嗖地一聲抽出佩劍，然後，一步一步向鄭瑜走去。

慢慢的，劍尖一掠，那寒森森的劍，便指上了鄭瑜的咽喉。在逼得鄭瑜抬起頭後，蘭陵王啞聲說道：「阿瑜，」他的聲音有著無邊的失望，「妳怎麼會變成這般模樣？」

鄭瑜抬起渾濁的雙眼，無神地看著蘭陵王，看著這張她從懂人事起，便癡迷著的臉，驀然的，她咯咯笑了起來。

鄭瑜笑得很歡，連眼淚也笑出來了。笑著笑著，她沙啞地喃喃問道：「長恭，如果沒了張氏，你會不會對我好？」她流著淚含著笑，怔怔地看著他，一字一句問道：「如果沒有了她，你是不是會與我恩愛到白頭？」

她問得專注而執著，彷彿蘭陵王的回答，對她來說無比重要。

蘭陵王低下頭看著她，蹙眉尋思了一會兒，他慢慢收回長劍，徐徐回道：「沒有了阿綺？」他慢慢回頭，怔怔地看著焰火中明妍無雙的張綺，又喃喃問道：「沒有了阿綺？」

他回過頭來，看著鄭瑜，蘭陵王認真地回道：「如果沒有了阿綺，我許是會與妳一起過日子，便如這世間大多數的夫婦一樣，不知自己為何而活地過著日子。」他垂下雙眸，唇角泛起笑意，輕嘆道：「可是有了阿綺後，那樣的日子，我想也不願意想了。人生在世，不過短短幾十載。若是這短短幾十載中，還是渾渾噩噩，生不知為何而生，至死也不曾歡笑過，那麼這一生還有何意思？」說到這裡，蘭陵王淡淡說道：「那樣的日子，如何能說是恩愛？不過是兩個人湊夥而已。阿瑜，我此生最大的成就，便是遇到了阿綺。」

最後一句話落地，鄭瑜驀地仰頭狂笑起來。

笑著笑著，她突然朝著蘭陵王一撲，而她的胸口，更是直直地撞上了那銳利的劍鋒。

鄭瑜一撲而近，看著她向劍鋒撞去，蘭陵王握劍的手動也不動一下，隨著噗的一聲，劍鋒入肉，鄭瑜在吐出一口鮮血後，抬頭看向蘭陵王。見她抬頭欲語，蘭陵王冷漠地收回視線，然後，乾脆俐落地把插在她胸口的佩劍一抽。

劍入人體，抽出時便是人斷氣之時。鄭瑜沒有想到他如此狠絕，張大嘴吐出一連串的血沫後，無聲地倒在地上。直到死，她還是雙眼睜得大大的。

蘭陵王單膝就地，他伸出手，撫向鄭瑜的眼皮，一撫之下，鄭瑜的眼皮卻不曾合上，他低聲說道：「阿瑜，直到此時妳還是不能悟嗎？是什麼讓妳執著於癡苦？是什麼讓妳一步一步走到今天這個地步？我縱有錯，可人生於世，誰不曾走過彎路，誰不曾錯誤地付出過？成長本來就是要付出代價的。只要還年輕，錯了，回頭便是。名利地位，有時也要捨棄一些。捨得捨得，有捨才有得。妳從不想捨，怎麼可能得到？」

他的聲音娓娓而來，低啞而滄涼，說完這話後，蘭陵王再次伸手撫向她的眼皮，這一次，她合上了雙眼。

處理了鄭瑜，蘭陵王顯得十分疲憊，他沙啞地說道：「那些周人，今日便不見了。」

「是。」

看了鄭瑜的屍首一眼，蘭陵王啞聲說道：「把她，厚葬了吧。」

「是。」

這一晚，兩人疲憊至極，倒在榻上便相擁著沉沉睡去。

第二天上午，張綺睜開眼時，蘭陵王已不見了。知道他諸事繁忙的張綺，也沒有放在心上。

這個時候的蘭陵王，又來到了昨晚的莊子中。

負著手站在一株芙蓉樹下，蘭陵王低聲說道：「把蘇威帶過來。」

這一次周人被擒的幾個高官中，便有這個他早就聽過大名，卻不曾一見的人。

不一會兒功夫，一陣腳步聲傳來。

遠遠看到蘭陵王，蘇威神色複雜地止了步。而這時，眾婢僕都已退下。

頓了頓後，蘇威向蘭陵王走來。來到他身後，他低聲喚道：「蘭陵王高長恭？」

蘭陵王緩緩回頭。

看著這個長身玉立的俊秀青年，他慢慢說道：「你幫過我的女人，我也幫你一次，你走吧！」

說罷，他揮了揮手。

蘇威沒有走，他直直地看著蘭陵王，好一會兒，才啞聲說道：「看來你是真對她好。」他垂眸說道：「僅憑著五百親衛便殺入洛陽城，高長恭，你很不錯！」

蘭陵王盯了他一眼，淡淡說道：「我對阿綺如何，不用外人來評價！我能不能幹，也用不著你來評價！」他雖然準備放過蘇威，可對這個帶走過張綺，讓他悲痛欲絕的周人，是沒有半點好感的。

聽到這裡，蘇威哈哈一笑。笑著笑著，他嗤聲說道：「你不過，比我早出現了一步。」說到這裡，蘇威的表情中出現了滄涼，他悵然若失地看著蘭陵王，喃喃說道：「你不過是，比我早出現了一步……」

以蘇威的聰明，一直都深信，如果自己能先一步遇到張綺，張綺一定會喜歡他。

蘭陵王唇角扯了扯，淡淡說道：「運氣本來便是實力的一部分，能夠在恰當的時機遇到恰當時人，正所謂天作之合。」

蘭陵王又道：「聽說阿綺曾經的婢女阿綠在你那裡，望你厚待她。」

「這個不勞你來交代！」蘇威再次冷笑一聲，他轉過頭，慢慢說道：「此刻的勝敗決定不了什麼。高長恭，你們現在不過二十來許，但願你能活得長長久久，能夠永遠護著阿綺。不然的話，她終有一日，還是會回到我身邊。」

說到這裡，蘇威大步走出。

看著蘇威離開的身影，蘭陵王陡然想到了入城時，洛陽百姓齊齊跪拜，洛陽王和胡皇后的表情，陡然想到胡皇后逼著張綺到周地去做說客的事。

蘭陵王抿緊了薄唇。

洛陽之圍一解，不管是胡皇后還是張綺，都急於離開這個曾讓自己疲憊不堪的地方，因此休整兩天後便啟程前往晉陽。

張綺坐在馬車中，旁邊的蘭陵王，這兩天一直有點沉默。他剛剛解了洛陽之圍，於邙山一戰中大放異彩，名聲再次高震，可他的表情卻一點也不高興。

他沒有說話，張綺也閉著眼睛休息。走著走著，張綺臉色一變，朝外面喚道：「停一下。」

「阿綺，怎麼啦？」

面對蘭陵王的詢問，張綺沒有回答，而是急急衝出馬車，跑到路旁嘔吐起來。

一陣翻腸倒胃的嘔吐，直把早上吃的東西全部吐出後，張綺白著臉站起來。看到她這個情景，蘭陵王蹙緊了眉，他召來婢女們問道：「王妃這樣不舒服多久了？」頓了頓，他又問道：「便沒有看過大夫？」

一個老嫗回道：「王妃不願意看大夫。」見到蘭陵王要發火，那老嫗訥訥說道：「老奴以為，王妃怕是有孕了。」

有孕了？

蘭陵王僵在了當地。

難道阿綺臉色發青，這般憔悴，不是因為困在洛陽日夜煎熬，更因為有孕之故？

他呆了一陣，轉頭急急問道：「有孕？妳有把握？」

那老嫗低下頭應道：「這大半個月來，王妃晨時時有嘔吐，她的月事也一直不曾來過，據老奴估計，王妃怕是有兩三個月的身孕了。」

阿綺有兩三個月的身孕了？

蘭陵王想要大笑，卻又習慣性地保持威嚴，一時之間，表情不停變幻。

這時，張綺已經把嘴抹乾，向蘭陵王走來。剛剛靠近，蘭陵王已小心地摟住她的腰，低低說道：「阿綺，妳可有不適？」

他與那老嫗的對話，張綺已聽在耳中，當下她嫣然一笑，搖頭道：「沒有。」

「真沒有？」

「真沒有！」

蘭陵王顯然不信，他看了一眼張綺的小腹，突然伸手把她攔腰抱起，小心翼翼地上了馬車。回到馬車上，他怎麼也不肯把她放下，一直這樣橫抱著她。

只是，他顯然沒有回過神來，不停低下頭看著張綺的小腹，看著看著，還伸手去摸幾下。

張綺有點哭笑不得，她縮在他的懷中，聞著他的體息，突然心中覺得很安樂。

這時，張綺聽到蘭陵王問道：「阿綺。」

「嗯？」

「我很開心。」

張綺低低應道：「我也是，我也很開心。」

蘭陵王雙臂收緊，他摟著她，臉埋在她的墨髮間，再說話時，他的聲音沙啞至極：「阿綺，我以前做錯了很多事，以後，我不會再錯了。」他又說道：「妳懷著孩子，那時還這般衝出來。我、我居然都沒有第一時間扶起妳，阿綺，妳可有怪我？」

張綺知道，他說的是那天鄭氏僕人朝他射毒箭一事。這種事，她怎麼會怪他？她便是一個懦弱婦人，可他是她的夫，那個時候，她便是捨了性命，也不能讓他被人傷害啊！

頓了頓，張綺果斷地說道：「自然不會怪你。」

接下來，當張綺以為他還要說什麼時，蘭陵王卻沉默了。

在他沉默時，外面響起了一陣喧囂聲：「下雪了！」

張綺掀開車簾。果然，外面雪花不停灑下，看這密密麻麻的架勢，只怕會下得相當大。

在張綺看著雪花胡思亂想時，感覺到腰間一緊，卻是蘭陵王沙啞的聲音傳來：「阿綺。」

「嗯？」

「我不會再讓妳離開我，也不會只丟下妳一個人。」

「我知道。」

「我會好好地活著，直到把孩子養大成人。」

不知怎地，他這句話一出，張綺突然鼻中一酸，眼淚便奪眶而出。

記憶中，他不過活了三十出頭，現在他都二十四五歲了，如果他不離開齊國，他們怕是沒有幾年好日子過了。

這些，她無法說出口，她一直渴望著，他離開齊國時，是心甘情願的，是心灰意冷下他自己的選擇。因為她知道，如果她強迫他離開的話，不說很難成功，就算離開了，他也會在齊國遇到災難時耿耿於懷，甚至一生都難有歡顏。

蘭陵王沒有察覺到張綺的異常，他把臉埋在她的頭頂，還在說道：「蕭莫走了。」

「什麼？」張綺的聲音中，有著小小的驚訝，只是小小而已。

蘭陵王嘆了一口氣，說道：「他寫了一封奏摺，足有三萬餘字，然後把官印等封上便離開了。當陛下發現時，他已離開了兩日。這人向來聰明，陛下雖然派了人追尋，卻無功而返。」

頓了頓，蘭陵王說道：「蕭莫在那奏摺中提了三十條建議，更分析了周地和陳地的君臣得失。最後卻說，齊國有如此一個國君，便是管仲再世，孫世當朝，怕也無力回天。因此，他上面那三十條建議，都是癡人說夢而已。陛下看了大為震怒，差點把蕭府餘人推上法場宰了。」

說到這裡，蘭陵王一陣沉默，張綺也是一陣沉默。

她曾經說過，要蕭莫離開齊地，如今他真離開了。

離開了好啊，離開了這個是非之地，以他的才智，在亂世中保住身家性命，應該不是難事。

對於蕭莫，張綺的感情很複雜很複雜，這感情中，似是有恨，似是有怨，更似是在感激，還有嘆惜、不捨。無數種情緒糾結在一起，最後最後，她卻只願意他能幸福，只願意他這一生，能夠找到一個可以白頭偕老的人。便是找不到，只要他能夠放下自己，願意娶妻納妾，生兒育女，那也是極好極好的。

◆ ◆ ◆

西元五六五年的新年，在路上過去了。

望著漸漸出現在視野中的高大城牆，貴婦們發出一陣劫後餘生的笑聲。她們連連催促著馭夫，望著如風一樣捲進城中的胡皇后等人，一直被蘭陵王小心摟在懷中的張綺動了動，小聲說道：「長恭，我們到了。」她回過頭來嫣然一笑，「別坐得那麼小心，我不會被顛著。」

蘭陵王哼了一聲，轉過頭看向路旁的風景。

望著他漸漸泛紅的耳尖，張綺心頭一醉，她伸出雙臂摟緊他。

這時刻，貴婦們已先行進入了晉陽城。隨著蘭陵王一行人的身影出現在城門處，只見城門處先是一靜，然後，一陣「咚咚——咚」的鼓聲響徹街頭。

剛入城門，便聽到這樣的鼓聲，不止是眾親衛，便是蘭陵王也大吃一驚。

他掀開車簾抬頭看去，鼓聲還在繼續，規律的鼓聲中，只見一個戴著面具的少年翩躚舞出。他旋轉著舞到街道正中時，笙聲飄然而來，混合在鼓聲中，還有胡琵琶聲中，給人一種血脈賁張的振奮。

戴著面具的少年正在舞蹈，看著他剛勁有力的舞姿，看著一隊身著黑裳，卻面目美麗的少女從兩側街道悄然舞出，看著無數紅樓中人提著花籃，朝天空、人群揮舞出漫天的紅綢碎片。

張綺低叫道：「他們這是在跳《蘭陵王入陣曲》。」

不錯，這些人跳的正是剛剛那邙山大捷，洛陽之圍的一幕。那少年所戴的面具，更維妙維肖地模仿著蘭陵王的面具，看起來猙獰至極，卻又因為作工細緻、用色巧妙，而產生出一種華美的效果。

聽到張綺提醒，蘭陵王也明白過來，他從馬車中走出，大步走到隊伍前列。

看到他走來，騎士們紛紛讓出一條道路。而那舞蹈著的少年、伴舞著的少女們，則開始圍著蘭陵王旋舞起來。

這時的舞蹈，帶著一種巫的感覺，動作古樸緩慢。

一街當中，身著黑裳的蘭陵王屹然而立。白雪茫茫的街道上，到處飛撒下紅綢，便如蒼天降下了紅色的鮮花。

也不知過了多久，鼓聲漸漸止息，戴著面具的少年朝著蘭陵王躬身一禮後，慢慢摘下面具，露出一張清秀的，明顯是世家子才有的白皙高雅面容。

少年右手放在胸前，朝蘭陵王又行了一禮後，朗聲問道：「敢問蘭陵王，這一曲舞，如何？」

「甚善。」

兩個字一出，四周傳來一陣壓抑的歡呼聲。

少年咧嘴一笑，又優雅地說道：「此舞為賀郡王攻破洛陽之圍而編，為了在郡王到達晉陽之日便看到這一支舞，我們日夜編練。現在，還請郡王賜名。」

蘭陵王回頭看了一眼張綺，微笑道：「就叫《入陣曲》吧。」

他的聲音一落，那少年回頭輕喝道：「諸位，蘭陵王說了，這曲叫入陣曲。全名便是《蘭陵王入陣曲》！」

少年說到這裡，又朝著蘭陵王一禮後，微笑道：「多謝郡王賜名。洛陽之圍，我等沒得親臨其會，待詢問過曾經一睹郡王無雙風采的洛陽人後，願再為郡王舞一曲。」說罷，他手一揮，帶著眾人緩緩退下。

他們一退，路也通了。

做為新的一年的娛樂之事，晉陽的百姓們開始嘻嘻哈哈地議論起來。

在這種熱鬧中，蘭陵王一行人來到了蘭陵王府外。

剛跳下馬車，方老便急急迎上，笑呵呵地看著蘭陵王和張綺。

兩人還沒有進門，蘭陵王便派人飛鴿傳書通知了方老，說了張綺可能懷有身孕一事。算起來，蘭陵王今年虛歲二十六，還沒有喜訊傳出，方老都要心急如焚了。

方老恭敬地迎進張綺，王府中，方老請來的大夫已候了多時。與此同時，蘭陵王則策馬來到了皇宮中。

晉陽的皇宮，有著與往年不同的安靜。連續兩年的大戰，已嚴重虧損了齊國的元氣。去年是大敗，今年呢，其實也就是蘭陵王、段韶一行人解了洛陽之圍，順道擄了幾個周人。真說起來，依然是大敗特敗。

與齊國的情形不同的是，與突厥結了盟約的周地，卻蒸蒸日上。想來，再過幾個月，二十三歲的宇文邕迎娶了十五歲的突厥公主阿史那氏後，周人和突厥的結盟就更牢不可破了。

這種情況，讓耽於享樂的高湛極不舒服，也讓剛剛歸來的胡皇后，有著想要逃離的衝動。

因此，蘭陵王進去時，高湛正在那裡長吁短嘆。看到蘭陵王進來，高湛揮了揮手示意他坐下後，說道：「長恭，朕想退位，準備讓太子來治理這些國事。」

蘭陵王一怔，張了張嘴，想要勸諫幾句，心中卻有一個念頭在叫囂：陛下荒唐胡鬧，本不是有為之君，他退下也好。他退下了，說不定能為我齊國換來一個明君。

雖然，蘭陵王接觸過的太子高緯是個膽小懦弱之人，可整個齊國，文武各安其位，做皇帝的人只要不昏聵嗜殺，大臣們完全可以把這江山治理好，懦弱就懦弱吧。

這時，高湛又說道：「這一次長恭立功甚偉，胡氏回來後，不停地跟朕說起你們夫婦的好。」他笑了起來，「真沒有想到，張氏那個嬌嬌弱弱的樣子，居然也是有大才的！」

蘭陵王行了一禮，道：「陛下，娘娘謬讚了。」

「好了好了，不必這麼謙遜！」高湛揮了揮手，「對了，還有一事。」

「陛下請說。」

「那和士開雖然偷了鄭氏，可那鄭氏是你不要了的。這人嘛，別的可以少，可這男女之歡，那是斷斷不能少的。少了這個，便是錦衣玉食又有什麼意思？我說你這小子曠了人家鄭氏多年，還老覺得你對不起人家呢。現在知道和士開一直在安慰我，朕心裡也舒暢多了。昨日裡還跟和士開說，這是好事啊，真說起來長恭應該感謝你和士開。」

說了這麼一段讓人瞠目結舌的話後，高湛認真地看著蘭陵王，交代道：「所以，你可不能為了這麼點小事去找和士開的麻煩。」

蘭陵王呆了一會兒，才低下頭應道：「是。」

鄭氏已死，便是鄭氏不死，在蘭陵王當日說出她還是處子之身時，便意味著他是允許有人爬牆攀摘的。在他看來，只要是鄭瑜心甘情願的，他便沒有權利去責怪，也不會責怪。

高湛沒有想到蘭陵王這麼識趣，不由哈哈一樂。笑了一會兒後，他傾身湊上蘭陵王，問道：「前不久朕得了一些美人，有一個眉目妍麗，頗有你家那張氏的韻味。這一次你救洛陽有功，朕想賞你，如何？」

要是以往，高湛才不會用這種商量的語氣呢，直接賞他二十個美人便是。可現在嘛，他高長恭癡情之名傳揚天下，與其到時被他駁得下不了臺，不如現在問一問這小子。

蘭陵王低下頭來，垂眸道：「陛下厚賜，臣萬分感激。然，家有有孕之婦，實不想在這個時候讓她添堵。」

「你家那婦人有孕了？」

「是。」

高湛先是哈哈一笑，眨眼道：「以長恭之美貌，再配上張氏之絕色。長恭，你這孩兒生下來可了不得了。」說到這裡，高湛一副神往之相。

自己的孩子才剛剛有個影兒，這個好色之徒便惦記上了，蘭陵王不由臉色一青。

高湛卻是不惱，他砸巴了兩下嘴，嚮往地說道：「朕已迫不及待想看到你那孩子了。」說到這時，他下令道：「來人。」

「在。」

「傳朕旨意，他日若是張氏誕下一女兒，賞黃金千兩，若是誕下一男孩，給他木頭一根。」

這差別待遇，令得那太監一怔，蘭陵王也哭笑不得。這裡，高湛還在嘀咕說道：「這樣的夫婦，便應該生女兒，多生女兒，要是兒子，那還不如生一根木頭。」

聽到這裡，蘭陵王已完全黑了臉，他騰地站起，朝著高湛雙手一拱，大聲道：「臣告退。」說罷衣袖一甩，大步走了出去。

這次蘭陵王的無禮，不但沒有讓高湛生氣，反而令得他哈哈大樂起來。在高湛的笑聲中，蘭陵王疾步出了皇宮。

回到王府時，大夫已經問過脈了，正如那老媼所言，張綺是有孕了，已有三個月。大夫還說，雖然在洛陽城受了多時的驚嚇恐慌，可張綺氣血足實，孩子應無大礙。

西元五六五年的春天來臨了。

隨著漫天的春花盛開，蘭陵王的聲望直是如日中天。他這一次救了各大貴婦，而這些貴婦們，在絕望當中得到救助，對蘭陵王便懷有一種複雜的感激之情。

同時，胡皇后和眾貴婦一樣，也對蘭陵王和張綺感激著。這個時候的她，早就忘記了在洛陽城時與張綺發生的那些小小矛盾，很多與貴婦們聚會的場合，都會請張綺出席。

而隨著張綺正式步入齊國的貴婦圈中，她額頭上遮掩傷疤的木棉花妝，也蔚為時尚，令得晉陽女郎們紛紛模仿。到得後來，連鄴城、洛陽等人，也開始風行木棉花妝。

西元五六五年四月二十四日，高湛禪帝位於太子高緯，皇后為斛律氏。

而這時，張綺離臨盆只有一個多月了。

這陣子蘭陵王辭去大小事，只一門心思守在王妃身邊，等著他的第一個孩子。

西元五六五年的六月初三，蘭陵王妃張氏產下一子。在喜報傳出時，太上皇高湛一連嘆了數口氣，而他賞下的那根木頭，也在第一時間與眾臣的道賀進入蘭陵王府寢房中。

張綺歪著頭看著榻上的兒子，小傢伙生下來便有一頭烏黑的頭髮，皮膚白皙，鼻樑高，嘴唇不大，按高湛派來的使者所說的話便是：姿容或勝乃父。

此刻，小傢伙也睜大一雙烏溜溜的眼，專注地看著他的母親。看著看著，他張開小嘴，流下一串口水。

張綺心中愛極，伸出手指抹去他嘴角流下的口水。

這時，一陣腳步聲傳來。

感覺到那漸漸靠近的溫暖氣息，張綺回眸喚道：「長恭。」

蘭陵王低下頭來，溫柔地朝張綺一笑，然後轉頭看向小傢伙。

看了幾眼後，蘭陵王低聲道：「可累了？」

天天躺著還有什麼累的？張綺搖了搖頭。

蘭陵王看著她如畫的眉眼，心中蕩漾起來。張綺是個真正的絕世美人，不管什麼環境，不管是胖還是瘦，是懷孕還是產子，都無損她的美貌。隨著年歲漸長，她那少女的青澀通透洗去後，取而代之的妖媚風情，卻是更誘人了。

有時蘭陵王都想著，只怕再過個二十來年，阿綺依然風情惑人。

他不知道，張綺前世時，正是三十好幾了，還被她那夫君獻給了周國新帝的。

蘭陵王小心地抱過兒子，他看了看妻子，又看了看手中白胖胖的小傢伙，突然間，一種難以言喻的滿足和幸福充斥了他的心頭，剎那間，他的眼眶有點濕潤。

就在這時，方老在外稟道：「郡王，陛下來了。」

「我馬上來。」蘭陵王把兒子交到張綺手中，大步走了出去。

新帝高緯還是一個少年，他秉承了高氏一族的好相貌，五官秀美，身材頎長。正是因為儀容美好，他才得到高湛的喜愛。

高緯這人，十分喜好文學，只是性格內向，不太愛說話。再加上膽子小，看人時，目光也有點躲閃。見到蘭陵王迎來，高緯靦腆笑道：「長恭何必來得這麼急？」

蘭陵王長施一禮，「陛下親臨寒舍，臣萬分歡喜。」

手一擺，蘭陵王令得婢僕們奉上酒水。

君臣兩人分坐在榻上，高緯垂下眸說道：「長恭看來很歡喜。」

「是啊，臣二十有六了，終於得了一個兒子，心中很是安慰。」應到這裡，蘭陵王給自己和高緯各斟了一盅酒，君臣兩人開始有一搭沒一搭閒聊起來。

酒過三盅時，不管是蘭陵王還是高緯，臉上都帶了些潮紅，說話之際，也明顯興奮起來。說著說著，高緯兩人轉到了洛陽之圍上。高緯抿了一口酒，嘆道：「長恭，你只帶著五百騎，便深入周軍腹地，入陣如此之深，若是有個好歹，那真讓人悔之莫及啊！」

高緯說這話時，是抬起頭來看向蘭陵王的。他秀美的臉上帶著感慨，更帶著一種害怕。彷彿要是折損了蘭陵王，會是一種巨大的損失一樣。

蘭陵王這時已飲了七盅酒，整個人也有些醉意，此刻聽到高緯真情流露出的一番話，見這個皇帝弟弟如此心疼自己，那態度直與高湛有天壤之別，不由感動起來。

他抿著薄唇，好一會兒才認真地說道：「家事親切，不覺遂然。」

一句話落地，高緯臉色一青，而半醉的蘭陵王，開始還不覺得，漸漸的，他背心上冷汗涔涔而下。再然後，高緯什麼時候離開的，蘭陵王已不記得了。他負著手站在院子裡，看著前方燦爛的，滿株滿株的桃花梨花，他的腦海，一遍一遍回想著自己在說出「家事親切，不覺遂然」後，高緯那陡然變了的臉色。

張綺在婢女的扶持下慢慢走來。

看到她靠近，蘭陵王連忙說道：「外面風大，快回房中。」

張綺嗯了一聲，伸手牽住了他的手。

沒奈何，蘭陵王只好跟著她回到寢房中。

揮退眾人，張綺溫柔地看著他，輕聲問道：「長恭，發生了什麼事，臉色這麼難看？」

蘭陵王沉默了一會兒，他正要說沒事，可一眼看到張綺關切中帶著不安的表情，不由低聲說道：「剛才陛下與我說起洛陽之圍時，對我說了一些話。當時我喝了些酒，便回了一句『家事親切，不覺遂然』，當時陛下便臉色大變。」

他悔道：「我也是醉糊塗了，竟把國事當成家事，只恐從此後無法擺脫陛下的猜忌。」

他還在說什麼，張綺已完全聽不到了。她的大腦中嗡嗡一片，前世的記憶翻滾而來。記憶中，高長恭便是這句話惹了猜忌，招來後面的殺身之禍。

蘭陵王說著說著，看到張綺臉色大變，他連忙扶住她，急急說道：「阿綺？阿綺？」叫了兩聲，他又安慰道：「阿綺，沒事的，陛下靦腆性弱，應該不是容易記恨之人。」

他才寬慰到這裡，張綺陡然伸手，她緊緊地揪著他的衣袖，抬起頭，淚流滿面地說道：「長恭，退吧。」

張綺顫著聲，因為害怕而渾身發抖。她的櫻唇泛白，臉色中帶著難以言狀的惶惑，「長恭，在洛陽城時，那麼多人向你跪拜，現在，你又把國事說成家事。你手握重兵，不說是齊國，便是天下間都是大名鼎鼎。你又不是不知道，天下三國，都是強大的武將建立的。陛下他，不可能不猜忌你啊！」

她這番話如穿心之箭，蘭陵王向後退出一步。他看著張綺，唇動了動，又動了動，才低啞著說道：「如今齊國勢弱，我若是離開……」他閉了閉眼，難受地說道：「我若是離開，只怕更容易被周國覆滅了。」

張綺一直知道他深愛著他的家國，這種深愛，已經到了骨子裡。

她慢慢坐倒在榻上，看到她灰白的臉色，蘭陵王一時有點無法面對，他大步衝出了寢房。

看到蘭陵王倉皇離開的身影，張綺的眸光閃了閃。

不一會兒，她輕聲命令道：「來人。」

「是。」

「把成史、李將等人叫到偏殿中。」

「是。」

轉眼又是幾個月過去了。

隨著高緯漸漸掌握住朝政，齊國的大臣們開始對這個原以為懦弱容易聽話的皇帝絕望起來。

這一日，高緯在奶媽所求之下，竟然下令，把後宮的那些女人開始封官。先從奶媽開始，再到宮女。到後來，皇宮中五百個宮女，高緯全部封為郡官，每個宮女都賞賜給一條價值萬金的裙子和價值連城的鏡臺。

這還不夠，他還給他的牛馬雞狗也封官，所得地位與大臣一樣高。如他的愛馬封為赤彪儀同、逍遙郡君、凌霄郡君。鬥雞的爵號有開府鬥雞、郡君鬥雞等。

再然後，高緯開始大興土木，在晉陽廣建十二座宮殿，丹青雕刻，巧奪天工，比鄴城更為華麗。宮內的珍寶往往是早上愛不釋手，晚上便視如敝履，隨意扔棄。

也在晉陽的兩座山上鑿兩座大佛，叫工匠們夜以繼日，晚上則用油作燃料，數萬盒油同時燃燒，幾十里內光照如晝。

齊國連續兩個大敗，本已消耗了大量的國力，而現在，高緯的這些行為，直如火上澆油。一時之間，朝綱紊亂，民力凋盡，徭役繁重，國力空殫。

高緯根本不把這一切放在心上，他自稱「無愁天子」，拿起琵琶，自彈自唱。

宮內近千名太監、奴婢一齊伴唱，整個皇宮歌聲繚繞，一片太平盛世景象。

這一日，蘭陵王緊抿著薄唇，只是負著雙手看著皇宮方向。

他的身後，一陣咿咿呀呀的嬰兒笑聲傳來。

聽到這笑聲，他不由展顏一笑，只是轉眼又眉頭深鎖。

他感覺到了深深的憂鬱。這是一種有心衛國，卻無力回天的憂鬱，這是一種深沉的痛苦。

一陣腳步聲響，轉眼間，成史向他稟道：「郡王，送禮的人都走了。」他低聲說道：「郡王這般大開府門，四處收受賄賂，有很多大臣都看不慣，已紛紛向陛下上書。」

蘭陵王垂眸，好一會兒，他才低啞地說道：「我知。」

安靜了一會兒後，成史看著愁腸百結的蘭陵王，感覺到張綺所說的時機到了，當下啞著嗓子，徐徐說道：「郡王想藉貪財之名自汙，以避過陛下的猜忌，真是何必呢？杭州也罷，荊州也罷，便是那山林深處，都有清靜之地，郡王為何不願意離開？」

蘭陵王唇動了動，卻說不出話來。

成史又道：「這半年中，郡王屢戰屢勝，可每勝一次，郡王收受的財貨便加了倍。其實郡王比我們更清楚，齊國，已不是久留之地。」

蘭陵王喉結動了動，啞聲道：「我知。」

「還有，郡王，你看陛下，他如此顛倒行事，齊國真有興旺之時嗎？郡王還留在這裡，只怕到頭來白白送了性命。」頓了頓，成史一字一句地說道：「郡王，你看王妃，這陣子背著人時，總是以淚洗面。」

蘭陵王再也聽不下去了，他腳步一旋，衝出了府門。

看著他離開的身影，成史一退，朝著悄悄上來的李將說道：「下面輪到你了。」

「好。」

這幾日，蘭陵王一回來，他的那些親衛，還有朝中好友，便或陰或陽地勸著他。

一連聽了幾日，他也煩躁起來。這一天，他怒氣沖沖地推開眾人，回到了寢房中。

他一入寢房，便看到張綺跪在地上，正雙手捂著臉，無聲地流著淚。

不知不覺中，蘭陵王雙腿一軟，他慢慢跪倒在地，與張綺面對著面後，哽咽著說道：「阿綺，阿綺……」伏在地上，他淚如雨下，「這是我的家國啊！」

張綺哽咽著說道：「長恭年幼便失了母親，阿綺害怕，皚兒也會小小年紀，便失了父親。」她抬起頭，淚水如珍珠般大顆大顆地流下，「不僅如此，長恭不僅是皚兒的阿父，更是阿綺的天！長恭如果有個萬一，阿綺這一生，只怕不知輾轉落入幾人之手了！」

她這話一出，蘭陵王激靈靈打了個寒顫，那蘇威臨走時的大笑聲不由自主傳入他的腦海中。

他重重閉上了雙眼。

這時，張綺伏在地上，泣不成聲地說道：「長恭如此故去，阿綺不敢偷生，可阿綺有皚兒在，若是連我這個母親也去了，他那漫漫一生，可怎麼活？生不能生，死不能死，長恭，阿綺好怕啊！」

蘭陵王慢慢地捂上了臉。

張綺還在說道：「長恭打了一個又一個的勝仗，可百姓們還是越來越苦，周人還是越來越強。陛下勞民傷財，他宮中的一個宮女，都比阿綺穿得還要華貴。每每遇上，阿綺還要向她們執下屬禮……」

「別說了！」蘭陵王啞著聲叫道：「阿綺，求妳，別說了！」

他轉過頭，一瞬不瞬地看著床榻上正咿咿呀呀拚命地扯著一根銀鏈的兒子，淚水直是模糊了視野，「求妳，別說了……」

張綺還是伏在地上，不管不顧地繼續哽咽道：「我們的兒子，小時已是如此華美，連太上皇看了也感嘆萬分。也不知他長大後，沒了父親母親的護著，會落到何等田地？」

這話一出，蘭陵王暴喝出聲：「別說了！」

他騰地站起，轉過頭，咬牙切齒地瞪著張綺，瞪著瞪著，他閉緊雙眼說道：「我……我這就著手安排離去之事。」

一句話落地，張綺狂喜地抬起頭來，而不遠處，成史等人更是喜笑顏開。

蘭陵王行事向來雷厲風行，他決定離開，便著手安排起來。在一次一次的戰役中，陸續讓他的一千親衛「死亡」後，這一日，他在前往司州赴任時，消失了。與他同時消失的，還有他的那些親衛留在鄴城、晉陽等齊地的家眷。

齊後主高緯接到蘭陵王消失的消息時，剛剛得到一個絕色美人，馮小憐。摟著美人兒，飲著醇酒，看著宮女們的歌舞，這個「無愁天子」在得到蘭陵王的消息時，只淡淡地「哦」了一聲，便再無二聲。

而西元五六六年四月，風景如畫的杭州城中，出現了一隊遠道而來的商旅。這隊商旅進入杭州城後搖身一變，成了當地的一個豪商。

只是，不管杭州人多麼好奇，這對豪商夫婦都沒有讓人看到他們的真面目。

這亂世當中，風雨變幻無常，十幾年後，周國宇文邕過逝，他的兒子上位後，竟是一個荒唐堪比齊國君王的昏君。這個周國新主，立了六個皇后，最大的愛好就是強奪大臣的妻子。

又過了數年，隋文帝楊堅統一南北，黃袍加身。隨著新皇的厲精求治，天下間漸漸出現興旺之相。而這時，杭州城中，那一對在天下大亂之時便避於山林，天下大興又冒出來當富家翁的夫婦，終於露出了他們的面容。

至此，世人才知道，昔日北齊那個百戰百勝的蘭陵郡王和絕代美人張綺，這些年竟然一直隱居在杭州。

（全文完）

番外篇

之一：晚了一步，錯過一生

出身於世家大族，自小便享有才名，文武雙全，既有智慧且通達善變，他一直自信，自己的一生會是飛黃騰達的一生。

而他，也成功了。

如今，楊堅取周而代之，伐陳而得天下，國名為隋，他蘇威，便是隋國的宰相。一人之下，萬萬人之上，丈夫一生的榮耀和得意，他已盡數擁有，出入僕從如雲，揮手間可決人生死。

這樣的人生，本來應該快樂滿足的吧？

可蘇威卻一直悵然若失。

如果，如果當初他帶著張綺逃出齊國後，沒有去長安，而是直接回到陳國，會當如何？

她，應該會允許自己不曾解去婚約，便與她長廂廝守吧？

只是當時，他不敢這麼想，他知道張綺的心中，是那麼渴望能夠堂堂正正活著。她從小到大，都是多餘的，不被喜歡的，便是親人，也要她百般逢迎才能得到一些好感。所以，她一定渴望能堂堂正正活在世人面前，能夠當人正妻，能夠入夫家的祖廟，享受後代的祭祀。

為了這個名分，她決絕地離蘭陵王而去，甚至不惜自焚假死。

她這麼的剛烈和執著，讓他不敢賭。

可他沒有想到，這一回到長安，這一回到宇文府，便意味著一生的離別。

如果當時知道，他會賭的，他會用一生的時間，慢慢磨得她的認可，慢慢讓她明白他的真心。

可惜，這世間什麼都有，就是沒有後悔藥。

這一天，蘇威又在悵悵地思念著。

看著他的神情，一個姓文的幕僚走了過來，他朝著蘇威一禮後，低聲道：「東翁不必如此。」

蘇威回過頭來看著他。

這個位高權重的男人，儘管已是過了中年，卻還是頎長俊挺，可以看到當年的少年勃發英姿。見到蘇威看向自己，姓方的幕僚徐徐說道：「屬下以為，以張氏的美色，無論嫁給誰都難得善終，要麼，那丈夫為她而隱居世外，要麼，把她獻給上位者，除此之外，再無二路。所以，屬下以為，東翁當時若是娶了張氏，只怕今時今日，東翁已是荒山上的一座墳了，還談什麼建立不世功業，成就千古美名？」

這個姓方的幕僚，原來做過蘭陵王的幕僚，蘭陵王失蹤後，他也離開了齊國，輾轉多年，遇到了蘇威，然後一直輔佐他直到今天，在蘇威信任的人中，他是第一。

聽到這番話，蘇威沉思了，這個昔日的美男子抬起頭來，定定地看著南方，看了一陣子，他低低地說道：「你說的都對。」

聽他直接承認，姓方的幕僚撫了撫鬚，蘇威依然望著南方，慢慢說道：「當初，我若沒有錯過阿綺，可能無法成就今日的功業。自古以來，絕世美人便如絕世寶玉，便無惑人意，世人自迷之。她逃不過，我也逃不過。」

說到這裡，他苦笑起來，又道：「可我不知道，什麼叫做因色而愛，也不知道什麼叫做因愛而悲，我只知道，得不到阿綺，我這一生便多了悲苦！千千萬萬人中，只有阿綺一人，哪怕位列三公，權傾一世，也只有與她在一起的樂趣，算得上真樂趣！」

蘇威說得很慢很慢，他這句話一落地，不知怎麼的，姓方的幕僚感覺到一種由衷的悲傷，他低嘆了一聲。

兩個男人在這裡說著話，便沒有注意到，側門之外，一個捧著熱粥而來的中年貴婦，呆呆在站在那裡，眼淚滾滾而下。

彷彿怕自己驚動了裡面的人，那中年貴婦急急退去，不一會兒，她便來到一個花園中。把粥放在地上，她用袖捂臉，低低哽咽起來。

她，這一路與他同行，已走了三十多年。

這三十多年中，他對她甚好，不但尊重，而且溫柔備至。許多年前，她的父親宇文護被周主誅殺後，所有人都勸他，要他休了自己，可他沒有。

他不但沒有休了自己，還對自己一如既往的好，對她生的兒子更是十分看重。直到現在，他身為新朝宰輔，也不曾多納妾室。

他對她的好，整個長安的人都知道，也都羨慕著。

她曾想過，她一生做的最對的選擇，便是選擇了他。

可是，心底深處，她仍不免悲傷，便如現在這般，會時不時一個人悄悄落淚。

曾經她想過，有個人住在他的心裡也是好事，這樣他就不會再變心了，更不會因得了權位後好上女色，她就當多了一個姊姊。

可是，相濡以沫到現在，生生死死都經過幾輪，在知道他還是對張氏無時或忘時，她卻痛了。

她知道她不應該痛，可她就是痛了。

她知道他已對她極好，可她卻是更痛，也許，是因為她生了妄念吧？

他因愛而悔，她也因愛而痛。這一生，他與她都不會圓滿，永遠不得圓滿。

之二：蓋世雄主宇文邕

西元五七八年。

現年三十五歲的宇文邕病了。

他還正值壯年，借用突厥的力量，滅了齊國後，分裂了幾百年的天下，只剩下南陳。

不過，南陳不是重點，南陳的人向來耽好享樂，要滅他們十分容易，周國的大患是突厥，只要滅了突厥，整個北方便完全掌握在手了。到時再順手滅了南陳，那他的功勞，就不會比秦皇、漢武少多少。

突厥並不可慮，這些年來，他借他們的手滅齊時，也間或消去了不少突厥人的力量。更重要的是，這些年的合作中，他已掌握了不少突厥人脈，令得突厥人內部分裂，彼此攻訐。所以，這一次出征，他有極大的把握一舉滅掉突厥，消滅這個為禍中原千年的民族。

可他萬萬沒有想到，正準備分五路北行，還沒有成行，他就已經病了，而且一病不起。

隨著病勢越來越重，原來還雄心勃勃算計著自己攻下突厥人，想著一統天下後怎麼治國的宇文邕，漸漸感覺到，自己怕是不行了。

他才三十五歲啊！

他誅殺宇文護，全面執掌朝政，不過六年！

蒼天不仁啊，怎麼才給了他六年時間？

絕望中，宇文邕望著漆黑的夜空，望著天空中閃動的群星，想道：也許，是蒼天覺得懲罰還不夠吧。是祂覺得，這個大地、這個中原的百姓們，受的苦還不夠。祂不想朕統一天下，便要收了朕。

閉著眼睛，一滴淚水順著宇文邕俊朗的臉頰緩緩流下。

這是他第一次流淚。

那一年，他親自下決定放棄那個婦人，放任她落入突厥之手時，都不曾流淚。

在這個星光閃爍的夜晚，宇文邕的思維越來越模糊，不知不覺中，轉到了一個婦人身上。

她叫張氏阿綺。

剛念到她，那張絕美的，宜顰宜笑，或嗔或嬌的面容，便呈現在他面前，比以往的任何一刻都要清晰。

他再也見不到她了。

他曾想過，如果統一了這個天下，他也可以放鬆下來了。到那時，不管是天涯海角，他都要尋到她。

至於尋到她以後如何，他沒有想過，他一直只是想著，有那麼一天，他要尋到她。這個他曾經親手放棄過的女人，他要尋到她。

其實，那一晚放棄她，實是情非得已。她睡的地方離自己太遠，而突厥人已經攻入了武威城中，下一刻便會尋到自己。再說，他身邊可用之士，不過千人，其他人不是還在醉夢中，便是老弱不堪用。

他還要挽回這一戰，他還要找到宇文護，奪回武威城，他不能讓周地的半壁江山從此失落，他有很多很多的事要做。

所以，他不能，也派不出兵馬去尋那個婦人，反正以她的美貌，突厥人得了，也不會傷她分毫，大不了戰爭平復後，自己花些代價，把她從突厥人手中贖回。

只是美人而已，只不過一個知心些的美人而已，比起江山大業，比起他自身的性命，又算得了什麼？

所以，在有大臣提到要不要尋回李姬時，他斷然拒絕了，只是在離開時，為了防止宇文護認為自己太絕情，便把宇文護派到自己身邊的一個老太監使了去，令他通知張綺突厥來犯之事。

原本只是一件很尋常的事，原本只是一個自己碰也沒有碰過的女人，這一刻，怎麼如此清晰？

他怎麼能在快要死了的時候，突然發現，原來自己一直惦記著那個婦人？原來自己一直把她刻在心中？

這也太可笑了！

也許是宇文邕臉上的笑容驚動了眾人，一個婦人撲到他的身邊痛哭起來，她一邊哭一邊叫道：「陛下！陛下！」

宇文邕艱難地轉過頭。

轉過頭的時候，他還在想著：明明剛才還清醒著的，怎麼這麼一會兒就如此吃力了？難道，他是真的要死了？

他轉過頭，目光掃過太子後，便落在這個嚶嚶悲泣的婦人身上。

婦人比他還大幾歲，卻不顯老。這不是重點，重點是，她長著一張肖似張氏阿綺的面容。

隱約中，他似乎透過她看到了張氏。

是了，是了，他一直是鍾情張氏的，不然，怎麼會對這個婦人這麼好？怎麼除了她之外，便是對那個突厥皇后，也是淡淡的？

一個比自己大了幾歲的女人，怎麼一直占據了自己身側最重要的位置，她給自己生的孩子還成了太子？

以前自己總是說，她性格寬厚，甚得他心。

直到這時，他才明白，原來是執念作祟，是他都不明白的那種執念在左右著他。

那個張氏有什麼好，值得他到了此刻還念念不忘？

是因為那絕世的美貌嗎？還是因為與她在一起時，他的心靈總是平靜的、悠遠的，或者，是因為在她的面前，他什麼話都能說，什麼心事都可以放下？

在她面前，他不擔心背叛，沒有高處不勝寒的孤寂。她的眸光中總是隱藏著不安，便如他的不安一樣。他們便像行走在世間的兩隻狼，彼此相偎著便可取暖。

那種感覺，他只從張氏的身上找到過。後來，這個李姬來了，一樣的面容，更加寬厚的性格，卻再也無法與他心靈相通，無法讓他放鬆下來。

看著哭泣的李氏，宇文邕張了張嘴，喃喃地喚道：「阿綺……」

他的聲音太低，李氏聽不清切，她把耳朵放到了他的唇邊。

看到她的動作，他卻笑了起來。

笑著笑著，他的眼角流下了一滴淚珠。

阿綺，妳可知道，我快要死了？

那姓高的帶著妳離開了齊國，離開了這個混亂之地，他是對的，是對的。朕都要死了，這蒼天是如此不仁，它根本就不許世間出現安樂，所以，妳離開才是對的。

只是，妳現在是什麼樣了？一晃近二十年過去了，妳現在已是什麼模樣？

陡然的，宇文邕發現，自登基為帝後，只有與張綺相處的那幾個月中，他才是安樂的。因為，他有伴了，便如一隻孤狼有了夥伴一樣，有了一個人傾聽他的心聲，有一個人在他笑時跟著微笑，在他哭時也默默垂淚。

後面，他得到再多，也隔了一層。自她以後，他不會再跟任何人交心，不會再在任何人面前那般放鬆。在這個李氏面前，他曾放鬆過，可他依然孤寂，因為這個聆聽者，不是那個與他有著共同際遇，有著共同孤獨的人。

他這一生，也許不需要愛人，只需要知己，需要可以讓他放鬆，讓他不再孤寂，不再高處不勝寒的知已，讓他可以笑、可以哭的知己。

笑著笑著，慢慢的，宇文邕陷入了昏沉當中。

西元五七八年，宇文邕率軍分五道伐突厥，未成行而病死。病死當日，舉世悲慟。後人都嘆，若是蒼天再借壽給他十年，那麼一統天下的，不是三、四年後的楊堅，而是他宇文邕。

蓋世雄主，天縱英才，奈何蒼天不容，奈何？

之三：也許是兩世

離開蘭陵王府後，一襲青衫的蕭莫突然朝一個管事問道：「君以為，我是什麼人？」
那管事一怔，尋思了一會兒才說道：「郎君清潤如玉，實人中之龍。」
蕭莫搖了搖頭，啞著聲音，低聲說道：「她說了，她從來都沒有想過親近我，她怕我。」他怔怔地看著遠方，喃喃說道：「我對她溫柔備至，處處體貼，她怎麼會怕我呢？」
這個問題，沒有人回答得出。
見那管事不回答，蕭莫自失地一笑，也不再說話。
馬車回到了尚書府中。
也許是少了女主人的緣故，這個府第冷冷清清的。這幾年來，也有不少齊國的貴女愛慕他，甚至不惜手段想要嫁給他。
他通通拒之門外，他知道，娶了她們中的任何一個，自己的仕途都可以再進一步，可他不願。
他隨心所欲慣了，不願便是不願。
坐在書房中，蕭莫還在尋思著張綺所說的話。
他知道，他從小便自負英才，被世人認定是宰輔之選，可這人生什麼都可以算好，就是命運算不好。自他改姓張開始，他的一切風光，便再也與前人無關，與家世無關，他只能靠著自己的雙手打拚了。
事實上，他如果願意，這些也不是難事，短短幾年，他已是從二品了，在齊國這等國家，便是升到一品大員，也是尋常之事。

可他不想升官了。

在高湛的眼中，一品宰輔與九品小吏又有什麼區別？他哪裡知道尊敬他人？倒是位置越高，越有可能被他像豬狗一樣呼喝使喚，還要搶奪人妻給他滿足。

他不知道，如果到時高湛看到他時，想到他求而不得的張綺，突然心血來潮，逼他把張綺從蘭陵王府搶來供他玩樂時，他又當如何？

還是這個位置好，想進就進，想退就退，萬一阿綺有個不好，他還可以救助一二。

這麼想著想著，蕭莫的思緒又轉到了今天張綺所說的那番話上了。

她說，她忌憚他，她害怕接近他。這種感覺，自陳時便有。

他以前不曾傷害過她，便是那一次未遂的歡愛，也是到了齊國才有，她為什麼會有那種感覺？

他想不明白。

轉眼，又是好些時日過去了，這些時日中，蕭莫一直在尋思著張綺說的話，她說她忌憚他，她怕他……

這世間，應該沒有比那幾個詞更可怕的，更可笑的了。他心心念念愛著的人，他不管倫理道德也想要的婦人，竟然一直忌憚於他，一直怕他！

這真是荒唐！

也許是日有所思，漸漸的，蕭莫發現自己的夢多了起來。很多夢中，他都夢到了阿綺。那似是阿綺，又似乎不是。不過，無論他多麼努力，一覺醒來便忘得一乾二淨。

這一日，外面鞭炮通天，卻是蘭陵王大喜之日。

他與阿綺大婚了！

等了那麼久，期待了那麼多年，她卻是嫁作他人婦了。

笑了一陣，蕭莫命令管事送來幾樽酒，便一個人獨坐著，慢慢淺酌起來。

他不知道自己喝了多少，只知道醉醺醺時，一向冷靜理智的他，竟還知道自己回到寢房睡下。

睡夢中，他恍惚間，竟是回到了十幾年後。這時的他，已然三十多歲，而阿綺，也是三十好幾的婦人了。

雖然三十多了，可阿綺的肌膚渾然不似那些喜歡用鉛粉化妝的婦人那麼蒼黃，而是白嫩滑膩如十八少女，連她的眼神，也純淨依舊。特別是少婦般多姿的身段，更讓她有一種讓男人口乾舌燥的美。

他的阿綺，仍然是世間難得一見的大美人。

坐在書房中，蕭莫發現自己在定定地打量著阿綺。感覺到他的目光，阿綺回眸看來，這眸光一瞟間，竟是柔情無限，彷彿，她已愛他入骨，彷彿，她已幸福無邊。

對上她這樣的眼神，雖然是在夢中，可他還是淚流滿面，漸漸濕了枕巾。

奇怪的是，夢中的他，沒有流淚，不但沒有流淚，他的表情中，還閃過一抹隱藏的疲憊，還有倦怠。

他好似真的累了、倦了，他好似對眼前的這個美人已戀無可戀了……

閉了閉眼，坐在書桌前的那個他，在心裡想道：與阿綺結縭十多年，她直到現在，還不曾知道她本是自己的妹妹……前塵往事已不可追憶。這十多年中，為了她幾度蹉跎，現在，也是時候做個了斷了。

他又想道：不能這般離棄。以她的美貌，離棄之後，只會淪為他人禁臠，或者被政敵關起來利用了。罷了罷了，當今天子不是立了三個皇后了嗎？說不定他見張綺如此美貌，會願意再立一個皇后。到得那時，她享受榮華富貴，也算對得起自己與她的這段緣分。

當然，最重要的是，這一步棋走得好的話，那對他自己來說，也有無盡好處。

想到這裡，蕭莫看到坐著的那個他抬起頭來，溫柔地說道：「綺兒。」

「嗯。」幸福的張綺回過頭來，眸光流波，笑意盈盈。

「新帝即位，讚我功績出眾，許我入宮面聖，妳也一起去吧。」

「好啊。」阿綺笑吟吟地應著，像一隻蝴蝶般忙碌起來。是了，這些年來，他與她都不易，爬到現在這個六品官的位置，還是費了兩人的心力。為了節省開支，家中僕人甚少，有很多事都是阿綺親力親為。

看著她勤勞擦著書桌，整理架子上的書本，看著那個坐在書桌後的男人，平靜而漠然地注視著這一切，心中沒有半點波動，更沒有半分感激。突然間，睡在榻上的蕭莫再也受不了了，他滿頭大汗地掙扎起來，他想要朝夢中的那個與自己一模一樣的男人叫喚，他想要醒來。

可他沒有醒來，故事還在繼續。

他看到夢中那個與自己相似的男人，背著手緩步走了出去。交代了老僕人幾句話後，第二天，一輛嶄新的馬車出現在院落裡，而他，也迎著歡天喜地的張綺，趕往了長安。

一路上，他看到阿綺一直是柔情脈脈地對著自己，那眸中的癡情，歡喜還在甜蜜，真是掩也掩不盡。

不知怎地，他的眼淚流得更歡了，睡夢中，蕭莫不停地扭動，而他的淚水，順著枕巾已浸濕了床榻。

接下來的情景讓他絕望。

他帶著阿綺來到了長安，然後，他把阿綺獻給了新帝……

在那一瞬間，他看到了阿綺眼中的淒苦和絕望，她絕望地看著他，唇角還蕩漾著笑。

然後，她一步一步走向新帝，她似乎一下子進入了妃子的角色，她在新帝面前婉轉堪憐，妖嬈而笑。然後，她走到他面前，突然向周主要求，殺了他。

蕭莫慌亂了。

夢中的這個他，是第一次見到這樣的阿綺，也第一次看到阿綺那總是溫柔，總是對他癡迷歡喜的眼眸中，那深刻的恨。

然後，他真的被殺了。

阿綺跪在他面前，她沾起他唇角的鮮血，慢慢吞入腹中，然後，她走到他身後，猛然拔出了他身上的劍，令得他迅速倒斃。

夢還沒有結束。

迷離中，他看到阿綺嗖地一聲抽出那殺他的劍，一劍插入她自己的胸口。

她與他死在一起。

「啊——」

尖叫聲中，蕭莫大汗淋漓地坐了起來。他白著臉看著前方，好久好久後，才嚥了一下口水。

他慢慢地低下頭，摸著胸口處，這裡，還有清楚的痛感。

難道，這一切不是夢，而是曾經的真實？

蕭莫不敢想。

他踉蹌地下了榻，跪在地上，雙手抱頭，只是想道：不可能，這一切不可能！我憐她、愛她還來不及，怎麼捨得把她送給那麼一個荒唐的皇帝？

我明明知道她性情剛烈，怎會做出這種禽獸之事？

……

也不知過了多久，蕭莫慢慢站起來，行屍走肉般的走到院落中。

望著前方鬱鬱蔥蔥的樹木，他突然無聲大笑起來。只是笑著笑著，已淚如雨下。

幾個月後，蕭莫慢慢打發了府中的婢僕，然後封起官印，留了一封萬言書後，便帶著數十個忠僕離開了齊國。

很多很多年後，他遠遠出現在杭州城中，深深地凝視著那歡樂的一家三口，他轉身離去，再不回頭。

他，沒有資格回頭……

之四：如果人生能夠重來

「綁緊一點。」

「是。」

一個校尉一邊調節著吊籃，一邊看了一眼被強架過來，臉如死灰的鄭瑜，終於忍不住湊近那裨將，小聲問道：「頭，這是怎麼回事？這婦人不是以前的蘭陵王妃嗎？」說到這裡，他朝洛陽城下那密密麻麻的周軍陣營看了一眼，同情地說道：「這個時候派她去做什麼說客，這不是送肉上門嗎？」

那裨將卻是熟悉內情的，他低聲嘆了一口氣，說道：「這是皇后娘娘和咱們洛陽王妃共同下的令。」搖了搖頭，他聲音一冷，「好了，這些事你不用管了，我們做好分內的事便可以了。」

「是。」

吊籃一弄好，幾人便提著鄭瑜把她塞到吊籃中，然後緩緩抽動繩索。

隨著繩子一放，鄭瑜開始慢慢下墜，從十丈高空下墜，便是身在吊籃中，鄭瑜也是一陣頭暈目眩。她抬起頭，看著那齊刷刷望來的周軍，看著他們臉上的獰笑，突然的，她無法自抑地尖叫起來。

此刻正是安靜之時，鄭瑜聲嘶力竭的尖叫，引得城上城下的人都向她看來。不過，也就是看來罷了，這些百戰餘生的血戰之士們，一個個眼神冰冷，有笑著的，也在指指點點，可就是沒有半個同情的目光。

再也沒有人同情她，更沒有人挺身而出，把她從危難當中拯救出來了。

冬日的寒風颼颼地颳在臉上，石頭做成的城牆，尖硬又粗糙，它們不停地摩擦著她細嫩的肌膚，令得她朝向城牆的那一邊已經傷痕累累。
這種疼痛，一下子讓鄭瑜清醒過來，讓她突然停止了尖叫。
她猛然抬頭，朝著城牆上嘶啞地求了起來：「放我回去！讓我回去！」
她的嘶喊聲不可謂不響，可是沒有一個人理會。
那放她下來的兩個人，自顧自說著話，竟是不曾朝她看上一眼。
鄭瑜閉上了嘴，她白著臉絕望地想道：完了！完了！
是的，完了，都完了。
曾經的驕傲、風光，曾經的不依不饒，曾經的自得，曾經的期待，都完了。
突然間，鄭瑜悔了，無比後悔了。也許，這種悔，很早很早以前便有過，剛與蘭陵王大婚，當晚看到蘭陵王一次一次揭開她的蓋頭，卻問她「阿綺，妳怎麼變醜了」時，她就悔了：是不是本來就不應該嫁給他？他明知道娶的是我，卻一再為了那個小賤人，提出種種苛刻的條件，甚至表示可能不會碰自己時，自己是不是就應該驕傲些，自愛一些，應該大方把他一腳踢開，放棄他？
第二天，那個賤人自焚而死的消息傳來時，她更悔了：從此以後，她與高長恭之間，永遠都插了一把刀了，高長恭永遠也不會碰她了。
可因為僥倖，她還是沒有放棄。
後來，蘭陵王帶著五萬齊人，遠征武威，卻令著府中的人對自己明緊暗鬆，甚至允許自己與任何男人交往、遊玩。再然後，大戰得勝，一個姓文的幕僚帶著得勝的五萬大軍回來了，回來後，姓文的找到她，對她說，張氏重病，蘭陵王不顧自身安危，親身涉險把張氏救了出來。在張氏重病時，又棄大軍於不顧，帶著她遠赴塞外求醫。現在更是與那張氏遠赴陳國，只為圓她的回家之夢。
她還記得那個姓文的眼神，當時他認真看著她，一字一句說道：「蘭陵王妃，我從來沒有見過蘭陵王這等癡情的丈夫。張氏於他，重逾生死，如今又在一起了，只怕是無論如何也割不斷了。而那張氏，看起來溫馴，實則是個任性自私之人，她斷斷不會與王妃共夫的，所以你們的和離無可避免……」

當時她只聽到了這裡，便令人把那姓文的亂棍打了出去。記得她還哈哈笑著說：「她不與我共夫？笑話，我還無法容忍她呢！」也許，到了那時，她對蘭陵王已沒有多少迷戀，剩下的，只有不甘和恨吧？是的，她不甘心，她永遠也不會甘心，她怎麼能把這王妃的位置拱手相讓於仇人？她拖也要拖死他們！

那時的她沒有想到，最終拖死的，卻是自己。

也是蘭陵王與那賤人遠赴陳國的那一年，她與秋公主、李映等人越走越遠。李映也就不說了，她對自己的感情也只有這麼真，無非是看到秋公主與自己好，想巴上來罷了。

至於秋公主？

念到秋公主，鄭瑜突然有點說不出道不明的感覺。

她一直沒有把秋公主放在心上過，這些年來，秋公主對她極好，可能就是太好了，所以她都習慣了，也都不以為然了。

所以，在她沉悶時，聽到秋公主那不加掩飾的笑聲，她會突然發怒，有時強忍著，那臉色也是不好的。

所以，在秋公主胡言亂語安慰她時，她心裡還厭煩過。

所以，在聽到秋公主因自己的事被關起來後，她沒有理過，沒有在意，更沒有想過要派人去看看她。反正那個人永遠都會自己巴過來，自己理不理她都是一樣。

所以，在聽到秋公主被胡皇后嫁到柔然時，她甚至都沒有感覺。那時的她，沉浸在對蘭陵王和張氏的恨中，沉浸在自身命運的苦楚中。那時的她，只覺得世間無人不可恨，所以，她沒有心情也沒有精力去安撫秋公主。縱使，秋公主是因為屢次幫助自己的緣故，從而被胡皇后記恨才導致這等命運的。

所以，那一日秋公主遠嫁，她也沒有去。反正那個人都要嫁了，再也幫不到自己了，她為什麼要去？

可她沒有想到，便是她的這個行為，令得整個貴女圈都排斥於她，令得李映那個兩邊倒的小人更是直言與她決裂。而那些追求過她的年輕俊彥們，雖然早已對她疏遠，可也是那天起，他們便是見到她，也當視而不見。

從此以後，她所在的蘭陵王府變得死寂了。從早到晚，都不會有個外人前來。從此以後，她的府中、她所在的地方，再也沒有半點笑聲。從此以後，她想說話時，無人會與她說話，她想到外面走走時，只能一個人前去。她走到酒樓中，所有人也都無視她。

這時，她完全悔了。

於是，她在那裡想著，如果能夠重新來過，她不會選擇嫁給蘭陵王。如果可以，她也會在新婚的第二天，張氏傳來自焚的消息時和離。如果可以，她會在蘭陵王遠征武威時和離。

那個時候，她選擇和離的話，她還會是以前那個鄭瑜，她會依然風光、美貌，受人追捧，得人喜愛，被家族倚重。

可到了現在，大夥兒都離開她了，她也因為老得太快，沒了以前的美貌，再加上李映等人的宣揚，導致她名聲很壞。所以，現在她和離的話，找不到好的對象。

她和離不起了。

她和離了，權貴圈中的人不會娶她，她能嫁的，只會是那些差勁，原本娶個鄭氏的庶女都嫌多的小人物。

再也不能躋身權貴圈，她和離做甚？她不和離，她會一直拖下去！

後來，蘭陵王帶著那個張氏回來了，他一回來，便逼著她說要休妻。雖然自己為了防這一手，早就把張氏的畫像獻給陛下，可陛下一直沒有動手，自己也只能生受著。

他一步一步地逼，逼著自己只能來個三個月的拖延之期，在眼看三個月的期限到來時，在蘭陵王出征的大好時機下，她靈機一動，找到了和士開，準備求這個人出手，一起對付張氏。

便是這靈機一動，她這一生，徹徹底底毀了。

和士開那個淫賤之人，他當場要了自己的身子，得了自己的處子之身後，還嫌棄自己不夠風騷，還用刻薄難聽的話侮辱自己。更可怕的是，這還只是一個開始。

和士開展開了無止無盡的索求。

縱使自己與蘭陵王和離，回到了鄭府中，他也沒有放過她。每過幾日或十幾日，他便用盡藉口找自己前去。明知道自己怕人知道兩人的關係，卻還故意在自己的耳朵和脖子上咬滿印痕。

到了後來，她的繼母和服侍她的人都已起了疑心。在她們的交頭接耳、風言風語中，自己卻不得不流掉和士開的孩子，拖著越來越殘敗的身子強顏歡笑。

家族起了疑心後，便再也沒有強逼她嫁給這個嫁給那個，而是聽之任之。於是，她只能攀著和士開那棵斷樹，且越陷越深。

然後，直到這一次。這出使到周營做說客的事，原本是她建議胡皇后的，原本是想坑死張氏的，可她沒有想到，居然報應到了自己的身上。

不過，不怕，她還有後招。哈哈，張氏啊張氏，我是完了，可妳也完了！

隨著吊籃砰的一聲落在地上，隨著一隊周兵策著馬蹬蹬蹬向自己趕來。隨著猶豫良久的她，因為存著一絲僥倖，白著臉，拖著身子一步一步走向周營時，鄭瑜終止了她的胡思亂想。

她咬著牙，此時此刻只有一個念頭：闖過這一關，如果能讓周人成功放了自己，那麼自己一定重新來過。一定要與和士開分開，然後，嫁個樸實可靠，能夠像蘭陵王疼愛張氏一樣疼愛自己的丈夫，哪怕他長相普通，沒有顯赫的地位也無所謂。

抱著這種信念，鄭瑜一步一步走到了齊人射程外，朝著那一隊周人行了一禮，儘量清朗地說道：「昔蘭陵王妃，鄴城鄭氏嫡女鄭瑜，求見大塚宰。」

她的聲音一落，那幾個周人卻哈哈大笑起來。

走在前面的周人將軍笑道：「婦人，妳來做什麼？」

鄭氏咬著唇，大聲說道：「妾奉我國胡皇后之令，前來行說客之事……」話還沒有說完，面前的周人直是笑得前俯後仰起來。於大笑聲中，那個問話的周將伸手把她一提，讓她坐在自己的馬前，哈哈大笑道：「都說齊主荒唐，沒有想到那胡皇后更勝齊主。得，我帶妳這個婦人去見大塚宰。」

嘴裡說著好聽，那雙摟著她的手，卻上上下下摸著，到了後來，那手已伸到她的衣裳裡了。

而這時，他們已來到周營中。無數個士卒都看到了這一幕，他們對上那雙在鄭瑜衣裳中活動的手，對上鄭瑜敢怒不敢言的表情，頻頻嚥著口水，目光如狼似虎。

鄭瑜沒有見到大塚宰，那個將軍稟告了一聲後，她遠遠地聽到有人說道：「大塚宰沒空，把她關起來。」

便這樣，鄭瑜陷入囹圄當中。

開始時，周人把她關在一個營帳外，外面還有人把守，吃用更不曾短她，更不曾有人搔擾她。

直到那一天，一個年輕俊雅，姓蘇的將軍走了進來。

這個蘇將軍，有雙溫柔的眼睛，也很會說話。他得知鄭瑜是以前的蘭陵王妃時，對她和顏悅色，溫柔備至。

這種感覺，讓鄭瑜看到了希望，為了讓他滿意，她是有問必答。

她發現，她說的越多，他的神色便越是溫柔。在那雙黑亮眸子的鼓勵下，鄭瑜不爭氣地紅了臉，她竟是想道：胡皇后都已經容不下我了，我可以叛到周國去啊！聽說叛到周地的人，個個都升了官，過得很好很好的！

這時的她，渾然忘記了，她一個婦人，叛到周地能做什麼？

蘇將軍的問話太有技巧了，當她咬牙切齒地提起張氏時，他挑高了眉，沉默一陣子後，突然說，張氏在周地時，也仗勢欺負過他的族人。

這話一出，鄭瑜便如遇到了知音。當下她滔滔不絕把自己對張氏的恨，全部說了出來。說著說著，她把自己對張氏的種種設計，也都說了出來。當她說到利用和士開，想把張氏騙到皇宮，讓齊帝睡了她再置她於死地時，鄭瑜沒有注意到，眼前的這個蘇將軍，眼中閃過一抹陰狠。

然後，鄭瑜也說到了這一次。說完之後，她磨著牙恨聲說道：「只恨當時沒能逼得張氏前來做說客！哼，以她的美貌，必然逃無可逃！我倒要看看她千人騎萬人睡之後，姓高的還怎麼愛她？」

也就是這句話一出口，蘇將軍突然暴喝道：「來人！」

在鄭瑜的愣神中，兩個裨將走了進來。

蘇將軍朝他們點了點頭，說道：「把她拖出去當營妓。」

這話一出，那兩個裨將、外面探頭探腦的周卒，同時歡呼起來。而鄭瑜則是白著臉，她不敢置信地瞪著蘇將軍，嘶聲叫道：「你……為什麼？」

「為什麼？」蘇將軍轉過頭來盯著她，厭惡地說道：「大塚宰的意思是，讓眾人玩過妳後，把妳的人頭吊在城頭向齊人示威。不過，我現在改變主意了，妳不用死，就在這周營中當一輩子的營妓吧。」

他大步外出，在離開帳篷時，丟下一句話給哭得聲嘶力竭的鄭瑜：「阿綺，是我的心上人！」便是這句話，令得鄭瑜軟倒在地，她絕望地看著那遠去的身影，再也無法自抑地狂笑起來……

這時候，她悔之無及，可一失足成千古恨，她縱想回頭，又哪裡還有人許她回頭？

之五：絕色少年

西元五七七年冬，杭州街道。

大雪紛飛，把整個天和地都染成了白色。已經好些年了，凡是冬寒大雪之日，北周也罷，北齊也罷，百姓們都會紛紛備戰。邊境處，更會組織著成千上萬的勞力，用木棍去擊碎寒冰。

不過今年不會了。

一個黑衣人壓了壓頭上的斗笠，望著北方失神地想道：今年後，再也不會了……

失神了良久，他輕呵了一口氣，隨著一股股白氣瀰漫而出，他毅然轉身，朝著不遠處的一個府第走去。

走了幾十步，一個高大漢子走了過來，他來到黑衣人旁邊，低聲說道：「小郎君不肯回來。」

黑衣人本來處於極度的失落中，一聽到這句話，他的眉峰便狠狠一挑。轉過頭，他咬著牙低問道：「人在哪裡？這一次不給他一個教訓，我就不姓高了！」

那大漢顯然聽慣了自家主子這種憤怒的話，小聲說道：「躲起來了。小郎君說，母親只有小聰明沒有大智慧，父親動輒使用蠻力。他雖天資聰穎，奈何這蠻力要學會，不是一朝一夕之功。所以，他明知打不過，只好躲了。」

聽到這句話，黑衣人唇角狠狠抽搐了幾下。這時刻，故國滅亡的陰霾都拋到了腦後，尋思的只有一件事，就是教訓那個小兔崽子。

黑衣人深吸了一口氣，問道：「他躲哪裡了？」

大漢看著黑衣人，一副你明知故問的表情，「以小郎君的聰明，他要想躲，何人可以尋到？」

也是這個理，黑衣人無可奈何，他把一口氣強行嚥下，可就算嚥了一大半，還剩下小半哽著，實在讓他難受。

過了一會兒，黑衣人嘆道：「夫人呢？」

「夫人下棋又輸給了小郎君，打賭也輸了，彈琴也輸了，正在府中氣著。」

黑衣人聽到這裡，苦笑道：「也怪不得小崽子說他娘只有小聰明沒有大智慧，這些個東西，與兒子爭什麼爭？他才多大？早在五歲時，他的棋藝就已勝過他母親多矣，直到現在她還不肯承認。」

「郎主說的是。」

兩人一邊說一邊走，不一會兒，來到了一個府第前。

看到兩人到來，門子連忙躬身行禮，「郎主回來了？」

「嗯。」

黑衣人信口問道：「成史和李叢他們呢？」

那門子回道：「小郎君說，他夜觀天像，北周滅了齊國，下一步就是突厥了。宇文邕那廝胸懷大志，雖然此行定然無法成功，可突厥人中，沒有像小郎君他這樣的絕頂聰明之人，所以突厥內部必會慌亂。若是潛於邊境之處，趁機行劫掠之事，掃平十數個部落，得到十數萬良馬，也不過小事一件。然後剩下的幾十年，我們只須養馬販馬，便可以擁有無盡財富。大夥兒素來相信小郎君，這不，成史和李叢他們都跟著小郎君走了……」

黑衣人聽到這裡，驀地轉頭瞪向大漢，那大漢冷不丁打了一個寒顫，連連叫道：「郎主，這事我不知情啊！我問了好些人，都說小郎君藏起來了，他們都沒有說……」

「閉嘴！」喝退那大漢時，只聽到府中琴音一息，一個麗人撲了出來。她衝向黑衣人，人還隔得老遠，聲音已帶哽咽：「長恭，你聽說了沒？蝗兒到北方去了！」她撲到高長恭的懷中，緊張地說道：「如今天下這麼亂，他小小年紀跑這麼遠，長恭，你說怎麼辦？」說到這裡，聲音已是抽抽噎噎的。

高長恭長嘆一聲，他摟緊懷中的麗人，撫著她直達腰部的墨髮，苦笑道：「那孩子狡詐得很，妳替他操什麼心？再說了，他帶走了所有人，夠安全的了。」

張綺哽咽了一陣，喃喃說道：「可我就是不放心嘛！」說到這裡，她突然瞪了一眼高長恭，恨聲說道：「也不知蝗兒這孩子怎麼長的，肯定是你這個父親教得不好！」

高長恭哭笑不得，現在倒怪起他了？

當初是誰說的，要按世家的教養來？是誰發現了袁氏那個怪老頭是個天文地理藥物算術無所不知的異人後，同意把兒子送過去讓他教的？

他嘆了一口氣，摟緊張綺，安慰道：「好，是我教得不好，都是我不好！」

張綺聽到他認慫，又哽咽起來，抹著淚說道：「蝗兒長得這麼俊，要是被什麼人看中了強搶了怎麼辦？」說到這裡，又瞪了高長恭一眼，再說一句：「都是你的長相不好害的！」

「好好，是我的長相不好，是我的長相不好！」

張綺又抹了一會兒淚，轉眼向那門子問道：「袁老頭呢？找到他沒有？」

門子搖了搖頭，施禮回道：「袁公說了，夫人不必擔憂小郎君，小郎君吉人自有天佑。別說是那些小小的突厥人，便是那宇文邕死了，楊堅死了，他也不會有事。」

對於那神祕的老頭，張綺還是相信的。

正在這時，門子又說道：「對了，我聽到小郎君在臨走時吩咐大夥兒說，從此以後，他行走世間將另換一姓，以後大夥兒喚他袁天罡便是。」

這話一出，高長恭跳了起來，冷喝道：「我要殺了這個兔崽子！」人已氣得臉都紫了。

這也是太膽大了。張綺驚得目瞪口呆，這世間，好像沒有人把父親賜的姓氏也改了的吧？

呆了半天，她才問道：「為什麼要換姓？」

門子被高長恭的雷霆之怒嚇得臉色發白，好一會兒才說道：「小郎君說，一則，高氏倒行逆施多年，氣數已盡，如不換姓，易生大禍。」

這話一出，愛子心切的張綺馬上閉了嘴。想來那些親衛也是因為這個原因而不與他爭持吧？

不但是張綺，已衝出幾步的高長恭聽到這話也是一怔，先是冷笑一聲，「他以為他是誰？連高氏氣數已盡也算得出？」這話一出，他自己先是一啞，不管如何，今年北周滅了北齊，把高氏一族殺的殺、囚的囚，這不是氣數已盡是什麼？

因此，他雖然嘴硬，心裡卻信了。

那門子繼續說道：「二則，小郎君說，他所行之事，將攪亂天機，混淆世事，實是蒼天不容之事，改姓之後，也可蒙蔽上蒼。」

張綺木雞般呆了一陣，才喃喃說道：「他說要改，便隨他罷。」

那門子又說道：「對了，小郎君還提起一事，說是以前齊主高緯在位時，為了堵天下悠悠之口，便說蘭陵王是戰死沙場的，還在郎主曾經修築過墳墓的地方給郡王立了一個碑。小郎君說，這一次要是有空，他會去那碑前祭奠一下。」

這話一出，高長恭氣得臉孔狠狠跳動幾下，冷聲道：「他老子我還沒有死呢！祭奠什麼鬼？」

這事聽起來是有點亂七八糟，張綺已有點糊裡糊塗了，她捂著頭，看了一眼總是被自家兒子氣得倒仰的丈夫，又有點想怪他胡亂教兒子了。暈了一會兒，張綺喃喃說道：「還有沒？」

「沒有了。」

「唉……」長嘆一聲，她轉身走向高長恭，牽著他的手朝院落裡走去。

這些年來，張綺隱居杭州，她既不會經商，也不懂別的事，平素裡沒事弄弄琴，堅持不懈地與兒子下棋，拚了命也沒能贏過他之外，便是調弄著化妝之術。

一家三口，全部頂著一張禍水臉，走到哪裡都要戴著紗帽，實在沒意思。要說那紗帽能成功掩去他們的容貌也就罷了，可問題是，根本掩不去啊。

無可奈何之下，他們是能夠不出門便不出門。其實無論是張綺還是高長恭，都是好動之人，要他們一天到晚待在院子裡，無疑是種痛苦。

幸好，這種痛苦在他們的兒子九歲那年解決了。也不知那小傢伙從哪裡學來了一種化妝術，神乎其技，不但可以掩盡膚色容光，還可以改變五官，再配上一定的衣裳和說話走路方式，完全可以變成另一個人，便如現代的高明化妝術達到的效果一樣。

對於自己苦練數年，被兒子一朝破解的事，張綺本是感慨且興奮的，奈何那小傢伙得理不饒人，擺出一副世家公子高高在上的，彷彿世間事通通都是小事一樁的架勢，著實激怒了她。

張綺想道：你說這事不過是小事，那豈不是說，你母親太過愚蠢？這麼多年來，連一件小事也辦不好？

大怒之下，她令丈夫按著小傢伙，然後狠狠揍了他一頓屁股。

小傢伙無緣無故被打了一頓，也沒有求饒，只是眨著水汪汪的，可以勾魂蕩魄的眼，靜靜地、冷冷地瞅著她，好半晌才憐憫地搖了搖頭。也是從那事後，他的母親張綺，在他口中便變成了一個「只有小聰明沒有大智慧」的人。

面對這樣的兒子，著實讓張綺和高長恭夫婦憋屈。他天生聰明，任何難事在他手中都變得簡單，任何時候都是不緊不慢。還有，啥事都喜歡算計，又總以一種憐憫的目光看待他人。這傢伙不僅張綺，連高長恭也總是想狠狠揍他幾頓。

奈何他從小便收服了眾位叔叔伯伯，夫婦兩人雖惱，卻也從九歲起便對他完全無可奈何。很多時候，高長恭氣得跳起來了，張綺氣得要哭了，他才憐憫地搖了搖頭，緩步走過來，然後趴在榻上拱起屁股，好讓父母揍幾下出一口惡氣。

回到院落中，張綺數落了一陣，想到兒子的妖孽，便命令自己不再擔憂他的安危。

高長恭與她同樣的想法，沉默了一會兒，說道：「昨日我好似從人群中看到蕭莫了。」他想了想，蹙眉說道：「當時他好似也在看我，我剛向他走近，他看到了一個美貌姑子，便轉身離開了。」

高長恭頓了頓，說道：「那姑子似乎追他甚緊，蕭莫當時的樣子頗有點狼狽。」

張綺聽到這裡，咯咯一笑，愉快地說道：「能讓他狼狽的姑子，倒真是不凡啊！」

高長恭想了想，唇角扯了扯。

張綺把臉窩在他頸間，喃喃說道：「長恭，你別難受了……北齊立國二三十年，卻出了好幾位荒唐無恥的君主。那樣的國度若是不滅，天都不容。」

要是以往，張綺不敢也不會這樣說他的故國，可現在，兩人離開齊國也有十多年了。所謂旁觀者清，高長恭站在旁觀者的角度，看著齊主的所作所為，看著他們的行為對百姓造成的巨大災難，已打心眼裡改變了。

高長恭沉默良久，才啞聲回道：「我知。」

張綺的思路一向轉得快，這時她轉過話題說道：「我那嫡母死了，長恭，你知道嗎？」她嗤地一笑，悵惘說道：「我那嫡母自以為高貴，卻死在一個骯髒賤民的手中，死後屍體還被人踢到了茅坑中。想來她死後有靈，也會覺得這樣死真是不值。」

當年的陳文帝早就死了，而陳文帝死後，陳國也換了幾任昏聵無能的皇帝。因國君昏庸，使得朝野也不安定。建康張氏，這些年已是大不如前。而那一日流民湧入建康，國君逼得張氏捨粥時，張蕭氏站出來拒了。她拒了也就拒了，這個張蕭氏雖然一直病殃殃的，卻得理不饒人，聽說她當時用一種極不屑的語氣，把賤民們撲頭撲臉地罵了一頓，罵的話極其惡毒，難以入耳。

她一時痛快了不要緊，可好些賤民卻從此記恨上她了。前幾天，張蕭氏坐馬車到一個寺院中進香，也不知怎地，便被一群流民埋伏了。他們用亂棍把張蕭氏和眾下人打死後，還不解恨，竟是把她扔到了糞坑裡……

聽到張綺的話，高長恭淡淡地說道：「她是得罪了人。」

見張綺抬頭看來，高長恭又說道：「這事說起來還與妳有關……十幾年前，我們去過建康後，直到今天，建康人還時不時提起妳張氏阿綺。後來有人說，當時妳心心念念都想嫁個寒門高官。妳也知道，現在南陳掌了勢力的寒門高官甚多，那些人聽了，也都有些感慨。那些感慨不知怎麼的，便傳到了妳那嫡母的耳中。當下妳嫡母便在一次宴會中當眾說道：她平生最恨之事，便是當年不曾把妳把殺了。或者，把妳當個妓妾玩物賞給了他人。她還說，什麼寒門高官？她做她的美夢去！便是換成了今時今日，她也會在送嫁之時給妳服一劑絕子湯，讓那什麼寒門高官抱著一個生不出崽的賤人樂呵去。」

高長恭說到這裡，摟緊張綺，冷笑道：「這個張蕭氏囂張過頭了。如今寒門子當道，各大貴族全部滅落之時，她還如此分不清好歹，也難怪被那些人愛慕妳的人記恨了。」

張綺一陣怔忡。

這時，高長恭低聲交代道：「這事千萬不要跟皚兒說。」他苦笑道：「咱們那兒子手段太多，防不勝防。要是讓他知道有人這樣侮了他的母親，只怕死了的張蕭氏會從墳墓裡被人挖出來鞭打，便是以前死去的大夫人，只怕也不會放過。而且，妳那嫡姊張錦恐也逃不過他的算計。往日事往日了，我們是來隱居的，這些恩恩怨怨，不應該再計較。」

張綺嗯了一聲，提到兒子，她也是一陣牙疼，她不知道，她與長恭都是忠厚之人，怎麼生下一個兒子，卻如此的，有仇報仇，不出手則罷，一出手便絕不留後患？

之六：出現在建康街頭的美少年

春去春來，又是一年終。

轉眼間，西元五八二年到了。

如今，天下已姓隋了。齊也罷，周也罷，都變成了歷史。周國的輔政大臣楊堅篡了周國的天下，占據了泱泱中原的五分之四的國土。而整個天下，只有陳國一地偏安一隅。

不過，這只是暫時的，隋國自成立後，便開始對南陳頻繁攻擊。這一次，要不是太上皇病逝，隋人說：禮不伐喪，只怕現在的建康城已落入了隋人之手了。

在這種大軍隨時壓境的情況下，原來的太子，現在的陳主陳叔寶上位後，不但沒有勵精圖治，反而極度耽好享樂，耽好醇酒美人。

陳國這樣的情況，再對比楊堅治下，大隋帝國那種蒸蒸日上的氣勢，有理智的人便都知道，陳國，撐不了多久了。

建康城。

自陳國建立後，陳國的歷代君主，都是雅好文學音樂的才子。他們與這個南陳的世家子弟們一樣，喜好美好的事物，而且不遺餘力把這美好的事物呈現出來。因此，雖然現在陳國的國力不怎麼樣，可建康城卻是越發華美，處處精舍豪宅，遠處的皇宮高高聳入天際，各大山頭上的大小寺廟鐘聲悠悠。若不是來來往往的行人中有不少是衣履破舊的平民，只怕所有人都以為他們來到的地方，既有著潑天富貴，又一直太平繁盛著。

來來往往的人群中，一輛馬車在建康城中緩緩駛來。

成史指著前方，說道：「小郎君，再過三條巷子，便是你的外祖家了。」

正在這時，後面一陣喧譁聲傳來，成史回頭看了一眼後，露出嘲諷的笑容，又說道：「小郎君，你看，那些人是你母親的外祖家。早年聽王妃說過，她自小寄居在外祖家，那些人常欺凌於她。可沒有想到，你母親十幾年前來過一趟後，這些建康人簡直把她當成仙子了，連這些虧待了你母親的人，也得以風生水起，被人又是賜宅又是賜田地的。」

在成史說話之時，後面喧囂聲越來越響：「大膽賤民，你可知道我是誰？我乃是那名聞天下的大美人張氏阿綺的親舅舅，那輛馬車中的人是張氏阿綺的親外公。在我們面前，你竟敢無禮？趕緊給我跪下磕頭！」

叫囂聲中，卻是幾個百姓無意中衝撞了一個華服漢子，這漢子四五十歲，瞪著眼睛吹噓一陣後，在那人果真跪下來磕頭時，卻是一腳踢出，把那磕頭的老者踢出老遠。踢得人家在地上翻了幾個轉後，他還不滿足，又追了上去，一腳踩在那老者的臉上，然後昂著頭，得意地叉著腰哈哈大笑。

這一情景，有不少人看在眼中，隱隱中，有人低聲議論道：「這家人越來越跋扈了！」

「欺軟怕硬之徒罷了。他們看到權貴人家時，不但點頭哈腰，還逢人就叫大人，真真丟盡張氏阿綺的臉！」這個時代的父親便叫大人。

「要不是世人憐惜美人，愛屋及烏，這家人早就被人修理得很慘了！」

議論聲中，馬車車簾掀開，慢慢的，一個戴著斗笠的面孔呈現在世人面前。

斗笠下，是一雙略顯狹長，卻頗見勾魂蕩魄的眸子，眸子的主人定定地看著那個叉腰大笑的中年人，慢慢蹙起了眉。

那囂張尖利的聲音，帶著無盡的得意；那高高昂起的頭，彷彿自己是什麼皇親國戚一樣。看這樣子，沒少仗著建康人對絕世美人的寵愛而為非作歹。

斗笠下的少年嘆了一口氣，徐徐說道：「成叔。」

「小郎君。」

「去教訓他們一頓。」

「是。」

幾乎是少年的聲音一落，成史便帶著五個護衛衝了過去。這些護衛不動時，便與常人無異，這一動，那整齊劃一的腳步聲，那直沖山河的氣勢，實實是逼人而來。雖只有六人，卻比六百陳卒還讓人驚駭。

蹬蹬蹬的馬蹄聲中，不知不覺中，所有的聲音都消失了，眾陳人齊刷刷回過頭看來，然後，飛快向後退去，留下一大片空地。

隋國的強勢，令得陳人已如驚弓之鳥，六個人只是一動，街道便自動清空，擠在兩側的陳國百姓，也有不少顯得緊張的。

那中年漢子正哈哈大笑得歡，陡然聽到這整齊劃一的馬蹄聲，感覺到四周的異狀，不由笑聲一止，張大嘴回過頭來。而不遠處他的馬車中，一個白髮老頭正戰戰兢兢看著這裡。

成史已衝到了那漢子的面前。

他翻身下馬，然後便是飛起一腳，把那中年漢子踢得滾出五六米遠後，成史上前扶起那個已經被踩得血淋淋的老者。

原來是個來做好事的。

這個武將稱雄了數百年，幾乎沒有什麼教化的時代，欺軟怕硬已是常態。成史六人要是見人就殺，也許還有人敬畏，他這麼扶起一個賤民老頭，頓時再無威懾。一時之間，擠到路旁的百姓們都走了過來，沉寂的四周也盡是笑聲和說話聲。

馬車中的老者更是不再怕了，他把馬車車簾一掀，朝著成史吼道：「兀那匹夫？你可知道我們是什麼人？我是那絕世美人張綺的親外公！這個建康城中，不知有多少人疼著憐著我那綺兒！小子，你信不信，你今天得罪了我們父子，就再也見不到明天的太陽了？」

在他吼叫時，站在馬車旁，剛才差點軟在地上的幾個護衛，更是精神抖擻站了起來。

他們一邊拍著佩劍，一邊走向成史等人，哇哇叫道：「好一個小子，你竟敢打我們郎主？想死啊你！」、「混帳，爺要殺了你們！」、「小子，快跪在我們郎主面前磕頭，求他饒你不死！」

哇哇大叫中，成史搖了搖頭，他挺直腰背，嗖地一聲拔出了佩劍。

他亮出寒森森的劍鋒，可這個時候，陳人對他這種「軟弱憐善」的人已無半分畏懼，那些護衛更是吼叫著衝了過來。

看到這些人絲毫不知進退，幾個護衛看向成史，不管如何，眼前這些人畢竟是王妃的外家，很多事他們不好做啊。

在他們愣神時，四周的陳人笑聲、議論聲更響了，而不遠處的閣樓上，更有一些世家子伸出頭向這邊看來。看到成史等人這模樣，他們都搖了搖頭，然後把頭一縮，便不再理會。

就在這時，一個清悅的，如琴聲飄揚的聲音緩緩傳來：「成叔，你們退下吧。」

這個聲音實在太動聽太動聽了，而且它在不知不覺中，便從喧囂中滲入人耳，彷彿最動聽的笛音琴聲，一下子貫穿時空，沁入世人心田。

眾人停止吵鬧，回頭看去。

馬車車簾掀開，一個頎長的少年慢步走下馬車。

少年頭上戴著斗笠，面目不顯，但他有一種特別的優雅和寧謐，彷彿是數百年前，王謝最為繁盛時走出來的貴公子，也彷彿是春秋戰國時，那些個數千年來都站在頂峰俯視蒼生的姬姓皇子。

隨著熱鬧的街道這麼陡然安靜下來，兩側的閣樓中，那些世家子紛紛伸出頭看來。

這麼伸頭一看，好些人同時一驚，有人叫道：「他是誰？怎麼從來沒有看過？」

這種頭角崢嶸、天生都雅之人，應該早就是世間著名之人，怎麼他們都不識得？

一時之間，眾世家子湊在一起，議論起來。

有人朝著張軒叫道：「阿軒，你可識得這人？」

張軒搖了搖頭，他也在好奇，瞬也不瞬地看著那少年。

少年身著一襲簡簡單單的青衫，可這青衫卻比世間任何華服還要亮眼，還要閑雅。

少年顯然習慣了旁人的注目，他低頭朝著剛剛從地上爬起來的「外舅公」看了一眼，又瞟了一眼那馬車中的「老太公」，慢慢的，他唇角扯了扯，然後信手摘下了頭上的斗笠。

這斗笠一摘，周遭頓時一片寂靜。眾人反射性地閉了閉眼，躲過那一瞬間如太陽燃燒的華光後，再睜開眼後，便移不開目光了。

對上眾人如癡如呆的注目，少年顯得有點不耐，他蹙了蹙眉，慢條斯理地說道：「我的母親，便是張氏阿綺……」

少年的聲音很動聽，很動聽。

可這聲音一出，四下同時嘩的喧鬧起來。

張軒更是噌地一站，目不轉睛地看著那少年，不知不覺中，已是熱淚盈眶。看著那少年熟悉的眉眼，另一個世家子也叫道：「怪不得此子甚為面熟，果然與那高長恭、張氏阿綺甚為相似！」

還有一些姑子則在尖叫：「太美了，啊，比當年的蘭陵王還要美！」

這也正是少年摘下斗笠的目的。

他摘下斗笠，說了這麼一句話，凡是看到他面目的人，便再無一人懷疑他的話。

除了那兩個絕世美人，還有誰生得出這樣青出於藍的兒子？

在喧譁聲中，那兩個無恥之徒顯然也信了，當下，那漢子叫道：「孩子，我是你外舅公啊！」

說到這時，這漢子還嗚嗚哭泣起來，一邊拭著淚一邊叫道：「我可憐的阿綺，她原來沒有死，我們這些年一直在找她啊！」一邊說，一邊朝著少年跑來。

在他的身後，那馬車中，張綺的外公，張綺童年所有不幸的製造者，更是雙眼發亮看著少年，他流著口水想道：嘖嘖，看這孩子的架勢，看他這些隨從的樣子，肯定是大富大貴啊！蒼天啊，我楊氏一族從此也發達了！不對，不是發達，是飛黃騰達了！

轉眼他又想道：也不知那高長恭還在不在世？如果姓高的死了，他們孤兒寡母守著這些錢財這些人手豈不是浪費？到時拿過來壯大我楊氏一族，嘖嘖嘖……他都不能想下去了，再想，口水都流到衣襟上了。

見那所謂的外舅公衝過來，少年似笑非笑地唇角一揚，眸光一瞟，引得一陣驚豔的尖叫後，少年聲調清冷地說道：「我母親說了，她從小便是私生女，從不得外祖和舅舅的歡心。那些年中，挨罵、挨打、關禁閉是數不勝數。長到十三歲，從不曾吃過一頓飽飯。」

這麼羞恥的往事，少年淡淡說來。可因為他氣派高貴，一時之間，是無人不信，並且，也無人敢嘲笑。

那外舅公奔跑的動作一僵，瞟了一眼眼珠子不停轉悠，正著急著想找藉口解釋此事的外舅公，少年微笑道：「所以，諸位明鑒，我母親對這家人實是恨之入骨，你們實是沒有必要看在她的面子上容忍他們，該揍便揍，該殺，也可殺！」

說到這裡，他朝著四方團團一揖，然後縮入馬車，命令道：「出城吧。」

「是。」

馬車啟動，眾人還在呆呆傻傻中，看到馬車過來，便自發地讓了路。

直到馬車出了城門，也不知誰一聲吶喊：「關城門啊！」、「怎麼讓他這麼走了？」、「快追！」

在這亂七八糟的叫喊聲中，無數建康人湧出城門，可那輛馬車已急馳而去，他們哪裡追得上？

惋惜聲中，張軒也急急趕來，他失魂落魄看著離去的馬車，好一會兒才叫道：「臭小子，都不來見過舅舅！」

他在這裡嘆息失落，那一側，路人在經過那楊氏父子時，幾乎是來一個踢一個，間中還有拳打腳踢的。這些年來，這一大家子仗著權貴的庇護，專喜歡欺凌平民。現在被張綺的兒子道出實情後，自不會再有貴族願意理會他們。因此，他們很快便被打得鼻青臉腫。

這還只是一個開始，父子兩人趕到府中時，發現自己家人都被趕出了府第。卻是那個賜送華宅美婢用度的權貴，已下令收回一切。

這些年來，他們奢華無度，本身只是鄉下普通富戶，哪有什麼根底？這一被趕出來，光是穿衣嚼用，便可以拖死他們。在四處求人救助無果的情況下，一家人傷痕累累回到了原來的故地。

而此時，他們的老宅早賣給了別人，一家人無奈之下，只得做起了他人的佃戶。於此，繁華美夢完全成空，還少不了被昔日欺凌者打擊報復。

望著漸漸出現在視野中的建康城，少年顯得有點安靜。

成史小聲問道：「小郎君，你怎麼啦？」自家這個小郎主，行事不但狠辣，而且隨心所欲。像剛才，一般的人誰會自揭長輩之短？可他就揭了，對他來說，只要能達到目的就夠了，哪管那手段如何？

也因此，成史難得見他這般，隱有緊張的模樣。

少年聽到他的問話聲，苦笑了一下，喃喃說道：「我長年在外遊歷，好不容易回到家，父親母親肯定不會放過我。」他嘆了一口氣，又道：「其實被他們揍一頓真沒什麼，可我也是十七八歲的大人了，有些顏面實是拉不下。」

說到這裡，他情不自禁摸了摸屁股，紅著臉說道：「別的也就罷了，可我母親揍我時，還喜歡脫掉我的褲子揍，這樣很不好，成叔，你說是不是？」

成史聽到這話，不由哈哈一笑，大點其頭，「王妃這個習慣是很不好！」

少年顯然真有點緊張，又自言自語道：「可我不讓她揍吧，她少不得又要哭很久……再說，我這次離開她，也著實久了些，讓她消消氣也是應該。」

成史不停點頭，「說的是，這次出去太久了，都兩年了，該揍！」

少年哼了一下，給了他一個白眼，手又在不知不覺間擋到了屁股上……

之七：人要成雙，雁要成行

春來春去，又一載。

轉眼間，西元五八二年到了。

如今，天下已姓隋了。齊也罷，周也罷，都變成了歷史。輔政大臣篡了周國的天下，占據了泱泱中原的五分之四的國土。而整個天下，只有陳國偏安一隅。

正值中午，陽巷酒樓中人來人往，十分的熱鬧喧囂。正在這時，一輛馬車緩緩駛來，不一會兒，那馬車停下，幾個做護衛打扮的漢子，簇擁著一個年輕人走了進來。

這個年輕人雙鬢處有數縷花白的頭髮，除此之外，他面目俊雅斯文，膚色白淨，儼然一金馬玉堂的貴公子。只是這樣一來，這個有著花白鬢髮的貴公子，似是三四十歲，似又只有二三十歲，都讓人看不出他的真實年齡了。

那人一襲簡簡單單的青衫，可隨著他步入酒樓，四下的喧囂竟是一緩。

那人卻似乎習慣了眾人的注目，他那俊秀斯文的臉上，雖然含著笑，可那眼神間，卻隱隱透著憂傷和滄桑。

看到這個金馬玉堂的貴公子走進來，小二連忙迎上去，佝著身子殷勤問道：「郎君要點啥？」

貴公子目光淡淡一瞟，以他的身分，自然不會理會小二的問話，而是逕自朝著一個靠近窗戶的桌子走去。他的身後，一個中年微胖的護衛應道：「把你們最拿手的酒菜都上來。」

「好咧，上最好的酒菜咧！」

隨著小二這麼一唱，酒樓重新變得熱鬧起來。在等酒菜的時候，那貴公子一直都在看著外面的人來人往，表情淡然。

見自家郎君看著外面的人流發呆，一護衛湊上前，低聲說道：「郎君，要不要到長安看看？」

護衛的聲音一落，那貴公子便瞟了他一眼，含笑道：「哦？去長安做什麼？」

那護衛不知如何回答了。那貴公子倒也不逼他，轉頭繼續看著外面，淡淡說道：「我是陳人，他楊堅再好，我也不能投效他，進而滅我家國。」

那護衛一怔，差點脫口而出：那你當初不也投效齊國了？

這時，那貴公子苦笑著又說道：「當初是當初，今日是今日。」他昂起頭，眷戀地看著街道上來來往往的人流，聲音放低了些：「你看，這天下間，是不是只有陳國才安樂美好？相比起這些，我個人的抱負和野心，早已不堪一提。」

正說到這裡，小二清亮地吆喝道：「客官，你的酒來了！」

貴公子稍頓了頓，直等小二把酒菜都擺完，他才執起一樽酒，慢慢傾倒入盅。然後，舉起酒盅緩緩飲了一口。

貴公子垂下眸，看著酒盅中搖晃的酒水，喃喃說道：「一晃眼便是十七年了，阿綺，妳當初懷著的孩兒，如今也大了吧？」

這貴公子，卻是當時急流勇退的蕭莫。自離開鄴城後，他用了近十年的時間，走一陣隱居一陣的，最後還是回到了故鄉——建康城。

十數年的光陰，放在太平盛世，不過是一個青年走向中年，可放在這個亂世，卻已是滄海變成了桑田。

蕭莫回到建康後，陳國的皇帝都換了幾個了，而他相熟的故友，也是死的死、隱的隱，便是那王謝子弟，也泰半不見蹤影。

這人世間最大的無奈，可能便是這般人未老而江山改吧？

這次，卻是蕭莫聽到了有關蘭陵王和張氏阿綺出現在建康、杭州等地的傳言後，特意趕過來的。其實他也不知道他這般趕過來有什麼用，也許，只是想遠遠見一見吧。縱不能相逢，不能相視而笑，這般隔得遠遠地看一眼，也是好的，好的……

幾個護衛站在他身後，看著自家郎君臉上流露出的悵然若失，不由相互看了一眼。

他們的郎君，自從蘭陵王與張氏阿綺大婚那一晚大醉一場醒來後，似是夢到了什麼可怕的，讓他無法接受的事，整個人都變了。

蕭莫一盅一盅喝著酒，頗有大醉一場的架勢。自那日張綺大婚後，他便戀上了杯中物，這麼多年過去，眾護衛也都習慣了。幸好他酒性甚好，倒不易醉。

就在蕭莫一盅又一盅灌著自己的酒時，突然間，街道中出現了一陣喧譁聲。

喧譁聲甚響，蕭莫放下酒盅，微笑問道：「去看一下發生了什麼事？」

「是。」一個護衛應了一聲，提步就走。他剛動身，便看到前方擁擠的行人一分而開，一行人走了過來。

這走過來的一行人，當頭的是一個面目普通的少年。在少年的身後，緊跟著兩個精壯的，四五十歲的漢子。

看到那兩個漢子，正懶洋洋品著酒的蕭莫雙眼一亮，握著酒盅的手不禁顫抖起來。同時，他身後一個護衛已低叫道：「郎君，那兩人是高長恭身邊的親衛！」轉眼那僕人不由嘆道：「他們也老了。」

在護衛的感嘆中，蕭莫握著酒盅的手收緊，好一會兒，才沙啞著聲音說道：「這孩子，是他們的兒子。」他聲音有點顫，似是歡喜，似是悵然地看著那少年，喃喃又道：「他是他們的兒子……」

緊緊盯著那少年的蕭莫，目光失落中夾著歡喜，歡喜中帶著複雜。

聽到自家郎君的話，那僕人一怔，不由駁道：「不可能！張氏阿綺和高長恭都是人中龍鳳，這少年怎麼面目如此普通？」

不錯，這少年雖風姿出眾，行走顧盼之際，都有一種讓人目眩的神光，可他面目還真是普通。

蕭莫抬起頭，定定打量了那少年一陣，慢慢說道：「這不是他的真面目，他易了容！世人傳說，蘭陵王有子，風采更勝其父……咦？這種易容之術好生神奇！」

這時的蕭莫，恢復了以往的優雅從容，舉了舉酒盅後道：「阿武，你上前去，便說是蘭陵故人，想邀見於他。」

就在蕭莫盯著少年打量時，緩步走來的少年郎卻是一臉苦色。

只聽得他一邊走一邊說道：「成叔，你不懂，我出門兩年卻不敢歸家，這叫什麼？這叫畏懼太甚。母親大人聽聞此事，斷然會傷心垂淚。」說到「傷心垂淚」四個字，少年的眸中露出一絲不忍和猶豫，不過轉眼便按下這種種情緒，繼續說道：「母親大人傷心過後，便會警告父親，令他不得過責於我，等到他們忍不住親自來迎接我這個歸家的遊子時，我那頓揍鐵定能免。」

少年情不自禁摸了摸屁股，成史哈哈大笑。少年哼了一下，給了他一個白眼。

至於他的腳步，更是堅定向前走去，堅定決定過家門而不入……

在阿武大步迎上那少年時，那少年步履如風越眾而出，轉眼便來到了阿武身側。

阿武緊上一步，正要行禮，就在這時，少年突然轉頭，朝他盯了一眼。

瞟了一眼後，少年調皮地眨了眨眼，猛然說道：「你家郎君可是叫蕭莫？你是他身邊之人，名喚阿武。阿武，我猜得對否？」

不得不說，這個少年的話太突然太直接，阿武都不敢相信。

對上張大了嘴的阿武，少年抿了抿唇，淡淡說道：「你家主人來到杭州也有大半個月，我知道他並不奇怪。」

並不奇怪？怎麼會不奇怪？

阿武看著眼前這個彷彿對一切事情都瞭若指掌的少年，那眼直是瞪得牛大。

少年卻似沒有興趣與他多談，拱了拱手後，慢慢說道：「高府就在左側巷道，前行二百步後左拐五十步便可入內。男子漢大丈夫生於世間，哪有這麼多想做而不敢做的事？阿武，依我看來，你家蕭郎完全可以大大方方登門拜訪，能見到故人，我父母雙親斷然只有歡喜的道理。」

說到這裡，少年徑直越過阿武，走出幾步後，停下腳步回頭說道：「對了，隋國管律法的那個蘇大人，也帶著兩個好友來到了建康街上，約莫明日便可趕到杭州，不知蕭大人有沒有興趣一見？」

大方向蕭莫提出邀請後，少年哼著曲，繼續朝前走去。

如此走了一刻鐘後，少年停下腳步，朝著身後一個角落處瞟了一眼後，裝模作樣地拭了拭眼角，無比悲傷說道：「有所謂孤陰不生，獨陽不長，這人要成雙，雁要成行，罷了罷了，蒼天生我，那是知道我心憂天下，是要讓我普濟世人啊！」

成史聽到這裡，雙眼一瞪，忍不住嘀咕道：「明明是郡王和王妃生你的，關蒼天甚事？」

被他攪了興頭，少年回頭瞪了一眼，不過轉眼又看向那個角落，昂起頭，以一種感喟憂傷的語氣說道：「成叔，你把那個小姑子喚過來。」

少年指的是站在不遠處的角落中，正癡癡望著酒家裡買醉的蕭莫發呆的一個少女。

那少女不過十七八歲，面目嬌俏秀美中，透著幾分英氣。在這南方之地，她卻穿著北方女郎喜歡的靴子，那修長筆直的雙腿，還有小巧腰間暗藏的短劍，都可以看出這少女不是弱不禁風之輩。可她眉目緊鎖，看向蕭莫的眼神中又是癡苦，又是深情，彷彿這般遠遠看著，便值了夠了。

對這個與蕭莫一樣，也在杭州城中出現過大半個月的少女，成史也是知道的。他點了點頭，大步走向那少女。

不一會兒，那少女便過來了。

蕭莫坐在酒家裡，正呆呆聽著阿武的陳述，聽著聽著，看到那個少女熟悉的面孔，以及正與少女低語著的少年，他眉頭一蹙，低聲道：「他在幹什麼？」

轉眼，蕭莫苦笑道：「他對我這般一清二楚，我對他卻毫無所知的感覺，可真是不好。阿武，你去一下，把高家這位小郎君的所作所為收集收集。」

「是。」

阿武一走，蕭莫堪堪轉頭，便看到那總是遠遠跟著自己的少女，在聽了少年的一番話後，咬了咬唇，然後提步向他的方向走來。

那個混帳小子在幹什麼！

蕭莫大為警戒，眉頭大蹙，狠狠嚥了一口酒水。

不一會兒，少女步入了酒家。

酒家中，食客上百，來來往往的人流不絕，可她的眼中卻只有一個人。

少女癡癡看著蕭莫，貝齒咬唇，鼓起勇氣，來到了蕭莫的几前。

低頭看著蕭莫，不等他開口，少女已紅著臉大聲說道：「蕭郎，我來找你了！」

此刻正是午時，食客來來往往，酒家最熱鬧之時。饒是四周人聲鼎沸，奈何這少女的聲音著實不小，愣是清清楚楚地把所有聲音都壓了下去了。

就要蕭莫暗叫不好時，羞紅著臉的少女，不顧四周投來的目光，朝著蕭莫逕自說道：「蕭郎，阿音歡喜於你。三年了，阿音戀你三年，跟隨你三年。這三年中，阿音從荊州追到建康，又從建康追到杭州。」

以一種清清脆脆，大而響亮的聲音說到這裡，阿音突然眼圈一紅，聲音也陡然弱了起來。她低下頭，哽咽著說道：「蕭郎，別不理我！阿音不知道什麼叫因色而愛，也不知道什麼叫因愛而悲！阿音只知道，見不到蕭郎，這一生便只剩下了悲苦！千千萬萬人中，蕭郎卻只有一個而已！哪怕阿音明日便死，哪怕阿音這一生註定孤淒，阿音也覺得，只有與蕭郎在一起的樂趣，才算得上真樂趣！」

說到這裡，一滴又一滴滾圓的淚珠，在陽光下劃出七彩斑斕，緩緩濺落在桌几上……

這是陳國，這是杭州。

千百年以來，這南人便多有才子佳人、文士墨客，他們多愁多感，他們顧慮萬千。

千百年來，這裡不缺乏癡男怨女，卻斷斷沒有一個少女敢當著眾人，把自己的一顆癡心，這麼明明白白捧在一個男子面前。

語帶幽怨，其情動天。

不知不覺中，四周的食客中，竟有紅了眼眶的。

不知不覺中，已有不少人乞求地看向蕭莫，求著他給予這個癡情可憐的少女一點回應。

若說江南多騷客，蕭莫這個世家子弟，便也是其中之一。

他從來沒有想到，有一天，會有一個人當著他的面，當著所有人的面，這麼直白地、癡傻地道出她的一顆心。

……當真癡傻！

驀地，蕭莫感覺到了一種絞痛。

他緩緩抬起頭來。

瞬也不瞬盯了阿音一會兒後，蕭莫唇動了動，又動了動，卻沒有發出聲音來。

直過了好一會兒，他才啞聲說道：「別站在那裡，過來給我斟酒。」

他要她近前！他終於不再拒她於千里之外！

阿音不敢置信地抬起頭來，紅著雙眼傻傻看著蕭莫，直確信自己不是妄聽後，她歡喜地、顫抖地應道：「好！」她朝他福了福，紅著眼圈，幸福地看著他，呆呆應道：「好！」

她想要笑的，可是一展顏，卻又是一串淚珠兒。生怕蕭莫嫌棄，阿音連忙掏出手帕胡亂拭了一把淚後，這才小心地走到蕭莫身邊。

只是往他身邊一站，阿音便是一笑，這一笑，便如雲破月來，霞光初綻，其美麗動人，實是難言難畫。

望著那一坐一站的一對，成史忍不住嘆道：「還是小郎君有口才，竟成全了一對佳偶。」

少年聞言得意一笑，正要說什麼，卻聽到一陣急促的腳步聲傳來，回頭一看，卻是兩個高府的護衛急急趕來了。

兩護衛大步衝到少年面前，朝他拱了拱手後，喘著氣說道：「小郎君，夫人過來了，她很生氣，還令婢女們抬來了教子石。」

這教子石，隸屬張綺首創，其實就是把一塊石板弄出無數個蜂窩大小的突起，可以讓跪在其上的人疼痛難忍，哪怕，那小子有一身高強武藝也是一樣。

護衛的聲音一落，少年洋洋自得的笑容便是一僵。

看到他急急向後退去，另一個護衛又道：「郎主也下令了，他說，如果小郎君知道自己的過錯，老老實實回府也就罷了，不然的話，便封鎖城門，叫小郎君插翅難飛。」

聽到這時，少年已是結結巴巴地問道：「好端端的，他兩人生這麼大的氣幹啥？」他悲憤莫名，「我可是他們的親生兒子，還是唯一的一個。這次回到齊地，我還在父親的墳前立了個碑。光那碑文，我便請了四位名家，花了數百兩黃金，耗時半載才完成。你們知不知道，把石碑安在墳前的那一日，齊地百姓哭得多淒慘，那數萬人齊聲慟哭的情景，便是蒼天聞之也要落淚啊。我這樣孝順的兒子你們見過嗎？見過嗎？沒有見過吧？」

這話一出，好幾人都一臉無奈又鬱悶地看向少年，成史上前一步，提醒道：「小郎君，莫非是你在周地的所作所為，傳到杭州了？」

少年悲憤了一陣，長吁短嘆了一陣，又看了看成史等人，尋思著無論如何都不能讓母親當著這麼多人責打，那可多丟臉啊？因此，這離家出走一事，只好就此告結。

不說少年無可奈何回到家，一側的蕭莫，看著身邊羞紅著臉，眉眼中透著無邊歡喜的阿音，唇角扯了扯後，站起來，低聲說道：「我們回去吧。」

「啊？好！好！」

蕭莫一行人回到住了十數天的酒樓後一個時辰不到，奉令去打聽消息的阿武過來了。

他大步走到蕭莫面前，低聲道：「郎主，那高家小郎君的事，已打聽到了。」

「哦？」蕭莫微微一笑，「說吧。」他手下的這些護衛中，阿武以記憶力出眾，精明且擅於收集分析資料著稱。當初在鄴城尚書府時，便是他負責情報收集的。

得到蕭莫允許，阿武清了清嗓子，站直腰身，姿容端正地背道：「高家小郎君，姓高，小名阿嵦，生辰是五六五年六月初三。阿嵦美儀容，舉止都雅，其氣度渾然勝過昔日王謝子弟。」

聽到這裡，蕭莫眉頭一蹙，暗暗想道：舉止都雅？氣度過人？剛才在街道上看到的阿嵦，就是一頑劣少年，可看不出這種世家子的氣質啊？

在他疑惑之際，阿武繼續誦著：「自幼便聰慧過人，四歲學棋，不出一年，便勝乃母；八歲時，拜於南地名宿，隱士袁子文門下；九歲時，研製出易容之藥，使用之後，可混淆男女，顛倒美醜。袁子文曾言，此子生而聰慧，於天文之學一點百通，或能為後世之祖。」

背到這裡，阿武見到自家郎君依然聽得認真，便又背誦道：「兩年前，阿皚夜觀天象，預料到北周宇文邕平定齊地後，必想北征突厥，可惜天不由他，必會未成行而病死！」

聽到這裡，蕭莫騰地站起，吃驚地看著阿武，簡直不敢置信，這世間還有這樣的人？看一看天象，便對世間大事瞭若指掌？宇文邕還沒有出征，一個十五歲的少年便連他的死亡都猜到了？

當真可畏！

阿武這時已接著誦了起來：「於是，阿皚帶著高長恭屬下數百親衛，遠赴邊關，數百人趁突厥眾部面臨強敵，心中惶惶之際，大肆搶掠各處部落，並強奪了數千匹駿馬。於宇文邕病死的消息傳出之前，又功成身退。如今，阿皚於齊地一隱祕之處已開闢一座大型牧場，大肆圈養野馬，培植種畜，其規模之大，蔚然成為一國。」

蕭莫倒吸了一口氣。

阿武還在說著：「在晉陽時，阿皚日觀地理，夜觀天象，驚呼其父高長恭應早已逝去，卻被某人逆改天機，可惜那手段並不高明，易生後患。於是，他在晉陽、鄴城數地大放謠言，說是高長恭當日不是突然遁去，而是被齊後主高緯毒酒誅殺，並耗費鉅資，為其父修墳立碑。傳說碑立之日，數萬齊人同時慟哭，天地失色。」

一口氣背到這裡，阿武看向蕭莫，笑道：「郎主不知，這個高家小郎君實是膽大包天之人，他說自家氣數已盡，頂著高氏的名姓出走世間容易招禍，在北地時，生生把自己的名字改成了袁天罡。」

「袁天罡？袁天罡？」蕭莫念了幾遍，也不知這名字含著什麼深意，抬頭問道：「這名字？」

阿武搖頭，「高家小郎君行事莫測，無人知其心意。」

「哦。」蕭莫點了點頭。這時，肩頭一暖，卻是阿音聽了無趣，不知不覺中已挨著他睡著了。

蕭莫回過頭來，怔怔看著睡著後，阿音那張秀美的臉，想著剛才在酒樓時她所說的那番話。

自從那一次夢到前世，知曉他與張綺的緣孽後，他便自我放逐，這些年的風風雨雨中，直覺已心似鐵。

蕭莫低低嘆了一口氣，輕輕側過身，然後欠身摟著阿音，把她放在床榻上。

把阿音放好後，蕭莫看著她熟睡的面容，慢慢搖了搖頭。

他的阿綺現在生活得很好，高長恭視她如珍寶，他們的孩子又是如此的絕頂聰慧，想來她此時此刻是安樂無憂的。

也許，他是應該放開了，他會逼著自己放開的。也許，他帶著阿音出現在他們面前，他們也會欣慰歡喜吧？

之八：故人與小子

望著漸漸出現在視野中的杭州，一支做商旅打扮的隊伍，漸漸由吵鬧轉為安靜，特別是那個策馬奔馳在前的中年人。

這中年人雖然三十好幾了，卻面目俊雅清悅，透著一種位居權重者的威嚴，不過此時此刻，他那因經常深思而呈川字形的眉峰，隱隱中帶上了一分說不出是緊張，還是悵惘的表情。

這時，一車馬車靠近，接著，一個少婦的聲音興高采烈地傳來：「蘇大哥，那就是杭州嗎？嘻嘻，十幾年沒有見到阿綺了，她要是見到我，可不知多高興啊！」

婦人的年紀也不小了，可語氣還是表情透著一種天真似的爽朗，彷彿這人世間的家國顛覆、家宅中的明爭暗鬥，都與她無關。她只是順順利利、快快活活老了十幾年而已。

聽到少婦的問話，她口中的蘇大哥清咳一聲，低啞地說道：「是啊，那就是杭州。」他的聲音一落，一個騎士策馬上前，他朝少婦命令道：「阿綠，說話聲音小一點。」他壓低聲音，警告著說道：「妳又不是不知道，隋與陳乃敵對之國，若是讓隋臣知道蘇大哥到了杭州，說不定會使出什麼手段來。」

說話的中年人，有著塞外人的濃眉深目，眉目深刻中透著種罕見的豔麗，竟然是一個美男子。饒是這個中年人比少婦阿綠的容色好了不知多少，可他對上阿綠時，那臉上滿滿的寵溺和歡喜，那是任何明眼人都能一眼看得到的。

望著自己身邊這恩愛如昔的一對，蘇威移開眼，望著高大的杭州城牆，苦澀地說道：「到了杭州後，你們去拜訪他們吧，我、我就不去了。」他低聲說道：「知道她過得好，就夠了。」

雖是如此說著，可他的語氣中多多少少透著不甘。

在齊國高湛宣布要退位時，在知道齊後主高緯的德性時，他一直存著一絲希望的。那絲希望對張綺來說，很殘忍很自私，那就是，他曾經以為，以高長恭那種固執愚忠的性情，必定會死在齊國君主的手上。他曾幻想過，如果他死了，只要他一死……

可他料不到，對自己的家國那麼深愛，幾近執迷不悟著的高長恭，竟然沒有選擇與齊國同存亡，而是選擇了遠遁天涯。

他離開了，帶著阿綺離開了，這一離開便是十數載。十數載中，無人知道他們的音訊，甚至無人知道他們是死是活。要不是這一回他們的兒子在隋地露了行跡，要不是在關注他們的兒子時，進而發現了這夫婦兩人一直定居杭州，他還在追尋著。

可追尋到了又能怎樣？前塵往事，不過一場殘夢。

這般千里迢迢趕來，只是想看一眼，看一眼罷了。

也許這便是天道吧。天道常缺，世間任何人都不會得到真正的圓滿，只有抱殘守缺才是常理。

阿綠一點也沒有感覺到蘇威的悵惘，她正高高興興四下觀望著，傻笑了一陣後，她向後面的幾輛馬車中，不斷傳來的少年少女的笑鬧聲望了一眼，突然向著丈夫笑道：「阿仄，聽說阿綺只生一個兒子喔！嘻嘻，這一點她可差我多了！」

這一次，阿綠的聲音一落，她的丈夫賀之仄便苦笑道：「這妳就不知道了，他們那個兒子可不簡單啊！」

阿綠聽到這裡可不高興了，嘴一扁，反駁道：「咱們的孩子也不簡單……」話還沒有說完，突然聽到前方的官道處，傳來轟隆隆的馬蹄聲。

在這春光明媚之時，通往杭州的官道本是人來人往熱鬧之時，可這一刻，所有人還是被那轟隆隆的馬蹄聲給吸引住了，不知不覺中，一個個都抬頭看向前方。

前方駛來了十七八個騎士，隨著他們的走動，官道上煙塵高舉，四周一片寂然。

阿綠瞪大眼看著前方，好一會兒才倒抽了一口氣，低呼道：「才、才十幾人呢！」

是啊，才十幾人啊。可這十幾人卻有一種奇怪的氣場，令得來來往往、風塵僕僕的商隊征客，全部停下了腳步。

煙塵滾滾中，那十幾個騎士越來越近，越來越近。

過了一會兒，賀之仄驚道：「蘇大哥，你看他們的馬！蒼天，他們從哪裡尋得這麼多名馬？」

蘇威凝起了眉，瞬也不瞬看著前方，低聲說道：「不知是誰家子弟？」

不錯，出現在他們視野中的這十幾個騎士，人馬皆如龍，行走驚風塵。那一色的高頭黑馬，體形挺拔而慓悍，毛髮在陽光下閃動著黝黑潔淨的光亮。這些馬是如此神駿，神駿得直讓出生塞外，長於塞外的賀之仄也為之驚嘆。

不過，這只是其次，真正扎眼的，卻是端坐在馬背上的那十幾個少年郎。這些少年郎，全部身著淡藍色鑲紫邊的寬袍大袖。少年們身姿挺立，一個個頎長挺拔，面容白皙。在這混亂的世道，若不是世家子弟、華貴公子，誰會如他們這般俊秀如玉，氣宇軒昂，衣袖當風？

這哪裡是十幾個騎士？分明是十幾個世家郎君、名門子弟！

不過與別的子弟不同的是，他們著裝一致罷了。

十幾個俊秀而軒昂，氣派十足的少年，這般策馬而來，那種高人一等的氣勢，直是壓得四周再無聲息。

蹬蹬蹬的馬蹄聲中，這些騎士終於來到了蘇威的佇列之前。

就在眾人以為他們會一衝而過時，眾少年中，突然傳來一聲低喝，然後噓一聲清嘯後，眾騎止步。少年們一分而開，讓出一條道來。

一個戴著斗笠的少年郎策馬越出，悠然駛向蘇威等人。

這個少年郎的著裝與眾人略有不同，他那依然鑲著紫邊的衣袍卻是藍白相間。少年略顯清瘦，緊壓的斗笠下，眾人只能看到一個如玉般形狀完美的下巴。

噠噠噠中，少年緩緩來到了蘇威身前。

抬頭看了一眼含威不露的蘇威，少年朝著他雙手一拱，咧嘴一笑，聲音如玉相擊：「得知蘇大人前來，小可候之久矣。」

蘇威一直眸光複雜地盯著他，直到他開口，才啞聲回道：「你是阿嵦吧？」他抬頭看向少年的後方，喃喃說道：「你們知道我會來？」

「我父母並不知情，知情的只是我一人而已。」高嵦微微一笑，慢慢傾身向前，湊近蘇威時，低聲說道：「蘇公，我母親體弱，最受不得氣……呃，有些事，例如發生在周地的那些小事，就不必讓她知道了，您說是嗎？」

敢情這個少年擺出這麼大的架勢，這麼大老遠迎上自己，便是為了堵自己的嘴？

蘇威有點好笑，朝著少年瞅去，這一瞅，恰好看到少年那俊美得讓人驚豔的臉上，那一閃而逝的羞愧不安之色。

原來那個無法無天的小傢伙，也是知道害怕的！

蘇威笑了笑，不由放緩表情，擔憂地問道：「你母親，她身子不好？」

身子不好？她身子好著呢！只是我不這麼說，你會這麼簡單答應我的要求嗎？我要不這麼靦腆羞澀，你會對我這般和顏悅色嗎？

高嵦還沒有回答，一側的少婦阿綠已驚叫道：「你是阿嵦？你是阿綺的兒子阿嵦？」

她瞪大雙眼，越叫越是興奮。而在她的聲音落下時，後面幾輛馬車中，同時傳來一陣嘰嘰喳喳的叫聲：「娘親，是阿皚哥哥嗎？」

「聽聞阿皚哥哥美貌驚人，嘻嘻，快把斗笠摘下給我看看！」

「你也是十八吧？哼，南人最會誇了，還說什麼你學究天人！」

「小子，別藏頭露尾了，快摘下斗笠與我比劃比劃！」

這亂七八糟叫著的，卻是阿綠的三子二女，幾人你一句我一句，頓時把原本被眾少年的氣勢震得安靜無聲的官道，變成了市井菜場。

阿綠聽到子女們這亂成一團的叫聲，不但不怪責，反而得意地咧嘴笑道：「阿皚，他們是你的弟弟妹妹哦，快過來見見禮！」口裡說著，手已扯向高皚的斗笠，渾然沒有注意到，此時的高皚已苦了臉，而他的身後，那端凝如山的十六個少年郎君，已一個個無力搖頭。

高皚自是知道眼前這個少婦是母親的什麼人。要說他天不怕地不怕，可就怕他那母親。他母親別的招數他也無所謂，可她那最後一招眼淚攻勢，卻是一招破萬法，簡直是屢戰屢勝，屢勝屢戰。

要是讓母親知道自己對阿綠姨母不敬的話，少不得又要淚眼汪汪了。

因此，在阿綠雙手攻來時，高皚只能狼狽地雙手捂著斗笠，幾番掙扎後，他佝著身子哈著腰，不顧形像想要溜開。

可就這麼一會兒功夫，阿綠的幾個兒女也趕了過來。這些孩子大的大、小的小，可都是無法無天之人。看到高皚掙扎得歡，一個個興致大發，竟是一擁而上，跟著母親一道扯起他的斗笠。

眼看幾隻手扣上了自己的衣襟，高皚嚇了一跳，他手一鬆，斗笠便被一隻小手強搶了去。

隨著斗笠一去，爭奪的幾人同時一呆。在一雙癡癡呆呆的目光中，高皚無比傷心地捂著雙眼，悲憤地說道：「是你們偏要扯掉斗笠的！」

良久良久，阿綠才喃喃說道：「孩子，你怎麼別的地方不像，偏一雙眼像你母親？」她唇動了動，艱澀地說道：「這、這不是害得你討不到妻室嗎？」

眼前這個阿皚，眉目俊美至極，容姿七成似其父，更有三成勝之。這樣的姿容，本已驚世駭俗，可他偏偏還有一雙波光流媚、婉轉生輝的斜長鳳眸，這欲語還休的眸光，那勾魂蕩魄的神彩，天下哪個人受得了？

生為一個男兒，長得如此妖孽，他要讓他的妻子怎麼辦才好？

聽到阿綠同情的話語，高皚悲痛莫名，傷心說道：「小侄正是知道了這一點，這才以稚幼之時，別人都忙著玩樂時，嘗盡天下諸藥，試盡百般劇毒！要不是九歲時悟得了易容之術，侄兒真不知生有何趣！」

他語帶悲憤，表情痛苦，可這話一傳出，他身後的少年郎君們卻一個個忙著翻白眼。

阿綠被少年的悲傷感染了，她的眼眶一紅，轉眼又嘆道：「孩子，別在意，不管如何，生得好總比生得差強！」

她剛說到這裡，突然間，身後傳來一個少年清亮的冷笑聲：「姨母，妳別被他騙了，這小子生來唯恐天下不亂！前不久在周地時，他還為了戲弄一個宿敵，硬是喬妝成女子了呢！哼，那個傢伙也是大有前途之人，可惜現在前途也不顧了，正在滿天下尋找他的意中人了！」

說到這裡，那少年又嘲諷說道：「這副尊容若是長在別人臉上，那是不敢見人！長在他的臉上嘛，只要不惹得天下大亂就要慶幸了！」

聽到這裡，阿綠愕然，蘇威也在一陣驚訝後，突然體會到高長恭夫婦的頭痛。眼前這孩子，生得如此聰慧，又擅易容星相之術，再加上頑劣的性子，還真是、真是……真是如何，他都不知道了。

就在眾人呆的呆、刺的刺時，高皚已從阿綠的女兒，那個癡癡呆呆、臉泛紅潮的少女手中拿過斗笠。斗笠到手，高皚還抽空朝著情竇初開的少女眨了眨眼，令得少女更是魂不守舍後，順手把斗笠戴上。

直到那斗笠遮住了他的面容，眾人才回過神來。

蘇威策馬上前一步，伸手拍了拍他的肩膀，低聲警告道：「孩子，你當知道，這世間最傷不得的便是人心。」卻是他站在一旁，冷眼旁觀到阿綠家的大女兒被高皚所迷的那番情景。

高皚聞言一怔，朝著兀自羞澀的少女瞟了一眼後，低頭道：「蘇公教訓得是。」他少年心性，每每露出面容，四周的男男女女便癡癡呆呆。對他來說，少女見到他後羞答答，那是最正常不過的事，他壓根兒就沒有想到這樣會惹情債。

聽到高皚痛快承認自己的錯，蘇威臉色稍緩，又說道：「那扮女裝戲弄他人之事，也不可為。」抿著唇，蘇威看向杭州方向，眼前這個孩子不會明白，人心，最是傷不得。如果不相遇，便可不相思；如果不相見，便可不相負啊！

這話一出，高皚歪著頭尋思起來，好一會兒，蹙著眉說道：「阿皚以為，世間諸事，若想成功，少不得要使手段。如我對付敵人，用刀殺之，用計謀之，都是無礙，卻斷斷不能以色誘之？」他雙眼亮晶晶看著蘇威，又是疑惑又是天真，「左右都是傷人，為何就是不能傷人之心？再說，他若心如磐石，又豈會被虛妄色相所迷？」

他問得認真，那神情還真是把蘇威當成了長輩。

看到眼前這少年發亮的雙眼，蘇威心中一慈，差點撫上他的頭。手伸到半空，卻又強行垂下，啞聲道：「孩子，你是男子漢大丈夫，堂堂丈夫，假扮婦人已是失格，更何況還以女相迷惑他人？這，不是聖人之道啊！」

蘇威說得語重心長。

高暟這人，天性聰慧到了極點，而且自小便行事果斷中透著陰辣，頗有點不擇手段，只求成功的狠性。

因他胡鬧慣了，又加上孩子一般都不喜歡與父母交流，所以張綺夫婦直到現在還不知道他在周地的所作所為，更談不上針對性地教育了。而他的師父乃是南地名士，名士行事，講究隨心所欲，莫說是以色誘人，便是脫光了衣服把女人羞跑，也是名士敢為之事。

可以說，蘇威這番話，他還是第一次聽到。

低著頭，高暟尋思起來，他本來聰明絕頂，一點就通。因此，片刻後他抬起頭時，已是一臉恍然大悟，「蘇公，我知道你的意思了。我會多讀儒家之書，學習聖人之道，以後若是出手對付人，我不會偏離大道教化，儘量用堂堂正正的陽謀勝之。陽謀若是不能勝，便用陰謀，這種玩笑失格之舉，少做就行。」

蘇威聽了這話，呆了一呆，他還不知應不應該再教育一番時，阿綠的幾個孩子已經一擁而上，哥哥長、哥哥短地圍著高暟叫了起來。不一會兒功夫，他們已簇擁著高暟來到了眾少年騎士身邊，與他們一起笑鬧起來。

這麼笑笑鬧鬧，在高暟的有意施為下，阿綠的長女很快便發現，這個新認的高暟哥哥並不曾對自己有意思，甚至隱隱還有點忽視自己。在小小的傷了一會兒心後，少女漸漸放開了那份突然而來的情思。

一行人繼續向杭州方向馳去。

玩鬧了一會兒後，高暟再次來到了蘇威和阿綠等人的中間。阿綠對自家姑子的這個獨生兒子，心下極為歡喜，拉著他便絮絮叨叨說起了以前的事。

說起以前的辛苦，阿綠幾次都垂了淚。

聽著聽著，高皚認真地說道：「姨母，其實您不用悲傷，母親的仇，我都報了。」他笑嘻嘻地說道：「父母的外祖父一家，我前不久小小懲治了一番，便是她那個嫡母，也早已得到了報應，所以，您不必傷心了。這個天下間，已沒有人可以傷到我的母親。」快樂地說到這裡，他忍不住悶聲悶氣加上一句：「只有她傷害我們的分！」

聽出高皚語氣中的埋怨，阿綠歡喜得直笑，她就怕張綺過得不好，現在她過得這麼幸福，對她來說，便是圓滿了。

一行人嘻嘻笑笑，在四周來來往往的商旅中顯得特別扎眼。

此時，隋國勢大，對陳國幾成輾壓之勢。陳國上下，也因此沉浸在一種今日不知明日的恐慌當中。於愁眉苦臉的人群中，陡然看到這麼一支歡歡喜喜的隊伍，還真是讓人百般猜測。

蘇威感覺到四下投來的目光，又沉默起來。

過了一會兒，他輕聲對高皚說道：「孩子，別讓你父母知道我來了。」

高皚睜大眼看著他，爽快應道：「好！」

剛剛應完這句話，高皚看向隊伍後方的雙眼驀地瞪得滾圓。

見他神色不對，蘇威不由轉頭看去。

只見後方處，一輛馬車在幾個護衛的簇擁下，風塵僕僕而來。

那馬車大開的車簾裡，露出一個青年俊美中透著幾分冷漠的臉。

「他怎麼來了？」嘀咕到這裡，蘇威看到高皚頗有點鬼祟地低下頭，不由蹙眉問道：「孩子，你識得他？」

「不識，當然不識！」高皚的回答乾脆至極，只是太乾脆了，顯得有點慌張。

胡亂答過後，高皚也顧不得與蘇威多說，策著馬便向他的夥伴們趕去。

當他低聲交代了幾句後，後面那輛馬車也過來了。

蘇威這支隊伍十分扎眼，那青年轉頭，先是認出了蘇威，當下也是眉頭一蹙，轉眼間，他又看向了那十幾個少年騎士。把他們的坐騎和人一一打量了一遍後，青年轉向高皚。

此時的高皚，正策馬走在眾少年中間，他斗笠壓得極低，騎姿端凝，面無表情，渾然一副貴公子氣概。那青年認真看了他一眼後，便收回目光，只是過了一會兒，他又抬起頭，朝高皚打量起來。

這青年看人時，目光坦坦蕩蕩，既自負又明亮，彷彿這一生都不曾小心翼翼過。要是往時，高皚被人盯了又盯，少不得要瞪一眼回去，可這一次，他卻一直面無表情，宛若未睹。

不一會兒，那青年終於越過他們，馳入了杭州城中。

幾乎是那青年的身影一消失，高皚便鬆了一口氣，而他旁邊的夥伴們，則是嘻嘻哈哈起來。一個少年尖聲說道：「阿皚阿皚，你自負才比天人，卻也有今天？」

「這叫什麼？這叫莫害人，害人反害己！」

「哈哈哈哈！」

亂七八糟的笑聲中，一個稍稍年長些，約有二十一、二的青年騎士靠近高皚，笑道：「阿皚，在你沒有使出美人計之前，對那個傢伙，你是想怎麼折騰就怎麼折騰，想怎麼算計就怎麼算計，現在這叫什麼回事？這是不是自食惡果？」

聽到這裡，蘇威等人才明白，原來剛才那青年，便是被男扮女裝的高皚迷得神魂顛倒的宿敵。

想來也是，當初是敵人時，高皚面對那青年，肯定是喊打喊殺的，可這麼用真面目使出一招美人計後，他為了不讓對方認出，就不得不躲躲藏藏了。

面對眾人調侃的目光，高皚大怒，重重一哼，叫道：「我有什麼難為情的？待會兒進了城，我立馬扮成袁天罡的樣子，與那小子一較高低。」

他捂著腮幫子，頗有點牙疼地哼哼道：「那傢伙真是八百年沒有見過女人，居然尋到杭州來了，你說他至於嗎？」語氣中，大有惱羞成怒之勢。

他的話一落，四周的笑聲更響了。

笑著笑著，一陣急促的馬蹄聲傳來，不一會兒，成史的身影出現在眾人眼前。

成史明顯是衝著眾少年來的，陡然見到蘇威等人，不由一呆，朝著他們見過禮後，成史轉向高皚，「小郎君，你不是被關了禁閉嗎？怎麼這麼會兒功夫就逃出來了？哎哎！這下慘了，夫人氣極了，現在正關著房門，飯也不吃地哭著呢！」

這高皚天不怕地不怕，就怕他母親的眼淚。這不，那一臉的洋洋自得，在聽到母親關著房門不吃東西只知道哭時，頓時苦成了渣。

他沒有注意到蘇威、阿綠等人複雜的表情，眨了幾下眼，便悲苦叫道：「母親怎麼能這樣？她、她哭什麼？我這不正趕著回去讓她繼續關禁閉嗎？她怎麼一點耐心也沒有，老用哭哭這一招來嚇我？」叫聲頗大，頗有冤苦不堪的架勢，可語氣中的緊張也不容置疑。

成史有點想笑，暗暗忖道：不正是你只吃這一招，夫人犯得著哭得這麼辛苦嗎？

叫了一陣，高皚突然看向阿綠等人，便又笑顏逐開，朝著成史叫道：「成叔成叔，母親不是一直思念阿綠姨母嗎？嘻嘻，你快快回去，把阿綠姨母前來的消息傳給母親，給她一個驚喜！」

成史正有此意，聞言應道：「好。」

他剛要走，高皚又喊道：「對了，別說蘇伯伯也來了。」

送走成史後，高皚三步併兩步地跑到阿綠的兒子所在的一輛馬車中，把車簾一關，叫道：「暫停前進，另外，誰也別打擾我。」

眾人一怔間，已有一個少年騎士解釋道：「高皚這是要易容了。」他冷冷說道：「他這是要去收拾他惹下的爛攤子了。」

眾人還疑惑著，那少年卻怎麼也不想再說了。

不過兩刻鐘不到，那輛馬車車簾一掀而開，一個面目普通，卻氣質頗有點不同的華服少年跳了出來。

這、這分明已是另外一個人了！

從來沒有見過這一幕的阿綠等人，不由看傻了眼。

不但易了容，還換了裳服的少年下了馬車後，大步走到阿綠等人面前，朝著他們一揖後，大義凜然地說道：「諸位，阿皚還有要事，先行一步了。」他又轉向蘇威，笑嘻嘻問道：「蘇伯伯，你與我一道進城，如何？」

蘇威正有離開眾人，免得與張綺等人碰面的意思，聞言點頭道：「也可。」

「那我們走吧。」

話音一落，高皚一腳踢下阿綠的一個兒子，翻身躍上他的坐騎，在那少年的哇哇大叫中，他朗聲道：「叫什麼？我騎你的馬，你騎我的馬便是。」說罷一拉韁繩，衝出了老遠。

蘇威一邊與他並騎，一邊悵然若失看著前方，彷彿那人來人往的城門處，會出現那麼一個熟悉的，刻在他心中已十數年的身影。

過了一會兒，蘇威低聲問道：「孩子，你不是心疼你母親嗎？這般避著她不好吧？」

高皚聞言苦起了臉，「正是因為我母親就要過來迎接阿綠姨母了，我這才匆匆避開。」他四下看了一眼，小聲說道：「我在周地扮成的那個女子，與我母親有三分相似……」

這話一出，蘇威馬上明白了。原來高嵦是怕他的老對手見到張綺的真面目後，以為他的意中人與張綺有關係，進而找上門去。到得那時，不但高嵦的老家所在和父母雙親的身分都被對手知曉，連他男扮女裝騙人的事，也會被張綺和高長恭知情。

他現在前去，原來是想亡羊補牢。

蘇威轉過頭打量著身邊跳脫得一刻也閒不住的小子，搖了搖頭。

在長安剛知道這個孩子的身分時，他就想著這孩子過於聰明，一念可以成魔，一念可以成佛，心中不免暗暗憂心。現在見儒家大義他還能聽得進去，蘇威鬆了一口氣的同時，不免想道：也不知這孩子以後會成個什麼樣的人？

蘇威和高嵦兩人擠入杭州城門，混入人流中時，正好看到一輛黑色漆木、極為寬敞的馬車，在李叢等人的簇擁下馳向城外。

就在那馬車與他們擦肩而過時，一陣春風吹來，蘇威轉頭，正好看到了馬車中，那個面目依然絕美，少了幾分少女純透清澈的天然，卻多了幾分妖媚成熟的美的張綺。

一別十數年，時間不曾在她的臉上和眸光中刻下印痕，她竟是更美、更動人了！

蘇威怔怔地回望著，那車簾早已重新合上，可他卻覺得胸口沉悶得讓他幾乎窒息。

也不知過了多久，一個清亮的少年聲音在旁低聲喚道：「蘇伯伯？」

直叫了四五聲，蘇威才回過頭來。看到他臉上的表情，高嵦嚇了一跳，他怔怔看著他，喃喃說道：「蘇伯伯……」這世間情愛，竟是可怕至廝嗎？這人世間天大地在，有無數風景，無數好玩好耍的去處，可看蘇伯伯此次的表情，竟是千山暮雪，萬里層雲，也不過是孤寂一世？

過了一會兒，蘇威回過神來，對上高嵦驚怔的神情，不由哂了哂。勉強笑過後，他回頭看向那馬車離開的方向，啞聲道：「別擔心，知道你母親過得好，我也可以放開了。」

高暟小聲問道：「可是，蘇伯伯如要放開，早就應該放開了。」轉眼又問道：「你的夫人，前朝的新興公主她……」

提到新興公主，蘇威完全清醒過來，慢慢說道：「她很好，我們也很好。我此次來，只是想這麼望上一眼罷了。如今心願也算達成，這一去，便是此生再難相見，也無悔矣。」

高暟自是知道，蘇威和新興公主都過得好。想當初宇文護失勢時，宇文護的兒女親信都成了長安城人人喊打的對象，新興公主自也不例外。便是宇文邕，也曾數次要求蘇威休妻。

可天大的壓力，也被蘇威頂下來了，直到今時，新興公主在長安的地位不高，蘇威的族人也有點欺負她。要不是她給蘇威生下了兒女，只怕她的處境會更難堪。

可不管世人如何，朝堂如何，蘇威對他的夫人是沒得說的。這麼多年來，他不曾納過妾，不曾流連過花樓，他對他的夫人既崇敬又有信用，不管什麼時候，有人敢辱及新興公主，他都厲言相斥。

有人說，他們是世間恩愛夫妻的典範，那名聲，便是玩世不恭的高暟都早有耳聞。

也許，人世間從來沒有靠欺騙和心術成就的美滿姻緣，凡是生活幸福的夫妻，不過是待你心如我心罷了。

就在蘇威精神恍惚著時，高暟卻是身子一伏，一雙眼睛警戒地瞇成了一線，整個人如狼一樣，死死盯著前方的一個身影。那身影，正是那個被他男扮女裝戲弄過的宿敵。

高暟盯了那人一陣，醒悟到蘇威還在身邊，便轉過頭，低聲說道：「伯父，小侄有些小事，先別過了。」

蘇威心神恍惚，也沒有心情與他多說，便點了點頭，帶著僕人們縱馬先行。

蘇威等人一走，高暟便腳步一頓，撫著光禿禿的下巴尋思起來。

他是不想這人與母親打照面，最好讓他馬上離開此地，可用什麼法子呢？再扮回女裝，把他騙離此處？

這個念頭剛剛浮出，高暟便打了一個寒顫：不行，這廝太過精明，行事又果斷，他是有備而來，自己別戲弄他不到，反而被他逮了個正著！

在高暟尋思當中，那青年一行人顯然餓了，一個個翻身下馬，向酒家走去。

看著那走向酒家的一行人，高暟目光閃了閃，暗暗想道：母親就要與阿綠姨母見面了，她見到我不在，多半又要惱，我還是不要在此地耽擱太久得好。

想到這裡，他閃身進入了一個巷道中，然後，從袖袋中掏出一小粒金錁子，朝著一個遊俠兒招了招手。

不一會兒，那遊俠兒便走出了巷道，高暟站在角落中，看到那遊俠兒來到那青年用餐的酒樓外面，口沫橫飛地跟一個夥伴說起他在岳州城見到的一個仙女。當那遊俠兒說到那仙女的面目眼眸兒時，酒樓中，那青年騰地站了起來，大步衝到了遊俠兒面前。

又過了一會兒，高暟終於看到這一行人急急趕向西城門。

望著他們離去的身影，高暟長長吐了一口氣，他剛轉身，卻看到本應該找家酒樓落宿的蘇威等人竟是馳了出來，朝著來時的城門方向馳回。

這是怎麼啦？怎麼剛剛來，還不曾休息一會兒，他便想離開了？

高暟一怔，緊走幾步趕了過去，清聲喚道：「蘇伯伯？」

蘇威回過頭來，見是高暟，溫和一笑，低聲道：「孩子，蘇伯伯要走了，以後你若是到了長安，盡可來找伯伯。」

高暟奇道：「伯伯才來到杭州，尚沒有落坐，怎地這麼快便決定離去？」

蘇威神情恍惚地一笑，啞著聲說道：「伯伯此來，不過是想與故人見一面罷了。那一面已經見到，伯伯也可以走了。」他低嘆道：「知道故人安好，便已足矣。」

這種情緒，高嵦其實是不懂的，他不捨地看著蘇威，低聲說道：「伯伯，從長安到杭州，何止千里之遙？你為了見上這麼一面，足足在路上顛簸了數月，值得嗎？伯伯，不如你隨我到我府裡去，我父親這些年來沒有仗打，閒得骨頭都生鏽了，他一定很歡迎你的。」

高長恭會歡迎他？

蘇威搖頭失笑，轉頭看著遙遠的天邊，徐徐說道：「伯伯此次前來，是因為難得空閒……這世間兵凶戰危，伯伯若是不來這麼一趟，不見故人這麼一面，說不定什麼時候便命歸西天了。現在見也見了，伯伯也應該回去履行自己的職責了。」

也許，這是最後一次。半世相思，遙遙一見，足矣。

他伸手撫向高嵦的頭，低啞地笑道：「孩子，這世間最不可欺的便是人心，你以後，不要那麼戲弄他人了。」

見他說得認真，高嵦尋思了片刻後，謹慎地點頭道：「是，我知道了。」

「那伯伯走了。」

高嵦站在原地，看著蘇威漸漸離開的身影，突然之間，體會到一種莫名的悲慟。

原來，這人生世間還會有那麼多的不如意。千里追尋，數月顛簸，為的不過是這麼隱約一見！這蒼天造化，怎能如此戲弄世人？

也不知過了多久，成史的聲音從身後傳來：「小郎君？」

他直叫了兩聲，高嵦才回過頭來。他看向西城門方向，低聲說道：「成叔，你派一些人朝岳州方向趕一趕，去告訴那廝，那個麗姬從不存在於這世間，讓他不要再找了。」

成史難得見到自家小郎君這麼認真、這麼端凝的時候，不由一呆，低叫道：「郎君的意思是？」他狐疑盯著高嵦，暗暗忖道：莫非小郎君又想到了另一種害人的招數？

高嵦難得良心發現，卻對上成史這樣的目光，不禁狠狠瞪了他一眼，命令道：「叫你去你就去，休要多問！」

「好好好，我不問！」

「我母親呢？」

「夫人與阿綠久別重逢，正歡喜著呢，她沒有提到小郎君。」

母親居然把他給忘記了？

這一下，高嵦眉開眼笑，樂乎乎地摸著自己的光下巴，自言自語道：「那小子都送上門來讓我欺負了，我要這麼放過他，豈不是太對不起自己？」轉眼又嘀咕道：「剛才我真是暈了頭了，居然還想告知他詳情！呸，讓他找一輩子去！」

成史站在一側，目瞪口呆看著又恢復了一臉跳脫淘氣相的小郎君，好半晌才反應過來：這才對嘛，這個唯恐天下不亂的傢伙才是自家郎君嘛！剛才那個悲天憫人的好心人，怎麼會與高家小郎君扯上關係？分明是自己眼花了，耳鳴了！

很快的，高嵦便意識到一件大為高興的事，阿綠姨母來了，他的母親再也沒有心情理會他了。所以，不止是他在周地的所作所為不會暴露，便是他的行蹤，也沒有人時刻盯著了。

他自由了！

他竟然自由了！

狂喜之下，高嵦呼嘯了眾夥伴到杭州城中玩了一天後，突發奇想，「聽說陳國的皇帝陳叔寶的寵妃張麗華生得國色天香，還有很多人拿她與我母親相比。嘻嘻，要不，我們到陳國皇宮去見一見這位貴妃娘娘？」

他這主意一出不打緊，成史等人直是赫了一大跳。

這個小祖宗鬧了周地不算，還想把陳地也翻過來不成？

高437一點也沒有注意到眾人的驚駭，越說越興奮，眼中光芒四射，「聽說那張麗華工厭魅之術，喜歡用鬼神之事來迷惑人。這個鬼神厭魅事，那可是我的拿手活啊！嘿嘿嘿，成叔，我們馬上動身，去會一會這位張貴妃！」

這一次，他的話音剛落，成史率先反應過來，他嚴肅地說道：「小郎君想見那張貴妃，本不是難事。」頓了頓後，成史聲音放慢，「正好，建康離我杭州甚近，到時有個什麼變故，夫人和郎主也來得及反應！」

這話一落地，高437眉頭便蹙了起來。

看來有戲，成史和李將等人相互交流了一個眼神。

清咳一聲後，成史繼續說道：「小郎君的舅舅張軒，現在正負責建康一城的安危。小郎君到了那裡，不管遇到什麼人，也算有個照應，所以建康大可去得。」

是了，他還忘記他那個沒有見過面的舅舅了，不止是舅舅，還有張氏那一大家族！哎，做個什麼事，動不動就扯到一批親戚什麼的最煩了！要是一不小心做件啥事，還關聯到親戚的前程官位，那就更是沒意思！

想到這裡，高437興致索然地揮了揮手，道：「罷了罷了，那張貴妃肯定不好玩，還是不去見她為妙。」

見他終於鬆口，成史閉上雙眼，吐出一口長長的濁氣。這時，高437的聲音一提，重新顯得興高采烈起來，「不過，建康城還是挺有意思的，我決定了，我們就到建康城玩一玩。」

高營這人行事向來乾脆，當天上午，一行人便動了身，一路走走停停，三天後到了建康城。

隋軍雖然隨時會壓境，可陳叔寶治下，建康城依然一片太平盛世般的安樂。

高營的馬車走了一陣，突然聽到成史驚疑一聲。

當下，高營探頭問道：「成叔，發生什麼事了？」

成史目光盯向前方的一個婦人，道：「那婦人似是你母親的嫡姊。」

在成史的示意下，車隊向那婦人緩緩駛去。

不一會兒，車隊便接近了那婦人，高營側頭看去，眼前這個婦人，約莫四十歲左右，與他母親那不老的面容不同，這個婦人面容透著蒼老，看起來甚是普通。

他剛這麼想著，卻聽到成史奇道：「這個張氏阿錦比起上次所見，卻是平和了許多。」

成史看向前方那樸素中透著幾分安靜的婦人，不由想道：她以前是這個樣子嗎？

他尋思的時候，馬車已與張錦擦肩而過，隱隱的，他聽到張錦對身邊的一個婢女說道：「這次進的麻布比上一批差了些。」

「夫人有所不知，那麻布已被二叔接了手，奴婢不好開口。」

「那妳把他找來，我親自跟他說。」

「是。只是，夫人，二叔性情癡纏，他要是向郎君哭訴怎麼辦？」

「讓他哭訴去，夫君知我為人，不會理會於他。」

「是。」

目送著兩個婦人消失在巷道中，成史低聲道：「跟隨在她們身後的馬車刻著徐府兩字，聽其言論，這個徐府似乎是個商戶，小郎君，看來夫人的這個嫡姊是改嫁他人了。」

成史頓一頓，自言自語道：「怪不得她的氣色比起十數年前，還顯精神些。」

現在的建康城，幾乎是張麗華張貴妃的天下，一行人來了不到半個時辰，聽人說起朝堂之事，開口閉口必是「張貴妃」，聽眾人的語氣，不管什麼事，凡是門路走到了張貴妃那裡，那是必定成功，便是殺了皇親也免罪，不然，便是皇親殺了庶民，也會下大牢。

在酒樓中閒聽了一陣，一個中年儒士突然說道：「還是張氏一族好，貴妃娘娘不過一介平民，要不是心慕張氏大族，也不會這麼百般維護張氏一族了。」

高鎧正百無聊賴，陡然聽到這麼一句，雙眼一亮。正在這時，一陣整齊有序的腳步聲傳來。高鎧順聲望去，正好看到清正文雅的張軒一襲官袍，帶著一眾手下朝這邊走來。

這便是他的舅舅了。

高鎧抬頭看去，想道：母親總是說，張氏一族中，只有這個舅舅是她的親人。

就在高鎧對著張軒看去時，陡然的，張軒一轉頭，迎上了他的目光。

張軒定定地看了一眼高鎧，眉頭微蹙。

不想他認出自己，高鎧頭一低，避了開來。直到張軒提步離去，他才重新抬頭。

在建康城，高鎧只待了五六日便離開了。現在的建康城，夜夜笙歌，從裡到外都透著一種病態的奢華，與隋地完全不同，這讓見慣了世事的眾人胸口犯悶，總有一種悲涼之感，於是，在他們的強烈要求下，高鎧只得早早動身。

他來到杭州城外時，遠遠便看到了官道上的一輛馬車。

看到那馬車熟悉的標誌，成史等人發出一聲歡呼，縱馬便疾衝而去。

不一會兒，高鎧一行人便衝到了近前。

就有這時，前方不遠處，一輛馬車也朝這方向急馳而來。

不過，那馬車衝到百來步後便停了下來，接著，從馬車中走出一個身著火紅裳服的美麗少女。

少女伸出頭，朝著前方馬車中，正定定看向高螘等人的黑衣男子打量幾眼後，雙眼放光地回頭喚道：「梅姊姊，真的是他！」

少女聲音一落，馬車車簾掀開，一個打扮得嬌美，舉止端雅的十五六歲少女馬上也伸出了頭。梅姊姊看了黑衣男子一眼，目露歡喜之色，低聲道：「這一次，可不能再錯過了。」

正在這時，高螘等人已與那黑衣男子會合了，看到他們嘻嘻哈哈圍成一堆，看到那群人中一個面目普通的少年衝著黑衣男子喚「父親」，梅姊姊的目光中流露出一抹鄙夷，低聲說道：「我就知道，他的妻子不過如此。」

這黑衣男子如此罕見的俊美，他的兒子卻長相普通，這不是他所娶的妻室長得普通還是怎樣？見梅姊姊目光閃亮盯著那名黑衣俊男，紅裳少女忍不住提醒道：「可是，梅姊姊，他都有兒子了呢！便是他願意休妻娶妳，妳也是繼室啊！」

聽到紅裳少女的話，梅姊姊的眸中閃過一抹鄙薄，不過，轉眼她便把這情緒掩藏下來。她專注地看著那黑裳男子，低聲解釋道：「這妳不懂，寧為權貴妾，莫做庶民妻。妳看，每次出現在他身邊的人都悍勇非常，而且對他畢恭畢敬，再說上一次，他順手便抛出一百兩黃金給那幾個村老。若不是富貴已極，哪能如此？」

她低嘆一聲，又道：「這世道一日不如一日，說不定什麼時候隋人便打過來了，兵荒馬亂時，只有這種有錢又有人的權貴才能安享太平呢！」

說到這裡，梅姊姊低聲說道：「待會兒妳什麼話也不要說，由我安排。」她這個夥伴，仗義是仗義，可口無遮攔，是個愚笨的，她可不想被她壞了大事。

紅裳少女沒有注意到梅姊姊的警告，兀自嘰嘰喳喳說道：「可是可是，梅姊姊，妳就算聰明又會用藥，可我還是感覺到不妥。妳看，他盯人的目光真是駭人。他剛才看了我一眼，我到現在腿還軟呢。」

聽到同伴說話這麼輕浮，居然把自己會用藥一事這麼說出，梅姊姊的眼中閃過一抹惱怒之色。想她雖然出身平凡，可那張貴妃不也只是大兵之女嗎？再說，她求的又不是一國皇帝，只不過是找個有能力的權貴而已。自己又美麗又有才智，憑什麼不能過那人上之人的日子？

至於當妾，哼，她是想也沒有想過的。所謂奇貨可居，她就想不動聲色接近這個男子，然後成為他不可或缺之人，再找個機會除掉他的妻子，讓他明媒正娶迎自己入門。

女人嘛，最值錢的不就是這一身皮肉？不趁年輕的時候賣個好價錢，找個好依靠，難道還要嫁個平凡匹夫，一輩子為了錢財汲汲營營？

算計他又如何？不人為己，天誅地滅，我只是想過好日子罷了，難道這也是錯？

想到這裡，梅姊姊回頭朝著身後的少女溫柔笑道：「玉兒，妳先回去吧。」

「為什麼？」

梅姊姊咬著唇，頗有點靦腆地說道：「我、我以後再跟妳解釋。玉兒，妳先回去好不好？」

梅姊姊的目光帶著請求，語氣也極為綿軟，紅裳少女雖然百般不願，還是說道：「好吧。」

目送著玉兒坐上馬車離開自己，直到她消失在自己的視野中，梅姊姊才匆匆回頭。

這時，高皚等人坐上馬車，隊伍開始啟動了。

就在他們啟程之時，突然的，一個少女尖銳的哭聲傳來：「哥！是你嗎？哥！」

歡喜中夾著一種淒厲的哭聲，眾人齊刷刷轉頭看來，卻見前方二十幾米，那梅姊姊竟是披散著長髮，一把眼淚一把鼻涕直衝而來。

她衝勢甚急，一副除了她眼中的那個人，便再也看不到任何人的癡傻模樣。這時高長恭的馬車已經提步，而那梅姊姊傻呼呼的，竟是直愣愣朝著那幾匹高頭大馬便是一撲。

她撲得甚急，完全是不管不顧，饒是馭夫實是個中高手，也被嚇了一跳。而這驚嚇之時，梅姊姊已衝到了高長恭的馬車之前，嬌小的身子完全落在受了驚駭而立著的馬蹄底下。

「不好！」幾個護衛一驚，同時衝了出去。

轉眼間，梅姊姊便被一個護衛成功撈出。

險中得救，梅姊姊慘白著一張秀雅的臉，不過轉眼，她便從那護衛身上掙扎而下，撲向馬車中的高長恭，口中嘶聲尖叫道：「哥，哥，我是梅兒啊，你不識得我了？哥——」

聲音淒厲中透著無盡的期待和歡喜。

梅姊姊撲到了高長恭的馬車車轅上，只見她披散著一頭秀髮，抬起頭來乞憐地，目不轉睛地看向高長恭。

這一幕來得太過突然，直到此時，眾人才反應過來。

一陣短暫的安靜後，極為突然的，高皚的笑聲從梅姊姊的身後傳來：「這位姑子，妳這認親的法子很離譜啊！」

他的聲音中充滿了戲謔，「不說別的，我父親的長相氣勢，還是世間難尋的，妳真確定他與妳的那個什麼哥哥長得一樣？」

高皚摸著自個兒光光的下巴，眨著眼睛，好奇地把臉伸到梅姊姊的眼前，認真問道：「妳確定妳不是想賴上我父親，才故意這麼叫的？」

這、這是什麼話？

梅姊姊的臉色變了變。

不過，轉眼，她便記起自己的面容秀雅，很能給人一種有文化有修養的感覺。自己只要咬緊牙關不承認，眼前這個少年能奈自己何？

她剛這麼想著，便對上高豈那一雙清澈得彷彿可以看破世事的眼睛，不由自主一縮後，梅姊姊卻看到高豈展顏一笑。然後，他越發湊近了她，朝著梅姊姊眨了眨眼後，笑嘻嘻說道：「小姑子，我來介紹一下，這個妳想賴上的男人呢，他一不傻，二不是沒有見過女人，所以，妳這小小的伎倆對他完全無用。對了，他還是個心狠手辣之徒，就算妳脫光了衣裳想讓他負責，他也只會給妳來個一劍穿心。對了對了，我忘記說重點了，他還有妻室呢，他的妻室我的娘親，是個天下間一等一的大美人，與他無比的般配，那可比妳般配得多。」

一口氣說到這裡，高豈摸著自個兒的下巴，頗為認真地說道：「我看妳眼神堅定，是個不甘人下的性子，不如，妳嫁給我吧。」

高豈說到這裡，搖頭晃腦，「婚嫁乃是大事，出於慎重，不如咱們重新來過？妳再撞一回馬車，認一回哥哥，不過，妳所認的那個哥哥，不能是我父親喔！這個很重要的，可千萬不能搞錯了！」

高豈的話句句帶著調侃，卻也句句刻薄。在這樣的攻擊下，怕是無人能堅持下來吧？

終於，梅姊姊也白了臉。

看到她蒼白著臉，身子向後縮去，高豈倒也不再逼她，他笑嘻嘻走到一側翻身上馬。

隨著高豈一退，馬車啟動了，耷拉著腦袋的梅姊姊，任由這支權貴的隊伍離開自己的視野。

這時，還有不少路人注意到了這一幕，在對她指指點點。

不過，世人的目光梅姊姊從來不會介意，她只是低著頭，尋思著自己剛才的錯漏之處：剛才那少年有一句話說的對，他一不傻，二不是沒有見過女人，所以她的伎倆便對他沒用。對了，這次她還犯了一個最大的錯，那就是她不應該選擇這麼多人的時候用計……這實怪不得她，要知道，上一次見到他，都是半年前的事，她是害怕錯過這次見面的機會，等下一次又要半年一年啊！

梅姊姊慢慢抬頭，咬牙盯著那遠去的隊伍，暗暗忖道：看來我的計劃定高了，這等權貴久經花叢，對女人和女人能使的伎倆清楚得很。下一次，我找的目標不能是這等權貴了。

在梅姊姊尋思時，那邊看到高長恭等人過去的紅裳少女，連忙催著馬車趕過來接她。望著漸漸出現在視野中的熟悉馬車，梅姊姊微笑道：這個蠢物倒也不是全無是處。轉眼，她又低下頭來尋思著，要到哪裡去尋一個沒有經歷過多少女人，長相家世錢財又還不錯的目標呢？也是，如她這麼又聰明又美麗又有手段的女人，做人繼室多可惜啊？找個沒有成過婚的男人，直接做人正室，豈不是更好？

高長恭一行人慢慢馳入了杭州城。

走著走著，高皚突然說道：「成叔，你還是派人找到那廝，跟他明說這世上沒有麗姬吧。呃，你就直接跟他說，那麗姬是我派個男人假扮的，為的就是噁心他。」

咦，自家小郎君怎麼又改主意了？

對上成史的目光，高皚伸了一個懶腰，嘆了一口氣，說道：「我這不是發現，手段也分高低嘛！你看剛才那個婦人，那手段真是，嘖嘖嘖，太不禁看了！哎，那廝好歹也是一號人物，豈能被一個虛妄的女人埋沒了雄心壯志？怎麼著，也要讓他重新振作起來，然後我們再明刀明槍幹上一場，方稱得上男兒之爭！」

這話說得大氣，成史不由大聲叫好。

就在兩人說說笑笑時，前方傳來一陣歡呼，高皚抬頭一看，卻是阿綠家的幾個小子和女郎，已大呼小叫朝著他們跑了過來。陽光照在他們笑顏逐開的臉上，直是燦爛得彷彿春花。

後記

《蘭陵春色》是我魏晉南背朝三部曲中的最後一部，寫的是南北朝時的北齊、北周和南陳三國的事。

總之，北朝還是很有鮮明特色的，如這個時代很亂，如當時的北齊，也就是本書男主角蘭陵王所在的國家。短短幾十年中，昏君、暴君荒唐淫亂之帝王層出不窮，是中華千年歷史中，最為著名的禽獸王朝。可以說，蘭陵王高長恭，是這個王朝皇族子孫中，最正常的一個了。

而當時的南朝，則亂倫的現象非常普遍，甚至都成了南朝的特色之一。

基於這樣的歷史背景，我創作了《蘭陵春色》，與別的書不同，這本書從一開始，我便定下蘭陵王為男主角。

我想寫一個真實的蘭陵王，想盡最大能力還原他真實的性格和為人、品性。不過，我又不想蘭陵王如歷史上一樣，三十來歲就被北齊皇帝給殺了。

既想寫真實的蘭陵王，又想改變他原本的命運，於是我創造了女主角張綺，一個重生之人。

歷史上，蘭陵王是有官配的，他的王妃是鄭氏。史書上記載，鄭氏一生無子，同時，史書上也記載，蘭陵王其實是有兒子的，他死後，他的兒子為他立了墓。至於他這個兒子的生母是誰，那是一個謎。

當時我看到這一條時，便想著，看樣子是蘭陵王妃鄭氏沒有生兒子。當時我又想，鄭氏無子，可以想像成兩個故事，一個是，蘭陵王對她情深意重，恩愛到了極點，因此，在那麼一個重子重嗣的時代，她生不出兒子都不能動搖她王妃的地位。另一個故事則是，蘭陵王對這個王妃非常冷落，她一個人無法生子。

出於想改變蘭陵王命運的想法，我選擇了第二種。於是，在我這本書中，重生的絕代美人張綺才是女主角，而原來的王妃鄭氏，不過是一個配角而已。

在這本書中，張綺和蘭陵王從相識、相遇、相愛、相絕，再到最後相依，我都想儘量地寫得真實一點。

不過話說回來，基於重生前提下的言情小說，怎麼寫都是狗血的，都是美麗而虛幻的。

歷史上的南北朝時期，與漢時的大氣不同，與魏晉的名士風流不同，這個時代是綺麗的、瑣細的。那時南朝的男人，帶著濃厚的脂粉氣，他們的眼界非常狹小，寫的賦和詩，基本上都在吃穿住行上打轉，有時得了一件新衣裳，那時的文人都能寫出一篇賦來。

因此，整個《蘭陵春色》一文，也是綺麗的，浪漫瑣細中夾著殘酷的。它不像我別的小說那麼大開大闔，它鎖細，它如清泉流水娓娓而來，帶著種時光沉澱下的美和精巧。

至於本書男主角蘭陵王，他風華絕代，品德高潔，他是一個勇於負責，對家國充滿了感情的真男人，也是一個極有人格魅力，能引得一城人為他編出《蘭陵王破陣曲》的風雅之人。

本書的女主角張綺，是一個絕代美人。前一世，她因為過人的美貌，最後被心愛的丈夫獻給了一個荒唐的年輕皇帝。於絕望中，她殺了丈夫，然後自殺。

重生一世，她想改變自己的命運，於是她苦讀苦學，她小心掩飾自己的外表。她開始千方百計想嫁給一個寒門高官，因為以她私生女的身分，她只有嫁給寒門出身的人才能做正妻，同時，她也知道自己過於美貌，只有嫁給一個有權位的人才能保住她。

可惜，知易行難，當時的南陳嫡庶觀念，世家與寒門的觀念根深蒂固。她便是願意嫁，她的家族也寧願把她送人為妾，也不會許她嫁給寒門中人混淆血脈。

這個夢想破滅後，她成了蘭陵王的女人。兩個外表而言，是世上最般配的男女，傾心相愛了。不過愛得再深，也抵不住世俗的觀念和蘭陵王心中的執戀。在一連串的波折下，兩人最後還是在一起。

書的番外篇中，蘭陵王和張綺生的那個兒子，既有傾城之相貌，又有天賦之才，因高氏皇族惡名遠揚，在這個統一了天下的隋朝安身立命的少年，給自己改名換姓叫做袁天罡。一個歷史上不知出生年月，不知背景來歷的，神祕了千年歷史的人物。

最後，故事如何，還是大夥自己看吧。一直以來，我是出了名的不會寫簡介大綱，因此，我可以保證，故事的內容絕對比我自己說的要精彩十倍百倍。

漾小說 109

蘭陵春色 肆 完

國家圖書館出版品預行編目資料

蘭陵春色 / 玉贏著. -- 初版. -- 臺北市 :
麥田, 城邦文化出版 : 家庭傳媒城邦分公司發行,
2014.01
冊 ; 公分. -- (漾小說 ; 109)
ISBN 978-986-344-028-4 (第4冊 : 平裝)

857.7 102021630

作　　　者　玉贏
封 面 繪 圖　晝措
責 任 編 輯　施雅棠
副 總 編 輯　林秀梅
編 輯 總 監　劉麗真
總　經　理　陳逸瑛
發　行　人　涂玉雲
出　　　版　麥田出版
城邦文化事業股份有限公司
104台北市中山區民生東路二段141號5樓
電話：（886）2-25007696　傳真：（886）2-25001966
發　　　行　英屬蓋曼群島商家庭傳媒股份有限公司城邦分公司
104台北市中山區民生東路二段141號2樓
客服服務專線：（886）2-25007718；25007719
24小時傳真專線：（886）2-25001990；25001991
服務時間：週一至週五上午09:00~12:00；下午13:00~17:00
劃撥帳號：19863813；戶名：書虫股份有限公司
讀者服務信箱：service@readingclub.com.tw
麥田部落格　http://blog.pixnet.net/ryefield
香港發行所　城邦（香港）出版集團有限公司
香港灣仔駱克道193號東超商業中心1樓
電話：852-25086231　傳真：852-25789337
E-mail：hkcite@biznetvigator.com
馬新發行所　城邦（馬新）出版集團【Cite (M) Sdn Bhd】
41, Jalan Radin Anum, Bandar Baru Sri Petaling,
57000 Kuala Lumpur, Malaysia.
電話：(603) 90578822　傳真：(603) 90576622
Email：cite@cite.com.my
美 術 設 計　洸譜創意設計股份有限公司
印　　　刷　鴻霖印刷傳媒股份有限公司
初 版 一 刷　2014年01月09日
定　　　價　250元
I S B N　978-986-344-028-4